纪伯伦全集

情书集

〔黎巴嫩〕纪伯伦 著
李唯中 译

جبران وصديقته

中国经济出版社
CHINA ECONOMIC PUBLISHING HOUSE
北京

图书在版编目（CIP）数据

情书集 /（黎巴嫩）纪伯伦著；李唯中译 . -- 北京：中国经济出版社，2024.5

（纪伯伦全集）

ISBN 978-7-5136-7666-3

Ⅰ . ①情… Ⅱ . ①纪… ②李… Ⅲ . ①散文集—黎巴嫩—现代 Ⅳ . ① I378.65

中国国家版本馆 CIP 数据核字（2024）第 047699 号

策划编辑 龚风光
特邀策划 青崖白鹭
责任编辑 王 絮
责任印制 马小宾
封面设计 静 颐

出版发行 中国经济出版社
印 刷 者 三河市中晟雅豪印务有限公司
经 销 者 各地新华书店
开 本 880mm×1230mm 1/32
印 张 18.75
字 数 414 千字
版 次 2024 年 5 月第 1 版
印 次 2024 年 5 月第 1 次
定 价 52.00 元
广告经营许可证 京西工商广字第 8179 号

中国经济出版社 **网址** www.economyph.com **社址** 北京市东城区安定门外大街 58 号 **邮编** 100011

目　录

梅娅与纪伯伦

纪伯伦与玛丽

梅娅与纪伯伦

译者小序

利亚德·哈尼教授在谈到发表在《蓝色火焰》一书中纪伯伦的书信时说：

毫无疑问，纪伯伦写给梅娅的信要比他写给玛丽·哈斯凯勒和其他人的信要好，因为那些信是专心致志、深思熟虑、精心构筑的结晶，饱溢灿烂的文学色彩，充满热恋的暗示，部分信件用纪伯伦的画装饰着。众所周知，纪伯伦给梅娅写信时，出于敬重本意，常常打草稿，以免信中掺进任何杂质。据说，在他的文稿中有一封写给梅娅的信，打的草稿竟达五遍之多！

梅娅·齐雅黛1886年生于巴勒斯坦的拿撒勒。父亲易里亚斯·齐雅黛是黎巴嫩人，祖籍黎巴嫩凯斯来瓦尼省舍哈图勒村。母亲努兹菡·穆埃迈尔是巴勒斯坦人。

她先后在拿撒勒和黎巴嫩的艾因图莱就读，1908年随父母亲迁居开罗，开始在她父亲办的《都城报》❶和《文摘》❷《新月》杂志上发表作品。

她还将她的家办成文学沙龙，每星期二都有文学家、思想家光顾，如

❶《都城报》，埃及报纸，创办于1881年，后所有权转移到梅娅的父亲易里亚斯手中。父亲去世后，1929年梅娅就任该报主编。

❷ 见本书第17页注3。

艾哈迈德·卢特菲·赛伊德[1]、舒卜里·舒迈勒[2]、哈利勒·穆特朗[3]、瓦利丁·耶昆[4]、塔哈·侯赛因[5]、阿巴斯·迈哈姆德·阿卡德和穆斯塔法·萨迪克·拉菲伊[6]。

二十世纪二十年代，梅娅·齐雅黛访问过黎巴嫩。人们在那里为她举行了盛大的欢迎会，尤其在贝鲁特，场面更加宏大。

1936 年，梅娅·齐雅黛被送进医院，被诊断为患有疯病。痊愈后回到开罗，在那里疯病复发，于 1941 年逝世。

梅娅·齐雅黛天资聪颖，勤奋好学，除精通阿拉伯语外，还通晓法语、英语、德语、西班牙语、意大利语、拉丁语和希腊语。她的作品具有典型的女性美，感情真挚，纯朴清澈，敏感细腻，想象丰富，语曲而达，婉而有

---

❶ 艾哈迈德·卢特菲·赛伊德（1872—1963），埃及作家、政治家，报业人士，主要著述有《独立运动的历史篇章》《沉思集》、自传《我的一生》等。

❷ 舒卜里·舒迈勒（1860—1917），黎巴嫩医生、思想家，著作有《进化哲学》《诉说与希望》等。

❸ 哈利勒·穆特朗（1872—1949），黎巴嫩诗人，生于黎巴嫩，长期定居埃及，被誉为“两国诗人”。他是阿拉伯复兴派诗歌的先驱，也是埃及浪漫主义诗歌创作的代表人物之一，主要作品有《凋谢的玫瑰花》《珍珠花》《水仙花》《紫罗兰》《异乡客献给异乡鸟》《黑山姑娘》等。

❹ 瓦利丁·耶昆（1872—1921），埃及作家、诗人、记者，生于土耳其的伊斯坦布尔，幼年随父亲迁往埃及定居。其主要作品有《瓦利丁·耶昆诗集》《已知与未知》《黑色面庞》《往事历历》等。

❺ 塔哈·侯赛因（1889—1973），埃及作家、评论家、教育家，六岁双目失明，1902 年就读于开罗爱资哈尔清真寺学堂，曾任开罗大学文学院院长、教育部长等职，被誉为“阿拉伯文学之柱”。他一生出版著作五十余部，全部收入《塔哈·侯赛因全集》。

❻ 穆斯塔法·萨迪克·拉菲伊（1880—1937），埃及作家、诗人，主要作品有诗集《目击记》，散文集《悲惨的人们》《玫瑰叶》。他的文学观偏于保守，曾与塔哈·侯赛因、阿卡德就文学观进行论战。

致，被誉为阿拉伯当代最杰出的女文学家。她留下大量作品，主要有《芭希萨·巴迪娅》《少女的良机》《黑暗与光明》《阿伊莎·台木尔》《潮汐之间》《沃尔黛·亚兹基》《报纸种种》《平等》等。译作主要有《苦恋》（译自英文）、《浪之歌》（译自法文）、《泪与笑》（译自德文）等。

梅娅·齐雅黛与纪伯伦之间有着罕见的爱情，但二人从未晤过面。

李唯中于晏如居

2022年12月15日

梅娅·齐雅黛致纪伯伦

1912年5月12日

……

纪伯伦，我们在婚姻问题上的见解是不同的。我尊重你的思想，我敬重你的原则，因为我知道你在忠诚地巩固和维护你的思想和原则，所有那些都通往高尚目标。我同意你关于妇女自由的基本原则。妇女应该像男子一样成为绝对自由的人，自由地从小伙子中间选择自己的丈夫，完全依从自己的爱好和意愿，不能把自己的生活置于邻居与熟人选择的模子里，直到选定自己的伴侣，将自己完全限制在那个建筑公司的义务之中。你将之称为“历代编制的沉重锁链”；我也说那是沉重的锁链，但编制它的是使妇女之所以成为妇女的大自然。假若思想上能够达到打碎人为的和传统的枷锁，那么，自然的枷锁则是不能打碎的，因为自然法则高于一切。女人为什么不能背着自己的丈夫与自己所爱的人幽会呢？因为这种幽会不论怎样纯洁，那也是对她的丈夫的背叛，是对她已经完全接受的那个名字的背叛，是对她作为行动一方的那个社会机制的背叛。

在婚姻中，妇女总是被用忠诚来衡量。在婚姻中，灵魂上的忠诚与肉体上的忠诚同样重要，它保证妻子能给丈夫以幸福。因此，她偷偷地与另一男人幽会，便被视作对社会、家庭和义务的犯罪。

也许你不同意这种看法，会说“义务”这个词的含义不清，在许多情况下其含义难以界定。因此，我们应该弄明白什么是家庭，才会知道家庭中每个成员的义务。女人在家庭中是最难、最苦、最卑微的角色。

我强烈地感受到了妇女所遭受到的束缚。那束缚像蜘蛛网一样纤细、丝绸一般柔滑，但却像金丝一样坚牢。可是，如果允许故事中的女主人公赛勒玛·凯拉麦及情感、品德、智慧与其相仿的每一个女子，都去与自己的一位心灵高尚的男友幽会，那么，对于每一个未找到姑娘时代梦想中的白马王子的女子来说，是否都应该选择一个婚外男友呢？是否应该瞒着丈夫去与男友幽会呢？哪怕幽会的目的仅仅是在那位被钉在十字架上的青年跟前祈祷。

……

1912年5月22日

……

在黎巴嫩，我只与谈话能使我高兴的人交谈。我没有老师，老师仅仅是我的梦幻和静思。我只读我所喜欢的书。你的每一篇作品都是我的好朋友，而且在许多问题上，我都是你的思想的小学生。

……

1920年12月6日

……

当我坐下写信时，忘记了你是谁，身在何处。我和你说话常常像与自己说话，有时感觉你就像我的一位女同学。浮在那种精神状态上的是一种特殊的敬重感，是姑娘与姑娘之间寻常不存在的一种感情。难道说这遥远的距离，缺乏个别相识，隔着重洋，倒是这种信任的根源？这种信任自打一开始就像先天生成，无须等待时间去加强它，也用不着实践去确立它吗？在“抒情歌曲”之前寄出的那封信收到了，面对某些言词，我望而却步，担心它会把我拉到什么地方去。已有六周或七周没给你写信了，因为我对自己说：“我们应该到此止步。”但是，我们没有止步，不但走了一步，还跳了一步，“抒情歌曲”中已经提及。我在亚历山大，面对着引发沉思和幽情的大海，没有为那“歌曲”设想什么重要意义，于是写信说我只想使我们的通信局限在思想题目当中。坦率地对你说，我在你的来信中寻觅到了我在每一个地方都想得到的益处。

你把我作为“罪犯”禁锢在你的本子里，并且开始诉苦，因为“每当你注视一件东西时，我便把它藏在面具之后；每当你伸出一只手时，我便用钉子在上面打洞。”是的，我是那样做的，而且是故意那样做的，有意切断幽冥之手织就并将之连在思想与思想、灵魂与灵魂之间的那无形线。我开始曲解那些意思，歪曲那些问题，面对那些令眼睛充满泪水的词语发笑。我有办法让你抛开这个题目，使你知道我是父母双亲的独生女吗？也许在西方的家庭中有这样的情况：仅有一个儿子，他们会不声不响地将之从英国抛到印度，或有一个姑娘，他们会一声不吭地让她从法国迁往中国。但我们是东方人，我们怎好与这些人相比呢？我之所以有意那样做，是为了让我自己经受必不可少的折磨，而你却总是不避开让我接近那个题目的词；正是那个题目，在过去几年里，一直使我的灵魂充满荆棘和苦汁。你明白我之所想，但却不是真正意义上的明白，只是明白了非我所想的一面。之后，你被男子汉的自尊心所控制，忘记了另外一个题目意外而至；只要它不是根本性的，那么，它会消失的，不会影响我们之间的文学、思想方面的联系。或许人们说得对：男女之间的友谊是第四大不可能？

你在这方面的沉默使我感到痛苦，令我注意到几件事情，其中之一便是你不能与我共享这种思想友谊的快乐；因为假若你像我一样为之感到幸福，你也就不会走得比那种友谊更远。我知道，我以为我们是两个人时，我只是我一个人。我估计你将之只看作“序曲”，而我只认为那是事情的本身。在我看来，你的沉默意思是：“要么那样，要么没啥！”你最清楚这在我心中的影响。

1921年8月4日

亲爱的纪伯伦：

希望你帮助我，保护我，为我排忧解难；不仅仅用灵魂，而且要用躯体。对我来说，你就是那个陌生人，你就是我的知觉意识；不论你怎么看，在我的心目中，你是父亲，是兄长，是同伴，是朋友；

我呢，不管我如何，我是母亲，是妹妹，是同伴，是朋友。

来自你的心理的调节，还不能满足我所需要的来自你心的机械性调节。因此，我甘愿把我强健的心交给你来调节。如今，我是站在山峰顶上，父亲交给了我一个王国；这里有一种躯体上的抗拒性，你尽可将这一切拿去。啊，我在这里呼吸时，放慢了吸气节奏，以便把大海和大自然的力量吸入我的体内，然后用力将之呼给你，好让你凭之而祛病，让你康复、强健起来！

给我谈谈你的健康状况吧！把你的心率和医嘱告诉我。要让我像你的一位亲人那样了解你的详细情况。

请告诉我，你的白天是怎样安排的。我希望你吃一些补药，不管它的味道如何……

给我写几行字，谈谈你的近况吧！千万不要过分劳累！切记。

……

梅娅

1924年11月20日（节选）

……我渴望看看他那漂亮的书法，渴望抚摸他的信纸，听到他的消息。我本想带给他争吵、责备，可最终只找到了感谢、同情和思念的词语。

今天，阳光灿烂，宇宙最辉煌的存在——太阳在微笑。啊，究竟是什么原因使穆斯塔法把他的非洲女友梅娅忘记到这种地步？

给我写信吧！不要夺去我得到你同情怜悯的权利！

……

我将到你那里无数次，就在这样的时节。我将在你的保护下逗留，求得因你的出现而带来的快乐。

纪伯伦，你准备摆脱繁忙和自娱来欢迎我了吗？——哪怕只有几分钟？你能单独给我一点时间，不涉及他人他事吗？

我将思念着你，尤其是在你的生日。我将像空气一样整天照拂着你，我将和你一起过一种令我心满意足的生活，伴随着最纯洁的想象，最快乐的画面，最高尚的愿望，最热烈、最朴素的祈祷。清晨，我将向你道第一声早安，将向你求得第一个微笑……你能给我吗？

1925年2月17日（节选）

……

纪伯伦！我亲爱的、文雅的、尊贵的朋友！为你的温情祝福！为你念我祝福！为了你想为你给我的心中送来快乐祝福！

我的那个坤包终于属于我了。那是来自你的珍贵礼物。许多陌生的手抚摸过它，但那些手印都已消失，只剩下你的指印，那是你的情感的标记。

所有的面孔都从那面镜子里消失了，镜中为我留下的，只有发自你眼中的远在天边而又近在眼前的目光，你我的目光相遇了。那目光充满我的眼神，我和它谈到一件你所了解的事……

至于那只手，我将给它加上一个轻便的框子，洁白的画面上隐去的只是你我的名字，因为我不愿意让任何人知道，我想让其成为我的美好秘密！

那只手将永远立于我的写字台上，向我述说高尚的忠诚，用那手上的火焰温暖我的灵魂。

那坤包最终属于我了。笔属于我了。镜子和画，也都属于我了。它们合起来便是那个拥抱着我、爱着我的灵魂！

1925年1月9日[1]

……我剪掉了长发。纪伯伦，从今以后，当你看到女朋友们有谁如此打扮时，你可能想到我，暗自对她们说，你认识一个像她们那样的人！我数月来就想挣脱这额发，因为人们说女人“头发长，见识短”……这纯粹是一派胡言！不过，当我看见美容师动手剪我那垂在胸前的乌黑、秀美的波浪式长发时，我为这损失感到惋惜。幸得那位罗马美容师不时地用支离破碎的、夹带着意大利语和德语词汇的好言劝慰我，我能够不笑吗？！他间或向我叙说短发之美及其好处、特点，并说尤其非常适合于我……我问他向多少位女士说过这些话，他回答说我是个“女哲学家”。一心想剪去长发，继之感到痛苦，随后又哭了起来，因为美容师用戏剧性的词语安慰了她。你见过这样的女哲学家吗？那位女哲学家和上面提到的那位姑娘，怎么向一位酷爱文明和金色头发的诗人、艺术家谈起乌发，而实际上是棕色头发呢？那位诗人、艺术家只喜欢金发，只歌唱金发之美，只能容忍世间的金发脑袋啊……

梅娅

[1] 这封信的书写日期存疑，因为1925年2月6日梅娅收到了印有圣安娜头像的明信片。但不知道梅娅何时把自己剪发的消息告诉了纪伯伦。

1925年3月11日

贾米勒·基布尔博士发表过梅娅于1925年3月11日写给纪伯伦的一封信，从中可以看出梅娅对纪伯伦的健康状况十分担心，因为纪伯伦回信很迟。信全文如下：

我的朋友纪伯伦：

今晚欧美来的邮件已经分发完，这是本周的第二次了。我本期望收到你的只言片语，但却失望了。是的，我上周收到你寄来的明信片，上有圣安娜的美丽容颜。可是，那上面的一句话能取代整整一个月的沉默吗？

我只希望你觉得需要写信时才写，或者写信能使你得到欢乐时再写。但是，每当邮递员把邮包里的信件往信箱里分发时，我翘首以望得到你的消息不是很自然的事吗？我看到信封上的各国邮票，甚至美国邮票，有的写着纽约的名字，我能不想起我的朋友，能不企盼看到他的手书，触摸到他的信纸吗？

……就让我的这片纸给你带去我的情感，以便在你惆怅时减轻你的忧愁；在你需要安慰时，能给你以慰藉；在你埋头工作时，能增强你的力量；在你开心欢乐时，能使你更加欢乐开心。

梅娅

纪伯伦致梅娅·齐雅黛

1914年1月2日　纽约

杰出的女文学家阁下：

在这几个月里，既无来信，又无回音，寂静无声，我想到许多事情。但是，我从未想过你是“坏女孩儿”。[1]至于现在，你则已对我明说，你的灵魂里存在着恶的倾向，我只有相信你了。我相信你对我说的每一句话！你当然为你的话感到自豪——我是坏女孩儿——你应该感到自豪。因为恶是一种力量。其已知的影响可与善媲美。不过，请允许我坦率地对你说，无论你怎样恶，也绝达不到我的半恶，我才真是个坏孩子，如同居于地狱穴洞中的鬼影，简直恶得就像守卫地狱大门的黑幽灵！你当然将会相信我的这个话！

但是，直到现在我也不明白使你用“恶”来对付我的真正原因，你能惠告我一声吗？我已回复过你的每一封惠书，而且详细、深入研究过你在我耳边低语过的每一词语的含义。还有什么别的事情应该让我做吗？你没为我从“无”中造一罪名，以便向我表明你的报复能力吗？你成功了，你声明得好。至于我，则已经相信你集印度教女

---

[1] 从这句话，我们可以得出结论：纪伯伦与梅娅·齐雅黛在此信前定有许多书信来往，但均佚。——原注

神迦梨[1] 的宝剑和罗马女神狄安娜[2] 的利箭于一身的绝对的、全新的、神的品格。

现在，我俩都明白了对方灵魂里有恶的和报复的倾向，还是让我们继续两年前开始谈论的话题吧!

你怎么样，你好吗？你的身体健康、精神愉快（**正像黎巴嫩人习惯问的那样**）吗？你在去年夏天另一只胳膊又脱臼了，还是母亲不让你骑马，于是两臂健全地回到埃及了呢？我的健康状况颇似醉汉。我是在辗转于高山之巅和大海沿岸之间度过夏秋两季的，当我回到纽约继续工作和与幻梦作斗争时，已是面黄肌瘦；正是那些梦幻将我带上高山山峰，然后又落到谷地深处的。

你对《艺术》[3] 杂志的赞美令我甚为高兴。《艺术》杂志是阿拉伯世界中同类杂志的佼佼者，杂志的主编是一位心地善良、思想精细的小伙子，他有许多著述和诗作，均发表在一本名为《亲近者》的集子里。更加令人佩服的是，这位青年对西方人所写的东西了如指掌。我们的朋友艾敏·雷哈尼已开始在《艺术》杂志上连载他的一部新的长篇小说；他已给我读过大部分篇章，我感觉写得极美。我已告诉杂志主编，说你将给我寄来一篇稿子，主编已在等待之中。

---

❶ 迦梨（Kali）又称时母，印度教女神，性嗜杀，喜吃恶魔。她有四只手，分别握剑、盾、从巨人身上割下的巨手或绳索。

❷ 狄安娜，古罗马宗教所信奉的女神，本来可能是土著的丛林女神，后来与希腊女神阿尔忒弥斯混同为一。在罗马艺术作品中，狄安娜状如猎女，佩有弓和箭袋，偕猎犬或鹿。

❸《艺术》是诗人奈西卜·阿里达 1913 年在纽约创办的阿拉伯文杂志。——原注

十分遗憾，我不善于玩任何一件乐器。不过，我像热爱生命一样热爱音乐，而且有一种特殊爱好，喜欢研究音乐原理与其结构，进一步追究音乐产生及发展史。倘若苍天假我岁月，我必将写一篇有关阿拉伯和波斯音乐旋律及其出现、演变与更迭的长篇论文。我对西方音乐的热爱堪与对东方歌曲的热爱相比。我每周都要去欣赏歌剧一或两次。不过，对于西方音乐和表现方式来说，我喜欢交响乐、小鸣奏曲和协奏曲胜过歌剧，其原因在于歌剧缺少与我的性格和志趣相适应的那种艺术的拙朴韵味。现在，请允许我欣赏一下你那按在四弦琴上的手和你手中的四弦琴。每当你在弦上弹奏《纳哈万德》❶曲的时候，我希望你念及我的名字，将我的情感融入乐曲之中。那是我至爱的一首乐曲，我曾对之发表过类似卡莱尔❷关于先知穆罕默德的见解。

你何不在狮身人面像的威严之前提及我一下呢？我在埃及时，曾一周两次去那里，坐在金色的沙子上，双目凝视着金字塔和狮身人面像，消磨很多时光。当时，我才是个十八岁的少年，怀着一颗雄心，那雄心在艺术外观面前颤抖着，就像小草临风暴那样瑟瑟摆动，而那狮身人面像则向着我微笑，使我的心中充满着甜滋滋的痛苦和令人欣悦的凄楚。

我像你一样敬佩舒迈勒博士。他是黎巴嫩培养出来的从事近东

---

❶《纳哈万德》曲描述情侣分别、告别祖国之情，描写来自逝去亲人的最后一眼，描绘心中因思念而产生的剧烈痛苦情感。

❷ 卡莱尔，即托马斯·卡莱尔（1795—1881），英国散文家、历史学家，成名后曾到各地演讲，其中一部分讲稿于1841年出版，书名为《论英雄、英雄崇拜和历史上的英雄事迹》。书中评介了作者认为的各种英雄人物，其中有关于先知穆罕默德的论述。

新复兴的少数人之一。在我看来，东方人迫切需要像舒迈勒博士这样的人，以便抵制苏菲派人士和信教徒们在埃及和叙利亚两国造成的影响。

你读过凯尔拉·海尔拉[1]用法文写的那本书吗？一位朋友告诉我，书中有一章写到你，还有一章写到我。你如有两本，请惠寄给我一本，上帝会报答你的恩情。

已是夜半时分，上帝祝你晚安，并为忠诚的朋友护佑你。

纪伯伦·哈利勒·纪伯伦

1919年1月24日　纽约

尊敬的文学家玛莉[2]小姐阁下：

向你的美好灵魂致意。今天，我收到了你惠寄给我的几期《文摘》[3]，我怀着兴奋与敬佩之情读了一篇又一篇文章。我在你的文章里，发现了不少我日夜魂牵梦绕的爱好和倾向；不过，有许多原则以

---

❶ 凯尔拉·海尔拉（1882—1930），黎巴嫩作家，侨居法国。其著作有《叙利亚》《叙利亚的社会、教育问题》。

❷ 玛莉，梅娅·齐雅黛的别名，为区别于纪伯伦的女友玛丽·哈斯凯勒，此处译作“玛莉”。

❸《文摘》系法里斯·奈米尔、沙赫·米卡里尤斯和雅格布·萨鲁夫于1876年在埃及创办的阿拉伯文杂志，1952年停止发行。——原注

及理论，我真希望我们能够面谈，研究一番。假若我此时此刻在开罗，我一定求你允许我登门造访贵府，以便畅谈《空间灵魂》《智与心》，以及部分“亨利·柏格森”[1]现象。可是，开罗在地球的东方，而纽约在地球的西方，没有办法实现我所想所盼的论谈。

你的文章表明了你的神奇天赋和你博览群书以及你筛选材料、布局安排的精良鉴赏力。你的文章还清楚地表明了你独具的心理鉴别能力。在我看来，心理鉴别能力或心理自信心在任何知识和任何工作之上，使你的研究成果成为阿拉伯语同种研究中的最佳成果之一。

不过，我有一个问题要问你：会不会有那么一天，你的杰出天赋能离开平日事务研究，走向表露你心底里的秘密、独有的鉴别能力和其高尚的隐私呢？创作不是比研究创作者更长存久在吗？难道你不认为写一首诗或写一篇散文比写一篇关于诗与诗人的研究更为宝贵吗？我作为钦佩你的一个人，更喜欢读比如你描写狮身人面像微笑的一首诗，胜过喜欢你的一篇关于埃及艺术史及埃及艺术如何从一个时代演变到另一个时代，从一个国家转向另一个国家的论文。因为你的狮身人面像诗作能够给予我一种自我心灵礼物，而你的关于埃及艺术史的论文，只能给我指出一种平常的、理性的东西。我的这句话并不否认写埃及艺术史论能够显示你的自我心灵鉴别能力。但是，我觉得艺术——艺术显示漫游、浮动、结晶在灵魂里的东西——比研究更适合于你的罕见天赋；而研究则只能显示漫游、浮动、结晶在社会中的东

[1] 亨利·柏格森（1859—1941），法国哲学家，曾获1927年诺贝尔文学奖。其重要著作有《创造进化论》《时间和自由意志》《物质与回忆：试论身与心之关系》《形而上学导言》《道德和宗教的两个来源》等。

西。上述所及只不过是以艺术名义求情的一种形式罢了。我之所以向你求情，是因为我想把你带往萨福[1]、伊丽莎白·布朗宁[2]和艾丽丝·舍奈尔[3]等在天与地之间架起黄金和象牙天梯的你的姐妹们所在的地方。

我希望你相信我对你的真挚敬佩之情。请接受我的崇高敬意。上帝保佑你。

忠诚的

纪伯伦·哈利勒·纪伯伦

1919年2月7日　纽约

亲爱的梅娅小姐：

你的信把对一千个春秋的回忆送回到了我的心灵中，使我再次站在我们创造的并使之一队接着一队行进的幻影前。欧洲的火山[4]刚一爆发，那些幻影就被沉默笼罩；那沉默是何等深沉，又是多么长久啊！

我的朋友，你可知道，我在我们的断断续续的谈话中找到了慰藉、

---

[1] 萨福，古希腊女诗人，有人把她同荷马相比，说男诗人中有荷马，女诗人中有萨福。

[2] 伊丽莎白·布朗宁（1806—1861），英国女诗人。其代表作《孩子们的哭声》是首社会诗；《葡萄牙十四行诗集》是赠给丈夫的真挚感人的爱情诗，诗句精练，才气横溢，被认为是十九世纪中叶英国的优秀诗作。

[3] 艾丽丝·舍奈尔，英国女作家。

[4] 此处指第一次世界大战（1914—1918）。——原注

亲情和平安？你可知道，我曾对自己说，在地球的东方有一位姑娘，她不像平常的姑娘，她在自己出生之前就已进入了圣殿，站在最神圣的地方，晓知黎明巨人守护的天堂秘密，把我的国家当成她的国家，把我的民族视作她的民族？你可知道，每当我收到你的信时，我总是对着幻想的耳朵低声吟唱这支歌？假若你知道这些，你决不会中断给我写信，也许正因为你晓知此事方才中断写信给我，这其中不无正确见地与才智。

狮身人面像一文，你知道，我是在《艺术》杂志主编——上帝宽恕他——的再三要求下，才向你征稿的。依我的天性而言，我认为向那些文学家，尤其是那些极少数的只有得到生活的启示才付诸笔录的文学家——你便是那少数文学家之一——建议写什么题目，那是件丑事。此外，我深知艺术本身是可遇而不可求的，而指定题目本身则包含着一种阻碍把文章写好的东西。倘若那时你写信对我说："现在我没有写狮身人面像的兴趣。"我会欣然唱道：

梅娅万岁！梅娅是颇具没有任何欺瞒的艺术天质的才女！

总之，我将先于你写一篇关于狮身人面像微笑的文章！之后，我将写一首关于梅娅微笑的诗；假若我手中有她在微笑的照片，我今天就会赋诗。不过，我应该访问埃及，以便看到梅娅及她的微微笑容。作家能对女子的微笑说些什么呢？列奥纳多·达·芬奇[1]完成《焦孔

---

[1] 列奥纳多·达·芬奇（1452—1519），意大利大画家，《蒙娜丽莎》《最后之晚餐》为其代表作。

多夫人》[1]画作时，不是也就这个题目说过最后一句话吗？可是，在黎巴嫩少女的微笑中，不是隐藏着除了黎巴嫩人谁也不能晓知和宣布的秘密吗？或者不管那女子是黎巴嫩人，还是意大利人，她的微笑不都是为了隐藏双唇编织的细薄面纱掩饰下的永恒秘密吗？

《疯子》[2]——关于这《疯子》，我能说什么呢？你说其中有显示“冷酷”，甚而显示“黑暗山洞”的成分，而我到现在还未听到像这样的批评，虽然我读过美国和英国多家报纸、杂志发表的有关这本小说的评论。奇怪的是西方大多文学家都认为其中的两段很好，即 *My Mind* 和 *The Sleep Walkers*[3]，他们不是引用，便是专门提及那两段短文。你呢，我的朋友，你却发现其中有“冷酷”成分。一个赢得了世界赞同而得不到梅娅称赞的人，那他还有什么用呢？也许这些西方人对《疯子》及其想象力的欣赏产生自他们对自身想象力的厌烦及他们向往奇异与不熟悉的东西的天性爱好，尤其是东方的某些现象。至于那些发表在《艺术》杂志上的谚语、格言和散文诗，则是一位文学家从英文原文翻译出来的；这位文学家喜欢我略胜于他对英文修辞细则的熟知水平。

我谈及《疯子》的话中有“嫌恶”一词，我用红墨水在其周围画了一个圈。我之所以这样做，是因为我知道，如果我把 *The Sleep Walkers* 里的话置于“昨天”与“明天”的唇间，而不是置于母亲及

---

[1]《焦孔多夫人》，傅雷先生称之为《瑶公特》，即《蒙娜丽莎》。

[2]《疯子》系纪伯伦1918年发表的第一部用英文写的作品。

[3] 纪伯伦的两篇文章：《我的才智》和《梦游母女》。此为原注，但是，《疯子》一集中并没有《我的才智》一篇，查看手稿影印件，当为 *My Friend*（《我的朋友》）。

其女儿的唇间，那么你是不是会把“嫌恶”一词换成另外一个词？

关于我的灵魂的洞穴，我能说什么呢？那令我生畏的洞穴是我在人们的宽敞大道上、鲜花盛开的田地里和植物茂密的森林中感到疲倦时藏身的地方。当我找不到头靠的地方，我便进入我的灵魂洞穴。假若在我喜欢的人当中谁有勇气进入那洞穴，那么，他只能看到那里只有一个人正在双膝跪地做礼拜。

你喜欢《疯子》里的那三幅画，使我感到高兴，且向我指明你的两只眼睛中间还有第三只眼睛。我知道你的两只耳朵之后还有无数无形之耳，能够听到类似于沉静的细微声音。那种声音并非发自唇舌，而是源于舌与唇之外的甜蜜孤独、欢乐痛苦及对于遥远未知世界的向往。

你问我，在我写下“For those who understand us enslave something in us”[1]之后，是否想让任何人了解我？不，我不想让任何人了解我，如果那种了解仅仅是一种精神奴役的话。自以为了解我们的人何其多啊！其实只是发现我们的部分表象类似于他们生活中某一次所经历的什么东西罢了。但愿他们满足于佯装了解我们的秘密吧！其实，我们的那种秘密连我们自己都不了解，而他们却将我们用各种符号和数字封起来，然后就像药剂师摆置药丸药粉瓶子那样，把我们放置在他们的思想和他们的信条的一个架子上！说你在你的部分书中模仿我的那位文学家，不正是自称了解我们、晓知我们内心秘密的这些人当

[1] 见《疯子》的第一篇《我怎样成了疯子？》，意思为“因为那些了解我们的人，总想奴役我们的某些东西”。

中的一个吗？你能够让他相信独立才是灵魂的正道，冬青槲和柳树是不能在彼此树荫下生长的吗？

此信写到这里，而我开始想说的话一句话还不曾说出来。设想一下，谁又能将那稀疏美丽的雾霭化为塑像和碑碣呢？但是，能听到声外之声的黎巴嫩姑娘，必将看到这雾霭中的形象和幻影。

向你那美好的灵魂致意，向你那高贵的情怀和博大心田问安。上帝保佑你。

忠实的

纪伯伦·哈利勒·纪伯伦

1919年5月10日　纽约

亲爱的梅娅小姐：

《行列之歌》今日出版，我将收到的第一本书寄给你。该书正像你看到的那样，它是一个梦，其一半仍然是雾霭，另一半则几乎成为可以感触到的实体。假若你觉得其中有的东西好，它就会化为美好现实；倘使你认为有什么东西不好，它会全部返回雾霭中去。

向你的美好灵魂致以一千个问候和敬意。上帝保佑你平安。

忠实的

纪伯伦·哈利勒·纪伯伦

1919年6月11日　纽约

亲爱的梅娅小姐：

我从野外长途游行回来，便看到了你的三封信和你那篇发表在《都城报》的美文。我从仆人那里得知，这几封信，该说这份珍贵的财富，是四天前一起寄到的。看来，埃及邮政当局就像查封外界进步的邮件一样，曾中止过国内寄出的信件投递业务。

我丢下这间办公室里等待我做的一切，整个白天都用以聆听你那辗转蹒跚在甜润与严厉之间的谈话；我之所以说严厉，那是因为我发现你第二封信里有某些看法，假若我允许我的快活心灵痛苦的话，它会因那些看法而感到痛苦的。可是，我怎能允许我的心灵去遥望那嵌满繁星的晴朗夜空中飘浮的云状物呢？我怎能把我的目光由鲜花怒放的大树转向它的枝条投下的阴影呢？我又怎能不接受满佩珠宝、香气四溢的纤细之手的轻触柔刺呢？将我们从五年的沉默中拯救出来的谈话，无论现在或将来都不会转化成为责备或争论。我接受你说的一切，因为在我看来，已有七千英里将我们隔开，我们不应该再在这遥远距离之间加入虎口之距，而应尽力运用我们对美的爱好、对泉源的向往和对永恒的渴望将距离缩短。我的女友，在这些日日夜夜里，我们经历的痛苦、干扰、疲倦和磨难已够我们受的了。我认为，一种能在绝对单纯前站稳的思想，是不会被某一本书中的一句话或某一封信中的一种意见搅乱的。那么，就让我们把我们之间的多半是言词上的分歧放入金箱子里，然后将之抛入微笑的大海之中去吧！

梅娅，你的信多美多甜，就像从高处奔腾而下的一条香醇之河，唱着歌流淌在我的美梦峡谷中，简直就像奥尔甫斯❶的六弦琴，将天边变成眼前，把咫尺推向遥远，并以其奇妙的颤音将顽石化作炽燃的火炬，把枯枝变成抖动的翅膀。一天收到你的三封信，我该说什么呢？那是我偏离尘世之路的日子，整天漫游在“有高柱的伊赖姆”❷城中。

我用什么回答你的那些问题呢？心灵中有不能伴墨水流淌的东西，我怎能继续谈下去呢？但是，一定要继续谈。因为无声之言，你也是明白的。

你在第一封信中说：“假若我在纽约，这几天里我就会访问你的画室。”莫非你从未访问过我的画室？记忆的外衣之后，不是还有记忆的隐形躯体吗？我的画室是我的宇宙，是我的朋友，是我的博物馆，是我的天堂，也是我的地狱。它是森林，在那里生命呼唤着生命；它是空旷的沙漠，我站在沙漠当中，映入眼帘的只有沙海和以太之海。朋友，我的画室是一座没有四壁和屋顶的房舍。

但是，在我的这个画室里有许多我喜欢和我保存的东西。我素喜古玩。在画室的角落里，放着一些历代的古董，如埃及、希腊、

---

❶ 奥尔甫斯，阿波罗和缪斯女神卡利奥佩所生的儿子。阿波罗给了他一把七弦琴，并教他如何弹奏。后来他把这种乐器玩得非常神妙，以至于没有什么东西能够抗拒他的音乐魅力。不但他的尘世朋友，而且连野兽也都为他的琴声所感动，收起凶猛狰狞的神情，甚至石头也都被他的琴声感化。在纪伯伦故里贝什里纪伯伦纪念馆中，陈列着一幅纪伯伦所绘的奥尔甫斯像。

❷“有高柱的伊赖姆”城，《古兰经》第八十九章提到的一座世间罕见的美丽城市。纪伯伦曾写过题为《有高柱的伊赖姆人》的神秘主义剧本，收在《珍趣篇》中。

罗马的雕塑和绘画，还有腓尼基的玻璃器皿、波斯瓷器、古书、意大利和法国的绘画，还有数件默默有言的乐器。有那么一天，我一定要弄到一尊迦勒底[1]玄武石雕像。我喜欢迦勒底的每一件东西，这个民族的神话、诗歌、祷词、建筑，甚至那个时代留下的微不足道的艺术品和手工制品，都能唤起我内心深处遥远隐约的回忆，将我带回到悠远的过去，使我透过未来之窗看到现在。我喜欢古迹，深深迷恋着古代文物，因为它是用一千只脚由黑暗走向光明的人类思想所结出的硕果；正是那不朽的思想带着艺术潜入大海深处，旋即又带着艺术扶摇直上而达银河岸边。

你说："你满足你的艺术，你是多么幸福！"这句话使我思忖良久。梅娅，不啊！我既不满足，也不幸福。在我的心灵中，有一种不知满足为何物的东西，但并不像贪欲；同时还有一种不知幸福为何物的东西，但并不像困苦。在我的内心深处，有一种永久的悸动和持续的痛苦，但我不肯替换和改变它——谁像这样，便不知何为幸福，亦不晓何为满足。但他从不诉苦，因为诉苦之中包含着某种怡适和某种形式的超脱。

你为你的雄厚天赋之才感到幸福和满足吗？梅娅，请告诉我，你满足、幸福吗？我似乎能听到你低声细语道："不，我既不满足，也不幸福。"满足是自足，自足是有限的，而你是无限的。至于幸福，则是一个人将自己的心灵充满生活的玉液琼浆；不过，倘若他的杯子

[1] 迦勒底，巴比伦尼亚南部（今伊拉克南部）的地区，《旧约》中经常提到。

长七千法尔萨赫[1]、宽七千法尔萨赫，即使把生命的全部注入他的杯中，他现在和将来都不会知道何为幸福。梅娅，你的杯子不是长宽各七千法尔萨赫吗？

关于我的“精神氛围”，我能说什么呢？一年或两年来，我的生活不乏宁静与平和，然而今天，宁静被喧嚣所替代，争执取代了平和。人们吞噬着我的日日夜夜，用他们的志趣和意向淹没了我的梦乡。有多少次，我逃离这走投无路的城市，去往一个遥远的地方，都是为了摆脱人们的纠缠，同时也为了挣脱自己的心灵幻影。美国人民威武强悍，孜孜不倦，不累不眠，没有梦幻。这里的人民若憎恶起一个人，能用冷漠将之置于死地；如果热爱起一个人，也爱得死去活来。谁想生活在纽约，他就应该成为一柄利剑，但要插入蜜糖做的剑鞘里：利剑用于恫吓那些空耗时光之人，而蜜糖则可以饱饥馑者之腹。

我逃往东方的那一天将要来临。我对祖国的思念几乎将我融化。如果不是这只我亲手插编的笼子，我早就登上了第一班开往东方的轮船。可是，哪个人能够丢下他耗毕生之力用雕石砌建而成的房舍呢？即使那房舍是一座监牢，他也不能或不想一日之间弃离。

亲爱的朋友，打搅你了！我光谈自己，尽诉说一些本该起来进行斗争，而不应该重提的事情。

你对《行列之歌》的喜欢，也使得我对之倍加珍视。你说你将背诵其中的诗句，如此大恩大德，我当躬身低头行礼。但是，我

[1] 法尔萨赫，长度单位，1 法尔萨赫等于6.24 公里。

觉得你应该背诵比《行列之歌》，乃至我已写出和正在写出的更饱满、更精美、更雅致的诗篇。关于书中的插图，你说道：“你们是艺术大家，凭借双子星座君王们赐予你们的以太之力创造了这奇珍之作。我们这些凡夫俗子来了，我们只能用我们贫乏的主张理解那鸿篇巨制。因此，你们因我们的愚昧而成了不幸受害者，而我们也因之成了吃亏的可怜人。”这话我是不能接受的，并请原谅我对之表示反叛（我的反叛何其多啊）。梅娅，你是我们当中的一员，你就在我们中间。你在艺术男女之中，如同红花由绿叶簇拥。你在《都城报》上发表的关于《疯子》插图的评论文章，便是深刻艺术感触、精明独到思想和锐利评论目光的最好证明。评论家的眼睛看到了只有少数人才能看到的东西。我可以毫不夸张地说，你是第一位昂首挺胸、泰然自若如在自己家中，迈着坚定步伐，走进“九姐妹”[1]林中的东方姑娘。你何不告诉我你是怎样晓知你所通晓的一切的？你是从哪个世界采集到你心中的奇珍异宝的？在你的灵魂来到黎巴嫩之前，你曾生活在哪个时代？天赋之才当中的秘密要比生命的秘密更加深刻。

你想听听西方人怎样议论我，我谨对你这种热忱和民族感情致一千谢意。他们说了很多话，言过其实，猜想偏颇，认为兔子窝里出了骆驼。朋友，上帝知道我一读到谈我的那些美好言词，我便泪洒胸怀。称赞是人们置于我们肩上的一种责任重担，它会使我们自感柔弱。但是，一定要前进，哪怕重担压弯我们的背，一定要从柔

[1] “九姐妹”或“九女神”，指希腊神话中司文学、艺术和科学的九位女神。——原注

弱中发现力量。我在另一封信中给你寄去报纸杂志上的一些评论，你将从中知道西方人已经厌恶了他们自己的灵魂幻影，对他们自己也已感到烦腻，于是找他们不熟悉的新奇东西进行消遣，尤其喜好东方的东西。黄金时代过去之后的雅典人就是这样的情况。一个月或稍多点儿时间以前，我把报纸上关于《疯子》的一组评论寄给了伊米勒·泽丹先生；当然，他也是你的一位朋友。

赞美上帝，感谢上帝终于结束了你们的危机。我看过那些游行示威的消息，想象你定会惊恐不安，于是我也恐慌不安起来。在惶恐不安情况下，我反复默诵起莎士比亚的诗句[1]：

Do not fear our person.

There's such divinity doth hedge a king.

That treason can but peep to what it would.

Acts little of his will.

梅娅，你是受神灵呵护的。在你的心灵中有一位受上帝保护、免遭任何灾难的国王。

---

[1]《哈姆雷特》第四幕第五场中的台词，意为：

"别为我担心；一个国王是有神祇护卫的，叛逆的人只能窥伺非分，无从实行他的野心。(梁实秋译文)

"莫怕他危害我：一位君王自然有神灵护卫着，叛逆只能心怀着恶意睨视他，无法施展它的毒汁。(孙大雨译文)

"不要担心他会伤害我的身体，一个君王是有神灵呵护的，他的威严可以吓退叛逆。"(朱生豪译文)

你问到，在我这里有没有你们的朋友？

有啊，凭生命起誓，凭生活中的伤人甘甜和神圣苦涩起誓，我们这里有你们的朋友：其意志保卫着你们，其心灵愿你们安好，愿厄运远离你们，保佑你们免遭任何伤害。不在场的朋友也许比在场的朋友更亲近。对于行走在平原上的人来说，那大山不是显得比山中居民眼里的山更加威严、清晰和显著吗？

夜色已用它的饰带笼罩了这个画室，我再也看不到我的手所写的东西了。谨向你致一千个问候、一千个敬意。上帝永远护佑着你。

你的忠实朋友

纪伯伦·哈利勒·纪伯伦

1919年6月11日　纽约[1]

《疯子》已被译成法文、意大利文和俄文。该集子的部分内容被译成其他几种文字。法文译本不久将问世，到时候我将给你寄去一本。

---

❶ 1919年6月11日，纪伯伦寄给梅娅一些美国作家评论《疯子》的剪报。在一篇评论旁边，纪伯伦写了这样几句话。

1919 年 7 月 25 日　纽约

亲爱的梅娅小姐：

自打我开始给你写信到现在，你总是浮现在我的脑海里。我曾长时间地思念你，与你交谈，询问你的内心所想，探索你的秘密。奇妙的是我曾多次感觉你的化身就在这画室之中，正观察着我的一举一动，不时地与我说话，对我的作品发表意见。

我这样说，你当然会觉得离奇；与此同时，我也感到奇怪，一种需求使我不由自主地给你写起信来。假若我能破译隐藏在这不由自主和迫切需求之后的秘密，那该多好啊！

有一次你对我说："头脑之间的唱和、思想之间的交流，也许知觉是无法感触到的；但是，谁能断然否定一国同胞之间的唱和与交流的存在呢？"

这段美好话语中有一个基本事实，我曾主观臆断过它的存在，而现在却通过心灵体验证实了它。近来一段时间，我已确信有一种精细、坚固、奇妙的精神纽带，它的本质、特性与影响不同于其他任何纽带，而是更强烈、更坚韧、更长久，就连血缘的、胎生的，甚至道德的纽带都不能与之相比。这纽带中没有一根由摇篮到坟墓闪过的日日夜夜所纺成的线，也没有一根由过去的理想、今日的愿望或未见的希冀纺成的线。也许这种纽带存在于这样的两个人之间；过去、现在或许将来都不曾、没有或不能将该二者聚集在一起。

梅娅，在这种纽带里，在这种心灵情感里，在这种隐形的相互理解中，有联翩的梦，它比徜徉在人类心中的一切梦都奇异古怪，那是包容在梦中的梦中之梦。

梅娅，在这种互相理解之中，有一首深沉、静宜的歌，我们在夜深人静之时能够听到它。它会把我们带到黑夜、白昼、时光和永恒之遥远的所在。

梅娅，在这种纽带里，在这种情感之中，有一种永不消失的痛苦忧烦，但它对于我们来说十分珍贵；即使有可能，我们也不会用我们所知道和想象的快乐尊荣将之替换。

我之所以把不能也不想告诉你的东西告诉你，只是因为你的心灵中有着相似的情怀。倘若我展示给你的是一个早为你所知的秘密，那么，我便是承蒙生活厚爱、被生活拥立在白色宝库前的幸运者之一；假使我所表明的仅仅是我个人的私事，那么，你可以将此信一火焚毁。

朋友，我恳求你给我写信，求你用翱翔在人间道路上的绝对单纯精神给我写信。你和我都对人类了解甚多，不但了解使他们相互接近的志趣和爱好，也了解令他们彼此疏远的因素与办法。既然如此，我们何不躲避一下，离开他们走过的老路一个时辰，站在一旁静观日夜、时光与永恒之外的东西，即使、哪怕只一次呢？

梅娅，上帝永远呵护着你。

你的忠实朋友
纪伯伦·哈利勒·纪伯伦

1919年7月26日[1]

此书将在今年初出版，我将把收到的第一本样书寄给你。

1919年11月15日　纽约[2]

这是艺术盛宴发出的请柬，你何不驾临此间，为我们增添一份荣幸?

1919年11月30日　纽约[3]

若是你在这里，给我的声音插上翅膀，把我的细语化作朗声歌吟，那该多好！不过，我相信当我在“异乡人”当中朗诵时，还有一位暗在的“朋友”在聆听我的声音，给我目送着甜美温柔的笑意。

---

❶ 1919年7月26日，梅娅收到纪伯伦的一封信，内有一份刊有纪伯伦近照的剪报。该剪报内容是美国女评论家艾丽丝·拉菲尔对纪伯伦《绘画二十幅》一书的评论。纪伯伦在剪报空白处写下上面这句话。

❷ 1919年11月15日，梅娅收到纪伯伦一封信，信中有一请柬，是在纽约举办的美国及外国艺术家的大型艺术展览会发出的请柬。纪伯伦在请柬上用英文写下这句话。

❸ 1919年11月30日，梅娅收到纪伯伦一封信，信中夹寄着一张由纽约麦克·道威尔俱乐部发出的请柬。那是一次诗歌朗诵会，于1919年12月2日举行。其间，纪伯伦朗诵由他自己创作的寓言及散文诗。纪伯伦在请柬上用英文写下这几句话。

1920年1月28日　纽约

亲爱的梅娅小姐：

你想“确切”地知道我后悔的意味及我要求你宽恕以外的“心理秘密”。我这就简要地把过去和以后的那种种后悔、那种种意味、那桩桩秘密及那些心理状况以外的事情告诉你。

我写了被你称为“抒情歌曲”的那封信，没有后悔，也不会后悔。

我对信中的任何最小的字母和最大的标点，都不后悔，也不会后悔。

我并未失去方向，因此也无须寻觅正路。

设想一下，我怎么会对我现在和当时心中都存在的东西感到后悔呢？

我并不是那种一吐露心事便立即后悔的人。

我也不是那种醒时否定梦中确定的事情的人。因为我做梦之时就是我的清醒之时，我的清醒之时也便是我做梦之时。因为我的生活不能分成前进一步和后退两步。

至于我所犯的罪过，或者说你想象中我所犯的罪过，我虽是个远离评说世界的人，但读过你讲过的关于那个黎巴嫩人，即你离开亚历山大海滨沙滩之前，和你说话的那个黎巴嫩人的事。你写道：“十分遗憾，我忘了向他的手上泼点儿开水，借以惩罚他的非礼之举。”读过这段话之后，在我将信投入信箱之前，我应该注意到一件应该知道的事情。我认为，或想象，或揣测，正是那封信给你造成了这方面的烦恼。当我们知道个人的私事经他人之手展现在那些不应该知道此事的人们眼前时，谁会不心烦意乱呢？

这便是我留意到并且感到后悔的一件事，也是我求你将之放在遗忘箱中的唯一一件事。我把“检查处”和设立该机构的原因以及它所造成的后果称为“度量衡世界”。我之所以用这个名字称呼它，乃是因为它像地狱远离真理森林一样远离当时我全神贯注的世界。

我去年已经知道了有关“检查处”的事情，那足以让坟墓间的猫头鹰发笑！这个尊贵机构的某些青年职员打开从东方寄给我的信件，他们在信末加上些附言、问候语、致敬词及政治、文化和文学方面的评论，还有的人为了我从未听说过的目的向我索要钱财。

比所有这些人更出奇的是，有一位大马士革的检察员，看见寄给我的信上有大块空白，竟然用一首歌颂我的长诗将之装饰起来！如果我将那首长诗的全部故事告诉你，你定会对我大发雷霆。

至于那封被称为“抒情歌曲”的信，它则发自于我，依附于我，久在于我；它就是我，如同我的过去和未来。它现在就像昨天的它和明天的它。多马[1]，你难道不相信吗？梅娅，你想用你的手指摸摸我的伤口吗？

请允许我再说一遍，我讨厌朋友之间的“精到嘲讽”和“非精到嘲讽”，我讨厌灵魂互通者之间的“哲学诙谐”和“非哲学诙

---

[1] 多马，是耶稣的十二使徒之一。因他怀疑耶稣死后复活的预言，后来耶稣复活时，有意在他面前显现，并对他说：“伸出你的指头来，摸摸我的手；伸出你的手来，探入我的肋旁。”多马这才深信地说：“我的主，我的上帝！”后以多马来比喻只能亲自经历才肯相信的人。

谐”，我讨厌在每件事情上，甚至升天时的牵强附会和矫揉造作。我之所以讨厌这些东西，原因在于我每一分钟都能看到我的周围存在的机械文明现象及因为没有翅膀只有靠轮子前进的这种社会所产生出来的结果。

我猜想因为《疯子》里的部分内容，致使你把“精到嘲讽”归罪于我。如果我猜得不错，我就将成为那本书的第一个牺牲品。因为“疯子”并不完全是我，而是我创造的一个人物，借他的口舌表达思想和意向，而且那并不都是我的思想和意向。我所用的与那个疯子相称的语气，也不是我与我所热爱与敬重的朋友谈话时所采用的语气。不过，如若定要通过我写的东西了解我的真实情况，何不以《行列之歌》中的“森林青年”来取代“疯子”，以实现这一目标呢？梅娅，我的灵魂与其说接近“疯子”及其呐喊声，毋宁说更接近于“森林青年”及其芦笛歌声。你终将知道《疯子》不过是用各种金属制造的长锁链上的一环罢了。我不否认《疯子》只是一个粗糙铁环，但是，这并不能证明整条锁链全是粗糙铁制品。梅娅，每颗灵魂都有其四季，灵魂的冬天不像其春天，其夏季也不同于它的秋令。

你出身利未[1]家族，我感到非常高兴。我之所以如此高兴，是因为我是一位马龙派祭司的外孙[2]！是的，那位祭司是我的外祖父，是

---

❶ 利未，《圣经》中的人物，是以撒的孙子，雅格和其妻所生的第三个儿子，底拿的哥哥。以色列人出埃及后，利未的子孙利未人都成为世代祭司。“利未家族”在此指“祭司世家”，即“牧师世家”或“神甫世家”。

❷ 纪伯伦的母亲卡米莱是艾斯图凡·拉哈麦祭司的女儿。——原注

我母亲的父亲，是一位深通神学秘密的牧师（但他喜欢教堂和非教堂音乐，所以他的神职被音乐所掩盖）！我母亲是他最喜欢的，同时长相也最像他的孩子。奇怪的是母亲正在青春妙龄之时，便下定决心准备进黎巴嫩北部的圣赛姆阿修道院[1]做修女去了。我继承了母亲百分之九十的性格和爱好（我并不是说在温柔、恭顺和博大胸怀上像她）。虽然我自觉对修道士有些讨厌，但我喜欢修女，打心底里为她们祝福。我之所以对修女充满好感，也许是因为母亲年轻时心中幻想的那种秘密愿望（Mystique）。我记得我二十岁时，母亲有一次对我说："假若我入了修道院，那对我、对别人都是再好不过的了。"

我对母亲说："如果你进了修道院，我可就来不到这个世界上了。"

母亲回答："你是命中注定的，孩子。"

我说："是的。我来这世界之前好久好久，就选定你做我的母亲。"

母亲说："如果你没来到这个世界，你就留在天上做天使。"

我说："我仍然是天使呀！"

母亲微笑着说："你的翅膀在哪儿？"

我让母亲把手搭在我的肩膀上，说："就在这里。"

她说："被折断了呀！"

此话说过九个月之后，母亲便走向蓝色天际之外的世界去了。

---

[1] 即盖尔尼马克·圣赛姆阿修道院，因其位于泽厄来塔省的盖尔尼·艾伊图中部而得名。黎巴嫩女圣徒茉莱卡在那里度过其生平的一个阶段。——原注

而她那“被折断了呀”的话语，却一直回荡在我的心灵中；我借这句话，编织了《被折断的翅膀》[1]这篇小说。

不，梅娅，我从未在母亲面前卖老。她过去和现在仍然是我的灵魂之母。如今我觉得母亲对我的亲近、影响和帮助之强烈、巨大是不能与她别离人间之前的我的感觉相比的。但是，我的这种感觉并不否认和拒绝我与母亲们和姐妹们之间已经存在的灵魂上的其他联系。我对家母的感情与对母亲们的感情之间的差别仅仅是清晰与微弱记忆之间的区别而已。

这仅仅是关于家母的点滴情况。如若老天能给予我们相聚时光，我必将把母亲的许多情况详细告诉你。我相信，你定会喜欢她的；你之所以喜欢她，是因为她喜欢你。遨游在彼间的灵魂是会喜欢行走在此间的美丽灵魂的。梅娅，你就是一颗美丽灵魂，因此对我说的“她喜欢你”不会感到奇怪和陌生。

发表在《艺术》杂志上的那幅肖像画是她心灵痛苦情况下的容貌。刊登在 *Twenty Drawings*[2] 扉页上的肖像也是母亲的面容；我之所以将之命名为《向着无限》，是因为那幅画所表现的是她在这里度过的生命最后时刻；而她生命的最初时刻是在那里度过的。

至于我父亲的这一家族，我则能够以出过三或四位祭司而炫耀一番，如同你为齐雅黛家族出过祭司和主教那样感到自豪！不过，你略胜过我们一筹，因为你们家族出过主教，而我们这株树上从未

---

[1]《被折断的翅膀》系纪伯伦的中篇小说。

[2] 即 1919 年在纽约出版的《绘画二十幅》。

结过此类果子！但我们有牧师或半牧师，你们有这种神职人员吗？这位牧师曾向上帝顶礼膜拜，祈求上帝让我就像浪子回到父亲那里去一样，回到使者同盟教堂的怀抱中去！如你所知，教堂怀抱就像“多国之父”亚伯拉罕❶的胸膛：用途其一，供罪人休闲；用途其二，供死者长眠。可怜的耶稣没能摆脱其一，却落在了其二之中。赞美苍天，我既没成为罪人，也不会入死者行列！但是，我深深同情亚伯拉罕，尤其同情他的胸膛……

此外，当然你知道，黎巴嫩北部的一半居民是牧师的子孙！你们的家乡——我猜想是埃齐尔❷——也如此吗？至于我们的家乡贝什里，牧师和修道士的数量难以统计！

好吧，让我们谈一谈《泪与笑》❸一书吧！我并无怕意！

这本书是在大战爆发前不久出版的。该书问世当天，我就给你寄去了一本。是的，我是在艺术印刷厂印出的当天，就给你寄去了一本《泪与笑》。但是，你收到该书与否，我没听你提到过一个字，致使我感到不快，而且至今仍觉得很遗憾。

《泪与笑》里的文章是我最早发表在报纸上的东西，那是我的果

---

❶ 亚伯拉罕，《圣经》中的人物，是希伯来人，挪亚长子闪的后代，他拉的儿子，哈兰的哥哥。他原名亚伯兰，九十九岁时，上帝向他显现，并对他说：“我必使你的后裔极其繁多，国度从你而立，君王从你而出。”上帝命他将亚伯兰之名改为亚伯拉罕，意为“多国之父”。

❷ 埃齐尔，位于黎巴嫩山凯斯来瓦尼省的城镇，距梅娅·齐雅黛的故乡舍哈图勒村很近。——原注

❸《泪与笑》，纪伯伦的散文诗集，出版于1914年。

树园里的未熟之果，均写于《草原新娘》[1]之前很长时间，之后陆续于十六年前发表在《侨民报》[2]上。奈西卜·阿里达出主意将之收集起来，又加进了我十二年前在巴黎写的两篇文章。愿上帝宽恕他。在《泪与笑》之前，我是指我的童年和青年时期，我习文、吟诗，写了厚厚的几大本！不过，我不曾犯将之发表的罪过，我日后也不会那样做的。我给你寄第二本《泪与笑》。希望你注意其灵魂，莫把注意力放在其他的躯体上。

我倾向于夏勒·介兰[3]，但我觉得他所归属的流派，或者说生出他这枝条的那株树，并非生长在天堂森林里。19世纪下半叶和20世纪初的法国诗歌，是一种已存在事物的终结，并不是一种尚未出现之事物的发端；这尚未出现之事物，我指的是尚未存在于感官所能感触到的世界之中的那种东西。我认为雕塑家罗丹、画家卡里埃[4]、音乐家德彪西[5]都走上了新路，他们是真正的巨匠。但是，介兰及其同伴们过去和直到现在仍然走在战前的欧洲精神状态为他们划定的道路上。虽然他们感触到了生活之美及生活之中的痛苦与欢乐、表象与秘密，但他们代表的仍然是一个时代的黄昏，而不是另一个时代的黎

---

[1]《草原新娘》，系纪伯伦的一部短篇小说集，其中收有《世代灰烬与永恒之火》《玛尔塔·芭妮娅》和《痴癫约翰》三篇短篇。出版于1906年。

[2]《侨民报》系艾敏·欧莱伊卜于1903年在美国创办的阿拉伯文报纸。

[3] 夏勒·介兰（1873—1907），法国诗人。

[4] 卡里埃（1849—1907），法国油画家、石板画家和雕刻家，以描写天伦之情及知名文学家和艺术家的肖像闻名。

[5] 德彪西（1862—1918），法国作曲家，受文学和美术中印象主义和象征主义影响而创造了一种十分独特的和声与音乐结构体系。

明。在我看来，我们这个时代的阿拉伯世界的作家和诗人代表着同样的思想、同样的情况和同样的时代，只不过十分微弱罢了。

提到阿拉伯世界，我顺便问问你：你究竟为什么不教导埃及的作家和诗人走上新路呢？你，只有你才是有能力的人，有什么能阻碍你行事呢？梅娅，你是新的黎明之女，为何不唤醒那些沉睡者呢？一位才女，无论过去和将来都能抵得上一千个才子。我毫不怀疑你若持续不断地呼唤那些受奴役的迷茫、彷徨的心灵，定能唤醒其生命、意志和向高山攀登的兴趣。请你做这项工作吧！请相信，往灯里添油的人，定能使其家中充满光明；阿拉伯世界不就是你我的家吗？

你感到抱歉，因为你未能出席“艺术盛宴”。我却对你这种遗憾感到意外，而且非常意外。难道你不记得我们一同到展览会去？你忘记了我们看过一幅又一幅画？你忘了我们缓慢地走在那宽敞的大厅里，边走边研究、评说、探索线条和色彩之外的象征、含义和意旨？所有这些，你都忘了吗？看来我们的“透明成分”在我们不知不觉之中做了许多事情，取得了许多成果。当我们在小房间里读晚报时，“透明成分”正鼓翼飞翔在地球的另一面；当我们与亲朋好友对坐聊天时，“透明成分”正造访远方的朋友；当我们将茶斟入一位正在对我们讲述她女儿的婚礼情况的妇女的杯子时，“透明成分”正漫步在人类的眼睛从未看到的远方神奇田野和森林里。

梅娅，我们的“透明成分”多么奇怪呀！它所做的不被我们所知的工作又是何其多啊！但是，不论我们知道与否，它都是我们的希望和康庄大道。它是我们的命运和完善。它就是神性中的我们。

因此，我相信，只要你好好回忆一下，你就能记得我们参观那个展览会的情景。你何不回忆一下呢?

我的信已经很长！能在什么东西中发现乐趣的人，定会将之延伸、拉长。

我在午夜之前开始给你写这封信，现在已是夜半与黎明之间，然而我连一句刚开始写信时要说的话还没有说出呢！我们心灵里的那实在的真理，那单纯的实质，那被苏醒围绕着的梦幻，只将沉默作为外部表现。

是的，我本想向你提出一千零一个问题，而现在已是鸡鸣时分，我连什么都还没问。我原想问你，如在友谊的词典里是否真有“我的先生”这样的词儿?我在手中的一本词典里查过这个词儿，但没有查到，一时自感不知如何是好。但是，我觉得这本词典是一种校订本，也许我查的不是地方！

这是个小问题，还有许多大问题另找机会再问，推到另一夜去。我的今夜已经年迈衰老，我不想在年老夜下给你写信。

愿新的一年给你的掌中充满吉星。

你的忠实朋友

纪伯伦·哈利勒·纪伯伦

又及:

写罢此信，打开窗子，只见这座城市披上了银装，大雪漫天而降，那样从容寂静，果敢坚定。这壮观场面净洁无瑕，令我敬畏不已，使我想起黎巴嫩北方，想起我少年时代堆雪人，太阳出来后将雪人融化的情景。

我喜欢暴风雪，如同喜欢各种风景。我将外出，将在这一时刻外出，在白色风暴下漫步。不过，我不会独自漫步在那里。

纪伯伦

1920年11月3日　纽约

我的女朋友，梅娅：

我近来的沉默不过是不知所措与糊里糊涂的沉默。我多次处于不知所措与糊里糊涂的状态中，坐在这座“谷地”里，以便与你交谈，责备你，但我找不到要对你说的话。梅娅，我不知该对你说什么，因为我觉得你没有给我留下说话的余地。因为我觉得你想切断那无形之手纺出并系在思想与思想、灵魂与灵魂之间的无形丝线。

我多少次坐在这个房间里，久久地望着你的面容，但我一句话都没说。你呢？你凝视着我，摇头微笑，仿佛从同伴的紊乱神态里发现了什么乐趣似的。

现在，你的甜美来信就在我的面前，我能对你说什么呢？这封神圣书信将我的惶惑变成了羞涩。我为我的沉默感到害羞，我为我的痛苦感到害羞，我为使我手捂双唇、沉默无言的高傲感到害羞。昨天，我还以为你是“罪人”；今天，我则看到你的温柔与怜情如同两位天使相互拥抱着，我认为原来“罪人”是我自己。

不过，朋友，请你听好，我将把我沉默和痛苦的原因告诉你。

我有两个生命：其一，我将之用于工作，研究与人交往、与人斗争及探索隐藏在人们内心深处的秘密；其二，我将之遣往一个不受时空限制的遥远、宁静、庄严而神秘的地方。去年，我到了那个遥远的地方，环顾四周，只见另一个灵魂坐在我的灵魂旁边，与我的灵魂的交流比思想更精细，与我的灵魂共享深厚的情感。当初，我把这件事情归于简单平常的事理，但没过两个月，我便确认那里有比平常事理更为深远、精细的秘密。奇怪的是，我从这心理旅行回返时，感觉到有一只类似雾霭的手在触摸我的脸面。有时候，我还能听到细微柔和的声音，就像孩童的喘息回荡在我的耳边。

某些人说我是“幻想家”，我不知道他们这种说法的意思是什么，但我知道我不是那种幻想到自欺地步的人。假若我想欺骗自己，我自己也不会相信自己。梅娅，心灵在生活中只能看到与之有关的东西，只相信其亲身经历的事情。只要心灵经历一件事，那件事便成了它那棵树的一个枝条。我去年经历了一件事；我体验了它，但没去想象它，而且体验了数次。我用我的心灵、智慧和感官体验了它。我经历过它，体验了它，本想将它像私物一样隐藏起来，但我没隐藏，而是向我的一位女友显示出来。我之所以将之显示给我的女友，原因在于我当时感觉到迫切需要向她显示，你知道我的女友对我说什么吗？她立即对我说：“这是‘抒情歌曲’！”假若对一位肩扛着自己孩子的母亲说：“你扛在肩上的是一尊木雕像！”那位母亲将如何回答你呢？

几个月过去了，这“抒情歌曲”一词一直铭刻在我的心中。我的女友并未罢手！她不但不罢手，反而处处伏候着我。我每说出一句话，她必定严加责斥；我每注视一种东西，她必将之隐藏在面具后；我每一伸手，她必用钉子将之钉一个洞。之后，我失望了；在心灵中的诸要素之中，没有比失望更苦涩的要素了。在生活之中，对于一个人来说，没有比对自己说“我失败了”更难的事情。

梅娅，失望是心中每一次涨潮的落潮。梅娅，失望是一种无声的情绪。因此，在近几个月里，我坐在你的面前，久久望着你的面容，却只言未发。所以我没有写信，而是暗自说：“我没有机会了！”

但是，每个冬天的心中都蕴含着萌动的春天，每个夜晚的面纱之后都隐藏着微笑的黎明。看哪，我的失望已经转化为一种形式的希望。

我画《向着无限》那幅画的时刻是多么神圣！那位亲吻另一女人脖颈并与之窃窃私语的女人是多么恬然、端庄！那在我们心灵深处说话的光是多么灿烂！梅娅，那光是多么灿烂啊！

上帝让那位男子站在两个女人之间，其中一个女人用梦幻编织清醒，而另一个女人却用清醒编织梦幻，我能如何评说那位男子呢？上帝将一颗心置于两盏明灯之间，我能怎样论说那颗心呢？我能说那位男子什么呢？他是个悲伤的人吗？我不知道，但我晓得唯我独尊是不与那位男子的忧伤为邻的。他是个幸福的人吗？我不知道，但我晓得自私自利是不会接近他的幸福的。他在这个世界上是异乡人吗？我不知道，但我要问问你，你是否愿意他永远做你的陌生人？他是个陌生人，难道世间没有人懂得他心灵语言的一句话？我不知道，但我想问问你，你不想用你最懂得的那种语言与他交谈一下吗？

在这个世界上，你不也是异乡人吗？实际上，你不是也对你周围的环境及周围的种种目的、倾向、结果和目标感到陌生吗？请告诉我，梅娅，请告诉我，在这个世界上有许多懂得你心灵语言的人吗？你可曾遇到过这样的人：你一言不发，他却静听你的声音；你一动不动，他却对你全然理解；你与他面对面坐在一室之中，他却与你一道畅游生活的至圣殿堂？

你和我同属于上帝赐予其许多朋伴、亲近人和敬仰者[1]的那种人。不过，请你对我说，在忠诚的热心人当中可有这样一个人，我们当中的一个能对他说“你何不替我背一天十字架”呢？他们中间有谁知道我们的歌声之后还有不受声音禁锢、丝弦不因之颤动的歌？他们当中有谁晓得我们的悲中有欢、欢中有悲呢？

你对我说：“你是艺术家，你是诗人，你应该成为幸福自足的人，因为你是艺术家和诗人。”可是，梅娅，我既不是艺术家，也不是诗人。我把我的日日夜夜都用在画和写上，但“我”不在我的日日夜夜里。梅娅，我是雾霭。我是笼罩一切的雾霭。我是雾霭；在雾霭中有我的孤独与寂寞和我的饥饿与干渴。我的灾难在于：雾霭是我的真实，向往与天空中的另一团雾霭相会，企盼听到有人说：“你并不孤独。我们是两个人。我晓得你是谁。”

朋友，请你告诉我，告诉我，在这个世界上有谁能够并想对我说：“雾霭啊，我就是另一团雾霭！来吧，让我们将高山和峡谷笼

[1] 基布尔所编版本，此处为：“梅娅，我属于生活赐予其朋伴、亲近人和敬仰者的那种人。”——原注

罩！来吧，让我们行走在树木之间和树木之上！来吧，让我们将高耸的岩石淹没！来吧，让我们一道进入造物的内心深处！来吧，让我们在那遥远不为人知、难以接近的地方畅游！”梅娅，请告诉我，在你们那里，有谁想到而且能够对我说哪怕是这些话中的一句呢？

你想让我微笑，要我“宽恕”。

自打今天早晨起，我常微笑，我微笑在内心深处，我微笑在周身，我久久地微笑着，仿佛我是为微笑而降生的。至于“宽恕”，则是个可怕、伤身、杀人的字眼儿，它使我站在一个如此谦虚的高尚灵魂面前感到羞涩、惶恐，令我低头向之祈求宽恕。伤害人的只是我。我在沉默和失望中伤害了他人。因此，我求你原谅我的过错，求你宽恕我。

我们最好把话题转向《芭希萨·巴迪娅》[1]一书。在我的生平中，我还不曾看见过用这样的线条和色彩描绘的两幅画像。在我的生平中，我还不曾看见过一个框中放着两帧画像，其一是位女文学家、改革家的画像，另一帧是比文学家、改革家更伟大的女性的画像。在我的生平中，我还不曾见过一个镜子里有两张面孔，其中一个女人的面孔被地球阴影遮掩了一半，另一个女人的面孔沐浴着太阳的光芒。我之所以说“一个女人的面孔被地球阴影遮掩了一半”，是因为数年以来，而且至今我仍然感到芭希萨·巴迪娅没有避开其周围的物质环境，也未能摆脱掉与之并行的民族影响和社会影响，只是死神松

---

[1] 芭希萨·巴迪娅是埃及女文学家麦里克·哈芙妮·纳绥福（1886—1918）的笔名，意为“荒漠女探险家”。1920年出版的《芭希萨·巴迪娅》是梅娅·齐雅黛为这位女文学家写的传记。

解了她的桎梏。至于另一张面孔，那沐浴在阳光里的黎巴嫩人面孔，在我看来，那是第一位升华到以太圣殿的东方女子的面孔。在那里，灵魂脱离了由传统、习惯、繁杂和惯性之尘造就的躯体。那也是第一位意识到存在的合一性的东方女子的面孔，晓得存在中包含着隐蔽的、明显的、已知的和未知的东西。明天，时光将作家和诗人们写的东西抛入遗忘的“深渊”之后，《芭希萨·巴迪娅》一书仍然为研究思想家和清醒人所称颂。梅娅，你是荒漠中的呐喊声，你是神圣之声，神圣之声将回荡在以太中，直到时光竭尽。

现在，我应该回答你提出的每一个有趣的问题，一点一滴也不应该忘掉。

首先是“我怎么样？”——近来我没想过我怎么样，但我很可能处于良好的状态，尽管在我的日常生活中充满各种形状大小不同的烦心劳神之事。

“我写什么？”——每晚与清晨之间写上一或两行字。我之所以说晚与晨之间，是因为我现在正利用白日时光潜心画一大幅油画，应该在今年冬天结束之前将之完成。假若不是画及其缠身的合同，我会把今冬打发在巴黎与东方之间。

“我很忙吗？”——我总是忙，就连睡觉时也在忙。我像顽石一样静止着时也在忙。但是，我的真正工作不是写和画，而是在我的心灵深处。梅娅，有一种与说话、线条和色彩毫不相干的活动。我为之而生的工作不用笔和刀。

“我今天穿的衣服是什么颜色？”——我习惯于同时穿两套衣服，一套是织匠所织，裁缝所缝，另一套是由骨、肉和血构成！今天，我穿着一件宽大长褂，上面布满墨水和颜料的痕迹，除了干净，与苦行僧的衣服没有什么不同！另一件由骨、肉和血构成的衣服，则被丢在对面房间里，那是因为远离它更便于我与你交谈。

“自打早晨起，我抽了几支烟？”——这一问多甜，又是多么难以回答呀！梅娅，这是个抽烟的日子，吸烟是一种乐趣，而不是人力不可抗拒的习惯，有时一周不动一支烟。是的，今天我已抽了二十多支烟，这要怨你！假若我独身在这“谷地”里，我决不会抽烟！但是，我不想独处。我的房子依旧既无顶又无墙，谁想成为囚徒呢？至于沙海和以太海，则依然像昨天一样，还是那样幽深多浪，没有岸边。我用来渡海的船在前进着，只是行进缓慢。谁能够并且想为我的船增加一道新帆呢？但期我能够知道谁能够并且打算使我如愿。

《向着上帝》一书仍在星云之间，其最好的插图仍是空中和月球表面上的线条。《孤独者》一书已于三周前以《先行者》[1]之名问世，我已给你寄去一本。就在同一邮件里，我还寄给你一本《暴风集》[2]及我的果园里的未成熟之果——《泪与笑》一书。我没有把出版商发行的图书寄给你，因为夏日我在遥远的旷野；此外，还另有原因！至于绘画、陶瓷、玻璃、古书、乐器和埃及哥特式的石雕，正如你所知，那都是永恒精神的外在表现，都是由上帝书中散发出来的言词。我多少次面对它们而坐，沉思着创造它们的热望之

❶《先行者》，出版于1920年。

❷《暴风集》，出版于1920年。

情；我多少次凝神注视着它们，直至它们从我的视野里消失，取而代之的是它们从幽冥世界带到现实世界的历代幻影。我还未曾得到迦勒底的玄武石雕像，但在已过去的春天里，一位随英国远征军驻伊拉克的朋友写信告诉我说："我若发现了什么东西，那就属于你。"

你所有的问题，我都回答了，一点儿也没有遗忘。信写到这一页，但我在第一页开始时想要说的话还一句没有说出。梅娅，我的需要还没有凝成露珠；那寂静，那生着翅膀的抖动着的寂静，还没有转化成为言词。可是，你何不用手抓一把雾霭呢？你何不合上双眼，听一听那寂静说话呢？你何不再次经过这道谷地？你可知在这里，孤独像畜群一样行进，像群鸟一样盘飞，像小溪一样奔流，像冬青槲一样挺拔。梅娅，你何不再次经过谷地？

上帝保佑、护佑你。

纪伯伦

1921年1月11日　波士顿

梅娅：

我们已登上一座高峰，一片平原、森林和峡谷出现在我们面前。让我们坐上一个时辰，畅快交谈交谈吧！我们不能在这里停留很久，因为我看到远处还有一座比这更高的山峰，我们应在日落之前到达那里。不过，只有你高兴时，我们才离开这个地方；只有你放心时，我们才迈出一步。

我们已经越过一道难越的障碍，只不过是在慌张之中越过的。我向你承认，我是个固执、执拗之人；然而我的执拗是被我们称作“意志”的东西所带来的必然结果。我向你承认，我在某些事情上并不明智；但是，在生活中不是就有明智手指触摸不到的东西吗？在我们中间不是就有那样一种东西，智慧在它的面前只能呆呆站立、无能为力吗？梅娅，假若我现在与过去的体验稍有相似之处，我是不会宣布的；只是因为它来得太突然，而且是一种奇异全新的感受。如果那时我在开罗，口头说给你听，而且简简单单，不带有任何个人目的，我们之间是不会产生误会的。但是，当时我不在开罗，而且除了写信别无办法——像这样的“题目”用信表达，往往使最简单的事情穿上最烦琐的外衣，令清晰的面孔罩上厚厚的面纱。多少次，我们都想用最易懂的词语表达简明朴素的思想，那些词语正是我们习惯于用笔倾注在纸上的词语，然而每每却产生出“散文诗”或“幻想文章”；其原因在于我们用于感觉和思考的语言比我们用来写作的语言更加忠诚、准确。我们当然喜欢散文诗和韵律诗，也喜欢幻想文章和非幻想文章。然而活生生的自由情感是一回事，而用书信表达又是另一回事。我自打还是个小学生的时候起，便尽量地远离那种当时流行的陈旧表达方式，因为我始终觉得那种文风所掩盖的思想感情比表达出来的还要多。但是，现在看来，我并未能摆脱掉我所厌恶的东西。这一年半来，好像我仍然停留在十五岁时所在的那个地方，由书信造成的误解后果便是证明。

我再说一遍，假若我在开罗，我们会像站在大海，或星斗，或开花的苹果树面前那样站在我们的心灵体验面前。虽然我们的体验中有些怪异之处，但并不比大海，或星斗，或开花的苹果树更奇特。然而出奇的是，我们对大地和天上的奇迹能够叹服，与此同时却难以相信我们心灵中出现的奇迹。

我过去和现在都认为，有些体验只有两个人在同时参与时才会产生，也许这种认为就是那些信件的最初原因，从而使你对自己说："我们应该到此止步！"感赞上帝，因为我们没有"止步那里"。梅娅，生活不会在任何一个地方止步，这壮美队列只能从无终走向无终。我们都是崇尚生活的人，我们全力向往生活中的公正、吉祥、甘美和高尚的东西，我们对生活中的长在久存的东西充满饥渴之情，我们不想说或做暗示恐怖或"使灵魂充满荆棘和苦汁"的事情。我们不想也不能触摸祭坛一角，除非用经过火的洗礼的手指。梅娅，我们若爱上了什么东西，我们只会把爱本身当作目的，而不是将之视作获得别的东西的媒介。我们谦恭地屈从于一种神圣的东西；我们把屈从视作高尚，将谦恭看作甘霖。如果我们向往某种东西，我们把向往本身视作天赋与主恩。我们知道最遥远的事情恰是最值得和最应该关注与思恋的。

我们——你和我——都不能真的站在太阳光下说："我们应该使自己免受不必要的折磨。"不能！梅娅，我们并非不需要在心灵里放置神圣的酵母，也并非不需要将我们引领向上帝之城的驼队。我们需要一种东西使我们接近我们的大自我，让我们看到我们灵魂中所蕴藏的部分力量、秘密和奇迹。此外，我们还能够在灵魂外在表现的最微弱现象中发现思想的幸福，从一朵花中看见春天的秀美和绚丽，在乳儿的目光中看到人类的全部希冀和愿望。因此，我们不想把最近的东西作为达到最远目标的手段或开端。同样，我们也不想和不能站在生活面前带有附加条件地说：“给我们所要的，或者不要给我们任何东西——要么前者，要么后者！”梅娅，我们不能如此行事，因为我们知道，生活中公正、吉祥、固定的东西是不会按我们的愿望运行的，而是按照它自己的意愿推着我们行进的。你我相距七千英里之遥，吐露我们灵魂中的一个秘密，除了享受一吐为快，我们还能有什么贪图呢？我们站在神殿前，除了获得站立的光荣，我们还会有何目的呢？啼鸣的鸟儿和燃烧的高香，究竟有何期盼呢？在这些孤独的心灵里，不是仅有有限的企望吗？

你对我生日的祝愿多么甜润，芳馨多么浓郁。不过，梅娅，请听我给你讲个小故事，就让你笑我一下吧！奈西卜·阿里达打算将《泪与笑》汇集成册，时间在战前，他想把《我的生日》一文收进那个短篇散文集里。他决定把我的生辰与题目放在一起，而当时我恰好不在纽约，他便开始搜集——他是位不知疲倦、不晓厌倦的搜集者——终于发现了用英文写成的那个久远的日期，于是将“January 6th”译成了“12 月 6 日”！就这样把我的年龄扣除了一岁，将我的真实生日提前了整整一个月！自打《泪与笑》问世至今，我每年享有两个生日：那第一个生日产生于误解，第二个生日也不知道是以太中的哪个错误造成的！上帝和你都知道，从我这里被偷走的那一年，是我用高价买来的，是我用心的搏动买来的，是我用七个砝码的无声痛苦和对未来的热切向往买来的，我怎能允许书中的一个错误将之夺去呢？

梅娅，我远离“谷地”，为了一幅画作于十天前来到波士顿城。若不是将寄至我的纽约住址的一包信转寄到此间来，我就又隔十天才能看到你的来信。这封信解开了我精神绳索上的一千个疙瘩，将期待这片沙漠变成了花园和果园。梅娅，期待是时光坟墓，我就常常栖身于期待之中。有时候，自感自己是在期待未发生的事情中度过一生。我多么像那些躺在耶路撒冷“毕士大”池子旁边的瞎子和瘸子，“因为有天使按时下池子搅动那水，水动之后，谁先下去，无论害什么病都痊愈了”[1]。

今天，我的天使已经搅动了我的池子，我发现了把我丢入了水中的人。我在那个庄严、神奇的地方，二目明亮，步伐坚定。我正与幻影一道并肩前进；在我眼里，那幻影比所有人的真实更加美妙。我手握那只手前进，那手虽如丝光润，但却强而有力，且独具意志；手指虽柔细，但却能举起重物，砸碎桎梏。我不时地扭脸一望，只见闪光双目，挂笑双唇，那唇边的微笑甜美可心。

有一次我对你说我的生命分为两个生命：其一用于工作和交友，其二在雾霭之中。那已是昨天的情况，而今天已经二命合一，我开始在雾霭中工作，在雾霭中会友，而且睡觉做梦，然后苏醒，均在雾霭之中。那是被翅膀拍击声包围着的一种陶醉；在那里，孤独已不再是孤独，向往未知的痛苦比所有的已知物都美好。梅娅，那是一

---

[1]《圣经》“约翰福音”“在毕士大池边治病”载：“在耶路撒冷，靠近羊门有一个池子，希伯来话叫毕士大，旁边有五个池子，里面躺着许多瞎眼的、瘸腿的、血气枯干的病人（有古卷在此有‘等候水动’）。因为有天使按时下池子搅动那水，水动之后，谁先下去，无论害什么病都痊愈了。”

种神仙般的恍惚之感，它将远的东西拉近，将隐蔽的东西明显，用光明将一切照亮。我现在意识到，若缺少这种心灵上的失神入迷，生命只不过是没有果仁的空壳罢了。我确信，我们说和做以及想的一切，抵不上我们在雾霭中的一分钟。

你想让“抒情歌曲”这个字眼儿在我心上挖洞！你想让这个字眼儿承载我，同时我也携带着它的柔弱躯体报仇。那么，我们就让它挖吧，挖吧，挖吧！不但如此，我们将以太中所有的沉睡的抒情歌曲全部呼唤来，命令它们遍布这辽阔的“国度”挖沟渠、铺道路、建宫殿、筑高塔、造庙宇、化崎岖山丘为花园果园，因为一个巨人的民族已经选定了它，并将它作为自己的祖国。梅娅，你是开拓式巨人当中的伟大一员，同时你是一个七岁的小女孩，笑在阳光下，追蝶采花，欢快蹦跳在小溪之畔。生活中没有比紧追这个可爱的小女孩更加甜润美妙的事了，追上她，抓住她，将她抱起来，然后将她背回家去，给她讲些稀罕故事，直到困神封上她的眼帘，让她平平静静地进入梦乡。

纪伯伦

1921年4月6日　纽约

……[1] 难道东方人对有情者的爱慕也随他们的心一起死了吗？一

---

[1] 此信的第一、二页丢失。——原注

位出类拔萃的女性，总将自己的心与灵遮盖着，这合适吗？上帝已将你的灵魂之光和智慧派发给我们。我们迫切需要你的灵魂之光和智慧之火。你何不将光和火的一部分分发给我们呢？

如今，我们“已经结束”了内战，父亲、兄弟、同志和朋友——和全家人一起——走向前来，要求你把你的灵魂和心写成韵诗或散文诗，并像修女一样站在祭坛之前，即使每两个月一次，谈谈那个存在于思想、知识、学问和逻辑之后的神奇世界。

报告一个新消息：我已得到一架顶级望远镜，我每天夜里都要用上一两个小时，凝望无限，接近遥远，面对浩瀚广宇肃然起敬。现在已是子夜，“猎户座”已处于宇宙的适中点。玛莉，你知道，靠近猎户座的“星云”是宇宙中最壮美的景观。起来吧，我的伙伴！快起来，让我们登上屋顶，一起观看天使眼中流露出来的所有惊异、爱怜和智慧之美。我要说，我的女士，男子的一生中若没有上帝赐予他的一个像我的小公主一样的女儿，那么，他的生命总是像只有沙粒的空旷沙漠一样。我的女士，我要说，没有女儿的人应该领养一个小姑娘，因为岁月的秘密及含义都隐藏在小女孩儿们的心中。

我要把我的女儿称为“公主”，因为她的一动一静、声调和微笑、玩耍与创造……简直可以说她的一切都表明了她的公主身份：她称王称霸，自有主张，任何人都不能改变她，谁也无法跟她争论；然而她的霸道和绝对权威多么甜美可爱！

这是一封短信——短得很，但却是我五个星期以来写的第一封信。你何不读一读没有写在信中的东西呢？我起床时再给你写一封信。春姑娘抓住我的前臂，把我从被窝里拽出来，带着我到绿色的地方去。在那里，生活将更新其女儿们的意愿，她们的低声细语和断续呼吸将被歌声和欢呼所替代。

我的朋友，梅娅，我求你不要生我的气，我恭请你不要生我的气。请你为我稍稍祝福，我则常常为你祝福。

纪伯伦

1921年5月21日　纽约

梅娅，我的女友：

多多地，怜悯些；多多地，怜悯些。这是刚刚展现在我面前的一个朴素真理。我灵魂中的新门窗为之全部打开。当我确认了这个真理时，我发现自己站在了我从未梦想过存在于这个世界上的景象面前。

“多多地，怜悯些；多多地，怜悯些”，从这“多多”和“怜悯”中，我已学到了高兴地祈祷，放心地思念，不失尊严地服从。我已经懂得，一个孤独的男人既可以借“多多”之光明照亮自己的孤独，也可以凭“怜悯”之甘甜消除自己的劳累。我还懂得了，一个寂寞的异乡人能够做父亲、兄弟、同伴和朋友，此外还可以做为生活而欢天喜地的孩童。“多多地，怜悯些”，在这个“多多”和“怜悯”之中，有覆盖一切的翅膀和频频祝福的手。

今天，我的健康状况较一个月前要好，但我仍然是个病号。这个羸弱之躯仍然处于没有规律、节拍和韵律的状态之中。你想让我告诉你我有什么不适之感，我把医生的诊断抄给你：

Nervous prostration caused by overwork and of nourishment. General disorder of the system. Palpitation was an inevitable result. Pulse beats 115 per minute-the normal is about 80.[1]

梅娅，是的，在过去的两年里，我的确让我的躯体在超负荷运转。只要有光，我总是在画；写作往往又是通宵达旦；我还作讲演、报告，和各种人交往——这后一项工作是天下最难为之事——坐在餐桌上时，我还要忙于与人谈话，直到端上咖啡，我会喝很多，而且将咖啡既当饮料又当汤。不知有多少次，我夜半之后方才回到住所，往往不遵从上帝为我们的躯体制定的规矩，而是用冷水浴和浓咖啡提神，继之不是写作就是绘画，或者背着十字架，用以打发夜晚剩下的时间。假若我也像我的黎巴嫩北方居民乡亲那样，病魔也便不能这样快地将我俘获。我的乡亲们个个身材高大，体魄健壮，而我则与他们相反，他们那些强者身躯上的优点，我一个也没有继承到。看哪，我用这么多篇幅谈我的病——真是不应该——可是又有什么办法呢？我只能一一回答你那饱含至甜关怀和“期望与祝福”之意的问题。

---

[1] “过度疲劳造成神经紊乱，营养缺少导致心功能失调，心动过速是其必然结果。脉搏每分钟 115 次，而正常脉搏则为每分钟 80 次。” ——原注

那封在尼罗河一排住宅艇面前的一个美丽公园里用铅笔写在打着横格的方形纸上的被撕破了的长信在哪里呢？梅娅，我的信在何处？你为什么不把它寄给我呢？我很想得到它，我想得到它的全部和各个部分。你读过了那封信的片段之后，你知道我是多么想得到那封信吗？正是神圣的片段带来了新一天的黎明。你知道，若不是我怕把我当成“疯子”，我昨夜就发电报给你，求你把那封信邮来！

梅娅，你看到我的善良心地了吗？你需要善良的心地吗？这是一种含有甜味的伤人之语，我如何回答呢？朋友，假若我的身上有什么你所需要的东西，我会把它全部献给你。善良心地本身并不是什么美德，恰恰相反，是一种愚蠢。那么，愚蠢会居于“多多地，怜悯些”之地吗？

如果善良心地在于热爱美好、敬畏高尚、向往遥远与未知——如果善良心地居于这些之中，那么，我就是一个善良人；假若善良心地不居于这些当中，那么，我也就不知道我是何许人也了。梅娅，我觉得高尚女子必定要求男人灵魂中存在善良心地，哪怕男人是个傻瓜。

假若此时此刻我在埃及，那该多好啊！假若我在故乡，靠近我心灵所热爱的人们，那该多好啊！梅娅，你可知道，我每天都在想象着自己居于某一个东方城市郊区的一座房子里，看到我的女朋友坐在我的对面，对我朗诵她尚未发表的最新作品，我们就文章题目进行长谈，然后我们一致认为那是她直到现在所写的最好作品。之后，我从她枕头下抽出几张纸，读一段昨夜写的东西。我的女友对之称赞少许，然后暗自说：“他在这种情况下，不该再写。这些段落的结构松散无力而紊乱，他不应该再写有思想性的作品，除非他已完全康复。”这些话，都是我的女友暗自说的，而我也暗自听着，我自感有些满足，然而我很快却高声说：“宽限我一点吧！宽限我一周或两周时间，我会给你朗读一段美文，一段极好的美文！”你则坦率地回答我说：“你应该停止写作、绘画和所有别的工作一年或两年；如若不然，我会生气的！”我的女友用充满“绝对专制”的口气说出“生气”一词，然后像天使一样微笑。见她既生气又微笑，我一时不知如何是好。然后我发现自己为她生气和微笑而高兴，同时也为我的茫然失措而高兴。

提起写作，你知道我是多么为你近几个月来发表的文章和小说感到高兴、欢快和自豪吗？我每读一段你的文章，便感到我的心智在成长和延伸；我读第二遍时，那文章的普遍意义便化为个人的东西，我便看到了只有我才能看到的思想与模式；我从字里行间看到了他人所看不到的主题与模式；在字里行间读到了专为我而写的东西。梅娅，你是生命宝库中的一座宝库；不，因为你是我的那个民族的一员，因为你生活在我所生活的时代。每当我想象着你生活在上世纪或下世纪时，我便举起手来在空中挥舞一阵，似乎想驱散面前的那团烟雾。

过两周或三周，我将到野外去，住进像梦幻一般坐落在大海与森林之间的一座小房子里。那森林是多么美，那里百鸟鸣唱，花团锦簇，山泉流淌！在过去的几年中，我曾独自漫步在那个森林里。傍晚时分，我常去大海边，郁闷苦恼地坐在岩石上，或纵身跳入大海之中，就像试图从大地及其阴影下逃离的人一样。今年夏天我再去森林漫步，面对大海而坐时，我的灵魂中就增添了一种东西，它能使我挣脱郁闷苦恼。

梅娅，请你告诉我，今年夏天你将做什么呢？去亚历山大大海滩，还是去黎巴嫩？你会独自去我们的黎巴嫩吗？啊，我何时才能返回黎巴嫩呢？你能对我说，我何时才能摆脱这个国家，挣脱套在我脖子上的由爱好编造的金锁链呢？

梅娅，你还记得你有一次对我说过的话吗？你说，布宜诺斯艾利斯的一位记者写信给你，信中索要你的照片和某篇文章。关于这位记者和所有记者的要求，我苦思多次，有一次我竟伤心地说："我不是记者！我不是记者呀！因此，我不能提出记者们那种要求。假若我是某杂志的主编，或是某报纸的编辑，我就会完全自由，毫不羞涩，毫无惶恐之感，也不必编造任何颤抖的字眼，向她索要她的照片！"至今，我仍在自己的心中说着这句话。那些把我的心当作他们故乡的人们听到我的话了吗？

啊，已是夜半时分，直到现在，我还未写出含在我的唇间、时而低语、时而高声说出的那个字呢！我把我的那个字放在寂静的心中，正是寂静保存着我们用怜悯、激情和信念说出的一切。梅娅，寂静把我们的祈祷带往我们向往的地方，或者我们将之呈送给上帝。

我这就上床。我将安睡长长一夜，将在梦境里对你说未写在纸上的话。

梅娅，祝你晚安，上帝保佑你。

纪伯伦

1921年5月30日清晨　纽约

梅娅，玛莉，我的女朋友：

我刚刚从一个怪梦中醒来。在梦中，我听你对我说着甜蜜的话语，而用的语调却令我感到痛苦，致使我在梦中惊惶不安；使我更加不安的是，我梦见你的前额上有个小伤口，正在滴着鲜血。在我们的生活中，没有比梦境更值得深思的东西了。我是那种常常做梦的人，但我总是把梦忘掉，除非梦境与我喜欢的人有关。我不记得过去做过比这个梦留在记忆中更清楚的梦。因此，我发现自己在今天早晨心慌意乱，烦躁不安。你那美好言词里的苦涩声调究竟意味着什么呢？你前额上的伤口又意味着什么呢？哪个人又能把我郁闷与忧伤的意思说个明白呢？

我将在心中的祈祷里度过白天。我的心将静静地为你祈祷。我将为我们祈祷。

梅娅，上帝为你祝福！

上帝保佑你。

纪伯伦

1921年6月

梅娅，我的女朋友：

这张照片真美！这个“小女孩儿”长得多美多甜！双目中的聪慧光芒多么明亮！心灵体验的外在表征又是多么清晰！在我的生活中，从未见过像这样一张小女孩儿的面容！假若我在1904年能见到，我定当即断言：“这前额之后蕴藏着一种异乎寻常的力量，白日必将之显现；这口中含着无数支歌，黑夜必将之唱出。”

梅娅，这张照片多么美啊！我多么为之感到幸福！我为什么没有在今天之前得到它呢？我为什么没有得到别的照片呢？难道说我没有得到想得到的东西是天命决定的现象之一，或者是无形公正判决，或者是一种法则的体现？我的双目对此类相片有饥渴之感，何时才能一解我的双眼饥渴呢？

我再说一遍，我非常喜欢这张照片。我将得到另一张更新的照片，愿上帝默助，求上帝默助。

一位认真的“少年”向我讲述了关于我的姑娘的奇妙故事。那位可爱的小男孩儿则用他那细腻的语言向我解释了一些乏味的词语和云遮雾罩般的句子。感谢那位慷慨的少年和那位细心的小男孩儿，感谢二位让我听到的和将要听到的东西。

上帝啊，上帝！人间哪，人间！……灾难已经降临到了我们头上，我们竟变成了值得大书特书的人物。我们被称为“品德高尚贤达之辈”，渐渐由“后排”走向前台。是的，假若我们得以安享天年，那么，我们不久将变成值得大书特书的人，文中会说：“我们不缺什么，仅仅缺乏少见你们一面。”

至于使我获得如此关注的国际性罪过，则是我们寻求写在打着横格的方形纸上的那封信！没有什么关系，即使我们被打上“后排”和“前台”的烙印，被猜测为“健康”和“开心”的，我们能够忍耐，以具有约伯❶的特点而感到自豪……但是，我的女士，要知道，假若那封信在我们手里，而我的女士想得到它，我们会“立刻快速”给她送去。不过，我们明天将到那片森林中去，坐在极美的树荫下，在打着横格的方形纸上，用铅笔写封长信，简单朴素，毫无会见时的那种客套话语，以便体验一下我的女士所体验过的那种保留自己信件的内心乐趣，我也将把我们的信保存下来；为了让我们的乐趣和体验完整无缺，我们将用铅笔写信。

梅娅，“天性居所”是不怕动荡与搅扰的，不论我与我的周围发生了什么事，它都会平安无事。疾病在机械团块中，而不在精神容器里。有时候，我的肉体也许会像秋风中的树叶那样抖动，而我的灵魂却安安静静地屈从于它那平静的美梦。上帝用本质不受我们肉体元素影响的元素建造那种“天性居所”，它总是沉浸在天赐的宁静之中。

这些日子里，我只是“天性居所”的守门人。假若一年后潮流将我卷走……❷

---

❶ 约伯，《圣经》中的人物，著名富豪和义士。他为人善良，忠于上帝，虽遭种种磨难，但仍然忠于上帝。他是坚强、忍耐的象征。

❷《蓝色火焰》一书的研究者赛勒玛·埃扎维·奥尼（1916—1956）在的黎波里文学家书稿中发现的。——原注

1922年5月9日 纽约

尊敬的女友：

我的女士，你问我是不是一个思想、身心和灵魂孤独的人，这要我如何回答呢？我觉得我的孤独并不比他人的孤独更严重、更深刻。我们都是单独孤立的，我们都是隐蔽的秘密。我们都被一千零一道面纱遮罩着。孤独者与孤独者之间的区别，只不过在于一个道出自己的孤独，而另一个对自己的孤独默默无言。说出来，也许能得到些快乐；而保持沉默，也许是一种美德。

我的女士，我不知道我的孤独，包括其中的忧伤，是否就是“个人部分爱好”的外部现象，或者是被我称为“自我”的存在中没有个性的证明，我实在弄不清楚。不过，假若说孤独就是软弱的别名，那么，毫无疑问，我就是最软弱的人。

至于《硕果压魂》[1]一文，则不是“诗人忧伤片刻间的呻吟”，而是“许多人感受过，并且正在感受着的那种稳定、古老的一般情感的回声”。我的女士想必知道，我们把自己灵魂中的玉液琼浆斟入杯盏的欲望，较之饮用他人注入我们的杯盏里的佳酿的心愿要强烈得多，简直无法相比。那是一种有时显得不无自负的品性，但却是正常、自然的。

你说“孤独的苦恼在众人中渐次强烈”，这话说得好，也是基本事实。有多少次，我们当中的一个人坐在朋伴和追随者中间，与

---

[1]《硕果压魂》一文收入《珍趣篇》。

他们交谈、争论得兴味盎然，但行为没有超出源自表象世界的“自我”，而另一个“自我”，即隐蔽的“自我”，仍然孤独静宿在根源世界。

人们，我也是他们当中的一个，都喜欢烟雾和灰烬，但他们怕火，因为火耀眼夺目，且能烧手指头。人们，我也是他们当中的一个，都把精力花在研究果实的皮壳上，却把果仁留在一旁，因为果仁不在他们的感官之下。怎样才能使果仁显露出来呢？除了打碎皮壳，别无办法。人心隔肚皮，要撕开人心，来看其心事，绝非易事。我的女士，这便是孤独，这便是忧伤。

我的表达有误——有些故意而为——在过去的夏末，我曾对你说：“六周来，我一直试图写信给你。”我应该对你说：“六周来，我雇了几个人留意我的信件，因为我的右臂神经不适于写字。”我做梦也不曾想到“试图”一词将变成我的女友手中的解剖刀。我本以为生着翅膀的灵魂是不会被关在词语的笼子里的，而且我也认为雾霭是不会变成化石的。我幻想着，幻想着，在幻想中找到了安然、舒适和放心，直到东方透出黎明曙光，醒来一看，发现自己坐在一座灰烬堆成的山丘上，手里握着一根被轧过的甘蔗，头戴一顶芒刺王冠……没关系，我错了，我，我错了，梅娅。

我求岁月实现你旅欧的愿望。你将发现使你赏心悦目的艺术和工艺杰作，尤其是在意大利和法国。那里有博物馆和学院，那里有哥特式的古教堂，那里有十四和十五世纪文艺复兴时期的遗迹，那里还有被征服的民族和被遗忘的民族留下来的至美古迹。我的女士，欧洲也是骗子、盗贼的洞穴，他们识货，知道珍贵物品的价值，也晓得怎样弄到手。

我本打算来年秋天返回东方。但是，我稍微一想，发现在异乡人中间的孤独比在同胞兄弟姐妹中间的孤独更易承受一些。我并不是那样避难就易的人，然而失望就像狂癫，也是种类繁多的。

请接受我的问候与美好祝愿。上帝保佑你。

忠诚的

纪伯伦·哈利勒·纪伯伦

1923年10月5日　纽约

不，梅娅，紧张并不在我们的雾霭般的神交中，而在我们的笔会里。我在那遥远、平静的田野上所看到的你是一位甜美、温柔的小姑娘，她能感觉、理会一切，总是借着上帝的光芒观看生活，又使生活充满着自己灵魂的光芒。可是，当我们在黑墨白纸上相会时，我发现你，你也发现我是最喜欢争斗的人——那是充满有限标准和有限结果的智力争斗。

上帝宽恕你。你已夺去了我心里的平静；若不是我坚定和固执，你会把我的信念夺走的。奇怪的是，我们最喜欢的人正是最能够搅乱我们生活的人。

我们不应该相互责备，而应该互相谅解。我们之所以不能相互谅解，原因在于我们总是用小孩子的纯朴谈话。你我都偏爱写作及写作所必要的技巧、创造、修饰与布局。你我都知道，友谊与写作是不容易达成协议的。梅娅，心是单纯的，心的外在表现是单纯的，而创作则源自社会复合物。我们从创作转向单纯会话，你说如何？

“我中有你，你中有我；你知此理，我知此理。”

这寥寥数语，不是远远胜过我们过去说过的所有话吗？在过去的一年里，又是什么阻碍我们说这两句话呢？莫非是羞涩，或是自负，或是社会习俗，或是别的什么？当初我们就知道这一基本真理，我们为什么不以忠诚、单纯信士的坦率来将之揭示出来呢？倘若我们那样做了，我们也早就将我们自己从怀疑、痛苦、后悔、懊恼和争吵中拯救出来了。相互争吵，争吵，争吵，正是争吵将心中的蜜糖化成了苦汁，把心中的面包变成了泥土。上帝宽恕你，上帝也宽恕我。

我们应该相互谅解。可是，我们若不能彼此以完全的信任相互坦承，又怎能实现相互谅解呢？玛莉，我要当着天地与天地之间的一切对你说，我既不是那种写“抒情诗歌”和将之作为私人信件寄往东方和西方的人，也不是那种早上谈“硕果压魂”而到晚上却忘记了自己的灵魂及其果实与重负的人；我既不是那种手接受火的洗礼之前就去摸圣物的人，也不是那种用调情打发白日与黑夜空闲时光的人；我更不是那种小看自己灵魂中的秘密和内心隐私，在任何风前都将秘密和隐私信意挥洒的人。我像某些工作繁忙的人一样有着许多事情要做，我与那些向往伟大、崇高、美丽和纯洁的人一样向往着伟大、崇高、美丽与纯洁。我像一些孤独、寂寞的人一样，是一个孤独、寂寞的异乡人，尽管我有七万个男女朋友。我像一些人一样，不喜欢那种被人冠以种种美名和好词的性游戏。梅娅，我就像你和我的邻居一样，热爱上帝，热爱生活，热爱群众；直到现在，岁月还不曾要我扮演与你我邻居不相称的角色。

我当初写信给你，我的信便是我对你信任的证明；而你回了信，你的回信表明你心存疑虑。我给你写信出于被迫，而你的回信心存警惕。我向你谈了一个奇异的真实，你回信中却十分文雅地说："好极了，机灵鬼儿！你的抒情诗歌多么美好！"我很清楚，我那时没有循老路走。我过去没有，将来也不会循老路走。我知道你的戒心也是预料之中的事。这便是我痛苦的原因，因为我没有等待着预料中的事情发生。假若我给梅娅之外的人写信，我本应该等待预料之中的事发生。可是，我能把那实情向梅娅之外的人揭示吗？

出奇的是，那之后我并未后悔。不，我不会后悔，而要坚持我的实情，并想把它揭示给你，于是给你写了数封信，每次都能收到谦恭、文雅的回信，只是并非来自我所了解的梅娅，而是来自一位保守着梅娅秘密的人：她是一位聪明的小姑娘，生活在埃及的开罗。我呼唤着，默默自言自语着，我收到了回信，是的，我收到了回信，然而并非来自那位"她中有我，我中有她"的姑娘，而是来自一存有戒心的悲观女子，对我敷衍塞责，像是公诉人，我却像个被告。

我怨恨你吗？

不的，但我仇恨秘密的保守者。

我对你的判决公正还是不公正？

不，我根本没作判决。我的心不会也不允许你站在审判台前；我的心不会也不允许我坐在审判台上。梅娅，我们的一切都要我们远离审判。但是，我对为你保密的那位女性有如下看法。

每当我们坐下交谈时，她阁下就来指点我们；坐在我们的对面，活像准备为一次政治会议作记录一样。我的朋友，我来问你，我来问问你：难道我们需要保密吗？这是个重要问题。假若你确实需要一个为你保密的女性，那么，我也应该叫一个为我保密的男性，因为我也想把我的工作纳入头等模式！你希望我的保密员与我们在一起吗？

梅娅，请看：这里有两个山区孩子，信步在阳光下；那里有四个人，一位女子及其保密女性，一位男子及其保密男性。这里的两个孩子手拉着手漫步，按照上帝的意志，走向上帝指定的地方；而那里的四个人在一个办公室里，相互争论，互相猜忌，时而站起，时而坐下，都想证明自己的猜想是真理，而将另一个人的猜测确定为谬误。这里有两个孩子，那里有四个人，试想你的心倾向于哪一方？

啊，我多么希望你知道那种无谓琐事使我感到多么疲倦，我真希望你知道我是多么需要简捷痛快！我多么希望你知道我是多么向往单纯，洁白的单纯，暴风中的单纯，十字架上的单纯，泣哭而不掩饰泪水的单纯，笑而不羞于笑的单纯——我真希望你知道，知道这一切。

“我今晚做什么？”

现在不是晚上。我们已临午夜后的两点钟，你希望我们到哪个地方去？我们最好留在这里，留在这甜蜜寂静之中。在这里，我们能够尽情思念，直至思念让我们靠近上帝之心。在这里，我们能热爱人类，直至人类向我们敞开心怀大门。

哦，困神已经在亲吻你的双眼。你否认困神亲吻你的两眼。我已经看到困神在亲吻你的双眼。我看见了亲吻的景象，就像人们那样亲吻。把你的头靠过来，靠到这边来，睡吧，睡吧！我的小宝贝！睡吧，你正在你的故乡，睡吧！我嘛，我则要熬夜打更。我将独自熬夜。我应该守护到天明；我生来就是为了守护到天明的。

上帝保佑你。上帝为我熬夜祝福。上帝永远保佑你。

纪伯伦

1923年11月3日　波士顿

〔原编者按〕梅娅收到1923年11月3日发出的一封信，内有一张明信片，上写着一封短信，由画面的下方开始，一直写到明信片的背面。信全文如下：

玛莉，你看哪，米开朗琪罗多么伟大。这个用大理石创作了一大批巨人塑像的人，能够极大限度地做甜润柔美的人物。米开朗琪罗的生命极好地证明了真正的力量是甜美之女，真正的柔美是决意的一种产物。

上帝祝那张甜甜的面孔晚安。

纪伯伦

1923 年 11 月 8 日　波士顿

〔原编者按〕梅娅收到了 1923 年 11 月 8 日发出的两张明信片，上面印有两个希腊女神的石雕头像。背面写有以下文字：

请告诉我，你生平中可曾见过比这两张面孔更美的吗？在我心目中，这是希腊艺术顶峰时期的最佳杰作。我每次去参观波士顿的博物馆，总要径直走进希腊馆，在这两尊雕像前端坐良久；离开那里时，仍然回眸凝视之，不让别的美冲淡圣洁之美。

上帝祝那两张美丽面容晚安。

纪伯伦

1923 年 12 月 1—2 日午夜　纽约

梅娅，在我的心中，你的来信是多么甜润，多么甘美。

五天前，我去了野外，在那里度过了五天时间，以便向我喜欢的秋天告别。我于两个小时前，才回到这个“谷地”。我回来时简直成了个冰雪人，因为我坐着敞篷汽车跨过的距离比从拿撒勒[1]到贝什里还要长。但我一回到住所，便看到你的来信，你的来信就放在堆

[1] 拿撒勒，梅娅出生地。

成小山的信件的最上头。你知道，当我拿起我的小娃的信时，其余的信都在我的眼前消失了。我坐下来，读你的来信，并借你的信取暖。之后，我换上衣服。接着，我又读了一遍，继之读第三遍。之后，我还是读你的来信；除了你的信，我什么都没看。玛丽娅[1]，我是不往圣水里掺杂别的饮料的。

此时此刻，你和我在一起。梅娅，你和我在一起。你就在这里，我正与你交谈，但我用的是比这更多的话语，用比这更宏大的语言与你那博大的心交谈。我知道你在聆听着，我知道我们能清清楚楚地相互了解。我知道，你今夜比我们往常的任何时间都更接近上帝宝座。

我赞美上帝，感谢上帝。我赞美上帝，感谢上帝。异乡人已经返回故里，旅行者已经回到父母家中。

在这一刻，我的头脑里自然闪现了一个崇高念头，十分崇高。我可爱的小娃，你听好：日后如果我们再争吵（假若非争吵不可），我们不应该像往常那样在每次战斗之后分道扬镳。尽管发生了争吵，我们应该留在同一屋顶下，直到我们厌恶争吵而笑起来，或者争吵厌恶了我们，于是摇头晃脑而去。

就让我们随我们的意和随争吵的意争吵吧！你是伊赫顿人[2]，我是贝什里人。在我看来，这个问题是遗传性的！但是在我们未来的日子里，无论发生什么样的事情，我们都应该相互对看着面孔，直至

---

[1] 玛丽娅，梅娅的东方名字。——原注

[2] “你是伊赫顿人”，指齐雅黛家族原本归属于黎巴嫩北部的有名的望族之家伊赫顿家族。——原注

乌云消散。如果为你我保密的人来了，他俩常常是我们争吵的原因，我们应该婉言将他俩赶出我们的房舍，而且要用最快的办法。

你是最接近我的灵魂的人，你是最靠近我的心的人。我们绝不曾发生过灵魂上和心上的争吵。我们只是思想上的争论，而思想是后天的东西，是我们从周围环境、所见事物及岁月沉积那里获得的东西。至于灵魂和心，则是我们会思考之前就已存在于我们体内的先天精髓。

思想的职能是排列次序。那是一种极好的职能，是我们的社会生活所不能或缺的。不过，它在我们的灵魂和心的生活中是没有位置的。“光辉的”思想能够说：“日后我们如有争吵，也不应分道扬镳。”思想能够这么说，尽管它本身就是争吵的原因。但是，它既不能说一句关于挚爱的话，也不能以自己的话为标准衡量灵魂，更不能以自己的逻辑称量心神。

我爱我的小娃，然而我不知道我为什么用自己的理智爱她，我也不想用我的理智知道。我只是爱她也便够了。我用我的灵魂和理智爱她也便够了。我把我的头靠在她的肩上，即使心怀忧愁、陌生、孤独、高兴、惊异与迷恋之感，也便足矣。我与她并肩走向山顶，不时地对她说：“你是我的同伴，你是我的同伴！”也便足矣。

梅娅，人们对我说，我是个博爱之人；有的人则责备我，因为我爱所有的人。是的，我爱所有人，我毫不选择地爱他们，毫不筛选地爱他们，我把他们当作一个整体热爱。我之所以爱他们，是因为他们都来自上帝的灵魂，只是每颗心都有自己的礼拜正向，每颗心都有孤独时刻供自己转移的自定方向，每颗心都有自己寻求静谧和安慰的禅房，每颗心都有自己想联系的一颗心，以便享受生活中的吉祥与安稳，或忘却生活中的辛酸与苦闷。

几年之前，我就感觉到我找到了我的心神所向。我的感觉是一种朴素、清晰、美丽的真实。因为，当圣徒多马满怀狐疑之情来巡视时，我造了他的反。我们将造圣徒多马及其无名指的反，直到他屈从我们的神圣信仰，让我们幽会在神境之中。

现在夜色已深，而我们才说了想说的一点点话。我们最好默不作声谈到东方亮。天亮之时，我可爱的小宝贝将站在我的身边，面对着我们的许多工作。那之后，白日的难题结束之后，我们将回来，坐在这火炉前，继续交谈。

现在，请把你的前额伸过来，就这样……上帝为你祝福，上帝保佑你。

纪伯伦

1923年12月2日晚10时　纽约

我们今天的工作安排得满满的。打早上九点钟开始，一直到现在，送走了一批客人，又迎来了一批客人。但是，我不时地瞧瞧我的女伴，并对她说："赞美上帝，感谢上帝！我们又一次相会在我们的森林里，但我们每人的口袋里装的不是书或画板，而是一块面包。赞美上帝，感谢上帝！我们在学校里当了教师之后，又回到了寂静的山谷牧放我们的羊群了！赞美上帝，感谢上帝！因为可爱的玛丽娅在听我无语之声，如同我正听她无声之语；她理解我的酷爱之情，如同我理解她仁爱之意。”

我赞美过上帝，感谢过白日漫长，因为梅娅整个白日里都在用我的口舌说话，用我的手递取。我呢，我整个白日里都在用她的眼睛看，看到人们脸面上的谦和表情；我整个白日里都在用她的耳朵听，听到人们声音里的甜润音色。

你问到我的健康状况。当你问我的健康状况时，我的小姑娘则变成了满怀慈爱的母亲。我的身体很好。那疾病已经离去了，留给我的是一个健壮、热情的男子汉，尽管给我的双鬓留下了白发！奇妙的是我自己为自己施治；当我确信医生们都幻想、徘徊在猜测和臆想的繁荣谷地里时，我便成了自我施治的实践者。医生们很重视研究结果，试图用药物除病，而不注意查原因。有道是“房主最知房中物”，于是我去了大海和森林，在大海与森林之间连续生活了六个月，病因和结果全部都消失了。

你说写一本《现代医学》如何？你会和我一道编写吗？……

如今，我们面临着一个重要问题，我们应该对之加以研究：你自然会记得几周前你对我透露的一个大“秘密”，想必记得你是在我接受“你的条件”之后，你才向我透露那个“秘密”的。出奇的是，我还不知道条件是什么便接受了。那些都是什么条件呢？玛丽娅小姐，请你对我说出你的条件吧，我准备执行。我在揭开“秘密”面纱上迟疑良久，无疑你早已想撕破“条件”的面纱。你说吧，你要什么条件？你要保证金还是索赔？条件是条件，输的一方要接受并执行。这世界有一个“鲁尔[1]问题”也就够了。

但是，我不瞒你说，弄清了这些条件之后，我将把目光转向讥笑我的下巴的这个凹陷处或半凹陷处！你认为我能容忍我的下巴上有个讥笑凸出处的凹陷处吗？决不容忍！

我将把这个可恶的凹陷处遮盖起来，将之埋在浓密的长胡须里，因为它呆板固执、怒气冲冲，不尊重值得尊重的周围部位。我将用白发为它做殓衣，将它放在用其余黑发做成的棺材里。这不知耻的凹陷处不知道它应与主结合在一起；主怒，万物怒；主微笑，万物与之一起微笑。因此，我将向这不知耻的凹陷处报仇！

我们明天再谈吧！现在，我们登上屋顶，在夜下繁星前站立片刻吧……我可爱的小娃，请你告诉我，这夜难道比人心更深邃、更卓越吗？繁星行列比行走在人心中的行列更威严、更壮观吗？在夜里，或在繁星之间，有比抖动在上帝手中的白色火焰更神圣的吗？

纪伯伦

---

[1] 鲁尔是德国的一条河名，穿过煤矿和金属矿地区。该矿区以“鲁尔”而闻名。1923—1925年，法国以德国未执行《凡尔赛条约》有关条款为由，占领了鲁尔矿区。

（1923 年）12 月 3 日子夜

你的关于《先知》[1]一书的那些话，我该回答什么呢？我又该对你说什么呢？这本书，不过是我曾看到的和每天都看到的人们那静默的心中和他们那向往表露的许许多多话语里的一小部分罢了。在地球上，还没有谁能够拿出与众人毫无关系的单个人的东西来。当今我们中间没有人能够道出比记录人们无意中说出的更多的话语。

至于《先知》，梅娅，那只是话语的第一个字母……在过去，我认为这种话语属于我，在我的心中，也是来自我的，因此我未能够拼写出其中的第一个字母；正是这种“未能够”成了我患病的原因，而且也造成了我灵魂中的痛苦和焦躁。之后，蒙上帝恩泽，开启了我的双目，让我看到了光明；开启了我的双耳，让我听到了人们吟诵这第一个字母：我兴高采烈一遍又一遍地诵读它，因为我第一次晓知，唯有它们才是一切；而我，只有单独的我，便算不上什么。你最了解那其中的自由、舒适与安然之感，你也最通晓当一个人发现自己突然冲出有限自我的樊笼之时的感受。

梅娅，你是我的伟大小朋友，你现在正帮助我聆听第二个字母，你将帮助我诵读那个字母，你将永远与我在一起。

玛丽娅，把你的前额靠近我一些，再靠近些！我的心中有一朵洁白的花，我想把它放在你的前额上。当爱神颤抖、羞涩地站在自己

---

[1]《先知》是纪伯伦用英文写的最享盛名的散文诗，发表于 1923 年。这封信上没有年份，但可推算写于 1923 年。

的面前时，那爱神是多美！

上帝为你祝福，上帝保佑我可爱的小朋友，上帝让她心中充满天使的雅歌！

纪伯伦

1923年12月31日　纽约

〔编者按〕梅娅收到一封1923年12月31日发出的信，信中有一张明信片，纪伯伦从画的下面开始写这封短信，一直写到明信片背面。以下是信的全文：

在过去的夏天里，这个谷地使我想起了黎巴嫩北部的山谷。

我真不知道还有比生活在山谷里更惬意的生活了。玛莉，我喜欢冬天的山谷。我们坐在火炉前，室内充满着燃烧的柏树枝的馨香，外面天空飘雪，雪花和风飞舞，窗玻璃外挂着晶莹剔透的冰灯，远处的溪流声与白色风暴声交汇在一起，响在我们的耳际……

不过，假如我可爱的小娃不在我的身边，也便没有山谷，没有雪花，没有柏树枝香，没有冰灯的晶莹剔透，没有小溪的歌和暴风的威严了……倘若我吉祥的小娃远离这一切和我，那就让那一切远去吧！

上帝祝这张甜美可爱的面容晚安！

纪伯伦

又及：

我过去总是从“剪报局”获得剪报。去年，我停止订阅该局的剪报。我已厌恶报纸及其所载，在这厌恶之中不乏一些精神困倦。请原谅我。我将设法弄些剪报。

梅娅致纪伯伦

1924年1月15日

穆斯塔法[1]：

邮路上发生了什么事？以前的信三周或有时更短的时间就可以收到，而这封信在路上走了四十天才到。随信特别封寄的两张明信片，上有两帧希腊人头像，精美、和谐而富有韵味。信件走得多慢呀！你觉得信即使从世界的最远处邮寄，即从美洲寄来，在路上用得着这些天吗？

耶稣诞辰，新年元旦，耶稣洗礼，再加上纪伯伦的生日，都赶在了一天。你可曾想过，在这些节日里，多么空虚，多么寂寞，尤其是一些、一些又一些面孔从我们面前闪过，就是没有我们想念的那张面孔时……一些、一些又一些声音传入我们的耳际，就是没有我们所求、呼唤和设想的回音时！健忘的人儿，你甚至忘记了向我祝贺节日了！与此同时，我的一些朋友们倒抓住这个“机会”，给我送来许多祝贺，或者至少用这样的修饰语向我表示祝贺——“梅娅，你的节日只是一天，而你却是时光的节日”，诸如此类语句。

1月6日，你成了我思想主题的主人公。你以一个孩童“奴奴”

[1] 梅娅用纪伯伦《先知》中的主人公的名字称呼纪伯伦。

的形象出现在我的面前，两只小手在空中挥动，示意要找我命中注定应该由他掌握并操作的用具。我很容易想到“奴奴”这个婴儿。因为我曾患轻微伤风；我从你的来信中得知，这伤风是从你那里传来的。“那是怎么回事？”你一定会问。因为正如你所说，你乘坐敞篷车，一夜之间，跨越了漫长征途，受了风寒，而受风寒的结果却显现在我的身上。明白了吗？你将来就让我少患各种伤风和流行性感冒之类的疾病吧！你不要让自己受凉！你要防备一切伤害你的病恙！明白吗？穆斯塔法同意这个建议吗？

仿佛你在责怨我，因为我问到了你的健康状况！我能不问你吗？你应该说。但在这封信里，你没有谈及你的健康状况，你欠了我的债。在过去的来信中，每当你说你生病时，我便感到刺痛；得知你康复，我便感到幸福。取代我感谢你这个好消息的是，我发现自己被拉向责备，因为在我的心灵中有对你的好些责备正在涌出。

你为何在今天以前，在我问你之前，在我们恢复通信之前，不把你病愈的消息告诉我呢？你为什么没在痊愈之后，对我说你痊愈了呢？我只是在有限程度上迷恋油壶的故事。你明明知道只有你才能使我安心，可是，你怎么能忽略让我安心呢？你怎能在这些月里连一次都不曾想到我呢？

也许你会说：“这就是独立标志！”“忘却是自由的某种形式！”也许如是。也许在某种条件下同样表明另一件事情。

“日后如果我们再争吵（*假若非争吵不可*），我们不应该像往常那样在每次战斗之后分道扬镳。尽管发生了争吵，我们应该留在同一屋顶下，直到我们厌恶争吵而笑起来，或者争吵厌恶了我们，于是摇头晃脑而去。”

“遵命！”伊赫顿人回答。但是，希望我的主人先生牢记一点，那就是争吵需要两方。因此，邻居及对手发出的英明劝告当有贝什里人的一份。我还希望让他们（指贝什里人）记住他的劝告和建议要比他在其中的过火举动珍贵。正像他们（指的是贝什里人）所做的那样，他们（贝什里人）竟然忘记了那口精美的能解决难题的金箱子。请你告诉我——愿上帝把你从贝什里人的愤怒中解救出来——难道我们的这些邻居能忘记那口理应存在的金箱子吗？

从我这方面说，我有重要工作使我有时远离每一种争执与喧嚣。我在专心致志地钻研这种奇迹怪事：我所熟悉的额头两侧的鬓发变白之事。多么美妙诱人的修剪！因其过分稀疏，真应该与天生的胡须合并在一行里。

谈到下巴的凹陷处，你不要以为我将为了你用来威胁我的胡须而和你争吵，而是要以明达、平静的态度，荣幸地告诉我们的主人，这其中没有任何与我们主人有关的事情。我们主人的胡须与我们的主人无关。那么，就请不要责怪，就此止步吧！

这些理智的官话，我已经说完。如果你要我将我的平常话翻译给你，我就说：我不想让你蓄须。假若你拒绝，非蓄须不可，我只有负责将之烧掉。走着瞧！

“这个小丫头！”——我们的主人发怒了——“这个小丫头，竟然如此大胆，简直到了不害羞的地步！她怎敢对我说要烧掉我想留长的胡须！”

我的主人，事情且听尊便。就像我现在笑着一样，我将笑着烧你的胡须；为了办好这件事，我只需要递给你一支香烟和一根“轻轻”擦着的火柴。那里有我所思所想。下巴总是按照大自然的愿望，处在“呆滞与复仇”的高原之间，怀抱着充满各种意味的谷地缩影和一幅鲜花恋情图；那朵花在图中放置了自己的标志。

至于那些条件，你看过了，并且许诺完成它，我只能说：这种话只适用于说话人。那么，你要知道，这些条件中的第一款，那是“被征服者”自己找到的；至于其余条款，则是随之而来的。请拿出你那卓越聪慧的新例子让我见识见识吧！你要特别警惕误解那一款，免得扰乱了我对你的洞察力及锐利目光的美好印象！

穆斯塔法，在我的心中，你的信是多么甘甜！你那介于无味与平凡之间的话语是多么柔美！你的遣词造句和行行字迹是光、热、露、微醉、谦恭和歌声汇成的溪流。虽然如此，你很少告诉我关于你的事情。你一点儿也没有说到《向着上帝》一书，没有谈及那些油画，也没有说到你现在的写作或绘画或思想，更没有半点儿关于谷地的消息！每当我想起你画的那些我看不到的画时，你相信我感到遗憾吗？于是我以欣赏你那些发表在书上的画作为补偿，我每次都能从中发现新东西。特别是你的第一批艺术作品，饱含许多秘密，意思十分丰富，超越一切界限，嘲笑所有范围。

纪伯伦，我笑着写了这么多页，以便避开说“你是我所爱的人”，也为了躲避“爱情”一词。那些在晚会、舞场、会面场合里不用爱的表象和求爱做交易的人们，爱情在他们的内心深处成长为一种巨大力量。也许他们会羡慕那些在表面闪光中分发自己情感的人，因为他们忍受不了尚未爆发的情感的压力。但是，他们羡慕另一些人的舒适快乐，却并不希望自己也享受之。他们崇尚自己的孤独。他们选择宁静，更醉心于自己的寄托物。他们喜借与心神情感没有瓜葛的东西消遣取乐。他们宁择任何一种离乡之苦和任何一种不幸之灾（心灵孤独之外，还有什么离乡之苦与不幸之灾吗），也不满足于那吝啬的点点滴滴。

我所写的是什么意思呢？我不知道我之所指。但是，我知道你是我所爱之人。我害怕爱情。我对爱情的期待是很多的，我害怕爱情不能给我带来我的全部期待。虽然我知道些许爱情就很多了，我还是这样说。但是，些许爱情是不能使我满意的。干旱无雨，一无所获，总比轻易许愿要好。

我怎敢向你吐露这些，怎么如此过分！我也不知道。赞美上帝，我只是将之写在纸上，而不是用口说出。假若你现在身在此处，我说出这些话后，定会立刻羞涩逃离，藏匿许久许久，只有你忘掉这些话之后，我才让你看到我。就连写作时，我也常常责怨自己，因为我写起来太自由了。你还记得东方古人的话吗？“姑娘最好只读不写。”看哪，他们的疑虑在我身上见效了，他们认定的坏事在我这里得到了证实。你不要说圣徒多马在此出现了。我在此展露的不仅仅是遗传的痕迹，而是一种比遗传更遥远的东西。它是什么呢？

请你对我说，它是什么？请你对我说，我是步入了迷途，还是走上了正路。我相信你，我直觉地相信你说的一切。无论你是错的还是没错，我的心正向着你走去。我心中最美好的东西总是围绕着你盘飞，守卫着你，怜悯着你。

太阳已隐没在天际之后。奇形怪状、色彩斑斓的晚霞间闪烁着一颗明亮的星。那颗星是启明星，乃是爱神，你认为它也像我们的地球一样，有人类居住在那里，他们也会有爱和想念之情吗？也许那里有一位像我一样的姑娘，也有一个可爱的纪伯伦，远在天边，近在眼前；晚霞满天，她现在正写信给他，光明紧紧跟着黑暗到来，夜色跟随着白天，白昼又追随着夜晚；在她看到自己的心上人之前，这样的日夜更替还要重复多次数遍！暮霞的寂寥、夜晚的凄凉，一道渗入她的内心，于是，她把笔丢在一旁，以便躲避寂寞，逃遁入一个名字里：纪伯伦！

玛莉

纪伯伦致梅娅

1924年1月17日　波士顿

〔原编者按〕梅娅收到1924年1月17日发出的一封信，内有三张明信片，上印有德·夏凡纳[1]的画作。纪伯伦在背面写的一封信全文如下：

在我生命的黎明时期，我曾说，德·夏凡纳是继德拉克洛瓦[2]、卡里埃之后伟大的法国画家。如今，我已到了生命的晡时[3]，我要说，德·夏凡纳是十九世纪无可争论的最伟大的画家，因为他心地最纯洁、思想最质朴、表达最简捷，而他的意旨最真诚。我甚至要说，德·夏凡纳在艺术家中的地位如同斯宾诺莎[4]在哲学家中的地位。

---

❶ 德·夏凡纳（1824—1898），十九世纪法国象征派画家的代表，代表作有《保护巴黎的圣女热纳维埃芙》系列壁画。

❷ 德拉克洛瓦（1798—1863），法国著名浪漫派画家。代表作有《自由引导着人民》《墓地少年》《希阿岛的屠杀》等。

❸ 晡时，指下午的三点到五点。

❹ 斯宾诺莎（1632—1677），荷兰著名唯理论哲学家。他是唯理论的主要代表之一，宣称感性知识不可靠，只有通过理性的直觉和推理，才能得到真正可靠的知识。著作有《神学政治论》《伦理学》《知性改进论》等。

在我生命的黎明时期，我常到波士顿的这座公共图书馆，心醉神迷地站在这些画作前面；如今，我在波士顿，与我一道访问同一座图书馆，站在同一画作前的，还有我可爱的玛丽娅，我看到了过去数年中从没有看到过的美。假若我的玛丽娅没跟我在一起，我是什么也看不到的。没有光明的眼睛，只不过是脸上的窟窿罢了。

何不把你那甜美的前额靠近我一些？就像这样，像这样，好让上帝把自己的光辉洒在这甜美的前额上。阿门！

纪伯伦

1924年2月26日[1] 纽约

我们今天做了一场威严壮观的暴风雪的人质。玛莉，你知道，我喜欢所有暴风，尤喜暴风雪。我喜欢雪，喜欢雪的飘飞，喜欢雪的深沉静默。我喜欢远方无名山谷里的雪；在那里，雪花飘舞，在阳光下闪闪放光，随后消融，低声唱着歌流淌。

我爱雪，我喜火；雪与火同源。然而我对雪与火的爱，只不过是对更高、更广之爱所做准备的一种形式。诗人说得多好：

梅娅，你的节日只是一天，

[1] 此为从纽约寄发邮戳上的日期。

但是，你却是时光的节日。

这阿拉伯诗句与最近一位美国诗人寄给我的一首长诗中的一个诗句之间的差别何其大啊！

那位诗人写道：

Your honour and reward;

That you shall be crucified. [1]

没什么！但是，我担心在得到这种荣光和报偿之前，就已达终点。

让我们再谈谈“你的节日”话题。我想知道我可爱的小娃生于一年的哪一天。我之所以想知道，是因为我偏爱节日，喜欢庆祝节日。玛莉的生日，在我这里将具有重大意义。你将对我说：“纪伯伦，每天都是我的生日！”我将回答你说：“是的，我每天都为你庆祝生日，但每年定有一次是特殊节日。”

你告诉我，我的胡须不是我的，我为此感到高兴。我非常非常高兴。我猜想，交出我的胡须是那些国际“条件”的第一条。这胡须曾引起不必要的注视和麻烦。现在，我的胡须既然不属于我，我就应该松开我的手，放下我的镰刀！就让占有我的胡须的人承担起责任吧！上帝为占有者祝福。你那惊人的聪慧，使我在这个园艺话题上必须终止絮叨，不必再细说下去了。

---

[1] 意为：在十字架上，有你的荣光；在十字架上，有你的报偿。

此外，至于伊赫顿与贝什里之间的分歧，则已完全消失。我在部分报纸上读到这样的消息：“贝什里青年协会”邀请“伊赫顿青年协会”前往贝什里的圣赛尔基斯修道院赴宴；几天之后，“伊赫顿青年协会”在伊赫顿的圣赛尔基斯修道院回请了“贝什里青年协会”。我认为争执始自两个圣徒赛尔基斯——愿上帝宽恕二者。争执一直持续发展，直到一代对圣徒赛尔基斯们的事一无所知的青年长大成人。不过，伊赫顿与贝什里之间的和解并不意味着我们（你与我）日后不需要“漂亮精美”的金柜。不，不意味着如此。你和我，我们将依靠金柜，直到我们每个人依靠其伴侣。

可爱的小娃，请看玩笑是怎样把我们引向生命的至神至圣处的吧！当我写到“伴侣”一词时，我的心在胸间剧烈抖动，于是站起来，在这个房间里来回踱步，就像寻找自己伴侣的人一样。有时，一个词能在我们身上起到异乎寻常的作用；那个词多么像日落时分教堂里响起的钟声！那钟声会使我们的隐形自我由言语变为静默，从工作转向祈祷。

你对我说你害怕爱情。我的小娃，你为什么害怕爱情呢？你怕阳光吗？你怕海水涨潮吗？你怕红日东升吗？你怕春天到来吗？你究竟为什么害怕爱情呢？

我深知些许之爱是不能满足你的要求的；同样，些许之爱也不能令我心满意足。你和我，都不会满足于些许。我们想要很多，我们想要一切，我们要求完美。玛莉，收获寓于意志之中；既然我们的意志是上帝的一个影子，那么，毫无疑问，我们将获得上帝的一线光明。

玛莉，你不要害怕爱神。我心灵的伴侣，你莫畏惧爱神。我们应该向爱神投诚，尽管爱中不乏痛苦、相思、孤独、迷惘与不知所措。

玛莉，请听我说：如今，我被囚禁在愿望的牢笼之中；这种愿望是随我诞生而诞生的。如今，我载着一种陈旧思想的镣铐，那思想陈旧如一年的四季。你能和我在监牢里站在一起，直至走向白日的光明吗？你能站在我的旁边，直至这镣铐被打碎，继之我们作为绝对自由人向我们的山顶走去吗？

现在，请把你的前额靠近我，把你那甜美的前额靠近我，像这样，像这样。上帝为你祝福。上帝保佑你，我心中亲爱的伴侣。

纪伯伦

1924年11月2日　纽约

玛莉，你知道你沉默的原因，而我对此一无所知。一个人因不知实情而使自己日夜不安，这是不公平的。

言行由意愿决定。我的意愿过去与现在都是为了取悦于上帝。可爱的小娃，请你把你去年的情况告诉我吧！请告诉我，我定有报偿给你。

上帝保佑你，让你的心中充满上帝之光。

纪伯伦

1924年12月9日　纽约

我可爱的小娃多甜，她每次祈祷时都会想到我。她多甜，她的心多宽，她的灵魂多美！

可是，我可爱的小娃的沉默多么异乎寻常，多么奇妙！那久长的沉默如同永恒，深若神的梦；那沉默不能译成任何人类语言。难道你不记得，轮到你写的时候，你却没写？或者你不记得，在夜神拥抱大地之前，我们便彼此相约拥抱、和解？

你问我的情况，问我的“想法”，问我忙些什么事。我的情况嘛，玛莉，就像你的情况，与你的情况一模一样。至于我的想法嘛，则仍然在一千年前你我相会的雾霭之中。至于我这些天来所忙的事情嘛，则有些杂乱无章，都是些像我这样的人必须超越的事情，无论愿意，还是不愿意。

玛丽娅，生活是美妙歌曲；我们部分人是其中的高音部，而另一些人则唱低音部。玛丽娅，在我看来，我既不属于高音部，也不属于低音部。看来，我依然在雾霭之中，在一千年前我们相会的雾霭之中。

但是，尽管如此。我的大部分时间还是用于绘画。有些天，我则口袋里装着小本子，跑到遥远的旷野上。有那么一天，我会把小本子上的一些东西寄给你。

这就是我所知道的“我”的现在情况。如果你愿意，就让我们回到我们的重要话题上，回到我们可爱的情侣那里去吧！你可好哇？你的眼睛情况如何？你在开罗就像我在纽约一样幸福吗？你夜半之后会在房间里踱来踱去吗？你会不时地站在窗前遥望夜空的繁星吗？那之后，你会上床，用被角擦去融在你双眼里的微微笑意吗？你在开罗像我在纽约一样幸福吗？

玛莉，我每日每夜都在想你。我常常想你，每一想中都有些许甜味，同时也有些许苦涩。奇怪的是，玛丽娅，我一想你，便暗自对你说："你来呀！把你的一切忧愁都倾泻在这里吧！倾泻在这里，倾泻在我的胸膛上！"有时候，我呼唤你的那些名字，只有天下慈父慈母才能理解其意思。

我吻你的右手掌一下，再吻你的左手掌一下，求上帝保佑你，为你祝福，让你心中充满光明。我求上帝让你做我最可爱的人。

纪伯伦

1925年1月12日[1] 纽约

玛莉，本月6日，我每刻每分都在想你。我把人们说的所有话都译成玛莉与纪伯伦语言；那种语言，在世界居民中除了玛莉和纪伯伦，谁也不懂……你当然知道，一年的每一天，都是我们每一个人的生日。

美国人是全球上最喜欢庆祝节日和送礼、受礼的人。不知因为什么，这几个季节里，美国人对我关怀备至。本月6日，他们的极

[1] 该日期是该信从纽约发出时信封上的邮戳所示。

度关注令我自感羞愧，深深沉浸在感恩之中。但是，上帝知道那来自你的甜美话语才是我最喜欢的；在我看来，它比人们能够为我做的一切都更宝贵。上帝知道，你的心里对此一清二楚。

节日过后，你我坐在一起，远离世间一切，长谈一番。我们所谈的无不是思念与希望想要说的话。之后，我们凝望一颗遥远的星斗。继而沉默下来。过一会儿，我们又谈起来，直谈到东方透出黎明曙光。你那可爱的手就放在这不住搏动的地方，直到黎明。

上帝关照你，保佑你，玛丽娅。上帝将自己的光辉洒向你。上帝为爱你的人保护你。

纪伯伦

1925 年 2 月 6 日　纽约

〔原编者按〕梅娅收到一封信，信封上的邮戳日期是 1925 年 2 月 6 日，封内有一张明信片，印着达·芬奇的名画《圣安娜》。纪伯伦在背面写了这样一封信：

玛莉，我一看到达·芬奇的一幅作品，便觉得他的神奇力量在我体内蔓延，甚至觉得他的部分灵魂渗进我的灵魂之中。第一次看到这位奇人的一些作品时，我还是个少年。那一时刻，只要我活着，我总会记得。那些日子就像磁针对于大海雾霭中迷失方向的船一样重要。

今天，我在我的稿纸堆里发现了这张明信片，于是决定把它寄给你，以便告诉你曾经在我处于忧郁、孤独、思念深谷中时，引领我的青春走向未知世界的某些因素。上帝保佑你。

纪伯伦

1925年3月23日　纽约

玛莉：

那个小包裹给你造成了不安与烦恼，请宽谅我。我原本认为采用最好与最方便的办法寄给你，不期结果相反。我的好朋友，请宽恕我，请接受我的补偿。

那么，你真剪了头发？剪掉了那带着美丽波浪的漆黑刘海？我究竟该对你说什么呢？没什么，没关系。我应该相信那位罗马美容师对你说的话……求上帝怜悯所有罗马人的父亲！

我可爱的朋友并不满足于把那个重大损失告诉我，而且想来一个“泥上加潮”，于是谈起“一位酷爱文明和金色头发的诗人、艺术家谈起乌发，而实际上是棕色头发呢？那位诗人、艺术家只喜欢金发，只歌唱金发之美，只能容忍世间的金发脑袋”。

我的主啊，我的灵魂，请你原谅玛莉的每一句话！求你宽恕她，求你用那神圣之光掩盖她的过失。无论在梦中或醒时，都要让她看到，在与美有关的一切事情中，你的奴仆纪伯伦的天主教属性。主啊，请派你的一位天使，对他说：你的这个奴仆住在一个多窗禅房；他在任何地方和任何事物中，都能看到你的美与善所在；他讴歌乌发之美如同讴歌金发之美；他面对黑眼珠与蓝眼珠，同样肃然起敬。我的主啊，我的神灵，我求你默示玛莉，让她以你的奴仆纪伯伦来蔑视诗人和艺术家们。阿门！

这一番祷告之后，你认为我能谈生就的胡须问题吗？但我将在这座城市找一位罗马美容师，问他能否借助圆规把生就的胡须修整成圆形！鉴于我本精通外科手术，所以我不怕动手术！

让我们现在就回来谈你的眼睛。

玛莉，你的眼睛情况如何？你知道，你的心深知，你的眼睛状况与我的关系极为密切。你用你的眼睛可以看到面纱后的东西，怎么还会问这样的问题呢？你知道，人心是不会屈从于度量法则的；人心中最深刻和最强烈的情感，正是我们向之投降的那种情感，我们在屈降中能够得到乐趣和安宁，而且我们无论如何也无法诠释或解析那种情感。知道那是一种深刻、强烈、神圣情感也就够了，何必细问，何必怀疑呢？玛莉，我们当中谁能把隐秘世界的语言翻译成显形世界的语言呢？谁又能说“在我的灵魂中，有一团白色火焰，其原因如何如何，其意思这般这般，其结果将怎样怎样”呢？人仅自语道“我的灵魂中有一团白色火焰”也便足够了。

玛莉，我问你的眼睛如何，因为我十分关心你的眼睛。因为我爱你的双目之光，我爱那空灵神色，我爱周围那波浪起伏的梦中幻影。

但是，我关心你的眼睛并不证明我很少关心你的前额和你的手指。

可爱的玛莉，上帝为你祝福，上帝为你的眼睛、前额、手指祝福。上帝永远保佑你。

纪伯伦

1925年3月28日　波士顿

〔原编者按〕1925年3月28日，纪伯伦寄给梅娅一封信，内有印着曼特尼亚[1]画作的明信片。纪伯伦在明信片背面写下这封信：

玛莉，我很喜欢曼特尼亚。在我看来，他的每幅画作都是一首优美的抒情诗。但期你能一访佛罗伦萨、威尼斯和巴黎，去欣赏一下这位奇特而又富有启示与灵魂的大家的作品。

上帝祝福你那美丽容颜，晚安！

纪伯伦

[1] 曼特尼亚（1431—1506），十五世纪意大利以帕多瓦城为核心的地方画派的代表人物。其代表作有《哀悼基督》《圣雅各前往受刑》《圣赛巴斯蒂安》《死去的基督》等。

1925年5月30日　纽约

玛莉：

是的，我沉默了四周，至于原因，则是患了西班牙热病，仅此而已。

要我诉说自己所患疾病，真是难，实在太难了。我患病恙，只希望它是一件孤零零的事，不让人们知道为好，尤其要瞒着我所爱和爱我的人们。在我看来，医病良药就是完全独处幽居。

我的健康状况，现在良好，简直在良好以上。不瞒你说，现在我的身体“特棒”（贝什里有位大力士，别人问及他的健康情况时，他这么说）。

《旅行家》[1]特刊出版照常推迟。今晨，我与《旅行家》主编通了电话，他说已给你寄去报酬，而且还会继续给你邮寄，不论是特刊还是非特刊。

可爱的玛丽娅，你说因你没有给《旅行家》特刊供稿，故其主编对你不满意。这有些夸大其词了。我也在纽约，难道你认为纽约的某个人还会对你不满吗？我说过一千零一次“我们并不是文学车间。我们也不是机器，人们从一边喂墨水和纸，就会从另一边取出文章和诗歌。我们想写作的时候，才能写作，而不是你们想让我们写作时，我们就能写作。你们对我们做点好事，让我们清静一会

[1]《旅行家》是一份侨民报，由“笔会”会员、文学家阿卜杜·迈西哈·哈达德于1912年在纽约创办，一直持续发行到1957年。——原注

儿吧！你们在一个世界，我们在另外一个世界；从你们那里来不到我们这里，从我们这里也去不了你们那里”。你对这坦率直言有何看法？但是，真的，不是开玩笑，难道你不认为报纸杂志多数主编都猜想作家的思想就像留声机吗？那是因为他们就是伴着留声机思想诞生的。

我们这里正值初春，和风中充满神奇和苏醒，灵魂里净是黎明与青春。至于到旷野去，则类似于阿施塔特❶和坦木兹❷的男女祭司们去拜谒乌夫甘❸岩洞。

几天之后，耶稣将从死中复活，给坟墓中者以生命，杏树、苹果树将开花，歌声也将返还溪流。

四月的每天每日，你都将和我在一起。四月过后，你将每日每夜和我共度。

上帝保佑你，可爱的玛丽娅。

纪伯伦

---

❶ 阿施塔特，古代近东地区所崇拜的女神，即基督教《圣经·旧约》所称亚斯他录，司掌繁殖与爱情。亦译作阿斯塔特。

❷ 坦木兹，即阿多尼斯，希腊神话中的美少年，深受阿佛洛狄忒女神的宠爱。

❸ 乌夫甘，位于黎巴嫩山中的一个村庄，那里有阿多尼斯（或坦木兹）和阿施塔特神庙遗址，还有一个岩洞，易卜拉欣河从中流出。——原注

1927年5月×日[1] 纽约

请看下文，你有何感想？

有一个人，清晨从梦中醒来，见床边放着一封信，来自他的一位女友，于是高声说："早安！"然后如饥似渴地将信打开，急忙一看，他发现了什么？不多不少，原来是邵基[2]的长诗一首。

没关系，我将寻找一番，终于找到达穆斯[3]阁下的巨制长篇，随后加以充分注释，将之一并寄给你，来一个"以牙还牙，以眼还眼"。假若邵基诗作四月初至，我会将之视作笑谈，暗自言道："好一位少女，竟然对国际邮政如此通晓！"然而诗歌五月初才到，花都开了，别无他法，我只有将自己的嘴唇紧咬（男子生气时时常如此），愤恨难消，顿时家中充满我的厉声喧嚣。

是啊，我将学习"以牙还牙，以眼还眼"哲学。我要把阿拉伯诗王们的智慧赐予我的全寄给你。

现在我问你，在我原谅、宽恕你之前，我怎样才能够照常度过这白天剩余的时间呢？你们那位诗王的长诗往我嘴里丢了一把土，我应该用二十杯咖啡和二十支香烟洗去那土腥味，我还要读二十首济慈[4]、

---

[1] 该信自纽约发出的邮戳所示日期不清楚。——原注

[2] 邵基（1868—1932），埃及诗人。1915年流放西班牙，1919年后重返祖国，开始新的创作。1927年举行《邵基诗集》出版庆祝会，与会诗人为邵基戴上"诗王"桂冠。

[3] 达穆斯（1888—1957），黎巴嫩诗人。诗句艰涩隐晦，令人难解。

[4] 济慈（1795—1821），英国著名浪漫诗人。

雪莱[1]和布莱克[2]的诗，再加一首麦杰农·莱伊拉[3]的诗！

尽管如此，还是请你伸开手掌……就像人们所做的那样……

纪伯伦

1928年×月×日[4]

亲爱的梅娅：

我自打孩童时期至今，欠下女性许多债。正是女性开启了我的眼目之窗和灵魂之门。假若没有母亲，没有胞妹，没有女友，我会仍然与那些以如雷鼾声搅扰世界幽静的人睡在一起。[5]

……我发现病中有一种心理乐趣，其影响与任何其他乐趣不同，我还发现了一种近似于温和的安详感。病人处于一种安全处境，那里没有争执，没有人的欲求，没有许诺，没有约会，没有交际，没有多的话语，连电话的铃声也没有……我已发现了另外一种更重要的东西，一种无可相比的比乐趣和安详更重要的东西，那就是：我的性

---

[1] 雪莱（1792—1822），英国著名浪漫诗人。

[2] 布莱克（1757—1827），英国诗人，对纪伯伦的文学创作有影响。

[3] 麦杰农·莱伊拉，阿拉伯伍麦叶王朝诗人，原名盖斯·本·穆劳瓦哈。自幼爱上美女莱伊拉，求婚不果，游吟沙漠，因痴情而死，终葬于沙漠。爱情悲剧，久传世间。

[4] 这是纪伯伦发给梅娅的一封电报（英文）。此信原文上没有年、月、日。白兰德·哈伊戴里教授确定为1928年。

[5] 这一段与1931年3月26日信的第一段相同。——原注

情温和较我的健康状况更接近于一般性。当我头靠枕头，闭上双眼，不看周围环境时，我觉得自己就像鸟儿一样盘飞在山谷和寂静的罩着柔和面纱的森林之上，发现自己更接近我喜欢的人们，与他们亲切交谈，毫无愠色，而且能体会他们的感情，想他们所想。他们责怨我，却不讨厌我，而是不时地用手指抚摩我的前额，频频为我祝福。

……假若我病在埃及，那该多好啊！假若我毫无规律地病在我的祖国，在我可爱的那些人身边，那该多么好啊！梅娅，你可知道，我每天一早一晚，都能看到自己位于开罗郊区的一座房子里，看见你坐在我的对面，给我读你新写就的文稿，或者尚未发表的美文。

……梅娅，你可知道，我未曾思考到被人们称作死亡的那里去；除非我发现这种思考中有一种非同寻常的乐趣，即十分向往死亡。但我回过头来一想，想起有句非说不可的话，于是徘徊在无可奈何与被迫无奈之间，只见面前的大门紧锁着。不，我尚未说出我要说的话，这火焰所显示出来的只有烟而没有火。这使停止工作变得像苦西瓜那样苦涩。梅娅，我告诉你，而且除了你谁也不告诉：假若我在讲出我心灵里的话之前就已离去，那么，我将回来再讲现在像雾霭一样飘动在我灵魂深处的话语。

……梅娅，你觉得这话异乎寻常吗？最奇异的东西，才最接近固定的事实。在人类的意志中有一种巨大的向往力量，能将我们心中的星云变成无数轮红日。

纪伯伦

1929年12月10日[1] 纽约

玛莉，亲爱的女友：

我今日得知你父亲已去了金色地平线之外的地方，已踏上人们都要走的大路。我该对你说什么呢？玛莉，你的思维与听觉要比人们说的那些安慰话深刻、高远。但是，我心存希冀，但愿我紧握你的手，像陌生的亲人，默不作声地感受到你那美好灵魂所感受到的一切。

玛莉，上帝为你祝福，上帝每日每夜都保佑着你。

上帝为你的朋友护佑着你。

纪伯伦

1930年×月×日[2]

……有关“透明成分”和其他成分，我有许多事情要说，但我应该对此默不作声，我将一直沉默下去，直到雾霭消散。现世大门洞开，天主对我说：“请讲吧！沉默的时间过去了。前进吧！你在彷徨的阴影下站得时间太久了。”究竟现世大门何时才开启，你知道吗？你可晓得雾霭何时消散，现世大门何时开吗？

---

[1] 该信日期为到达开罗邮戳上所标。——原注

[2] 此信无月日，《蓝色火焰》一书未收入。

……看哪，我们已经登上高峰，我们面前出现了平原、森林和山谷。让我们坐一会儿吧，梅娅！要知道我们不能久留此地，因为我看到远处还有一座山峰，日落之前，我们应该到达那里。看哪，我们已经走过羊肠小道；我们是在些许张皇失措中跨过那段山路的。我向你承认，我是个执拗、顽固的人。我向你承认，我有时并不是个聪慧、高明的人。但是，在生活中没有智慧手指触摸不到的地方吗？在生活中，没有一种东西能使智慧无能为力吗？梅娅，等待是时光的骏马；我就常常处于等待状态中。我经常等待着我所不知道的东西；在我看来，有时候，我把生命消耗在等待尚未发生的事情发生。我多么像那些坐在湖边上的人，静静地等待天使降临，将湖水搅动！现在，天使已将湖水搅动，谁又能将我抛入水中呢？我正走在那个神奇、庄严的地方，我的眼睛明亮，步伐坚定。

纪伯伦

1930年12月17日[1]　纽约

我外出回来，看到你的慷慨甜美来信。因手疾而无法复信。值此光荣圣诞和充满歌声的新年即将降临之际，谨以此电报带去我的美好祝愿。

---

[1] 这是纪伯伦发给梅娅的一封电报（英文）。

1931年3月26日 纽约

亲爱的梅娅：

我认为，如果世界上一定要有领导权的话，那么，这个领导权应归于女子，而不应给予男人。

我自打孩童时期至今，欠下女性许多债。正是女性开启了我的眼目之窗和灵魂之门。假若没有母亲，没有胞妹，没有女友，我会仍然与那些以如雷鼾声搅扰世界幽静的人睡在一起。

……现在，我的健康状况较之夏初更差。我在大海与森林之间度过的几个月，拓宽了我的灵魂与肉体之间的领域。这只一分钟之内抖动百次以上的异乡之鸟已经稍慢下来，开始回到正常规律中，但它不会完全慢下来，除非我的支柱轰然坍塌，我的关节全部断裂。从另一方面说，休息一下确实对我有益。至于医生和药物之于我的病情，确乎如同油之于灯一样重要。我不需要医生和药物，我不需要休息和安静。我迫切需要他人向我索取，以便减轻我的负担。我需要精神上的静脉切开术，需要一只手取去我心灵中的堆积物，需要强烈风暴刮掉我的累累硕果和茂密树叶。

……梅娅，我是一座封了口的火山。假若我今天能写出一个大作品，或一部好东西，我定会痊愈。假若我能高声呐喊一阵，我定会康复如初。也许你会问我："你为何不写，从而换得康复呢？你为什么不高声呐喊，以便求得痊愈呢？"我将这样回答你："我不知道，不知道，不能呐喊。这就是我的疾病；它是绽露于肉体的心灵疾病……"你现在问我："那么，你怎么办呢？结果会如何呢？你的这种情况将继续到何时呢？”我说：“我将痊愈！”我说：“我将唱我的歌，继之休息！”我说：“我将从静然的深处高声呐喊。看在上帝的面上，请你不要说你唱了许多歌，你所唱的歌很好！”请你不要提及我过去的工作，因为提起那些会使我感到痛苦；因为那些微不足道的小事会使我的血化为燃烧的火，因为火的干燥会使我更加口渴；因为火的灼热会使我每天站起来又坐下去一千零一次。我为什么写下那些文章和故事？我为什么忍耐不住？我为什么不珍惜那些汗滴，为何不将之积聚起来，使之化为溪流？我生来和生活是为了写一本书，写一本不折不扣的小书。我生来、生活和忍受着痛苦，为的是说一句鲜活的、生着翅膀的话语。但是，我忍耐不住，没有保持沉默，生命终于借我的唇舌说出了那句话。我不仅只说了那样一句话，而且是多嘴多舌，唠叨不止。啊，多么遗憾，多么害羞……我夸夸其谈，直至耗尽我的体力。当我能够说出第一个字时，我发现自己仰背躺着，嘴里衔着一块顽石……没什么，我的话仍在我的心中，那是活的、生着翅膀的话语，一定要说出来，一定能够消除由于我多嘴多舌造成的罪过，一定生出火焰。

纪伯伦

附录一

阿拉伯文坛双星之恋

李唯中

纪伯伦·哈利勒·纪伯伦（1883—1931），黎巴嫩诗人，散文家，画家。阿拉伯近代文学史上一位卓越的文学大师，对阿拉伯文学有巨大影响，在世界文苑也占有令人瞩目的地位，被尊为“旅美派文学的头号领袖”。美国前总统西奥多·罗斯福评价纪伯伦：“你是最早从东方吹来的风暴，横扫了西方，但它带给我们海岸的全是香花。”

梅娅·齐雅黛（1886—1941），黎巴嫩女作家。天资聪颖，勤奋好学，通晓阿拉伯语、法语、英语、德语、西班牙语、意大利语、拉丁语和希腊语八种语言。作品具有典型的女性美：情感真挚，纯朴清澈，想象丰富，语言练达，被誉为阿拉伯当代最杰出的女文学家。

这两颗阿拉伯文坛上的巨星相恋达十九年之久，灵魂相通，情书不断。然而天下有情人未必都能成眷属，不知因为大洋相隔，还是别的什么原因，二人从未见过面，梅娅终身未嫁，纪伯伦一生未娶。但二人之间的恋情传为世界文坛佳话，终久而不消逝。

梅娅曾说过：“谁都会怜悯被饿死的人。可是，谁会怜悯渴望得到爱情的心呢？谁会怜悯一种没人理解和称赞的思想？谁会怜悯一颗饱含温情的心灵？那颗心灵勇于自我奉献，等待一个人的到来，并且视甘愿牺牲为幸福。然而等待中的人就是不来，仿佛岁月的长河已将之卷入旧潮流之中。这样一颗心灵，又有谁来怜悯呢？”

梅娅终生对纪伯伦怀着这种“伟大爱情”和极切思念。她以在纪伯伦的身边而感到幸福，她以“为了纪伯伦而牺牲”而感到幸福。然而这种“伟大爱情”却是没有结果的一场爱情；那种“极切思念”如同烈火，梅娅只是受到灼烤，却未曾享受到烈火的光照。正如梅娅所说：“岁月的长河已将之卷入了旧潮流之中。”她既没有见过纪伯伦，也没有享受到在纪伯伦身边的温暖，更没能为纪伯伦而“光荣牺牲”。

谈梅娅爱上纪伯伦和纪伯伦爱上梅娅之前，应该谈一谈梅娅的心第一次为爱情所动时的情况。那时，她是凯斯莱旺的安图莱学校的学生，她爱上的是她的一位堂兄，名叫约瑟夫·齐雅黛。约瑟夫容貌英俊，求知欲强，喜欢文学，谈吐文雅，当时正在贝鲁特学医。但约瑟夫准备赴巴黎留学，继续攻读医学，于是双方父亲一致同意让梅娅与约瑟夫的哥哥奈欧迈订婚。订婚之后，梅娅曾与奈欧迈有情书来往。但时隔不久，梅娅发现奈欧迈的情书都是请人代写的，表面上看上去诚实、聪明的这位堂兄却在欺骗她，于是决定废除与他的婚约。毫无疑问，在她的心目中，约瑟夫仍占有不可取代的地位，而约瑟夫留在梅娅记忆中的美好形象，也是在她的家族亲人中间找不到第二个的。梅娅真正陷入苦恼深渊之中，还是在1935年，家人及恋人的相继逝世是其主要原因：1929年10月24日，她的父亲突然离开人世；1931 年 4 月 10 日，纪伯伦在美国逝世；1932 年 2 月末，她的母亲离开人间。

但是，更重要的，应当指出的是梅娅在情感生活中屡次遭受打击，而当时她才十八岁。她与奈欧迈的订婚给她的心灵造成痛苦，使她的心灵遭到一次重创，这种打击一直表现在她的情感行为中，显现在她对人们，尤其是对男人的疑心上。

梅娅的过分谨慎产生自两件事情：其一，她所接受的教会教育的权威；其二，她对初次情感生活的失望，即与堂兄奈欧迈订婚，而她心中所恋的是约瑟夫，其间并发现奈欧迈写给她的情书竟然是奈欧迈委托其弟弟约瑟夫代写的，自感受到了欺骗。

梅娅自幼生长在一个保守环境中。她在修道院接受教育，那种将爱情与罪恶联系在一起的思想在她的头脑里深深扎下了根，致使她一直压抑着自己炽热的情感，简直使她感到有些窒息。这使她变成了一个内向女性，当爱神第一次叩击她的心扉时，她还是个小姑娘，竭力掩饰、隐瞒自己的情感，直到几年之后爱上纪伯伦时，情况依然如此。此外，她还是一位新闻记者、诗人、演说家、作家，处在一个人们还不习惯于男女授受的社会环境下，不论是在社会生活中，还是在他们的私家文艺沙龙里。因此，梅娅十分珍惜自己声誉的清白，故对自己的行为非常谨慎小心，唯恐出现损害名声之事。

有人说她憎恶男人，是个“虐待狂”，以折磨男人取乐；有人说她好似一位正常女性；也有人说她是个心理复杂的人，无法冲破自己的圈子。其实，梅娅是位倔强、执拗的女子，十分羞怯、腼腆、多疑，长于隐瞒自己的情感，谨防外露，力图保守遗传、教育、心理和社会诸要素。她不容忍与结婚连在一起以外的爱情。唯一理解梅娅关于爱情立场的作家马龙·阿布德[1]教授对之用精妙的修辞做过精到的描述：

爱情为她指出了道路，她遵循之，于是在自己的打谷场上为之脱粒，过筛子，将谷壳扬弃，将谷粒磨成粉，使之像雪一样纯白，用自己的泪水和面，继而将面团放在圣火上烤，使之成为纯净的面包和圣洁的贡品。[2]

梅娅与纪伯伦的恋爱持续了十九年。那是一种特有的通过书信建立起来的炽热的、神圣的精神恋爱。谈这两位天才，进出这两个人的世界，探索二人之间爱情的深度和二人的人格魅力，实在是一件令人生畏，必须十分谨慎小心的大题目。学者们自许久之前开始，直到现在，仍然在探究并试图解开二人的心灵秘密，但至今仍遇到许多巨大障碍。虽然如此，我们还是要冒险，因为梅娅与纪伯伦之间的爱情是历史上最奇特的爱情故事之一，也最为动人，最为神秘。要揭示这一秘密，纪伯伦笔下的文件将成为本题目最重要的依据。

纪伯伦与梅娅仅仅相差三岁：纪伯伦生于1883年1月6日，梅娅生于1886年2月11日。二人均出生于黎巴嫩的马龙派家族。纪伯伦系哈利勒·纪伯伦之子，家居黎巴嫩北方的贝什里；梅娅是易里亚

---

❶ 马龙·阿布德（1886—1962），黎巴嫩作家、文学评论家。

❷［黎巴嫩］马龙·阿布德著《革新者与守旧派》第147页，贝鲁特：努法勒出版公司，1986年。——李唯中译

斯·齐雅黛的女儿，家住黎巴嫩北方的伊赫顿。纪伯伦在1923年12月1日写给梅娅的信中说：“就让我们随我们的意和随争吵的意争吵吧！你是伊赫顿人，我是贝什里人。在我看来，这个问题是遗传性的！”

二人都为自己的血统而感到自豪，都热爱自己的祖国，也都侨居在国外：纪伯伦在美国，梅娅则侨居在法老的土地上。二人都为阿拉伯数代人点燃了思想与文风革新的火焰，颂扬精神的价值和东方传统。二人都过着独身生活，将自己的毕生献给了文学和艺术事业，都用直觉厚礼和有价值的遗迹丰富了阿拉伯现代书店。二人的作品充满浪漫、象征、观念主义色调，有时又饱含苏菲主义，即神秘主义色彩，因为二人都喜欢将自己的心灵放入上帝的怀抱。

二人同是当时闪闪发光的文学家，博通西方文化，受到西方文化影响。纪伯伦用阿拉伯语写作，开始自己的文学创作，然后转入用英文写作，相继发表了《疯子》《先行者》《先知》《人之子耶稣》和《大地之神》。他喜欢将东方哲学和苏菲主义移植到西方，而且取得了巨大成功。著名评论家马龙·阿布德这样评估纪伯伦的文学作品：

侨民文学的领袖是一位极具特性和叛逆精神的人物。他是阿拉伯东方人，他写作不是让东方人西方化，而是为了让西方人东方化，他是东方派往西方的使者……他是一位出类拔萃的人物。他是那种能保住自己色彩的人物，因为他不需要从异境中得到那种色彩。[1]

---

[1] 马龙·阿布德著《革新者与守旧派》第147页。

梅娅起初用法文写作，并发表了她的唯一一部法文诗集《梦中之花》，之后转向用阿拉伯文写作，发表作品数部，跃居于当时的杰出文人榜首，使得艾哈迈德·哈桑·齐亚特说道：

梅娅在开罗的生活是一种奇妙现象！奇妙的是她正像穆台奈比所称赞的人那样：她是她那个世界的一个人，而她却不是那些人当中的一个。她是人类中的一种性别，但具有两种性别的特点。她有男性的最佳特点，同时又有女性的最好长处。我们应该用白沙尔描述韩莎的话描述梅娅：她胜过男子汉。[1]

二人都客终异乡：1931 年 4 月 10 日，纪伯伦逝世于纽约，年仅四十八岁，可谓英年早逝，真令人有雹碎春红之悲；1941 年 10 月 19 日，梅娅逝世于开罗，终年五十五岁，又叫人有霜打夏绿之憾。但是，二人的文学作品将久垂于世，二人也永远活在一代又一代人的心中。因为二人都以自己的作品为阿拉伯的文学、思想复兴做出了贡献，二人的著作都是思想的汁液、灵魂的闪光和心神的溶浆。

梅娅和纪伯伦是通过鸿雁传书相识相爱的。一位姑娘和一个小伙子都为二人之间的爱情感到幸福，同时也因之成为不幸的男女。二人都以书信艺术的华美篇章丰富了阿拉伯书苑。我们已经看到的梅娅的一小部分信件，堪称这种书信的典范之作。她写给纪伯伦的

---

[1] ［埃及］艾哈迈德·哈桑·齐亚特著《使命的启示》第 313 ~ 314 页，开罗：新月出版社，1940 年。——李唯中译

大部分信件仍然下落不明。我们能够看到梅娅所写的部分书信，应当归功于贾米勒·基布尔博士。

贾米勒博士收集了梅娅的书信，先是在《披露报》1938年第110期至164期、《劳动报》1948年11月7日第810期和在巴西圣保罗出版的《联盟报》1938年10月第四期上发表，之后结集为《梅娅书信》，于1951年出版。人们普遍认为，已经发现的梅娅写给纪伯伦的信是在纪伯伦的遗体被运回贝什里之后，从已经运抵贝什里纪伯伦纪念馆的纪伯伦遗物中发现的。那么，梅娅写给纪伯伦的其余信件到哪里去了呢？纪伯伦生前好友米哈伊勒·努埃曼[1]于1975年6月23日在他的贝鲁特郊区的家中对采访者说：

“我曾经常出入纪伯伦的禅房。我记得他和我谈话时，常常称赞梅娅的文学造诣及与他的书信来往。他告诉我，他收到了梅娅寄给他的数封信，被他称为‘天启之书’。有一天，他拉开写字台的抽屉，拿出梅娅寄给他的一包信，然后又放回抽屉，用钥匙把抽屉锁上，唯恐丢失，没有让我看任何一封。纪伯伦过世后，我和他妹妹一起整理他的文件，没发现梅娅给他的信，只看到他写给梅娅一封信的草稿，信中告诉梅娅，他做了一个噩梦。纪伯伦很可能把那些信放在了他的一位朋友那里保存。”

努埃曼提到的这封信，可以在约瑟夫·齐雅黛博士主编的《蓝色火焰》一书中得到印证。那是纪伯伦1921年5月30日从纽约写给

---

[1] 米哈伊勒·努埃曼（1889—1988），黎巴嫩旅美作家、诗人，出生于黎巴嫩斯坎塔镇。1920年与纪伯伦等创办“笔会”，任秘书长。他是当代阿拉伯世界最著名的作家之一。黎巴嫩政府曾授予他国家最高勋章——黎巴嫩杉树勋章。

梅娅的一封信。信中说：

我刚刚从一个怪梦中醒来。在梦中，我听你对我说着甜蜜的话语，而用的语调却令人感到痛苦，致使我在梦中惊惶不安；使我更加不安的是，我梦见你的前额上有个小伤口，正在滴着鲜血。在我们的生活中，没有比梦境更值得深思的东西了。我是那种常常做梦的人，但我总是把梦忘掉，除非梦境与我喜欢的人有关。我不记得过去做过比这个梦留在记忆中更清楚的梦。因此，我发现自己在今天早晨心慌意乱，烦躁不安。你那美好言词里的苦涩声调究竟意味着什么呢？你前额上的伤口又意味着什么呢？

有一次，文学家伊萨·福图哈说，那些信在纽约马丽·阿齐兹·胡里女士那里保存着。马丽女士的家曾是笔会成员经常聚会的地方。伊萨说他是 1967 年在大马士革与安东尼尤斯·白什尔大主教见面时从大主教口中得知这一消息的。大主教说纪伯伦是马丽女士的好朋友，所以纪伯伦把梅娅寄给他的信寄存在马丽那里。

著名女作家赛勒玛·侯法尔·凯兹拜里曾就此事写信给侨居在北美的菲利浦·萨里巴大主教，请求他帮助弄明梅娅书信的下落。大主教回信说：

莱伊拉是已故奈西卜·特里波黎的遗孀。其夫生前是马丽·阿齐兹·胡里女士遗嘱的执行人之一。许多人都说马丽女士保存着纪伯伦和文学家们以及其他人的一大部分信件，其中包括梅娅写给纪伯伦的信。我就此事与莱伊拉女士取得了联系，她回答了一句话："马丽去世前不久，销毁了所有与纪伯伦和侨民作家朋友之间通信有关的东西。"莱伊拉是从马丽的女秘书那里获得销毁信件的消息的，而这位女秘书不知道马丽现在的住址。从与莱伊拉的谈话中，我敢肯定马丽女士的遗物中没有任何梅娅写给纪伯伦的信件。❶

大主教的这封信断绝了研究者们寻觅梅娅信件的希望。毫无疑问，那些信件的销毁是一个巨大损失，也是个不可饶恕的罪过。马丽女士是何人呢？费里克斯·法里斯所著《寄往阿拉伯东方的书信》一书中说，马丽女士原住在纽约 41 号大街。费里克斯第一次见到纪伯伦是 1922 年在马丽女士家，他和他的两位书信朋友约翰、伊里亚斯·德布斯一起应邀出席马丽女士举行的家宴。利亚德·哈尼教授在其《遗失的纪伯伦书信》一书中说，马丽是富侨伊萨·胡里的遗孀，是纪伯伦的朋友；二十世纪二十年代，笔会的成员们常在她的家中聚会。他还提到，马丽生于黎巴嫩一望族人家，纪伯伦也与她通过信。

利亚德·哈尼在书中写道：

关于纪伯伦给马丽·阿齐兹的信的内容无从得知。在巴西出版、发行的《移民》杂志主编玛尔雅娜·法胡里女士 1981 年在里约热内卢举行的纪念纪伯伦逝世五十周年大会上发表的讲话中说："许多女

❶［黎巴嫩］赛勒玛·侯法尔·凯兹拜里著《梅娅·齐雅黛》（或译《天才的悲剧》，阿拉伯文第一版）第 41 页，贝鲁特：努法勒出版公司，1987 年。——李唯中译

人都佯称她们曾对艺术家的才能产生过影响，做过贡献。任何一位将自己剩余的财富施予人类的像纪伯伦这样颇具创造性天才人物的女性，由于这样的天才人物极为敏感，情感极为细腻，总会用充满感谢语句和感恩戴德的书信报答这些女性。使我感到难过的是，马丽·阿齐兹女士使我看到了一位自称能够独自控制天才人物的女性。这位女士是纽约的一家珠宝商店老板娘，她把她的家搞成了笔会文学家们的俱乐部，为首的便是纪伯伦。她曾对我说：‘每个女人都佯称纪伯伦爱她，那全是撒谎，因为纪伯伦只属于我一个人！’其实那是她的自我炫耀，因为笔会文学家们在她家聚会帮助她提高了她家的文化品位。但是，在纪伯伦过世之后，她利用了艺术家纪伯伦，她用她保存的纪伯伦私人信件做生意，将那些书信以天价出售了！她把一份蒙着灰尘的财富并入了她的物质财富之中。她的一个亲戚来了，在使她摆脱了永恒精神财宝之后，又使她摆脱了她所珍藏的物质财宝；那永恒精神财宝便是纪伯伦的书信，她用公开拍卖的办法给了出版公司。我向你们转达的这些事实，都是我 1955 年在纽约见到马丽·阿齐兹之时，她对我亲口说的，并且还向我展示了纪伯伦给她的最后一封信。当我求她让我抄一抄时，她说不能抄，因为买主与她早有约在先，如果她允许任何人抄去，买主将不按照商定的价格付钱。[1]”

著名的女记者玛尔雅娜·法胡里在谈话中表示，她也不怀疑梅娅

---

[1] [黎巴嫩]利亚德·哈尼编《遗失的纪伯伦书信》第 15 ~ 16 页，贝鲁特：努法勒出版公司，1984 年。——李唯中译

寄给纪伯伦的书信的命运，认为那位女士将纪伯伦寄存在她那里的书信卖掉了，或将其中一部分在她去世之前卖给了手书收藏爱好者。假若这些珍宝一旦出现，研究家们必定争相发表、研究它，从中了解梅娅与纪伯伦之间爱情发展情况和至今仍不为我们所知的重要信息。不能否认，在尚未发现梅娅寄给纪伯伦的全部情书之前，谈论纪伯伦与梅娅之间的爱情，条件并不充足。因此，现在只能根据已经发现和发表的书信及纪伯伦对梅娅的看法来谈论这对男女之间的奇特爱情。

纪伯伦在给梅娅的一封信中写道：

> 梅娅，你的信多美多甜，就像从高处奔腾而下的一条香醇之河，唱着歌流淌在我的美梦峡谷中，简直就像奥尔甫斯的六弦琴，将天边变成眼前，把咫尺推向遥远，并以其奇妙的颤音将顽石化作炽燃的火焰，把枯枝变成抖动的翅膀。❶

看来，纪伯伦与梅娅之间的这种奇特爱情，只能通过已经集结出版的纪伯伦写给梅娅的书信来谈论。其一，是 1979 年在大马士革出版的《蓝色火焰》一书，那是纪伯伦写给梅娅的书信集。书中有纪伯伦引用的梅娅写给他的书信的片段，其中含有纪伯伦对梅娅书信的评论及复信。其二，已经发表和发现的梅娅写给纪伯伦的信，也有助于揭开笼罩着二人之间奇特爱情故事的神秘纱幕。

❶ [黎巴嫩]约瑟夫·齐雅黛主编《蓝色火焰》(纪伯伦致梅娅·齐雅黛书信手稿，赛勒玛·侯法尔·凯兹拜里作序，第一版)第 48 ~ 49 页，大马士革：黎巴嫩文化部民族指导社，1979 年。——李唯中译

开始谈这个题目之前，应该提及一下纪伯伦曾经怎样精心润色自己写给梅娅的情书。除了前面提到的努埃曼说他看到纪伯伦写给梅娅一封信的草稿，利亚德·哈尼教授在谈到发表在《蓝色火焰》一书中纪伯伦的书信时说：

毫无疑问，纪伯伦写给梅娅的信要比他写给玛丽·哈斯凯勒和其他人的信要好，因为那些信是专心致志、深思熟虑、精心构筑的结晶，饱溢灿烂的文学色彩，充满热恋的暗示，部分信件用纪伯伦的画装饰着。众所周知，纪伯伦给梅娅写信时，出于敬重本意，常常打草稿，以免信中掺进任何杂质。据说，在他的文稿中有一封写给梅娅的信，打的草稿竟达五遍之多！[1]

与本题目有关的还有两件事，理应在此提及：其一，艾勒比尔·艾迪布教授1934年参观贝什里纪伯伦纪念馆，翻阅纪伯伦的遗物时，从别人赠送给纪伯伦的书中，看到梅娅赠给纪伯伦的一本书上，梅娅用漂亮的波斯体写着“心怀惊惧赠‘先知’！”字样；其二，哈里姆·凯恩教授第一个发现送到贝什里纪伯伦纪念馆的梅娅写给纪伯伦的信，而且是黎巴嫩境内写关于纪伯伦与梅娅之间爱情文章的第一人。他所依据的只是女作家吉菡·埃扎维·奥尼1955年写给女作家赛米拉·阿扎姆的一封信。信中写道：

---

❶ 利亚德·哈尼编《遗失的纪伯伦书信》第18页。

梅娅写给纪伯伦的书信，其中一部分藏于贝什里纪伯伦纪念馆。先于我关心这些信件的只有一位文学家，那就是至今我所不认识的哈里姆·凯恩教授。这位教授一发表他的关于纪伯伦与梅娅之间关系的研究成果，虽然那是一本篇幅不大的小册子，但意义非同寻常，我便立即抓住了他的妙手，于是他对小册子进行了扩写，但没有指出资料的真正来源。

梅娅与纪伯伦之间来往的其余信件保存在我的手里。我还藏有梅娅童年时代的漂亮照片和梅娅在节日里寄给纪伯伦的明信片，上面的文字足以展示梅娅的高尚灵魂、生活哲学和她对纪伯伦艺术的见解。

是的，亲爱的赛米拉，关于梅娅，黎巴嫩文学家们探讨得很多了，她的实际情况与某些人所说的没有什么关系。有人说梅娅不曾爱过任何一个男人，包括纪伯伦在内；有人说梅娅情感冷漠呆滞，性格扭曲；还有人说她是水性杨花，直至纪伯伦的信失盗之时，她疯了。他们这样说，但他们当中谁也不曾认真研究过梅娅的文学作品。

吉菡为梅娅进行了辩护，痛击了那些中伤梅娅的人。吉菡曾于1938年与梅娅同住贝鲁特美国大学校医院。她根据手书文件及从梅娅本人那里获得的可靠资料，写了一本关于梅娅的书，但天命未允许她完成和发表，之后由她的女儿奈西梅寻找到散落在的黎波里、贝鲁特和别的一些地方的文稿，交给赛勒玛·侯法尔·凯兹拜里，并表示歉意，说因为“二战”期间治安情况混乱，有些可能仍存有文稿的地方，无法去那里寻找。赛勒玛对找到的文件进行翻阅研究，发现有一个大卷宗袋，里面只有一些剪报，吉菡在封面上写有“梅娅书信”

字样；在一个报纸、杂志卷宗里发现了纪伯伦写给梅娅的信，但不完整，是吉菡的手抄件，因其重要性显而易见，先后收入《梅娅与同代人杰》和黎巴嫩文化部民族指导社出版的《蓝色火焰》两书中。

吉菡写给赛米拉的信中有一句非常重要的话值得注意："梅娅与纪伯伦之间来往的其余信件保存在我的手里。我还藏有梅娅童年时代的漂亮照片和梅娅在节日里寄给纪伯伦的明信片，上面的文字足以展示梅娅的高尚灵魂、生活哲学和她对纪伯伦艺术的见解。"这必然引起研究者们的注意，但期能于某一天在黎巴嫩境内的某个地方发现这些信件和照片。

《蓝色火焰》是根据纪伯伦的手稿排印、出版的。在此书问世之前，发表的一些纪伯伦与梅娅之间的书信被篡改的现象时有发生，甚至有时被篡改得面目皆非。针对这一现象，女作家写道："有些作者不惜把部分书信编成类似于小说和冒险经历式的爱情故事，以便推销重新创刊和久久滞销的杂志，全然不顾这两位文学家的名声和尊严，就像二者生前自己欺负自己一样，死后双双遭到某些朋友的欺负。"❶

在纪伯伦听说梅娅之前，梅娅就已经听说过纪伯伦，那是在她读到纪伯伦的一篇题为《我的生日》的文章之时。梅娅十分喜欢那篇文章，开始注意纪伯伦所发表的东西，直至读到纪伯伦的中篇小说《被折断的翅膀》，于 1912 年主动与纪伯伦开始通信，向纪伯伦介绍

---

❶［黎巴嫩］赛勒玛·侯法尔·凯兹拜里著《梅娅生平事迹》第 168 页，贝鲁特：努法勒出版公司，1984 年。——李唯中译

自己，称赞纪伯伦的文风，就纪伯伦在爱情、婚姻及其条件、限制方面的见解进行讨论。梅娅这样写道：

纪伯伦，我们在婚姻问题上的见解是不同的。我尊重你的思想，我敬重你的原则，因为我知道你在忠诚地巩固和维护你的思想和原则，所有那些都通往高尚目标。我同意你关于妇女自由的基本原则。妇女应该像男子一样成为绝对自由的人，自由地从小伙子中间选择自己的丈夫，完全依从自己的爱好和意愿，不能把自己的生活置于邻居与熟人选择的模子里，直到选定自己的伴侣，将自己完全限制在那个建筑公司的义务之中。你将之称为“历代编制的沉重锁链”；我也说那是沉重的锁链，但编制它的是使妇女所以成为妇女的大自然。假若思想上能够达到打碎人为的和传统的枷锁，那么，自然的枷锁则是不能打碎的，因为自然法则高于一切。[1]

之后，梅娅与纪伯伦谈及夫妻信任和已婚妇女应受的限制，强烈批判了纪伯伦中篇小说《被折断的翅膀》里的女主人公赛勒玛·凯拉麦私会男友的偏颇行径，认为她没有任何理由与非丈夫的男友幽会，“哪怕幽会的目的仅仅是在那位被钉在十字架上的青年跟前祈祷”[2]。

纪伯伦高兴地回了信，就像两位互相敬佩的作家那样交谈，用充满相互敬重的文风解决思想、艺术问题。

---

❶ 赛勒玛·侯法尔·凯兹拜里著《梅娅·齐雅黛》第 17 页。

❷ 同上。

1913年3月24日，梅娅受委托在开罗举行的欢迎海里勒·穆特朗的晚会上宣读纪伯伦的贺词。梅娅第一次作为演说家站在埃及大学演讲台上，首先宣读了那位天才的贺词，接着宣读自己的发言，修辞考究，声音柔美、悦耳、动听。但是，纪伯伦在自己的一生中却没有听到过那种声音，也只有在梦中看到过她的女友。他把她想象成一位美丽的少女，与普通女孩子不同；他把她想象成一位神女的天使。纪伯伦写道：

梅娅，你是主的声音；主的声音将永远波涌在以太之中，直到时光尽头！[1]

从1914年1月2日纪伯伦写给梅娅的那封信中，可以看到梅娅开玩笑似的跟他谈到“自己的恶魂”，还说到她爱骑马，爱弹钢琴和四弦琴，认为侨民的《艺术》杂志办得很好，称赞舒卜里·舒迈勒博士。信中写道：

但是，直到现在我也不明白使你用“恶”来对付我的真正原因，你能惠告我一声吗？我已回复过你的每一封惠书，而且详细、深入研究过你在我耳边低语过的每一词语的含义。还有什么别的事情应该让我做吗？你没为我从“无”中造一罪名，以便向我表明你的报复能力吗？你成功了，你声明得好。至于我，则已经相信你集印度教女神迦梨的宝剑

[1] 约瑟夫·齐雅黛主编《蓝色火焰》第98页。

和罗马女神狄安娜的利箭于一身的绝对的、全新的、神的品格。

现在，我俩都明白了对方灵魂里有恶的和报复的倾向，还是让我们继续两年前开始谈论的话题吧！

在这封信中，纪伯伦与梅娅一样称赞舒迈勒博士和《艺术》杂志及其主编奈西卜·阿里达，羡慕梅娅能弹奏多种乐器，并且对她说自己也非常喜欢音乐，爱之如同生命。他在信的末尾说，希望梅娅站在威严的狮身人面像前提及他。信末写道：

你何不在狮身人面像的威严之前提及我一下呢？我在埃及时，曾一周两次去那里，坐在金色的沙子上，双目凝视着金字塔和狮身人面像，消磨很多时光。当时，我才是个十八岁的少年，怀着一颗雄心，那雄心在艺术外观面前颤抖着，就像小草临风暴那样瑟瑟摆动，而那狮身人面像则向着我微笑，使我的心中充满着甜滋滋的痛苦和令人欣悦的凄楚。[1]

从这封信的内容上，我们可以看得出梅娅多么喜欢纪伯伦，也可以看出纪伯伦对梅娅有多大的吸引力。因此，她乐意把自己的心情、爱好、专长告诉他，也达到了开玩笑逗乐的程度。这是梅娅同别的作家和朋友不曾做过的事情，而在她的一生中，与她有通信、交往的朋友又是那样多。从这封信中，我们可以看到纪伯伦因与梅

[1] 见本书第16页。

娅相识而感到幸福，他重视她说的每一句话，很想继续两年前开始谈论的那个话题。但是，第一次世界大战的爆发导致东西方之间邮路中断，因而谈话未能继续，而在二人之间通信停止的四年之中，梅娅仍然心系纪伯伦。最好的证据便是在那段时间内，梅娅讨厌婚事，拒绝所有愿意接受她的求婚者，这足以表明纪伯伦在她的心目中和情感里所占有的位置。1916 年，她在父亲办的《都城报》上所发表的题为《姑娘们的心愿》那篇文章，就能说明这一点。她在文章中写道：

……我曾经自问：你现在的心愿是什么？我闭上双目，等待回答。我刚刚闭上眼睛，声音在我的周围便消失了，我忘记了周围环境，只见我遨游在一片蓝色之上，大海的苦涩气味浸入我的肺腑，而微风却把我吹来吹去。啊，多么美丽的大海！多么可爱的大地被大海阻隔，多么亲切的面孔被大海遮挡……我立即发现自己躺在遥远的海岸上……[1]

那时的梅娅，是一位三十岁的充满梦想的热恋中的姑娘，大海遮挡住她的视线，使她看不见“那可爱的大地”，无非是新世界的大地，那新世界远离埃及，但却在她的心中近在咫尺；那“亲切的面孔”，便是她的恋人纪伯伦的面孔，只因大海遮挡，使她看不见，但

[1] [黎巴嫩]梅娅·齐雅黛著《少女的良机》(第一版)第 72 页，埃及：新月出版社，1922 年。——李唯中译

却遮不住她那恋人的心。

梅娅与纪伯伦之间的爱情产生在相互通信结识之初。梅娅发现纪伯伦就是她梦中的白马王子。那是一种始终伴随着梦幻的浪漫爱情，那是一种充满无限思恋的爱情。梅娅瞒着她的父母双亲，瞒着所有的人，与她那守口如瓶的性格完全一样，但其痕迹却开始显露在她的作品之中。不过，她担心自己的文章被误解，害怕她与纪伯伦的那种高尚、纯洁的爱情被歪曲，她开始表达自己的爱情观。她写道：

使世界变成能够容纳灵魂礼拜、祈祷的圣殿，让精神的结合与宇宙所有力量联结在一起的爱情，就是我们谈论、颂扬爱时所指的那种爱情。❶

第一次世界大战结束，梅娅立即写信给纪伯伦，给他寄去多期《文摘》杂志，杂志上刊登有她的几篇文章。她收到纪伯伦1919年1月24日的来信。信上写道：

尊敬的文学家玛莉小姐阁下：

向你的美好灵魂致意。今天，我收到了你惠寄给我的几期《文摘》，我怀着兴奋与敬佩之情读了一篇又一篇文章。我在你的文章

❶［埃及］贾米勒·基布尔编《梅娅·齐雅黛日记》第62页，埃及：新月出版社，1974年。——李唯中译

里，发现了不少我日夜魂牵梦绕的爱好和倾向；不过，有许多原则以及理论，我真希望我们能够面谈，研究一番。假若我此时此刻在开罗，我一定求你允许我登门造访贵府，以便畅谈《空间灵魂》《智与心》，以及部分“亨利·柏格森”现象。可是，开罗在地球的东方，而纽约在地球的西方，没有办法实现我所想所盼的论谈。

纪伯伦赞扬了梅娅的文学鉴赏力、博大文化基础和天赋之才后，以艺术的名义希望她把历史、社会研究放在一边，专心表达自己心中的激情和自我选择。按照纪伯伦的说法，那是因为“创作比研究创作者更长存久在”，因为他宁愿读她的一首关于狮身人面像的诗，也不愿意读她的一篇关于埃及艺术史的论文，因为一首诗或一段直观感想能“给予他一种自我心灵礼物”。纪伯伦在信末写道：

上述所及只不过是以艺术名义求情的一种形式罢了。我之所以向你求情，是因为我想把你带往萨福、伊丽莎白·布朗宁和艾丽丝·舍奈尔等在天与地之间架起黄金和象牙天梯的你的姐妹们所在的地方。[1]

梅娅看到这封信，她的欢快心情是不难想象的。梅娅本来生活在一群与她父亲同龄的文学家和诗人中间，每周都在她的家中举行文艺沙龙，他们很尊重她，她也非常敬重他们。但是，每当她独处之时，便深感孤独寂寞和背井离乡之苦。不曾有人用那样美丽的语言

---

[1] 见本书第19页。

和诚恳的语调和她谈话，不曾有人那样催促她写出更好更能垂世的作品，也不曾有人那样渴望了解她的内心秘密。她找到了与她灵魂相通的兄弟，找到了终生的朋友，找到了思想的伴侣，怎会不心花怒放、兴高采烈呢！对于她来说，纪伯伦的信是多么甜美，纪伯伦那样重视她的文章使她多么开心！纪伯伦鼓励她努力攀升，进入不朽诗人、作家行列，希望她做她们的姐妹，“在天与地之间架起黄金和象牙天梯”，这又是多么甘甜的祝愿和鼓励！毫无疑问，纪伯伦对梅娅写作的关注，使得梅娅更加爱纪伯伦；在梅娅看来，纪伯伦就是唯一能配得上她的天才，她对与他的思想联系寄托着巨大希望。尽管至今尚未找到梅娅对纪伯伦这封信的复信，但从 1919 年 2 月 7 日纪伯伦给梅娅的信中，可以看到纪伯伦读过梅娅的复信是多么高兴。纪伯伦在信首第一次用了“亲爱的梅娅小姐”这一称呼，在此之前，他用的是“尊敬的女文学家阁下”。

纪伯伦在这封信中写道：

你的信把对一千个春秋的回忆送回到了我的心灵中，使我再次站在我们创造的并使之一队接着一队行进的幻影前。欧洲的火山刚一爆发，那些幻影就被沉默笼罩；那沉默是何等深沉，又是多么长久啊！

我的朋友，你可知道，我在我们的断断续续的谈话中找到了慰藉、亲情和平安？你可知道，我曾对自己说，在地球的东方有一位姑娘，她不像平常的姑娘，她在自己出生之前就已进入了圣殿，站在最神圣的地方，晓知黎明巨人守护的天堂秘密，把我的国家当成她的国家，把我的民族视作她的民族？你可知道，每当我收到你的信时，我

总是对着幻想的耳朵低声吟唱这支歌？假若你知道这些，你决不会中断给我写信。❶

我们从这封信中还知道纪伯伦赠给梅娅1918年用英文发表的《疯子》，梅娅在《都城报》上发表了批评此书的文章。纪伯伦看过那篇文章，责备梅娅说：

我到现在还未听到像这样的批评，虽然我读过美国和英国多家报纸、杂志发表的有关这本小说的评论。奇怪的是西方大多文学家都认为其中的两段很好，即 *My Mind* 和 *The Sleep Walkers*，他们不是引用，便是专门提及那两段短文。你呢，我的朋友，你却发现其中有“冷酷”成分。一个赢得了世界赞同而得不到梅娅称赞的人，那他还有什么用呢？❷

纪伯伦对她喜欢《疯子》中的插图表示高兴，称赞她的锐利艺术眼光，说：“两只眼睛中间还有第三只眼”“两只耳朵之后还有无数无形耳朵，能够听到类似于沉静的细微声音。那种声音并非发自唇舌，而是源于舌与唇之外的甜蜜孤独、欢乐痛苦及对于遥远未知世界的向往。”

这封信中有两件事值得注意：第一，还是纪伯伦回答梅娅上封

❶ 见本书第18~19页。

❷ 见本书第21页。

信中提出的问题，即他想不想让人理解他，他回答说："我不想让任何人了解我，如果那种了解仅仅是一种精神奴役的话"，而且强调"独立才是灵魂的正道"，因为"冬青槲和柳树是不能在彼此的树荫下生长的"；第二，则说：

此信写到这里，而我开始想说的话一句还不曾说出来。设想一下，谁又能将那稀疏美丽的雾霭化为塑像和碑碣呢？但是，能听到声外之声的黎巴嫩姑娘，必将看到这雾霭中的形象和幻影。

向你那美好的灵魂致意，向你那高贵的情怀和博大心田问安。上帝保佑你。

忠实的

纪伯伦·哈利勒·纪伯伦[1]

从第一件事，我们可以清楚地看到纪伯伦十分看重作为作家和人的自我独立性。从第二件事，我们可以看到纪伯伦式的、雾霭式的暗示，即他希望梅娅不仅仅要做一位文学家，还要做一个女人。能够证明这一点的是纪伯伦写在同一封信中的那句话："我将先于你写一篇关于狮身人面像微笑的文章！之后，我将写一首关于梅娅微笑的诗；假若我手中有她在微笑的照片，我今天就会赋诗。不过，我应该访问埃及，以便看到梅娅及她的微微笑容。"

---

[1] 见本书第 23 页。

可以相信，这样的语句和愿望定能占据一位像梅娅这样敏感、渴望爱情和用如此透明形象与之对话的典型男子的姑娘的思想。毫无疑问，纪伯伦关于雾霭、影像、声外之声的谈话已经占据了梅娅的心，使她深入思考，令她在纪伯伦暗喻和象征的天地里驰骋自己的思想。

1919年，梅娅与纪伯伦之间的友好信件、文学讨论连续不断。纪伯伦给梅娅寄去他的《行列之歌》一书，梅娅写了评论文章，发表在《都城报》上，并寄了一份报纸。纪伯伦同时收到了报纸和三封信，于是在1919年6月11日给梅娅写了一封长信，信中称梅娅是“珍贵的财富”，将之比喻为“香醇之河”，并用他那动人的文笔和形象比喻回答了梅娅提出的意见和问题。看上去，好像梅娅因为纪伯伦写了使她不满意的话，发表了使她感到不顺耳的意见而在她的信中责备了纪伯伦。纪伯伦在回信中写道：

我丢下这间办公室里等待我做的一切，整个白天都用以聆听你那辗转蹒跚在甜润与严厉之间的谈话；我之所以说严厉，那是因为我发现你第二封信里有某些看法，假若我允许我的快活心灵痛苦的话，它会因那些看法而感到痛苦的。可是，我怎能允许我的心灵去遥望那嵌满繁星的晴朗夜空中飘浮的云状物呢？我怎能把我的目光由鲜花怒放的大树转向它的枝条投下的阴影呢？我又怎能不接受满佩珠宝、香气四溢的纤细之手的轻触柔刺呢？将我们从五年的沉默中拯救出来的谈话，无论现在或将来都不会转化成为责备或争论。我接受你说的一切，因为在我看来，已有七千英里将我们隔开，我们不应该再在这遥远距离之间加入虎口之距，而应尽力运用我们对美的爱好、对泉源的向往和对永恒的渴望将距离缩短。我的女友，在这些日日夜夜里，我们经历的痛苦、干扰、疲倦和磨难已够我们受的了。我认为，一种能在绝对单纯前站稳的思想，是不会被某一本书中的一句话或某一封信中的一种意见搅乱的。那么，就让我们把我们之间的多半是言词上的分歧放入金箱子里，然后将之抛入微笑的大海之中去吧！❶

从纪伯伦的话里，可以明显看出梅娅细读过纪伯伦的每句话，因此才责备起来。与此同时，我们还可以看到梅娅对于精神思想联系的向往与纪伯伦对于“绝对单纯”的向往之间的差别！设想一下，梅娅会像纪伯伦所说的那样将分歧放置在金箱子里，将之抛入微笑的大海之中去吗？我们想从纪伯伦的一连串的信中弄明一个事实，那就是梅娅想冲破重重障碍，了解纪伯伦的目标和内心世界，但她的想法一次又一次遭到失败。被纪伯伦看作思想上和行为上都是一位作家的梅娅，原来却是一个寻觅与男子相处经验的女人，她有着一颗渴望伟大爱情的心，一颗动辄发怒旋即又高兴起来的极易受骗的姑娘的心，仅仅因为纪伯伦的一句话或信中的某一句子，她就能变化无常……在那封信里，纪伯伦用幽默、逗乐的艺术手法回答了梅娅提出的问题。他这样描述梅娅：

我可以毫不夸张地说，你是第一位昂首挺胸、泰然自若如在自己

---

❶ 见本书第 24 ~ 25 页。

家中，迈着坚定步伐，走进“九姐妹”林中的东方姑娘。你何不告诉我你是怎样晓知你所通晓的一切的？你是从哪个世界采集到你心中的奇珍异宝的？在你的灵魂来到黎巴嫩之前，你曾生活在哪个时代？天赋之才当中的秘密要比生命的秘密更加深刻。[1]

最能感动梅娅的当是纪伯伦用了“你们”来回答梅娅提出的问题：“在你那里有我们的朋友吗？”纪伯伦回答道：

有啊，凭生命起誓，凭生活中的伤人甘甜和神圣苦涩起誓，我们这里有你们的朋友：其意志保卫着你们，其心灵愿你们安好，愿厄运远离你们，保佑你们免遭任何伤害。不在场的朋友也许比在场的朋友更亲近。对于行走在平原上的人来说，那大山不是显得比山中居民眼里的山更加威严、清晰和显著吗？[2]

梅娅很相信她那既远又近的朋友，而且他的信变成了她那在书本和墨水里度过的枯燥生活中的唯一避难所，简直可以说变成了她孤独寂寞时的圣殿，只有在那里与自己的心上人唱和，才能得到心灵上的安慰，且发现只有纪伯伦才是她的知音，也只有纪伯伦才配得到她的爱。

1919年夏天，梅娅写信给纪伯伦说：

---

[1] 见本书第28页。

[2] 见本书第30页。

头脑之间的唱和、思想之间的交流，也许知觉是无法感触到的；但是，谁能断然否定一国同胞之间的唱和与交流的存在呢？[1]

纪伯伦在他1919年7月25日写给梅娅的信中引用了这几句话，并且评论道：

这段美好话语中有一个基本事实，我曾主观臆断过它的存在，而现在却通过心灵体验证实了它。近来一段时间，我已确信有一种精细、坚固、奇妙的精神纽带，它的本质、特性与影响不同于其他任何纽带，而是更强烈、更坚韧、更长久，就连血缘的、胎生的，甚至道德的纽带都不能与之相比。[2]

纪伯伦向梅娅说明了关于将二人联结起来的精神纽带的实质之后，说："也许这种纽带存在于这样的两个人之间：过去、现在或许将来都不曾、没有或不能将该二者聚集在一起。"纪伯伦又说：

梅娅，在这种纽带里，在这种情感之中，有一种永不消失的痛苦忧烦，但它对于我们来说十分珍贵；即使有可能，我们也不会用我们所知道和想象的快乐尊荣将之替换。

我之所以把不能也不想告诉你的东西告诉你，只是因为你的心灵中

---

❶ 见本书第31页。

❷ 同上。

有着相似的情怀。倘若我展示给你的是一项早为你所知的秘密，那么，我便是承蒙生活厚爱、被生活拥立在白色宝库前的幸运者之一；假使我所表明的仅仅是我个人的私事，那么，你可以将此信一火焚毁。[1]

在这封信末，纪伯伦希望梅娅“用翱翔在人间道路上的绝对单纯精神”给他写信！

我们从这些含义清楚的词语和这些纪伯伦式的思想和画面中，足以看出纪伯伦对梅娅所怀有的“精神情感”，且希望梅娅与他以同样情感相互交流，但不是强迫，而是要梅娅以绝对的、单纯的和自由翱翔的精神情感与他交流。我们从纪伯伦这些精心修饰过的、辞藻丰富的长信中，可以知道纪伯伦为与梅娅的友谊而感到幸福，而更使他感到幸福的是梅娅称赞他是作家和天才，因为纪伯伦是一位很自信的艺术家，为自己的才能而深感自豪。假若纪伯伦不为梅娅对自己的关注和梅娅信中对自己所表现出来的依恋而感到幸福，那么，他也便不会持续不断地写长信给她，在信中与她共同探讨思想和精神方面的问题，而且那些信变成了纪伯伦灵感的源泉。他在梅娅那里发现了自己生平中和客居异乡时寻觅的精神友伴，他向她道出了将他与她紧密联结起来的精神纽带，时而用暗喻，时而用明示，还以象征主义手法说那是“用翱翔在人间道路上的绝对单纯精神”。对那封信，梅娅有何反应呢？十分奇怪的是，我们在纪伯伦 1919 年 11 月 9 日写给梅娅的信中发现，梅娅生气了，责备起纪伯伦，甚至憎恨起他来！纪

[1] 见本书第 32 页。

伯伦的信开头便说：

你恨我，你怨我，你有权利，你是对的，我只有默认听从。我是个远离度量衡世界的人，你何不忘掉我犯的那些错误呢？你何不将不适宜保存在以太箱中的东西放在“金箱”里呢？[1]

之后，纪伯伦开始责备她轻视他向她吐露的情感，因为梅娅将之称为“抒情歌曲”。纪伯伦向梅娅描述了自己的孤独心灵，而只被梅娅称为“透明成分”。纪伯伦在信中说：

你，你总是生活在精神世界里，你知道我们之间存在着透明成分，回避我们的一切工作，甚至远离我们最美的修辞志趣和最崇高的艺术愿望。它即使与我们的诗情为邻，既不能将自身写成一首歌曲，也不能将自己的隐秘注入线条色彩之中。[2]

之后，纪伯伦向梅娅畅谈了自己对她的真挚情感，用他那人所共知的象征式手法辛辣地责备了梅娅对他那真挚情感的怀疑。纪伯伦称颂他与她之间的那种精神、思想联系为“蓝色火焰：它炽燃着，但不变化；它改变着外界，而不被外界改变；它发号施令，而不听从命令”[3]。由此我们可以说，无论怎样，每个人都是从不同角度和不同世

[1] 约瑟夫·齐雅黛主编《蓝色火焰》第60~61页。
[2] 约瑟夫·齐雅黛主编《蓝色火焰》第65页。
[3] 约瑟夫·齐雅黛主编《蓝色火焰》第66页。

界观看生活、爱情和自由的。因为我们没有从惹梅娅生气的那封信里洞察到有什么伤害一位女文学家情感的话语；纪伯伦将之视作自己心爱的女友、思想上的志同道合者与灵魂上的贴心人……更加奇怪的是，梅娅并没有将纪伯伦的信付之一炬，而是回了信，信中充满责斥，足以表明梅娅愿意保持她与纪伯伦之间的联系；与此同时，梅娅也担心在与纪伯伦进行哲学和情感的争论方面陷于尴尬境地。信末，纪伯伦将自己的绘画新计划告诉了梅娅，也把关于《先知》的写作打算告诉了她；按照纪伯伦的说法，《先知》是他“思考了一千年”的一本书。之后拐到雾霭上，说他期望世代大门开启。

直到那时，梅娅还在怀疑纪伯伦对她的感情。也许梅娅佯装不理会纪伯伦在给她的信中有意把事情说得更清楚，或者梅娅担心自己陷入纪伯伦的忧思、激情和想象谷地之中，故意限制那种关系的发展……看来面对二人之间关系的发展状况，梅娅一时不知如何是好，有进退两难之感，无法摆脱已知的男女之间相爱的惯例，因为梅娅缺少那种强有力的翅膀，无法与那只雄鹰比翼双飞在用想象和思念构成的被雾霭包围着的神奇世界天空中！

就在寄出那封信的同一周，纪伯伦给梅娅寄去一张请柬，邀请她参观一个有他的美术作品参展的艺术展览，请柬背面写着这样一句话：

这是艺术盛宴发出的请柬，你何不驾临此间，为我们增添一份荣幸？

1919年11月30日，纪伯伦寄给梅娅另一张请柬，请她出席在纽约一俱乐部举行的文学晚会。纪伯伦在请柬上用英文写下这样几句话：

若是你在这里，给我的声音插上翅膀，把我的细语化作朗声歌吟，那该多好！不过，我相信当我在“异乡人”当中朗诵时，还有一位暗在的“朋友”在聆听我的声音，给我目送着甜美温柔的笑意。

梅娅回信表示抱歉，不能出席被纪伯伦称为“盛宴”的艺术展。纪伯伦于1920年1月28日复长信给梅娅，信中写道：

你感到抱歉，因为你未能出席“艺术盛宴”。我却对你这种遗憾感到意外，而且非常意外。难道你不记得我们一同到展览会去？你忘记了我们看过一幅又一幅画？你忘了我们缓慢地走在那宽敞的大厅里，边走边研究、评说、探索线条和色彩之外的象征、含义和意旨？所有这些，你都忘了吗？看来我们的“透明成分”在我们不知不觉之中做了许多事情，取得了许多成果。当我们在小房间里读晚报时，“透明成分”正鼓翼飞翔在地球的另一面；当我们与亲朋好友对坐聊天时，“透明成分”正造访远方的朋友；当我们将茶斟入一位正在对我们讲述她女儿的婚礼情况的妇女的杯子时，“透明成分”正漫步在人类的眼睛从未看到的远方神奇田野和森林里。

梅娅，我们的“透明成分”多么奇怪呀！它所做的不被我们所知的工作又是何其多啊！但是，不论我们知道与否，它都是我们的希望和康庄大道。它是我们的命运和完善。它就是神性中的我们。

因此，我相信，只要你好好回忆一下，你就能记得我们参观那个展览会的情景。你何不回忆一下呢？

我的信已经很长！能在什么东西中发现乐趣的人，定会将之延伸、拉长。

我在午夜之前开始给你写这封信，现在已是夜半与黎明之间，然而我连一句刚开始写信时要说的话还没有说出呢！我们心灵里的那实在的真理，那单纯的实质，那被苏醒围绕着的梦幻，只将沉默作为外部表现。

是的，我本想向你提出一千零一个问题，而现在已是鸡鸣时分，我连什么都没还没问。❶

纪伯伦责备梅娅用“我的先生”称呼他。他在信中写道：

我原想问你，如在友谊的词典里是否真有“我的先生”这样的词儿？我在我手中的一本词典里查过这个词儿，但没有查到，一时自感不知如何是好。但是，我觉得我这本词典是一种校订本，也许我查的不是地方！❷

纪伯伦希望新的一年让梅娅“掌中充满吉星”，祈求上帝保佑她！

这封信发出之后，纪伯伦沉默了约十个月光景，原因在于梅娅

---

❶ 见本书第 41 ～ 42 页。

❷ 见本书第 42 页。

想中断与纪伯伦的联系，因为二人在思想、爱好甚至情感上都发生了矛盾。这种突如其来的风暴破坏了二人之间联系的气氛。二人之间通信的恢复是在梅娅收到被纪伯伦称为“甜美来信”之后。1920年11月3日，纪伯伦在回信中写道：

我的女朋友，梅娅：

我近来的沉默不过是不知所措与糊里糊涂的沉默。我多次处于不知所措与糊涂的状态中，坐在这座“谷地”里，以便与你交谈，责备你，但我却找不到要对你说的话。梅娅，我不知该对你说什么，因为我觉得你没有给我留下说话的余地。因为我觉得你想切断那无形之手纺出并系在思想与思想、灵魂与灵魂之间的无形丝线。

我多少次坐在这个房间里，久久地望着你的面容，但我一句话都没说。你呢？你凝视着我，摇头微笑，仿佛从同伴的紊乱神态里发现了什么乐趣似的。

现在，你的甜美来信就在我的面前，我能对你说什么呢？这封神圣书信将我的惶惑变成了羞涩。我为我的沉默感到害羞，我为我的痛苦感到害羞，我为使我手捂双唇、沉默无言的高傲感到害羞。昨天，我还以为你是“罪人”；今天，我则看到你的温柔与怜情如同两位天使相互拥抱着，我认为原来“罪人”是我自己。[1]

被纪伯伦称为“甜美来信”的那封信遗失了，是一个巨大损

---

[1] 见本书第43页。

失。不过，我们尚能从纪伯伦的这封文笔精美、语调动人的回信中体会梅娅那封信的意思和“天启之书”的气息。纪伯伦对亲爱的女友回返而感到高兴，对梅娅不再想“切断那无形之手纺出并系在思想与思想、灵魂与灵魂之间的无形丝线”感到高兴，同时述说了自己因她在过去几个月中的沉默而感到痛苦的心情。虽然书信往来中断了一段时间，但纪伯伦确信梅娅又在自己的身边时，他便否认自己是人们说的那种“幻想家”。他说：“但我知道我不是那种幻想到自欺地步的人。”并且强调他爱她是事实，是他去年用自己的心灵、智慧和感官体验过的一种事实。他强烈感到需要向她显示那个事实，而她却用近乎嘲笑的语气说：“这是抒情歌曲！”因此，纪伯伦又写道：

几个月过去了，这“抒情歌曲”一词一直铭刻在我的心中。我的女友并未罢手！她不但不罢手，反而处处伏候着我。我每说出一句话，她必定严加责斥；我每注视一种东西，她必将之隐藏在面具后；我每一伸手，她必用钉子将之钉一个洞。之后，我失望了；在心灵中的诸要素之中，没有比失望更苦涩的要素了。在生活之中，对于一个人来说，没有比对自己说“我失败了”更难的事情。[1]

当他回答梅娅信中写到的一些问题时，他向我们清清楚楚地勾出了梅娅那封信的粗线条，尤其是他写道：

---

[1] 见本书第 44 ~ 45 页。

你对我说："你是艺术家，你是诗人，你应该成为幸福自足的人，因为你是艺术家和诗人。"可是，梅娅，我既不是艺术家，也不是诗人。我把我的日日夜夜都用在画和写上，但"我"不在我的日日夜夜里。梅娅，我是雾霭。我是笼罩一切的雾霭。我是雾霭；在雾霭中有我的孤独与寂寞和我的饥饿与干渴。我的灾难在于：雾霭是我的真实，向往与天空中的另一团雾霭相会，企盼听到有人说："你并不孤独。我们是两个人。我晓得你是谁。"[1]

在这里，必须承认纪伯伦与梅娅谈心的态度是坦诚的，他对梅娅和自己都是诚实的，没有任何欺骗梅娅之嫌，也没有玩弄梅娅的感情。如果梅娅对纪伯伦有误解，或者对他的话的分析不合他的本来意思，那么，罪责则不在于纪伯伦。因为纪伯伦把梅娅看作灵魂的挚友，能和他分担痛苦，且是他孤独和客居异乡时的慰藉；她也和他一样是飘飞的雾霭！这种意见上的分歧曾不止一次造成二人之间的误会，影响二人之间的关系，但后来还是达到了灵魂相通。

梅娅对纪伯伦说："我希望你微笑，我希望你宽恕。"纪伯伦则回信说：

你想让我微笑，要我"宽恕"。

自打今天早晨起，我常微笑，我微笑在内心深处，我微笑在周身，我久久地微笑着，仿佛我是为微笑而降生的。至于"宽恕"，则是个

---

[1] 见本书第 46 页。

可怕、伤身、杀人的字眼儿，它使我站在一个如此谦虚的高尚灵魂面前感到羞涩、惶恐，令我低头向之祈求宽恕。伤害人的只是我。我在沉默和失望中伤害了他人。因此，我求你原谅我的过错，求你宽恕我。

之后纪伯伦用洋溢着称赞的语句评论了梅娅的作品《芭希萨·巴迪娅》。接着，纪伯伦高兴地回答了梅娅问的所有问题，诸如近况如何，正在写什么，工作多否，穿的衣服是什么颜色，早晨抽几支香烟，等等。纪伯伦在信末写道：

你所有的问题，我都回答了，一点儿也没有遗忘。信写到这一页，但我在第一页开始时想要说的话还一句没有说出。梅娅，我的需要还没有凝成露珠；那寂静，那生着翅膀的抖动着的寂静，还没有转化成为言词。可是，你何不用手抓一把雾霭呢？你何不合上双眼，听一听那寂静说话呢？你何不再次经过这道谷地？你可知在这里，孤独像畜群一样行进，像群鸟一样盘飞，像小溪一样奔流，像冬青槲一样挺拔。梅娅，你何不再次经过谷地？

上帝保佑、护佑你。

纪伯伦[1]

纪伯伦在这封信首第一次称呼梅娅为“我的女朋友，梅娅”，而在此之前的信首总是称“亲爱的梅娅小姐”；在这封信末只落名为

---

[1] 见本书第 50 页。

“纪伯伦”，而在此前总是签自己的全名。梅娅接到这封信后，她究竟是怎样回信的呢？梅娅对她与纪伯伦之间关系的发展感到惊惧，她本想使这种关系只限于文学、思想的交流方面。但是，纪伯伦从去年亲身经历的一件事情中发现，他与梅娅之间有了一种强烈的感情，将他拉向她，而她也和他的处境一样，都是客居异乡。在梅娅看来，不结婚的爱情是一种不光彩的关系，因此她感到害怕，其最有力的证明，便是 1920 年 12 月 6 日她写给纪伯伦的那封信。梅娅在信中写道：

当我坐下写信时，忘记了你是谁，身在何处。我和你说话常常像与自己说话，有时感觉你就像我的一位女同学。浮在那种精神状态上的是一种特殊敬重感，是姑娘与姑娘之间寻常不存在的一种感情。难道说这遥远的距离，缺乏个别相识，隔着重洋，倒是这种信任的根源？这种信任自打一开始就像先天生成，无须等待时间去加强它，也用不着实践去确立它吗？在“抒情歌曲”之前寄出的那封信收到了，面对某些言词，我望而却步，担心它会把我拉到什么地方去。已有六周或七周没给你写信了，因为我对自己说：“我们应该到此止步。”但是，我们没有止步，不但走了一步，还跳了一步，“抒情歌曲”中已经提及。我在亚历山大，面对着引发沉思和幽情的大海，没有为那“歌曲”设想什么重要意义，于是写信说我只想使我们的通信局限在思想题目当中。坦率地对你说，我在你的来信中寻觅到了我在每一个地方都想得到的益处。

你把我作为“罪犯”禁锢在你的本子里，并且开始诉苦，因为“每当你注视一件东西时，我便把它藏在面具之后；每当你伸出一只手时，我便用钉子在上面打洞。”是的，我是那样做的，而且是故意那样做的，有意切断幽冥之手织就并将之连在思想与思想、灵魂与灵魂之间的那无形线。我开始曲解那些意思，歪曲那些问题，面对那些令眼睛充满泪水的词语发笑。我有办法让你抛开这个题目，使你知道我是父母双亲的独生女吗？也许在西方的家庭中有这样的情况：仅有一个儿子，他们会不声不响地将之从英国抛到印度；或有一个姑娘，他们会一声不吭地让她从法国迁往中国。但我们是东方人，我们怎好与这些人相比呢？我之所以有意那样做，是为了让我自己经受必不可少的折磨，而你却总是不避开让我接近那个题目的词；正是那个题目，在过去几年里，一直使我的灵魂充满荆棘和苦汁。你明白我之所想，但不是真正意义上的明白，只是明白了非我所想的一面。之后，你被男子汉的自尊心所控制，忘记了另外一个题目意外而至；只要它不是根本性的，那么，它会消失的，不会影响我们之间的文学、思想方面的联系。或许人们说得对：男女之间的友谊是第四大不可能？

你在这方面的沉默使我感到痛苦，令我注意到几件事情，其中之一便是你不能与我共享这种思想友谊的快乐；因为假若你像我一样为之感到幸福，你也就不会走得比那种友谊更远。我知道，我以为我们是两个人时，我只是我一个人。我估计你将之只看作“序曲”，而我只认为那是事情的本身。在我看来，你的沉默意思是：“要么那样，要么没啥！”你最清楚这在我心中的影响。[1]

---

[1] 此信在梅娅生前就发表过，见于1938年10月《巴西联盟》杂志。贾米勒·基布尔将之收入1951年出版的《梅娅书信》一书中。——李唯中译

贾米勒·基布尔博士曾评论过那封书信。他在《动荡生活中的梅娅》一书中说，纪伯伦要求与梅娅结婚，梅娅表示歉意说：“我有办法让你抛开这个题目，使你知道我是父母双亲的独生女吗？”但我们在信中没有发现他在这方面的示意，也不曾暗示他想与梅娅结婚，只看到纪伯伦向梅娅提出的迫切要求，以便让她和他一起“用翱翔在人类道路上的生翅灵魂”，共同探索“黑夜、白昼、时光和永恒之外的遥远所在”!

假若我们仔细研究梅娅写给纪伯伦的信，便会发现梅娅担心二人之间的通信会由思想交流发展到情感交流，于是梅娅坦率地对纪伯伦说：“我们应该到此止步”，有意中断与纪伯伦的联系，“以避免任何一个使她接近那个题目的词语”。我们可以相信，梅娅在信中三次提到的“那个题目”就是“精神恋爱”，或纪伯伦体验并要梅娅与之共享的“强烈精神情感”，而不是要求结婚。假若梅娅指的“另一个题目”是她与纪伯伦结婚的话，那么，她就不会对纪伯伦说：“使她的灵魂充满荆棘和苦汁”“为她造成不幸”，而是会欢迎他，因为她确实爱他，愿意与他结合，当时她没有找到比纪伯伦与她更般配的男子！在梅娅看来，只有“结婚”，那“恋爱”才是正当有理的，而仅仅“恋爱”，不与结婚联结，那则是罪过。梅娅的这种认识产生自她所受的家庭和宗教教育、继承下来的以及在生活中吸取并敬重的传统。从她与别人的通信中，就可以明显看出把婚姻视为神圣、尊重家庭生活的倾向。纪伯伦则非常珍视自己的自由，把个人自由置于一切之上，反对奴性，在爱情上亦是如此。他在《神女》一文中就道出了他在这个问题上的意见。他写道：

神女啊，你停一停！我的体力已经恢复，我也已砸断了沉重的镣铐，摔碎了曾用来斟满毒汁的杯盏。

你想让我做什么，要把我带到何方？我已经恢复了自由。难道你想让我变成一位自由伙伴：傻眼死盯着太阳，徒手抓火而手不发颤？

我再次打开我的心扉。难道你想亲吻一位青年：白日，似苍鹰盘旋翱翔在大山之间；夜晚，如猛狮雄踞在沙漠莽原？

你可满足于一个男子的爱慕——他把爱情看成朋友，拒绝将之当作圣贤？

你可愿意让我做既不奴役他人，又不被他人奴役的朋伴？[1]

纪伯伦还在他的《掘墓人》一文中表达了他对婚姻的看法。他写道：

结婚是对习惯势力的屈从。你若想得到解放，那就休掉你的妻子，过独身生活。[2]

纪伯伦毕生未娶，但曾在1912年从欧洲返回美国之后向他的恩

---

❶ 见《暴风集·神女》。

❷ 见《暴风集·掘墓人》。

人、美国女友玛丽·哈斯凯勒求过婚，仅仅这一次。玛丽·哈斯凯勒慧眼识才，资助纪伯伦赴法国学习绘画。但玛丽·哈斯凯勒比纪伯伦长十岁，拒绝了纪伯伦的求婚。虽然如此，玛丽·哈斯凯勒一直关心着纪伯伦的生活和工作，是他物质生活和精神生活不可或缺的支柱。

纪伯伦青年时代爱上一位黎巴嫩姑娘，那是一次狂放的罗曼蒂克式的爱情；纪伯伦在他的中篇小说《被折断的翅膀》中描绘了这种爱情。但是，后来有人问他那是不是他的亲身经历，他回答说，小说里的人物和情节都是虚构的。之后，他在美国、巴黎与西方女子多有交往，以至于爱情和友谊成了纪伯伦文学与艺术的源泉与支柱，屡屡显现在他那些象征主义绘画作品之中。他的许多朋友和他的作品评论家，其中包括米哈伊勒·努埃曼，说纪伯伦沉浸在物质怀抱之中，贪恋着生活的乐趣，但在二十世纪二十年代，他避开了一切物质的和感触到的东西，"骨肉之爱"使他陷入了雾霭和苏菲主义之中。这种根本性的发展变化表现在他的文学与哲学及对神性的向往里，尤其在他的《先知》《先行者》《人之子耶稣》和《大地之神》中表现得最为明显。

当纪伯伦与梅娅的关系由文学友谊发展成一种超级情感，我们可以将之称为"精神恋爱"，或"雾霭恋爱"，或"天上恋情"的时候，还有另外一个因素促使纪伯伦放弃结婚的想法。这个重要因素便是纪伯伦的疾病，从他给梅娅的信中可以看得清清楚楚，许多认识他的人也谈到过这些情况，他们说纪伯伦遭受病灾的威胁从1921年就开始显现出来了。但是，纪伯伦仍然爱女人，赞美女性，直到他的生命最后时刻，仍酷爱写信，与朋友及同代的文士交流思想。当纪伯伦与梅娅之间的精神联系达到顶峰时，纪伯伦的爱变成了对那样一位女性的强烈思念之情；那女性的灵魂与他的灵魂结合在了一起，给予他的是发光闪亮的情感，成了与他相亲相爱的同伴，与他一道翱翔的挚友！也许马龙·阿布德教授对纪伯伦的这种思想情感分析得最透彻。他在《革新者与守旧派》一书中写道：

纪伯伦的思念之情是他赖以生存的精神食粮；如若没有它，一切便不存在。仿佛纪伯伦是从古腓尼基人的神话中获得的这种情感，他就像古腓尼基人一样想象雾霭，相信雾霭巨大成团，来日会变成实体……就像天文学家相信星云的发展变化一样。[1]

纪伯伦对婚姻和爱情的态度有别于梅娅。梅娅看重结婚，期望找到一个能够使她幸福的男人，与之共同生活在一个燃烧着思想火焰的家中。梅娅一旦爱上一个男人，她的爱情观便是观念主义的，既不是太空式的，也不是雾霭式的。她在《黑暗与光明》一书中这样写道：

你要成为伟大的人，以便让伟大爱情选定你；如若不然，那么，你所得到的便是吞尘土、滚泥泞的爱情，让你原地不动，或因之而跌

---

[1] 马龙·阿布德著《革新者与守旧派》第243页。

落下去，无缘登上眼未见过、人心想不到的奇妙高塔。因为我们所追求的圣殿建在我们思恋中的幻想图纸上。❶

梅娅对纪伯伦的爱火燃烧在她心中之后，她发表了一篇题为《愿你成为幸福的人》的文章，上面那段文字也在此文中出现过。她在文章中还写道：

你若爱上人或被人爱上，你就成了幸福的人！生活便对你特加关爱，把你当作她的爱子，神格也会通过交心让你看到她对你的情感。两个在黑暗中迷路的一半相互结合，黎明的曙光便展现在他俩的面前，无数颗在苍穹中没有找到运转轨道的星体会向他俩表示祝贺。无论你感到多么不快，还是为爱情做好准备吧！因为爱神有礼物相赠，而你不晓得爱神何时莅临。❷

因此，我们认为梅娅在思想和文化上是个解放了的女性，而在行动上还是保守的，仍在隐瞒自己的情感。她在一篇题为《花季诫语》的文中写道：

你们必须知道，男人的爱不能用外露获取，而要通过含而不露去赢得。男人本性是好斗的，喜欢征服，并为此而奋不顾身；与此同

---

❶ [黎巴嫩]梅娅·齐雅黛著《黑暗与光明》第 82 页，埃及：新月出版社，1923 年。——李唯中译

❷ 同上。

时，拒绝一切不经痛苦、辛劳之获。女人应该成为周身带刺的玫瑰花；那女性玫瑰的刺便是含而不露、腼腆羞怯、贞洁神圣，就像神父所言。[1]

神父们的训诫对梅娅影响之深与纪伯伦对神父甚至教堂的反叛精神之间的差别是多么巨大！男性拒绝一切不经痛苦、辛劳之获这种思想在梅娅的头脑里根深蒂固，这也是她拒绝向纪伯伦直接、明确吐露自己情感、进而复退、和谐又争吵，有时几个月断绝与纪伯伦联系的主要原因。

从梅娅给纪伯伦的信中，我们看到梅娅对自己进行了辩护，试图说明自己只同意接受思想、文学友谊，拒绝夹带其他因素的情感。

现在，我们再回过头来，继续研究这对情侣之间关系的发展情况。纪伯伦已经回了梅娅一封长信，信中显示了一颗生翅的灵魂和渴望友谊和爱情的心，并表示他是一个固执的人，将与已经变成了他灵魂的挚友、秘密保守人，即去世的母亲和日夜思念的祖国的象征一道探索秘密、攀登山峰。1921 年 1 月 11 日纪伯伦写给梅娅的信中说：

梅娅：

我们已登上一座高峰，一片平原、森林和峡谷出现在我们面前。

---

[1] 梅娅·齐雅黛著《少女的良机》第 58 页。

让我们坐上一个时辰，畅快交谈交谈吧！我们不能在这里停留很久，因为我看到远处还有一座比这更高的山峰，我们应在日落之前到达那里。不过，只有你高兴时，我们才离开这个地方；只有你放心时，我们才迈出一步。

我们已经越过一道难越的障碍，只不过是在慌张之中越过的。我向你承认，我是个固执、执拗之人；然而我的执拗是被我们称作“意志”的东西所带来的必然结果。[1]

纪伯伦也承认他“在某些事情上并不明智”，通信造成了他与梅娅之间的某些误会。因为通信“往往使最简单的事情穿上最烦琐的外衣，令清晰的面孔罩上厚厚的面纱”。接着，纪伯伦的目的就更清楚了，即让梅娅放心地被拉进自己的思恋范围之中。他写道：

梅娅，我们若爱上了什么东西，我们只会把爱本身当作目的，而不是将之视作获得别的东西的媒介。我们谦恭地屈从于一种神圣的东西；我们把屈从视作高尚，将谦恭看作甘霖。如果我们向往某种东西，我们把向往本身视作天赐与主恩。我们知道最遥远的事情恰是最值得和最应该关注与思恋的。

我们——你和我——都不能真的站在太阳光下说：“我们应该使自己免受不必要的折磨。”不能！梅娅，我们并非不需要在心灵里放

---

[1] 见本书第 50 ~ 51 页。

置神圣的酵母，也并非不需要将我们引领向上帝之城的驼队。我们需要一种东西使我们接近我们的大自我，让我们看到我们灵魂中所蕴藏的部分力量、秘密和奇迹。[1]

纪伯伦在他的谈话中，既不谈物质的东西，也不谈表面和大地上的任何东西，只向梅娅表明将他俩紧紧联系起来的那种情感跨越时空和感官，走进了一个神圣的世界，存在的力量在那里团结在一起，灵魂在那里得到升华、发酵。之后，他谈到自己以及等待仍未发生的事情时的不安心情。他突然收到梅娅的一封信，于是评论说那封信“解开了我精神绳索上一千个疙瘩，将期待这片沙漠变成了花园和果园”。

很明显，这意味着纪伯伦成功地将梅娅带进了自己的神圣世界，以便她飞到他的身边。梅娅给纪伯伦写了另一封信，信中告诉他说，他那纯粹的精神礼物及他对一切美好、高尚的、尊贵的东西的向往已引起她心中的共鸣，虽然她也像他一样客居异乡、孤独寂寞，但以前没有勇气将自己的孤独、寂寞感吐露出来。这正是纪伯伦想向她说的话。信末写道：

我现在意识到，若缺少这种心灵上的失神入迷，生命只不过是没有果仁的空壳罢了。我确信，我们说和做以及想的一切，抵不上我

[1] 见本书第 52 页。

们在雾霭中的一分钟。❶

这封信的结尾尤为精彩、动人：

梅娅，你是开拓式巨人当中的伟大一员，同时你是一个七岁的小女孩，笑在阳光下，追蝶采花，欢快蹦跳在小溪之畔。生活中没有比紧追这个可爱的小女孩更加甜润美妙的事了，追上她，抓住她，将她抱起来，然后将她背回家去，给她讲些稀罕故事，直到困神封上她的眼帘，让她平平静静地进入梦乡。

纪伯伦❷

毫无疑问，纪伯伦相信自己控制了梅娅的思想、头脑和心，而且终于意识到梅娅内心深处燃烧着的激情，只是因为羞怯、害怕而不敢吐露。应该指出，梅娅为纪伯伦将她比喻为天真、温顺的小女孩儿感到高兴。1921 年 4 月 6 日的信中，纪伯伦把梅娅拥戴为公主，在信纸的角边上画了一个漂亮的女孩儿的头像，戴着王冠，并写着下列文字：

我要说，我的女士，男子的一生中若没有上帝赐予他的一个像我的小公主一样的女儿，那么，他的生命总是像只有沙粒的空旷沙漠一

---

❶ 见本书第 55 页。

❷ 同上。

样。我的女士，我要说，没有女儿的人应该领养一个小姑娘，因为岁月的秘密及含义都隐藏在小女孩儿们的心中。

我要把我的女儿称为“公主”，因为她的一动一静、声调和微笑、玩耍与创造……简直可以说她的一切都表明了她的公主身份：她称王称霸，自有主张，任何人都不能改变她，谁也无法跟她争论；然而她的霸道和绝对权威多么甜美可爱！❶

在上一页里，纪伯伦还画了一张姑娘的脸，与之相对的有几个男子的脸，年龄各不相同。纪伯伦在画的下面写道：

如今，我们“已经结束”了内战，父亲、兄弟、同志和朋友——和全家人一起——走向前来，要求你把你的灵魂和心写成韵诗或散文诗，并像修女一样站在祭坛之前，即使每两个月一次，谈谈那个存在于思想、知识、学问和逻辑之外的神奇世界。❷

梅娅以一封充满关怀之情的书信控制了纪伯伦的情感世界，并且暗示给他写了另外一封吐露心声的信，只是没有敢于寄发！我们从纪伯伦1921年5月21日的回信中可以看到梅娅写给他这样的字句：“多多地，怜悯些。”这是法国情人们习惯重复的句子，目的在于领悟他们所爱的深度，他们边一个又一个地摘下长寿花的小叶子，边说：

---

❶ 见本书第56页。

❷ 同上。

“我爱你一点点，多多地，怜悯地，干渴地，疯狂地，我永不爱你！”这使得纪伯伦把收到那封信的那一天当作“新一天的黎明”。纪伯伦又写道：

“多多地，怜悯些；多多地，怜悯些”，从这“多多”和“怜悯”中，我已学到了高兴地祈祷，放心地思念，不失尊严地服从。我已经懂得，一个孤独的男人既可以借“多多”之光明照亮自己的孤独，也可以凭“怜悯”之甘甜消除自己的劳累。我还懂得了，一个寂寞的异乡人能够做父亲、兄弟、同伴和朋友，此外还可以做为生活而欢天喜地的孩童。“多多地，怜悯些”，在这个“多多”和“怜悯”之中，有覆盖一切的翅膀和频频祝福的手。❶

之后，纪伯伦要她对他的健康放心，因为五周之前，纪伯伦在前封信中告诉梅娅说他卧病在床，梅娅很为他担心，并问他究竟有什么不舒服。纪伯伦信中写道：

今天，我的健康状况较一个月前要好，但我仍然是个病号。这个羸弱之躯仍然处于没有规律、节拍和韵律的状态之中。你想让我告诉你我有什么不适之感，我把医生的诊断抄给你。❷

---

❶ 见本书第 57 页。

❷ 见本书第 57 ~ 58 页。

纪伯伦把英文诊断书抄给梅娅，告诉她，他患的是心律不齐症，原因在于过度劳累和营养缺乏。他承认自己日夜忙于写作、绘画，忽视了健康，感谢梅娅希望自己早日康复的殷切希望，向梅娅索要那封“用铅笔写在打着横格的方形纸上的被撕破了的长信”。他写道：

梅娅，我的信在何处？你为什么不把它寄给我呢？我很想得到它，我想得到它的全部和各个部分。你读过了那封信的片段之后，你知道我是多么想得到那封信吗？正是神圣的片段带来了新一天的黎明。你知道，若不是我怕把我当成“疯子”，我昨夜就发电报给你，求你把那封信邮来！❶

纪伯伦表示希望自己在埃及，在梅娅的身边，并且想象着梅娅在他的身边，关心他，照顾他，劝他停止写作、绘画一年或两年，如若不然，她会生气的。接着，纪伯伦在信中说他看到近几个月中梅娅所发表的文章，表示高兴。纪伯伦写道：

我每读一段你的文章，便感到我的心智在成长和延伸；我读第二遍时，那文章的普遍意义便化为个人的东西，我便看到了只有我才能看到的思想与模式；我从字里行间看到了他人所看不到的主题与模式；在字里行间读到了专为我而写的东西。梅娅，你是生命宝库中

❶ 见本书第 59 页。

的一座宝库；不，因为你是我的那个民族的一员，因为你生活在我所生活的时代。[1]

信末，纪伯伦表示希望挣脱离乡客居的寂寞，返回祖国，还希望成为一名记者，以便向梅娅索要一张照片，之后又在信末加了这样一句话：

至今，我仍在自己的心中说着这句话。那些把我的心当作他们故乡的人们听到我的话了吗？

纪伯伦说得对，梅娅受着爱的启示给他写信，把他的心当作她的故乡！在那段时间里，梅娅发表了数篇直观文章，而内里想象到的则是那位远在天边、近在心间的好友纪伯伦。

我们要想在梅娅的文章和著作中寻找她与纪伯伦之间的爱情的痕迹，或许并不容易。我们还是应该从已经问世的二人之间的情书中，去探索二人之间情感的发展变化。1921 年 5 月 30 日，纪伯伦写给梅娅一封短信，表达了因梦见梅娅前额有伤口在流血而不安的心情。信文如下：

梅娅，玛莉，我的女朋友：

我刚刚从一个怪梦中醒来。在梦中，我听你对我说着甜蜜的话

---

[1] 见本书第 60 页。

语，而用的语调却令我感到痛苦，致使我在梦中惊惶不安；使我更加不安的是，我梦见你的前额上有个小伤口，正在滴着鲜血。在我们的生活中，没有比梦境更值得深思的东西了。我是那种常常做梦的人，但我总是把梦忘掉，除非梦境与我喜欢的人有关。我不记得过去做过比这个梦留在记忆中更清楚的梦。因此，我发现自己在今天早晨心慌意乱，烦躁不安。你那美好言词里的苦涩声调究竟意味着什么呢？你前额上的伤口又意味着什么呢？哪个人又能把我郁闷与忧伤的意思说个明白呢？

我将在心中的祈祷里度过白天。我的心将静静地为你祈祷。我将为我们祈祷。

梅娅，上帝为你祝福！

上帝保佑你。

纪伯伦[1]

假若纪伯伦通晓圆梦知识，那么，他定会晓得他在梦中看到的梅娅前额上的流血伤口，象征着梅娅心上有滴血的伤口；那伤口正是梅娅在文章中所说的伤口："姑娘啊，你何不在意你心上的伤口！"梅娅用傲慢、清高去"在意"她的伤口，用坚韧、眼泪掩盖她的伤口。女评论家赛勒玛·侯法尔评论道："那伤口一直在控制着她，不讲情面，毫无怜悯之心；那伤口正是爱情，使她的心灵渴望精美、纯洁、崇高；那伤口就是爱情，滋养着她的灵魂和想象力，于是她为自

[1] 见本书第 62 页。

己创造了一个世界和一个浪漫起伏的神奇天地，到处回荡着永不消失的鸟鸣的天堂！”假若纪伯伦知道正是自己的信激发了一位内向女子的情感，那是一位在爱上他之前从未尝过爱情痛苦的女子，是一位想象中的典型女诗人，总是展开梦想与希望的翅膀远飞，那梦想有时是甜蜜的，多数时候是杂乱无章、狼狈不堪的，在等待的汪洋中渐渐蒸发，就像肉体包裹痛苦灵魂那样被黑暗包裹起来，拒绝表达她的痛苦……假若纪伯伦知道这一切，知道他的亲爱的女友因他而遭受到心理上的巨大痛苦，那么，他定会采取另一种立场对待梅娅！定会采取一种严肃的、人道主义的、仁慈的立场，绝不会用诗句和幻想情书去点燃她心灵中的痛苦之火。

纪伯伦给梅娅文学作品的影响是显而易见的，研究家们都能看得清清楚楚。正是纪伯伦激发了梅娅的诗才，给梅娅的写作嫁接上了一种清新的直观文风，为她的轻柔文风加上了一种隽美高雅格调。曼苏尔·法赫米博士 1954 年在开罗文学研究所发表的讲话中指出：

“无论梅娅的文风受了多少文学的影响，或者说由于她的特有艺术鉴赏力和独具的天分而形成了她的独特风格，但自从这两位伟大作家（纪伯伦和梅娅）之间的联系加强之后，纪伯伦的象征主义文风的影响便清楚显现在梅娅的部分作品和篇章之中。同样，梅娅这位女性文学家也以自己的聪慧、信件、笔谈、抚慰、批评、责备和撒娇为纪伯伦这位伟大的男性文学家送去了涌泉般的文学创作冲动与激情。”

纪伯伦向梅娅暗示想得到梅娅的一张照片，看来梅娅已满足了纪伯伦的要求，给他寄去了一张小姑娘时代的照片。1921年6月纪伯伦写信表达了自己的高兴心情。他写道：

梅娅，我的女朋友：

这张照片真美！这个“小女孩儿”长得多美多甜！双目中的聪慧光芒多么明亮！心灵体验的外在表征又是多么清晰！在我的生活中，从未见过像这样一张小女孩儿的面容！假若我在1904年能见到，我定当即断言：“这前额之后蕴藏着一种异乎寻常的力量，白日必将之显现；这口中含着无数支歌，黑夜必将之唱出。”

梅娅，这张照片多么美啊！我多么为之感到幸福！我为什么没有在今天之前得到它呢？我为什么没有得到别的照片呢？难道说我没有得到想得到的东西是天命决定的现象之一，或者是无形公正判决，或者是一种法则的体现？我的双目对此类相片有饥渴之感，何时才能一解我的双眼饥渴呢？

我再说一遍，我非常喜欢这张照片。我将得到另一张更新的照片，愿上帝默助，求上帝默助。[1]

我们从这封信中可以洞察到梅娅随后新的一封信给纪伯伦寄去了一张照片，纪伯伦用一种语调责备梅娅那种“官样”言词，说：

[1] ［黎巴嫩］赛勒玛·侯法尔·凯兹拜里著《梅娅与同代人杰》第156页，贝鲁特：努法勒出版公司，1982年。

上帝啊，上帝！人间哪，人间……灾难已经降临到了我们头上，我们竟变成了值得大书特书的人物。我们被称为“品德高尚贤达之辈”，渐渐由“后排”走向前台。是的，假若我们得以安享天年，那么，我们不久将变成值得大书特书的人，文中会说：“我们不缺什么，仅仅缺少见你们一面。”

至于使我获得如此关注的国际性罪过，则是我们寻求写在打着横格的方形纸上的那封信！没有什么关系，即使我们被打上“后排”和“前台”的烙印，被猜测为“健康”和“开心”的，我们能够忍耐，以具有约伯的特点而感到自豪……但是，我的女士，要知道，假若那封信在我们手里，而我的女士想得到它，我们会“立刻快速”给她送去。[1]

纪伯伦开玩笑式地告诉梅娅，说他将到森林中去，用铅笔在方格纸上给她写一封长信，信文要简单朴素，毫无见面时的那种客套话。他将把长信保存起来，以便体验一下梅娅体验过的那种保存自己所写信件的内心乐趣……

究竟梅娅想用类似的行动折磨纪伯伦呢，还是她有意卖弄风情，以便引起他的更多重视，或者后悔与他交换情书，想激流勇退呢？那的确是一种进退两难的情景，但也暴露了梅娅的一种根深蒂固的天性，即害怕爱情，就是与她的世间唯一知心朋友谈心，也是谨小慎微。有一点可以肯定，那便是在她与纪伯伦的书信交往中，这种情

[1] 见赛勒玛·侯法尔·凯兹拜里著《梅娅与同代人杰》第157页。

景不仅仅出现过一次，而且反复出现过，她很可能时常有情感上的涨潮与退潮、进攻与退守！这封信之后，梅娅沉默了约一年光景，然后再重新开始给纪伯伦写信，问纪伯伦是否仍然是一个从思想、身心到灵魂孤独的人，还问纪伯伦《硕果压魂》一文的意思；梅娅将该文说成是“诗人忧伤片刻间的呻吟”。

梅娅还责备纪伯伦去年夏末给她的一封信中用了“试图”一词；纪伯伦在那封信中写道“六周来，我一直试图写信给你”。梅娅又告诉纪伯伦，说她决计去欧洲旅行！这些情况都可以从纪伯伦 1922 年 5 月 9 日写给梅娅的信中看到。纪伯伦的信以“尊敬的女友”开头，回答了梅娅提出的问题，用有些干涩、枯燥的文风评论了梅娅的一些意见。他写道：

我的表达有误——有些故意而为——在过去的夏末，我曾对你说：“六周来，我一直试图写信给你。”我应该对你说：“六周来，我雇了几个人留意我的信件，因为我的右臂神经不适于写字。”我做梦也不曾想到“试图”一词将变成我的女友手中的解剖刀。我本以为生着翅膀的灵魂是不会被关在词语的笼子里的，而且我也认为雾霭是不会变成化石的。我幻想着，幻想着，在幻想中找到了安然、舒适和放心，直到东方透出黎明曙光，醒来一看，发现自己坐在一座灰烬堆成的山丘上，手里握着一根被轧过的甘蔗，头戴一顶芒刺王冠……没关系，我错了，我，我错了，梅娅。

纪伯伦祝愿梅娅欧洲旅行成功，说那里有许多艺术博物馆可以一赏。之后，纪伯伦用下面几句话作为该信的结尾：

我本打算来年秋天返回东方。但是，我稍微一想，发现在异乡人中间的孤独比在同胞兄弟姐妹中间的孤独更易承受一些。我并不是那样避难就易的人，然而失望就像狂癫，也是种类繁多的。

请接受我的问候与美好祝愿。上帝保佑你。

忠诚的

纪伯伦·哈利勒·纪伯伦[1]

纪伯伦没有预料到梅娅天质的有限变化，尤其是他认为过去影响二人之间关系的乌云消散之后。纪伯伦再次感到失望，不想返回东方，决计继续客居西方。这是纪伯伦第二次改变因厌恶客居生活而想回国的计划。这是个重要决定，使梅娅承担了这个责任，使她错过了一个与他相见的机会。假若二人之间的事情进行得顺利，纪伯伦本可以与梅娅见上一面，即使不在埃及，也会在欧洲。

假若我们继续研究这些将我们从一个惊异带到另一个惊异的信件，我们便会发现二人之间的联系又中断了一年多时间，其原因在于：梅娅坚持争吵，过分计较情人的用词，并将之解释得不合原意。因此，纪伯伦在 1923 年 10 月 5 日写给梅娅的信中开头便写道：

[1] 见本书第 67 页。

不，梅娅，紧张并不在我们的雾霭般的神交中，而在我们的笔会里。我在那遥远、平静的田野上所看到的你是一位甜美、温柔的小姑娘，她能感觉、理会一切，总是借着上帝的光芒观看生活，又使生活充满着自己灵魂的光芒。可是，当我们在黑墨白纸上相会时，我发现你，你也发现我是最喜欢争斗的人——那是充满有限标准和有限结果的智力争斗。

上帝宽恕你。你已夺去了我心里的平静；若不是我坚定和固执，你会把我的信念夺走的。奇怪的是，我们最喜欢的人正是最能够搅乱我们生活的人。

之后，纪伯伦热情希望停止责备、争吵，使之由“创作”转向单纯会话。他说：

“我中有你，你中有我；你知此理，我知此理。”

这寥寥数语，不是远远胜过我们过去说过的所有话吗？在过去的一年里，又是什么阻碍我们说这两句话呢？莫非是羞涩，或是自负，或是社会习俗，或是别的什么？当初我们就知道这一基本真理，我们为什么不以忠诚、单纯信士的坦率来将之揭示出来呢？倘若我们那样做了，我们也早就将我们自己从怀疑、痛苦、后悔、懊恼和争吵中拯救出来了。相互争吵，争吵，争吵，正是争吵将心中的蜜糖化成了苦汁，把心中的面包变成了泥土。上帝宽恕你，上帝也宽恕我。

在这封信中，纪伯伦展现了自己的相面能力和说服亲爱女友的宽容、忍耐精神。他没有忽视梅娅心中的任何矛盾、犹豫和怀疑，而是耐下心来，坦诚地向她解释他那不包含任何目的的纯洁之爱。他说：

我像一些人一样，不喜欢那种被人冠以种种美名和好词的性游戏。梅娅，我就像你和我的邻居一样，热爱上帝，热爱生活，热爱群众；直到现在，岁月还不曾要我扮演与你我邻居不相称的角色。

关于梅娅抱怨、折磨之事，纪伯伦毫不迟延地谈到梅娅那封不冷不热的回信：

于是给你写了数封信，每次都能收到谦恭、文雅的回信，只是并非来自我所了解的梅娅，而是来自一位保守着梅娅秘密的人：她是一位聪明的小姑娘，生活在埃及的开罗。我呼唤着，默默自言自语着，我收到了回信，是的，我收到了回信，然而并非来自那位"她中有我，我中有她"的姑娘，而是来自一存有戒心的悲观女子，对我敷衍塞责，像是公诉人，我却像个被告。

之后，在回答梅娅问他今晚做什么时，纪伯伦的苏菲主义倾向显示出来。他说：

现在不是晚上。我们已临午夜后的两点钟，你希望我们到哪个地方去？我们最好留在这里，留在这甜蜜寂静之中。在这里，我们能够尽情思念，直至思念让我们靠近上帝的心。在这里，我们能热爱人类，直至人类向我们敞开心怀大门。

在这封信末，纪伯伦请她入睡，因为困神已在亲吻她的双眼：

哦，困神已经在亲吻你的双眼。你否认困神亲吻你的两眼。我已经看到困神在亲吻你的双眼。我看见了亲吻的景象，就像人们那样亲吻。把你的头靠过来，靠到这边来，睡吧，睡吧！我的小宝贝！睡吧，你正在你的故乡，睡吧！我嘛，我则要熬夜打更。我将独自熬夜。我应该守护到天明；我生来就是为了守护到天明的。

上帝保佑你。上帝为我熬夜祝福。上帝永远保佑你。

纪伯伦

这封信对处于思恋、孤独中的梅娅的心灵影响是巨大的，表明纪伯伦的爱已在她的血液里震颤，也表明“他中有她，她中有他”。自那时起，爱情的神奇便屡屡出现在她的文章里，她也在文章中经常阐述爱情、思念和幸福方面的问题。她在1923年6月发表的一篇题为《最后的呼唤》一文末尾这样写道：

面对着欢歌奔腾在心中的秘密泉水，财富、地位和权势均微不足道。以自己的发现而感到幸福的人，便可获得生活能够向自己的受苦儿女提供的最甜美的东西。[1]

梅娅为纪伯伦的爱而感到幸福。对于一个人来说，还有比感到自己已爱上一个人或被一个人爱上更幸福的吗？因为意中人离自己太远，梅娅为这种爱情感到不幸。因为她知道纪伯伦健康不佳，便像慈母一样殷切地打听他的消息，询问他的情况。纪伯伦则与她以同情换取同情，以怜悯换取怜悯，像是一位父亲，手拉着自己的小女儿，走在生活的小路上，每时每地都想着她。那个秋天，纪伯伦在波士顿住了约两周时间，寄给梅娅数张印有名画的明信片，在明信片背后写有评论米开朗琪罗和希腊雕刻家艺术的短信，每张明信片上都写有这样的词句："上帝祝那张甜甜的面孔晚安！"

梅娅终于揭去了自己心灵上的面具，给纪伯伦写了一封正如纪伯伦回信中所说的使他俩"接近上帝宝座"的信。纪伯伦在这封信的开头表达了自己的高兴、陶醉心情：

梅娅，在我的心中，你的来信是多么甜润，多么甘美！[2]

看来他不在纽约，外出回来后，发现信件积成了小山，而梅娅的信就在那"小山"上，他谈到为她的信而感到幸福，信中称呼起梅娅的东方原名——玛丽娅：

[1] 见《新女性》杂志1923年6月号。——李唯中选译

[2] 见本书第72页。

你知道，当我拿起我的小娃的信时，其余的信都在我的眼前消失了。我坐下来，读你的来信，并借你的信取暖。之后，我换上衣服。接着，我又读了一遍，继之读第三遍。之后，我还是读你的来信；除了你的信，我什么都没看。玛丽娅，我是不往圣水里掺杂别的饮料的。❶

纪伯伦还向意中人表示害怕搅乱二人幸福的争吵再次发生，于是开玩笑地说：

我可爱的小娃，你听好：日后如果我们再争吵（假若非争吵不可），我们不应该像往常那样在每次战斗之后分道扬镳。尽管发生了争吵，我们应该留在同一屋顶下，直到我们厌恶争吵而笑起来，或者争吵厌恶了我们，于是摇头晃脑而去。❷

纪伯伦用最甜美的话语与梅娅交谈，说她是最接近他的灵魂和心的人。他又说：

我爱我的小娃，然而我不知道我为什么用自己的理智爱她，我也不想用我的理智知道。我只是爱她也便够了。我用我的灵魂和理智爱她也便够了。我把我的头靠在她的肩上，即使心怀忧愁、

---

❶ 见本书第73页。
❷ 同上。

陌生、孤独、高兴、惊异与迷恋之感，也便足矣。我与她并肩走向山顶，不时地对她说：“你是我的同伴，你是我的同伴！”也便足矣。[1]

我们可以看到纪伯伦在用自己的灵魂和心爱梅娅，选定她做自己的幻梦、孤独、理想中的伴侣。梅娅确实是能够给纪伯伦以安慰的同欢共忧的唯一伴侣。纪伯伦在 1923 年 12 月 2 日写给梅娅的信中谈到自己的健康好转时说：

你问到我的健康状况。当你问我的健康状况时，我的小姑娘则变成了满怀慈爱的母亲。我的身体很好。那疾病已经离去了，留给我的是一个健壮、热情的男子汉，尽管给我的双鬓留下了白发！[2]

从这封信中，我们了解到梅娅向纪伯伦谈到了一个“大秘密”，并且谈到了吐露那个秘密的条件。纪伯伦写道：

你自然会记得几周前你对我透露的一个大“秘密”，想必记得你是在我接受“你的条件”之后，你才向我透露那个“秘密”的。出奇的是，我还不知道条件是什么便接受了。那些都是什么条件呢？玛丽娅小姐，请你对我说出你的条件吧，我准备执行。我在揭开

---

[1] 见本书第 74 页。

[2] 见本书第 76 页。

“秘密”面纱上迟疑良久，无疑你早已想撕破“条件”的面纱。你说吧，你要什么条件？你要保证金还是索赔？条件是条件，输的一方要接受并执行。这世界有一个“鲁尔问题”也就够了。

但是，我不瞒你说，弄清了这些条件之后，我将把目光转向讥笑我的下巴的这个凹陷处或半凹陷处！你认为我能容忍我的下巴上有个讥笑凸出处的凹陷处吗？决不容忍！[1]

之后，纪伯伦告诉梅娅说，他将用浓密的胡须将下巴上的凹陷处掩盖起来。

当情侣双方变成天真儿童时，那爱情是多么精彩，对脑和心的影响是多么巨大、强烈！纪伯伦的信点燃了时年三十八岁的梅娅姑娘心中的爱火，再也无法扑灭，于是梅娅在一封长达 11 页的书信中向纪伯伦吐露了她的伟大爱情，那是情侣史上最优美的情书之一，也是最诚挚、最热烈、最感人的情书之一！秀美流畅的书法透出才女的无比灵气，实在令人称羡。全文如下：

穆斯塔法：

邮路上发生了什么事？以前的信三周或有时更短的时间就可以收到，而这封信在路上走了四十天才到。随信特别封寄的两张明信片，上有两帧希腊人头像，精美、和谐而富有韵味。信件走得多慢呀！你觉得信即使从世界的最远处邮寄，即从美洲寄来，在路上用得着这

---

❶ 见本书第 76 ~ 77 页。

些天吗？

耶稣诞辰，新年元旦，耶稣洗礼，再加上纪伯伦的生日，都赶在了一天。你可曾想过，在这些节日里，多么空虚，多么寂寞，尤其是一些、一些又一些面孔从我们面前闪过，就是没有我们想念的那张面孔时……一些、一些又一些声音传入我们的耳际，就是没有我们所求、呼唤和设想的回音时！健忘的人儿，你甚至忘记了向我祝贺节日了！与此同时，我的一些朋友们倒抓住这个“机会”，给我送来许多祝贺，或者至少用这样的修饰语向我表示祝贺——“梅娅，你的节日只是一天，而你却是时光的节日”，诸如此类语句。

1月6日，你成了我思想主题的主人公。你以一个孩童“奴奴”的形象出现在我的面前，两只小手在空中挥动，示意要找我命中注定应该由他掌握并操作的用具。我很容易想到“奴奴”这个婴儿。因为我曾患轻微伤风；我从你的来信中得知，这伤风是从你那里传来的。“那是怎么回事？”你一定会问。因为正如你所说，你乘坐敞篷车，一夜之间，跨越了漫长征途，受了风寒，而受风寒的结果却显现在我的身上。明白了吗？你将来就让我少患各种伤风和流行性感冒之类的疾病吧！你不要让自己受凉！你要防备一切伤害你的病恙！明白吗？穆斯塔法同意这个建议吗？

仿佛你在责怨我，因为我问到了你的健康状况！我能不问你吗？你应该说。但在这封信里，你没有谈及你的健康状况，你欠了我的债。在过去的来信中，每当你说你生病时，我便感到刺痛；得知你康复，我便感到幸福。取代我感谢你这个好消息的是，我发现自己被拉向责备，因为在我的心灵中有对你的好些责备正在涌出。

你为何在今天以前，在我问你之前，在我们恢复通信之前，不把你病愈的消息告诉我呢？你为什么没在痊愈之后，对我说你痊愈了呢？我只是在有限程度上迷恋油壶的故事。你明明知道只有你才能使我安心，可是，你怎么能忽略让我安心呢？你怎能在这些月里连一次都不曾想到我呢？

也许你会说："这就是独立标志！""忘却是自由的某种形式！"也许如是。也许在某种条件下同样表明另一件事情。

"日后如果我们再争吵（假若非争吵不可），我们不应该像往常那样在每次战斗之后分道扬镳。尽管发生了争吵，我们应该留在同一屋顶下，直到我们厌恶争吵而笑起来，或者争吵厌恶了我们，于是摇头晃脑而去。"

"遵命！"伊赫顿人回答。但是，希望我的主人先生牢记一点，那就是争吵需要两方。因此，邻居及对手发出的英明劝告当有贝什里人的一份。我还希望让他们（指贝什里人）记住他的劝告和建议要比他在其中的过火举动珍贵。正像他们（指的是贝什里人）所做的那样，他们（贝什里人）竟然忘记了那口精美的能解决难题的金箱子。请你告诉我——愿上帝把你从贝什里人的愤怒中解救出来——难道我们的这些邻居能忘记那口理应存在的金箱子吗？

从我这方面说，我有重要工作使我有时远离每一种争执与喧嚣。我在专心致志地钻研这种奇迹怪事：我所熟悉的额头两侧的鬓发变白之事。多么美妙诱人的修剪！因其过分稀疏，真应该与天生的胡须合并在一行里。

谈到下巴的凹陷处，你不要以为我将为了你用来威胁我的胡须而和你争吵，而是要以明达、平静的态度，荣幸地告诉我们的主人，这其中没有任何与我们主人有关的事情。我们主人的胡须与我们的主人无关。那么，就请不要责怪，就此止步吧！

这些理智的官话，我已经说完。如果你要我将我的平常话翻译给你，我就说：我不想让你蓄须。假若你拒绝，非蓄须不可，我只有负责将之烧掉。走着瞧！

“这个小丫头！”——我们的主人发怒了——“这个小丫头，竟然如此大胆，简直到了不害羞的地步！她怎敢对我说要烧掉我想留长的胡须！”

我的主人，事情且听尊便。就像我现在笑着一样，我将笑着烧你的胡须；为了办好这件事，我只需要递给你一支香烟和一根“轻轻”擦着的火柴。那里有我所思所想。下巴总是按照大自然的愿望，处在“呆滞与复仇”的高原之间，怀抱着充满各种意味的谷地缩影和一幅鲜花恋情图；那朵花在图中放置了自己的标志。

至于那些条件，你看过了，并且许诺完成它，我只能说：这种话只适用于说话人。那么，你要知道，这些条件中的第一款，那是“被征服者”自己找到的；至于其余条款，则是随之而来的。请拿出你那卓越聪慧的新例子让我见识见识吧！你要特别警惕误解那一款，免得扰乱了我对你的洞察力及锐利目光的美好印象！

穆斯塔法，在我的心中，你的信是多么甘甜！你那介于无味与平凡之间的话语是多么柔美！你的遣词造句和行行字迹是光、热、露、微醉、谦恭和歌声汇成的溪流。虽然如此，你很少告诉我关于你的事情。你一点儿也没有说到《向着上帝》一书，没有谈及那些油画，也没有说到你现在的写作或绘画或思想，更没有半点儿关于谷地的消息！每当我想起你画的那些我看不到的画时，你相信我感到遗憾吗？于是我以欣赏你那些发表在书上的画作为补偿，我每次都能从中发现新东西。特别是你的第一批艺术作品，饱含许多秘密，意思十分丰富，超越一切界限，嘲笑所有范围。

纪伯伦，我笑着写了这么多页，以便避开说“你是我所爱的人”，也为了躲避“爱情”一词。那些在晚会、舞场、会面场合里不用爱的表象和求爱做交易的人们，爱情在他们的内心深处成长为一种巨大力量。也许他们会羡慕那些在表面闪光中分发自己情感的人，因为他们忍受不了尚未爆发的情感的压力。但是，他们羡慕另一些人的舒适快乐，却并不希望自己也享受之。他们崇尚自己的孤独。他们选择宁静，更醉心于自己的寄托物。他们喜借与心神情感没有瓜葛的东西消遣取乐。他们宁择任何一种离乡之苦和任何一种不幸之灾（心灵孤独之外，还有什么离乡之苦与不幸之灾吗），也不满足于那吝啬的点点滴滴。

我所写的是什么意思呢？我不知道我之所指。但是，我知道你是我所爱之人，我害怕爱情。我对爱情的期待是很多的，我害怕爱情不能给我带来我的全部期待。虽然我知道些许爱情就很多了，我还是这样说。但是，些许爱情是不能使我满意的。干旱无雨，一无所获，总比轻易许愿要好。

我怎敢向你吐露这些，怎么如此过分！我也不知道。赞美上帝，我只是将之写在纸上，而不是用口说出。假若你现在身在此处，我说出这些话后，定会立刻羞涩逃离，藏匿许久许久，只有你忘掉这些话之后，我才让你看到我。就连写作时，我也常常责怨自己，因为我写起来太自由了。你还记得东方古人的话吗？“姑娘最好只读不写。”看哪，他们的疑虑在我身上见效了，他们认定的坏事在我这里得到了证实。你不要说圣徒多马在此出现了。我在此展露的不仅仅是遗传的痕迹，而是一种比遗传更遥远的东西。它是什么呢？

请你对我说，它是什么？请你对我说，我是步入了迷途，还是走上了正路。我相信你，我直觉地相信你说的一切。无论你是错的还是没错，我的心正向着你走去。我心中最美好的东西总是围绕着你盘飞，守卫着你，怜悯着你。

太阳已隐没在天际之后。奇形怪状、色彩斑斓的晚霞间闪烁着一颗明亮的星。那颗星是启明星，乃是爱神，你认为它也像我们的地球一样，有人类居住在那里，他们也会有爱和想念之情吗？也许那里有一位像我一样的姑娘，也有一个可爱的纪伯伦，远在天边，近在眼前；晚霞满天，她现在正写信给他，光明紧紧跟着黑暗到来，夜色跟随着白天，白昼又追随着夜晚；在她看到自己的心上人之前，这样的日夜更替还要重复多次数遍！暮霞的寂寥、夜晚的凄凉，一道渗入她的内心，于是，她把笔丢在一旁，以便躲避寂寞，逃遁入一个名字里：纪伯伦！

玛莉[1]

---

[1] 见本书第 81 ~ 86 页。

我们细读这封信的内容，几乎可以看见梅娅出现在我们的面前：一位温柔敦厚的女子，一位多情善感的恋人，一位谨慎小心、严格保密的热恋中的姑娘。她终于将积压在内心的情感及她的品格中所特有的忠诚、羞怯和理想全部倾吐出来。她描写自己在节日季节里对纪伯伦想念之情的那些话是多美：耶稣诞辰，新年元旦，纪伯伦生日，都赶在了一天。

你可曾想过，在这些节日里，多么空虚，多么寂寞，尤其是一些、一些又一些面孔从我们面前闪过，就是没有我们想念的那张面孔时……一些、一些又一些声音传入我们的耳际，就是没有我们所求、呼唤和设想的回音时！健忘的人儿，你甚至忘记了向我祝贺节日了！

纪伯伦忘记向梅娅祝贺节日，但梅娅没有忘记1月6日是纪伯伦的生日，于是她将他描绘成一个孩子，对他说：

1月6日，你成了我思想主题的主人公。你以一个孩童“奴奴”的形象出现在我的面前，两只小手在空中挥动，示意要找我命中注定应该由他掌握并操作的用具。我很容易想到“奴奴”这个婴儿。因为我曾患轻微伤风；我从你的来信中得知，这伤风是从你那里传来的。“那是怎么回事？”你一定会问。因为正如你所说，你乘坐敞篷车，一夜之间，跨越了漫长征途，受了风寒，而受风寒的结果却显现在我的身上。明白了吗？你将来就让我少患各种伤风和流行性感冒之类的疾病吧！你不要让自己受凉！你要防备一切伤害你的病恙！明白吗？穆斯塔法同意这个建议吗？

梅娅愉快地用“穆斯塔法”称呼纪伯伦。“穆斯塔法”意思为“被上帝选定的人”。因为她知道那是纪伯伦被时人称为“小圣经”的散文作品《先知》中的那位先知的名字。梅娅心中充满母性情感，高兴地将纪伯伦设想成一个孩子，称呼他为“奴奴”。马龙·阿布德教授在评论梅娅信中的“奴奴”一句时说：“在梅娅的头脑里，孩子占有很大空间。读一读她的《黑暗与光明》一书中的那篇《我与孩子》，就知道梅娅多么喜欢孩子。”[1]

梅娅责备纪伯伦以前忽略向她报告健康状况的语句多么优美：

仿佛你在责怨我，因为我问到了你的健康状况！我能不问你吗？你应该说。但在这封信里，你没有谈及你的健康状况，你欠了我的债。在过去的来信中，每当你说你生病时，我便感到刺痛；得知你康复，我便感到幸福。

纪伯伦一生病，使得梅娅更加关心他，这是不足为怪的。她十分挂念他，比他的母亲和朋友还怜悯他。正像她信中所说，他康复的消息，使她“感到幸福”；他生病的消息，使她“感到刺痛”！至于她对他头发变白的评论及他以蓄须威胁她的话语，则显得十分亲切有趣：

---

[1] 马龙·阿布德著《革新者与守旧派》第158页。

我在专心致志地钻研这种奇迹怪事：我所熟悉的额头两侧的鬓发变白之事。多么美妙诱人的修剪！因其过分稀疏，真应该与天生的胡须合并在一行里。

谈到下巴的凹陷处，你不要以为我将为了你用来威胁我的胡须而和你争吵，而是要以明达、平静的态度，荣幸地告诉我们的主人，这其中没有任何与我们主人有关的事情。我们主人的胡须与我们的主人无关。那么，就请不要责怪，就此止步吧！

这些理智的官话，我已经说完。如果你要我将我的平常话翻译给你，我就说：我不想让你蓄须。假若你拒绝，非蓄须不可，我只有负责将之烧掉。走着瞧！

这种有趣的玩笑，肯定会使纪伯伦感到快乐，诱发了他的自豪感，因为那证明梅娅喜欢他那天生的胡须，正如信中所说，梅娅从中看到了“充满各种意味的谷地缩影和一幅鲜花恋情图；那朵花在图中放置了自己的标志。”应该补充说明的一点是，梅娅在伟大爱情的推动下，想象力在她对远方的情人面容描绘上起了巨大作用。就像纪伯伦歌颂梅娅的甜美来信，并将之比喻为“香醇之河”一样，梅娅对纪伯伦的来信赞道：

穆斯塔法，在我的心中，你的信是多么甘甜！你那介于无味与平凡之间的话语是多么柔美！你的遣词造句和行行字迹是光、热、露、微醉、谦恭和歌声汇成的溪流。虽然如此，你很少告诉我关于你的事情。你一点儿也没有说到《向着上帝》一书，没有谈及那些油画，也没有说到你现在的写作或绘画或思想，更没有半点儿关于谷地的消息！每当我想起你画的那些我看不到的画时，你相信我感到遗憾吗？于是我以欣赏你那些发表在书上的画作为补偿，我每次都能从中发现新东西。特别是你的第一批艺术作品，饱含许多秘密，意思十分丰富，超越一切界限，嘲笑所有范围。

梅娅对纪伯伦的画作了符合纪伯伦品格和文风的分析之后，突然转向，开始吐露自己所爱，不知足地围绕着爱情说来说去，暗示道：

纪伯伦，我笑着写了这么多页，以便避开说“你是我所爱的人”，也为了躲避“爱情”一词。那些在晚会、舞场、会面场合里不用爱的表象和求爱做交易的人们，爱情在他们的内心深处成长为一种巨大力量。也许他们会羡慕那些在表面闪光中分发自己情感的人，因为他们忍受不了尚未爆发的情感的压力。但是，他们羡慕另一些人的舒适快乐，却并不希望自己也享受之。他们崇尚自己的孤独。他们选择宁静，更醉心于自己的寄托物。他们喜借与心神情感没有瓜葛的东西消遣取乐。他们宁择任何一种离乡之苦和任何一种不幸之灾（心灵孤独之外，还有什么离乡之苦与不幸之灾吗），也不满足于那吝啬的点点滴滴。

在这里，我们发现梅娅的情感在遭受压抑多年之后，一下爆发出来了。在过去的日子里，她选择了沉默，试图迷惑自己的心，全身沉醉在学问、博览和文学沙龙及一切与情感没有关系的事务之中。我们看到她已屈从了溢满她心中的那种伟大爱情的权威，于是坦诚向意中人吐露之，告诉意中人，她宁愿受离乡之苦和不幸之灾，也不要那种吝啬的点滴爱情。

但是，正如我们所了解的，梅娅是位内向、羞怯、保守心事秘密的女性。她的这种性情源于遗传和所受的教育，对自己的情感守口如瓶，严防吐露，不肯将之流露于笔端，但她没有将信撕毁，而是加了这样一段令眼睛充满泪水的文字：

我所写的是什么意思呢？我不知道我之所指。但是。我知道你是我所爱之人。我害怕爱情。我对爱情的期待是很多的，我害怕爱情不能给我带来我的全部期待。虽然我知道些许爱情就很多了，我还是这样说。但是，些许爱情是不能使我满意的。干旱无雨，一无所获，总比轻易许愿要好。

我怎敢向你吐露这些，怎么如此过分！我也不知道。赞美上帝，我只是将之写在纸上，而不是用口说出。假若你现在身在此处，我说出这些话后，定会立刻羞涩逃离，藏匿许久许久，只有你忘掉这些话之后，我才让你看到我。就连写作时，我也常常责怨自己，因为我写起来太自由了。你还记得东方古人的话吗？“姑娘最好只读不写。”看哪，他们的疑虑在我身上见效了，他们认定的坏事在我这里得到了证实。你不要说圣徒多马在此出现了。我在此展露的不仅仅是遗传的痕迹，而是一种比遗传更遥远的东西。它是什么呢？

请你对我说，它是什么？请你对我说，我是步入了迷途，还是走上了正路。我相信你，我直觉地相信你说的一切。无论你是错的还是没错，我的心正向着你走去。我心中最美好的东西总是围绕着你盘飞，守卫着你，怜悯着你。

太阳已隐没在天际之后。奇形怪状、色彩斑斓的晚霞间闪烁着一颗明亮的星。那颗星是启明星，乃是爱神，你认为它也像我们的地球一样，有人类居住在那里，他们也会有爱和想念之情吗？也许那里有一位像我一样的姑娘，也有一个可爱的纪伯伦，远在天边，近在眼前；晚霞满天，她现在正写信给他，光明紧紧跟着黑暗到来，夜色跟随着白天，白昼又追随着夜晚；在她看到自己的心上人之前，这样的日夜更替还要重复多次数遍！暮霞的寂寥、夜晚的凄凉，一道渗入她的内心，于是，她把笔丢在一旁，以便躲避寂寞，逃遁入一个名字里：纪伯伦！

可以毫不夸张地说，梅娅的这封信构制、描绘极妙，有力推动了企盼情书的情感，堪称世界文坛上情侣互换情书中最精彩的一篇。此信写于 1924 年 1 月 15 日，信末签的是梅娅的原名“玛莉”，这也是纪伯伦乐意称呼的名字。纪伯伦是怎样回信的呢？ 1924 年 2 月 26 日，纪伯伦给梅娅写了一封奇怪的文理不通的信，示意他听到爱情的呼声大吃一惊，而那呼声是在迟延许久之后，由“可爱的女友”声音中迸发出来的……他暗示他对那种近似火山爆发式的吐露感到惊惧！那封信先谈到暴风雪和他喜欢雪，问及梅娅的生日，画了自己蓄着长须的面孔，然后围绕着过去发生的关于贝什里人与伊赫顿人之间的分歧谈，向她肯定她是“他的女伴”，每当想到她，心便因之颤动……接着，他必须回答她在信中提到的关于爱情的问题。纪伯伦在信末而不是在信首说：

你对我说你害怕爱情。我的小娃，你为什么害怕爱情呢？你怕阳光吗？你怕海水涨潮吗？你怕红日东升吗？你怕春天到来吗？你究竟为什么害怕爱情呢？

我深知些许之爱是不能满足你的要求的；同样，些许之爱也不能令我心满意足。你和我，都不会满足于些许。我们想要很多，我们想要一切，我们要求完美。玛莉，收获寓于意志之中；既然我们的意志是上帝的一个影子，那么，毫无疑问，我们将获得上帝的一线光明。

玛莉，你不要害怕爱神。我心灵的伴侣，你莫畏惧爱神。我们应该向爱神投诚，尽管爱中不乏痛苦、相思、孤独、迷惘与不知所措。[1]

梅娅接到这封信后，她对纪伯伦及其爱情该是多么失望！梅娅对纪伯伦本人、思想、艺术甚至天生的下巴爱得那么深、那么广、那么绝对，与纪伯伦对梅娅的那种雾霭、哲学、幻想“修辞”式——如果这种表达正确的话——的爱如何相比呢？梅娅那种自发的主动、词语的热烈及向纪伯伦表达火热情感的诚恳语调，与纪伯伦在回复她的直率吐露时的深思熟虑、冷淡语气又如何相比呢？仿佛纪伯伦害怕自

[1] 见本书第 90 ~ 91 页。

己说的一词或半句使自己陷于窘境似的。梅娅问纪伯伦步入了迷途，还是走上了正路，并且说她只相信他，相信他说的一切，而纪伯伦又回答了什么呢？

梅娅看过纪伯伦那封冷淡的回信，如遭雷轰，心乱如麻，后悔自己吐露真情，苦不堪言……她一遍又一遍地读那封信，每读一遍都能发现她所迫切等待的那种回答总是围着主题转圈，看到的是掩盖真相、安慰和劝告。她说她害怕爱情，因为她对爱情期待得太多，因为少量的爱情是不能使她满足的。而他，纪伯伦回答说他知道，知道像她那样的人要求完美，说他俩如果想得到上帝一线光明，那是一定能够得到的，因为收获寓于意志之中。之后，纪伯伦劝她向爱神投降，尽管爱中不乏痛苦、相思、孤独、迷惘与不知所措，仿佛她对他的爱和思念与他远近无关。

梅娅天资聪慧，意识到自己在纪伯伦生活中并非最重要，她不过是纪伯伦在自己的幻梦谷地中所选定陪伴他的幻想伴侣罢了。与此同时，她却认为在她的生活中，纪伯伦就是一切，是最重要的。因此，梅娅遭受到一次重大情感打击！她相信纪伯伦在任何一天都不曾爱过作为“女人”的玛莉·齐雅黛，他只爱“文学家梅娅”，只有她才能使他的文学天才显赫在东方，他为梅娅爱他而感到高兴。因此，纪伯伦与梅娅通信数年，与她讨论思想、精神及纪伯伦为之疯狂的闪光的情感问题！因为所有这些，梅娅像狮身人面像一样沉默不语，中断与纪伯伦的通信联系，却中断不了对他的思念之情，同时也中断不了抱怨自己愚昧天真，白白送走了自己的青春少年，总是漂泊在幻想的海洋之中！她怎能不想念占据了她的心，十二年来为她魂牵梦绕的纪伯伦呢？她总会想到他，想到他来信的内容，尤其是那封信的最后一段。因为纪伯伦写到自己被囚禁在随着他的诞生而诞生的“愿望”监牢中，并且告诉她说，他戴着一种陈旧如一年四季的思想镣铐，要她和他一起待在那种监牢里，直到一起走向白日的光明，一道作为“绝对自由人走向山顶”。

梅娅很可能对那令人啼笑皆非的记忆感到烦恼。更使她感到烦恼的是，纪伯伦请她帮助他解开他身上的镣铐，而她正迫切需要别人帮助她打碎桎梏枷锁。纪伯伦的爱是梅娅生活中的一个绳结，变成了梅娅不幸的原因，尤其是在那一年，她在《文摘》杂志上发表的一篇题为《火星与泡沫》的文章中用格言式的一句话描绘了自己的不幸和愿望：

每当我触摸到那个绳结时，我便知道那绳结的线是由心弦构成的；有什么办法解开那本应截断的绳结呢？

那年夏天，梅娅病了，伤心地随着一伙朝觐的人独自去了巴勒斯坦。我们可以从她母亲给她的信中了解她的家庭生活。

纪伯伦一直等待着她的回信，但数月不见回音。过了九个月，纪伯伦十分不安，才于1924年11月2日又给她写了一封信：

玛莉，你知道你沉默的原因，而我对此一无所知。一个人因不知实情而使自己日夜不安，这是不公平的。

言行由意愿决定。我的意愿过去与现在都是为了取悦于上帝。可爱的小娃，请你把你去年的情况告诉我吧！请告诉我，我定有报偿给你。

上帝保佑你，让你的心中充满上帝之光。

纪伯伦[1]

梅娅思考良久，给纪伯伦写去一封短信，只字不提心上流血的伤口，佯装不知纪伯伦所问她“去年怎么样”。她必须回答他信上的问话，因为那是礼尚往来的规则，于是告诉纪伯伦，她每天祈祷时都想到他、提起他，还问及“他的情况”和“他的兴趣”，并问到“他在纽约是否感到幸福”。1924 年 12 月 9 日，纪伯伦回信说：

我可爱的小娃多甜，她每次祈祷时都会想到我。她多甜，她的心多宽，她的灵魂多美！

可是，我可爱的小娃的沉默多么异乎寻常，多么奇妙！那久长的沉默如同永恒，深若神的梦；那沉默不能译成任何人类语言。难道你不记得，轮到你写的时候，你却没写？或者你不记得，在夜神拥抱大地之前，我们便彼此相约拥抱、和解？[2]

纪伯伦就自己的情况、想法及所忙的事情回答梅娅。他对她说，他的情况和她的情况一样，而他的想法仍在一千年前将他和她聚集在

---

❶ 见本书第 91 页。

❷ 见本书第 92 页。

一起的雾霭之中……他还问她在开罗是否像他在纽约一样感到幸福。纪伯伦能够感觉到梅娅问话的苦涩味及其中的嘲讽语调，但他装作不理会她的责备，反而向她抛出许多引起深思的问话。例如：

你夜半之后会在房间里踱来踱去吗？你会不时地站在窗前遥望夜空的繁星吗？那之后，你会上床，用被角擦去融在你双眼里的微微笑意吗？你在开罗像我在纽约一样幸福吗？

玛莉，我每日每夜都在想你。我常常想你，每一想中都有些许甜味，同时也有些许苦涩。奇怪的是，玛丽娅，我一想你，便暗自对你说："你来呀！把你的一切忧愁都倾泻在这里吧！倾泻在这里，倾泻在我的胸膛上！"有时候，我呼唤你的那些名字，只有天下慈父慈母才能理解其意思。

我吻你的右手掌一下，再吻你的左手掌一下，求上帝保佑你，为你祝福，让你心中充满光明。我求上帝让你做我最可爱的人。

纪伯伦[1]

纪伯伦随信寄给梅娅一张自己的照片，画面是他站在旷野上的一棵巨杉树前。尽管这封信语句间充满柔情恋意，但却不像先前那样能够吸引梅娅。不过，梅娅还是在1月6日给他寄去了一张生日贺卡。1月6日，纪伯伦写信给梅娅，强调那天她和他在一起，在他的

[1] 见本书第92～93页。

身旁，并感谢她向他祝贺生日：

本月6日，他们的极度关注令我自感羞愧，深深沉浸在感恩之中。但是，上帝知道那来自你的甜美话语才是我最喜欢的；在我看来，它比人们为我能够做的一切都更宝贵。上帝知道，你的心里对此一清二楚。

节日过后，你我坐在一起，远离世间一切，长谈一番。我们所谈的无不是思念与希望想要说的话。之后，我们凝望一颗遥远的星斗。继而沉默下来。过一会儿，我们又谈起来，直谈到东方透出黎明曙光。你那可爱的手就放在这不住搏动的地方，直到黎明。

上帝关照你，保佑你，玛丽娅。上帝将自己的光辉洒向你。上帝为爱你的人保护你。

纪伯伦[1]

在这封信末，纪伯伦画了一只托着火焰的手掌，将之作为他那纯情光明之爱的标志。

1925年2月6日，纪伯伦从纽约寄给梅娅一张明信片，上面印着达·芬奇的美术作品《圣安娜》，并向她谈及达·芬奇艺术的伟大之处及其神奇力量对他的影响。他还说：

---

[1] 见本书第93～94页。

今天，我在我的稿纸堆里发现了这张明信片，于是决定把它寄给你，以便告诉你曾经在我处于忧郁、孤独、思念深谷中时，引领我的青春走向未知世界的某些因素。上帝保佑你。[1]

我们从1925年3月23日纪伯伦写给梅娅的信中得知，纪伯伦送给梅娅一个坤包，结果被"监视人"的眼睛看见，为梅娅带来了烦恼……"监视人"的眼睛原来是梅娅的母亲努兹菡太太的眼睛。母亲知道女儿因爱上纪伯伦，错过了一生结婚的机会，造成女儿的不幸，使之过着艰苦的生活！在此应该指出，因爱上纪伯伦，她自1918年开始，不止一次顶撞母亲。努兹菡太太祈求上帝让纪伯伦到埃及与梅娅结婚，梅娅的舅妈、鲍里斯·穆阿迈尔夫人拉齐娅曾于1969年3月9日向女作家赛勒玛·侯法尔谈及此事细节。梅娅收到纪伯伦寄赠的坤包、笔和一面小镜子，回了一封感谢信。信中说：

纪伯伦，我尊贵、慈爱的朋友，感谢你的怜情，愿你幸福……因为你乐意把喜悦注入我的心灵，祝你成为幸福的人。我的坤包终于归了我；它是来自你的一件珍贵、漂亮的东西；上面的许多陌生手印消失了，只留下你的指纹。

该信收入塔希尔·泰纳哈所著《梅娅生活倩影》一书中，但文句似乎被修改过，与世人常见的梅娅文风、语调相距甚远。

---

[1] 见本书第95页。

贾米勒·基布尔博士发表过梅娅于1925年3月11日写给纪伯伦的一封信，从中可以看出梅娅对纪伯伦的健康状况十分担心，因为纪伯伦回信很迟。信全文如下：

我的朋友纪伯伦：

今晚欧美来的邮件已经分发完，这是本周的第二次了。我本期望收到你的只言片语，但却失望了。是的，我上周收到你寄来的明信片，上有圣安娜的美丽容颜。可是，那上面的一句话能取代整整一个月的沉默吗？

我只希望你觉得需要写信时才写，或者写信能使你得到欢乐时再写。但是，每当邮递员把邮包里的信件往信箱里分发时，我翘首以望得到你的消息不是很自然的事吗？我看到信封上的各国邮票，甚至美国邮票，有的写着纽约的名字，我能不想起我的朋友，能不企盼看到他的手书，触摸到他的信纸吗？

……就让我的这片纸给你带去我的情感，以便在你惆怅时减轻你的忧愁；在你需要安慰时，能给你以慰藉；在你埋头工作时，能增强你的力量；在你开心欢乐时，能使你更加欢乐开心。

梅娅[1]

---

[1] [埃及]贾米勒·基布尔编《梅娅书信》第70～71页，埃及：新月出版社，1951年。——李唯中译

这封信的书写日期不能肯定，因为1925年2月6日梅娅收到了印有圣安娜头像的明信片，但不知道梅娅何时把自己剪发的消息告诉了纪伯伦。另外一封信应当写于1925年3月初，因为纪伯伦在1925年3月23日的信中评论了梅娅剪发之事。梅娅在信中写道：

……我剪掉了长发。纪伯伦，从今以后，当你看到女朋友们有谁如此打扮时，你可能想到我，暗自对她们说，你认识一个像她们那样的人！我数月来就想挣脱这额发，因为人们说女人“头发长，见识短”……这纯粹是一派胡言！不过，当我看见美容师动手剪我那垂在胸前的乌黑、秀美的波浪式长发时，我为这损失感到惋惜。幸得那位罗马美容师不时地用支离破碎的、夹带着意大利语和德语词汇的好言劝慰我，我能够不笑吗？！他间或向我叙说短发之美及其好处、特点，并说尤其非常适合于我……我问他向多少位女士说过这些话，他回答说我是个“女哲学家”。一心想剪去长发，继之感到痛苦，随后又哭了起来，因为美容师用戏剧性的词语安慰了她。你见过这样的女哲学家吗？那位女哲学家和上面提到的那位姑娘，怎么向一位酷爱文明和金色头发的诗人、艺术家谈起乌发，而实际上是棕色头发呢？那位诗人、艺术家只喜欢金发，只歌唱金发之美，只能容忍世间的金发脑袋啊……

梅娅[1]

---

[1] 贾米勒·基布尔编《梅娅书信》第68～69页。

纪伯伦回信如下：

玛莉：

那个小包裹给你造成了不安与烦恼，请宽谅我。我原本认为采用最好与最方便的办法寄给你，不期结果相反。我的好朋友，请宽恕我，请接受我的补偿。

那么，你真剪了头发？剪掉了那带着美丽波浪的漆黑刘海？我究竟该对你说什么呢？没什么，没关系。我应该相信那位罗马美容师对你说的话……求上帝怜悯所有罗马人的父亲！

我可爱的朋友并不满足于把那个重大损失告诉我，而且想来一个“泥上加潮”，于是谈起“一位酷爱文明和金色头发的诗人、艺术家谈起乌发，而实际上是棕色头发呢？那位诗人、艺术家只喜欢金发，只歌唱金发之美，只能容忍世间的金发脑袋”。

我的主啊，我的灵魂，请你原谅玛莉的每一句话！求你宽恕她，求你用那神圣之光掩盖她的过失。无论在梦中或醒时，都要让她看到，在与美有关的一切事情中，你的奴仆纪伯伦的天主教属性。主啊，请派你的一位天使，对他说：你的这个奴仆住在一个多窗禅房；他在任何地方和任何事物中，都能看到你的美与善所在；他讴歌乌发之美如同讴歌金发之美；他面对黑眼珠与蓝眼珠，同样肃然起敬。我的主啊，我的神灵，我求你默示玛莉，让她以你的奴仆纪伯伦来蔑视诗人和艺术家们。阿门！[1]

---

[1] 见本书第 95 ~ 96 页。

从这封信内容上看，纪伯伦知道梅娅患了眼炎，因为纪伯伦一番文雅责备之后写道：

让我们现在就回来谈你的眼睛。

玛莉，你的眼睛情况如何？你知道，你的心深知，你的眼睛状况与我的关系极为密切。你用你的眼睛可以看到面纱后的东西，怎么还会问这样的问题呢？你知道，人心是不会屈从于度量法则的；人心中最深刻和最强烈的情感，正是我们向之投降的那种情感。我们在屈降中能够得到乐趣和安宁，而且我们无论如何也无法诠释或解析那种情感。知道那是一种深刻、强烈、神圣情感也就够了，何必细问，何必怀疑呢？玛莉，我们当中谁能把隐秘世界的语言翻译成显形世界的语言呢？谁又能说“在我的灵魂中，有一团白色火焰，其原因如何如何，其意思这般这般，其结果将怎样怎样”呢？人仅自语“我的灵魂中有一团白色火焰”也便足够了。

玛莉，我问你的眼睛如何，因为我十分关心你的眼睛。因为我爱你的双目之光，我爱那空灵神色，我爱周围那波浪起伏的梦中幻影。

但是，我关心你的眼睛并不证明我很少关心你的前额和你的手指。

可爱的玛莉，上帝为你祝福，上帝为你的眼睛、前额、手指祝福。上帝永远保佑你。

纪伯伦[1]

毫无疑问，纪伯伦用自己的办法爱着梅娅，对梅娅心怀深情，

---

[1] 见本书第 96 ~ 97 页。

“强烈、圣洁”的深情；与此同时，梅娅对纪伯伦的爱要比他对她的爱更强烈、更深刻、更全面。无疑梅娅像每一个热恋中的女子一样，用直接或非直接方式，不断地向情人发问，以便了解对方爱自己的程度，就像不断在母亲面前撒娇的孩子一样问：“妈妈，你喜欢我吗？”毫无疑问，梅娅也比其他女子更多怀疑情侣对自己的情感。梅娅是一位具有完全女性的女子，并非像作家安沃尔·迈阿达维所说的是个“被抹杀了女性的女子”。这位作家在他的《文学词语》一书中谈到梅娅时说：“正常女人的内心深处自然感受到男人的存在，而例外女人的这种感受则处于沉睡之中。梅娅的内心从未尝过爱情的滋味，因为她失去了女性的欲望。”

安沃尔先生的这寥寥数语毁灭了梅娅的女性；按照他的说法，梅娅不曾注意过同时代爱恋并给她写过情爱似火情书的任何一个男子，似乎梅娅只爱着纪伯伦，而对其余男子一律关闭情扉。更为出奇的是，这位先生发表了梅娅失去女性的判断，因为梅娅写信给纪伯伦，坚持使她与纪伯伦的关系保持为“思想友谊”，而纪伯伦想的却是建立“爱情关系”。但是，我们从梅娅写给纪伯伦的信及纪伯伦写给梅娅的信的内容上可以看到，梅娅是一位具有完全女性的热恋中的女子，她爱作家和天才诗人纪伯伦，她讴歌纪伯伦下巴上的凹陷处，她把自己剪去美丽长发的消息信告纪伯伦，她认为纪伯伦只喜欢金发，因而心生嫉妒！至于说到“梅娅的内心从未尝过爱情的滋味”，则不能否认她曾受到来自她所迷恋的男子的爱情之火和思念之情的灼烤，不幸的是她没有享受爱情的佳运。令我们感到奇怪的是，约旦著名作家伊萨·纳欧里先生竟在这方面支持迈阿达维的观点。他在《评迈阿达维〈文学词语〉》一文中写道："我认为就像迈阿达维说梅娅是一个被抹杀了女性的女子一样，纪伯伦是一个被抹杀了男性的男子。因此，他与她之间的关系只是思想关系，而不是爱情关系。如果不是这样，他俩任何一方肯定会努力寻求见面的机会，就像所有正常爱情一样，以便把爱情从纸上的单纯谈话变为相见和结婚。"❶

纳欧里先生是作家，又是一位深思熟虑的学者，不知道怎么这样令人不快地评判梅娅和纪伯伦之间的关系，尤其是他并没有把梅娅、纪伯伦归于脱离正道的一类人。

女文学家鲁兹·欧莱伊卜在她的《炽烈与没落》一书中谈到梅娅时写道："……梅娅的一封信证明她远距离爱上纪伯伦，但她没有得到纪伯伦的值得一提的回应，那奇异的恋爱关系在1925年之前便结束了。"

有必要对这位女文学家得出的结论进行评判。

欧莱伊卜女士根据哪个文件断定梅娅没有得到纪伯伦的值得一提的回应，在1925年之前，二人之间的关系就结束了呢？我们已经谈到的文件足以清楚表明纪伯伦已对梅娅的爱作了值得一提的回复，而且也是实际情况，虽然与情人期盼的有所差异；同样，这些文件也表明他俩之间的联系一直继续到1931年初，即纪伯伦生命的尽头。我们还可以看到，纪伯伦看到梅娅的来信是那样高兴，喜欢她告诉他正在做什么。梅娅在1925年一连给纪

---

❶ 引自卡塔尔《多哈》杂志1982年3月号第149页，约旦著名作家伊萨·纳欧里先生语。——李唯中选译

伯伦写了数封信报告自己的情况。纪伯伦表现了对梅娅的极大关注，对水回流到他俩之间的水渠之中感到欢欣鼓舞。除了前面引用过多段的1925年3月23日那封信，还有1925年3月28日那张明信片，上面写有关于画家曼特尼亚及其伟大艺术的友好语句，表示他极为喜欢那位画家，并希望梅娅到欧洲博物馆观赏他的作品，与他分享对画家的推崇。信末写道："上帝祝福你那美丽容颜，晚安！"还有一封极为重要的信，即写于1925年5月30日的那封信。信中说：

玛莉：

是的，我沉默了四周，至于原因，则是患了西班牙热病，仅此而已。

要我诉说自己所患疾病，真是难，实在太难了。我患病恙，只希望它是一件孤零零的事，不让人们知道为好，尤其要瞒着我所爱和爱我的人们。在我看来，医病良药就是完全独处幽居。

我的健康状况，现在良好，简直在良好以上。不瞒你说，现在我的身体"特棒"（贝什里有位大力士，别人问及他的健康情况时，他这么说）。[1]

之后，纪伯伦谈到侨民报《旅行家》及其主编、诗人阿卜杜·迈西哈·哈达德，还责备梅娅没有向该报特刊供稿。他写道：

---

[1] 见本书第98页。

我们这里正值初春，和风中充满神奇和苏醒，灵魂里净是黎明与青春。至于到旷野去，则类似于阿施塔特和坦木兹的男女祭司们去拜谒乌夫甘岩洞。

几天之后，耶稣将从死中复活，给坟墓中者以生命，杏树、苹果树将开花，歌声也将返还溪流。

四月的每天每日，你都将和我在一起。四月过后，你将每日每夜和我共度。

上帝保佑你，可爱的玛丽娅。

纪伯伦[1]

纪伯伦向梅娅谈及自己病的书信于1938年首先发表在巴西的《联盟》杂志上。纪伯伦写道：

……我发现病中有一种心理乐趣，其影响与任何其他乐趣不同，我还发现了一种近似于温和的安详感。病人处于一种安全处境，那里没有争执，没有人的欲求，没有许诺，没有约会，没有交际，没有多的话语，连电话的铃声也没有……我已发现了另外一种更重要的东西，一种无可相比的比乐趣和安详更重要的东西，那就是：我的性情温和较我的健康状况更接近于一般性。当我头靠枕头，闭上双眼，不看周围环境时，我觉得自己就像鸟儿一样盘飞在山谷和寂静的罩着

[1] 赛勒玛·侯法尔·凯兹拜里著《梅娅·齐雅黛》第94页。

柔和面纱的森林之上，发现自己更接近我喜欢的人们，与他们亲切交谈，毫无愠色，而且能体会他们的感情，想他们所想。他们责怨我，却不讨厌我，而是不时地用手指抚摩我的前额，频频为我祝福。

……假若我病在埃及，那该多好啊！假若我毫无规律地病在我的祖国，在我可爱的那些人身边，那该多么好啊！[1]

纪伯伦的病是使梅娅因爱他而不幸的最重要的原因之一，也使梅娅更关心他，为他担心，更想得到他的消息。她像他一样，都是独身一个，客居异乡，而且她又是一位对男人心怀炽热爱情和母性情感的女子，怎会对意中人的病情无动于衷呢？有一种观点认为，一个关怀自己所爱男人的女人情感中，必然充溢着女人天生的母性情感。那时候，梅娅对纪伯伦的担心和挂念明显表现在她发表的文章里，其中一篇散文诗题为《唱给罗马泉》。1925年夏末，梅娅去意大利旅游，在那里写下那篇文章，回开罗之后，发表在《新月》杂志上。文中写道：

罗马泉呀，我的干渴多少次要求到你面前饱饮解渴！我多少次要求你的溪流将我那受伤的心灵忘却！

罗马泉啊，不论清早傍晚，还是夜半三更，我都能看到你。我听你奔流在摩天大厦旁，消失在废墟间，给人们心灵送去笑与哭、喜与悲、欢呼与号啕、疯狂与理智。我从你那里明白了：时光的织物就像

---

[1] 见本书第 101 ~ 102 页。

水的织物，线与线相互交织，又各自分散；时光的队列既走又停，开头紧跟末端，末端接着开头。我明白了你是在距离上相互推进的时光的最忠实形象，永远在开始和结束里，永远又在结束与开始中。

我忘记了自我，多么舒适，多么惬意。但是，我回来又想起了自我，我内心深处干渴得更厉害了。只有片刻，那之后，我又回到了自己的平常状态！我之所以用一滴水解了渴，是因为那一滴水是不解之渴当中的火焰；我之所以获得了新的理解，是因为被激起来的想法是折磨我思想的燃料；我之所以喜欢怜悯的馨香，是因为那是不能使我满足的慈爱之情的芬芳！只是片刻的舒适，并非别的。我那巨大的心灵更加坚强，更加有力；它变得与罗马一模一样，其中有像罗马一样的永恒与美丽，有像罗马一样的光荣与历史，有像罗马一样的凯旋门、博物馆、古迹和废墟……[1]

在梅娅的一生中，纪伯伦不仅仅是她爱过的唯一男子，也是她的交谈对象、知心朋友、鼓励者、帮助人、同伴和亲密者。我们会发现梅娅对纪伯伦的深爱显示在1926年2月25日她在开罗叙利亚青年俱乐部所发表的题为《三大心理本能》的演说中。她在演说中解释了“自我本能”“直观本能”和“社会本能”。她说：“谁能离开爱与怜悯而生活呢？任何一个人物，若无爱之眼关注，若无爱之微笑滋养，便不能成长；任何一个人物，若得不到那种细心关怀和来自充满爱与怜悯之心的启迪，更谈不上升华。”

---

[1] 埃及《新月》杂志1926年1月号，第343~346页。——李唯中选译

在这次演说的最末一段，梅娅热情讴歌“异乡人”，无疑她所歌颂的正是纪伯伦。她说道：

异乡人哪，多少次，你们的声音给我送来慰藉！多少次，我从你们的笑与泪中获得勇气和对生活的热爱！多少次，我曾因此为你们祝福，而你们全然不知！❶

1927年5月末，纪伯伦在写给梅娅的一封信中指出，她曾把诗王艾哈迈德·邵基的一首长诗寄给纪伯伦，很可能她想用开玩笑的办法激发他的情感。纪伯伦在回信的第一页上画了一把滴血的宝剑，信的开头写道：

有一个人，清晨从梦中醒来，见床边放着一封信，来自他的一位女友，于是高声说：“早安！”然后如饥似渴地将信打开，急忙一看，他发现了什么？不多不少，原来是邵基的长诗一首。❷

那之后，纪伯伦告诉梅娅，他将向她报仇，于是寄了哈里姆·达穆斯的一首诗，并向她作了解释，仅此而已！他在信末表示他很生气，对她说，他开始咬自己的嘴唇，并且问道，在他原谅她之前，他怎能度过他的白天！信末写道：“尽管如此，还是请你伸开手掌……

---

❶ [黎巴嫩]梅娅·齐雅黛著《演说与忠告》第64～65页，贝鲁特：努法勒出版公司，1986年。

❷ 见本书第100页。

就像人们所做的那样……”[1]

《联合》杂志 1938 年 10 号上刊有纪伯伦于 1928 年寄给梅娅的一封信。信中说：

> 我自打孩童时期至今，欠下女性许多债。正是女性开启了我的眼目之窗和灵魂之门。假若没有母亲，没有胞妹，没有女友，我会仍然与那些以如雷鼾声搅扰世界幽静的人睡在一起。[2]

毫无疑问，纪伯伦是崇拜女性的。在他的天赋得以闪光的过程中，多位女性起过重要作用。自他的母亲开始，继之是他的胞妹玛尔雅娜，直到在他生平中起巨大作用的玛丽·哈斯凯勒资助他到巴黎学习艺术，帮助他在美国宣传他的艺术成就，为他修改、润色他用英文写的作品，如《先知》《疯子》等。梅娅在砥砺纪伯伦的才能、用爱情滋养他的灵魂、维护他的作品、关心他的生活上所发挥的作用绝不亚于玛丽·哈斯凯勒。梅娅是纪伯伦一生中的亲密朋友，白兰德·哈伊戴里教授肯定了这一点，他说纪伯伦满足于三类女性典型：母亲、胞妹和女友。他写道：“她们推动了他的视力之窗和慈悲之门的开启。至于情人、恋人和那三类以外的女性与他的相见只是暂时的，因为此类女性不会与母亲、胞妹和女友一样站在只贡献、不索取、无限忠诚、远离肉欲的同一行列之中。打内心甘愿做牺牲是那

---

[1] 见本书第 101 页。

[2] 同上。

三类女性最突出、最重要的品性，也是纪伯伦所持久需要的。正是那三类女性甘愿将自己的灵魂与纪伯伦结合在一起，从不用瞬间消逝的东西限制他，也不要求他成为她们的瞬间消逝的兴趣的助手。如同他在给玛丽·哈斯凯勒的信中所说：‘仅将本能转化为艺术产品。’他的朋友们错误地猜想他生活在多种情感关系之中。”❶

哈伊戴里教授的意见符合本文开头谈到的关于女性在纪伯伦生活中的作用的观点。自打纪伯伦染病之后，他与梅娅之间的情感关系色彩便减弱了，二人之间的关系于 1919 年由相互钦佩变为精神恋爱。我们已经发现梅娅是怎样屈从了现实，怎样在 1924 年初向纪伯伦吐露了自己的深情爱意之后，又无法解开被她称为用心弦编成的“绳结”。也许最能证明她的思想和心绪为爱情所控制的，是她发表在《新月》杂志 1926 年 3 月号上的题为《你晓得思念与渴望之情吗？》的文章。她在文中用诗歌一般的动人笔触叙述了春天诞生、大地一片葱绿和百花吐妍之后，描绘了她心中的炽烈爱情。她写道：

思念之情已经勃发、沸腾，你可知道？你可晓得触觉在唤醒它，记忆在点燃它，感官在确认它？你可知道它在你的天性中被牧放，而你就是口渴的灵魂、发出的声音、触摸着的手、炽烈的胸怀、燃烧着的心房和爆发的肋骨？

假若你一旦晓得了思念与渴望之情，感觉到痛苦的紧缩使你惆怅、郁闷；假若你是用利齿咬心的钳口里的牺牲品，又是无情砸心的

---

❶ 约旦《多哈》杂志 1980 年 5 月号，第 126 页。——李唯中选译

重锤下的猎物，而你又完全无力将之打碎，那么，你那时便应知道，你正在领略着万能造物主的本领，在你的心中闪烁着先人从古代领主俱乐部那里偷来的火花。因为这个世界是渴望与哀伤之子，造物主只有在他知道思念与渴望之情时才创造这个宇宙。[1]

梅娅的哀伤、思念与渴望之情是她生活中的一种幸福和快乐，尽管其中充满苦涩，只要她所爱的人们都还活在人间。但是，生活是建立在烦恼与忧愁基础之上的，又怎么会风平浪静呢？她的父亲逝世于 1929 年，她接到了远方恋人寄来的安慰信：

玛莉，亲爱的女友：

我今日得知你父亲已去了金色地平线之外的地方，已踏上人们都要走的大路。我该对你说什么呢？玛莉，你的思维与听觉要比人们说的那些安慰话深刻、高远。但是，我心存希冀，但愿我紧握你的手，像陌生的亲人，默不作声地感受到你那美好灵魂所感受到的一切。

玛莉，上帝为你祝福，上帝每日每夜都保佑着你。

上帝为你的朋友护佑着你。

纪伯伦[2]

1930 年，纪伯伦病情加重，梅娅痛苦缠心。1930 年 12 月 26

---

[1] 梅娅·齐娅黛著《演说与忠告》第 72 页。

[2] 见本书第 103 页。

日，梅娅收到一封取代信的电报，因为纪伯伦不能用“病手”写信。那是一封英文电报，纪伯伦在电报文中感谢梅娅那封“慷慨甜美来信”[1]。1929 年，梅娅曾努力在东方宣传“笔会”庆祝纪伯伦开始写作四分之一世纪的活动。因此，曼苏尔·法赫米博士写道：

纪伯伦的健康状况不佳，仍在坚持写他的《人之子耶稣》一书。1929 年来临，“笔会”在纽约组织活动，祝贺作家纪伯伦的创作“银节”。当时纪伯伦四十五岁。梅娅全力宣传那一节日，以便让阿拉伯国家同向那位可爱的作家表示祝贺并致敬。

梅娅收到纪伯伦寄来的最后一件东西是手掌托蓝色火焰的一幅画，画旁写着“纪伯伦赠玛莉”的字样，时在 1931 年 3 月 26 日，纪伯伦逝世前仅仅两周。梅娅将那位已把心献给她的男子视作自己的家乡，她的灵魂与他的灵魂结合在了一起，那个人是不朽的，是不会死的。但是，纪伯伦也已走向金色地平线之后了，时在 1931 年 4 月 10 日，终年仅四十八岁。东西方的报纸均发了讣告。梅娅因纪伯伦去世而遭受的巨大痛苦，就像顷刻之间将最坚固的大厦夷为平地的强烈地震！听到纪伯伦逝世的消息，梅娅的表现异乎寻常，她曾于 1938 年在黎巴嫩对舒卜勒·胡里教授亲口说：“得知纪伯伦咽了气，一种异乎寻常的感觉袭上我的心头，我不禁大喊一声，母亲听到，吓了一跳！”胡里教授与梅娅一直保持着牢固的友谊关系。他说梅娅在

---

[1] 见本书第 104 页。

黎巴嫩逃难时，曾在贝鲁特角的自己家中住了几个月时间，她多次向他谈到纪伯伦。他还说，梅娅曾经向他强调，她宁愿做她所喜欢的纪伯伦的画中情人而滞留在远离纪伯伦的地方。❶

纪伯伦逝世，梅娅承受着巨大伤痛，仅仅沉默了几周，便写了一篇题为《纪伯伦信中自述》的文章，发表在萨米·凯亚里教授主编、在阿勒颇出版发行的《谈话》杂志上，以此哀悼纪伯伦。应该指出的是，梅娅首次在这篇文章中发表了纪伯伦写给她的书信的片段，其后有许多作家援引文中内容，发表关于梅娅与纪伯伦之间爱情的文章和论文。梅娅在文章的开头写道：

有的人活着为了钱财，有的人活着为了荣誉，或为了服务于祖国，或为了知识，或为自己求快乐。有的人活着为了自己的心，哀叹已经逝去的爱情，等待即将到来的爱情。有的人活一天算一天，活一时算一时。有的人活着为了自己的家庭或家中的某几个人，不惜牺牲他人的利益。活着的目的多不胜数，因人不同而各异，因人的才能、认识各异而各不相同。纪伯伦·哈利勒·纪伯伦为什么而活着呢？那些研究他的作品的人们以为他为他的三种艺术而活着，即用阿拉伯文写作、用英文写作、绘画。但是，实际上他并不为这其中的任何一种东西而活着。他在他的信中说，他不曾想过要在他死后发表他的某些信件，我也不曾想过要发表其中部分东西，尤其在这

❶ 舒卜勒·胡里教授的谈话发表在1943年由莱伊夫·胡里主编的《莎赫札德》杂志上。

样的条件下。但是，我不得不引用一段。

“……现在，我的健康状况较之夏初更差。我在大海与森林之间度过的几个月，拓宽了我的灵魂与肉体之间的领域。这只一分钟之内抖动百次以上的异乡之鸟已经稍慢下来，开始回到正常规律中，但它不会完全慢下来，除非我的支柱轰然坍塌，我的关节全部断裂。从另一方面说，休息一下确实对我有益。至于医生和药物之于我的病情，确乎如同油之于灯一样重要。我不需要医生和药物，我不需要休息和安静。我迫切需要他人向我索取，以便减轻我的负担。我需要精神上的静脉切开术，需要一只手取走我心灵中的堆积物，需要强烈风暴刮掉我的累累硕果和茂密树叶。

“……梅娅，我是一座封了口的火山。假若我今天能写出一个大作品，或一部好东西，我定会痊愈。假若我能高声呐喊一阵，我定会康复如初。也许你会问我：‘你为何不写，从而换得康复呢？你为什么不高声呐喊，以便求得痊愈呢？’我将这样回答你：‘我不知道，不知道，不能呐喊。这就是我的疾病；它是绽露于肉体的心灵疾病……’你现在问我：‘那么，你怎么办呢？结果会如何呢？你的这种情况将继续到何时呢？’我说：‘我将痊愈！’我说：‘我将唱我的歌，继之休息！’我说：‘我将从静默的深处高声呐喊。看在上帝的面上，请你不要说你唱了许多歌，你所唱的歌很好！’请你不要提及我过去的工作，因为提起那些会使我感到痛苦；因为那些微不足道的小事会使我的血化为燃烧的火，因为火的干燥会使我更加口渴；因为火的灼热会使我每天站起来又坐下去一千零一次。我为什么写下那些文章和故事？我为什么忍耐不住？我为什么不珍惜那些汗滴，为何不将之积聚起来，使之化为溪流？我生来和生活是为了写一本书，写一本不折不扣的小书。我生来、生活和忍受着痛苦，为的是说一句鲜活的、生着翅膀的话语。但是，我忍耐不住，没有保持沉默，生命终于借我的唇舌说出了那句话。我不仅只说了那样一句话，而是多嘴多舌，唠叨不止。啊，多么遗憾，多么害羞……我夸夸其谈，直至耗尽我的体力。当我能够说出第一个字时，我发现自己仰背躺着，嘴里衔着一块顽石……没什么，我的话仍在我的心中，那是活的、生着翅膀的话语，一定要说出来，一定能够消除由于我多嘴多舌造成的罪过，一定生出火焰。”

这就是说自己只写了些鲜活的、生着翅膀话语的那个人所说的话。这就是说自己所写的每一句话都是由自己灵魂生发的火焰的那个人所说的话。由于事态发展变化极快，哪个天才羞于提及自己以前的作品呢？真正的天赋之才常有这种羞涩感，哪怕是他的作品赢得过世界的敬佩。纪伯伦的信是在他的散文作品《先知》发表之后写的。《先知》被译成了十几种不同的语言。纪伯伦并非独自行进的，而是在死亡幽灵的陪伴下。他知道自己行将消逝，与此同时，他却发表了他的英文作品《疯子》《先行者》《先知》《沙与沫》和《人之子耶稣》，都是奇珍异宝，一个接着一个诞生。他的大量画作在懂得天才含义的人们当中被视为东方天才的惊世业绩。他用英文写的最后一部书是我们今天还用心阅读的《大地之神》，书中有他自绘的十二幅插图。人们在埃及听到电台播送了他逝世的消息，是多么难过！插图是纪伯伦著作中的惯例，就是在他的部分私人信件里，他也常常在信纸的边角处画一幅画，用以概括书信字里行间的意思，或者用一整页的篇幅画一幅画来解释信中的语句，一次又一次，终于画了一只具有象征意义的手，示意他将自己的整个生命作为燃料，火焰就从那只手里冒出来，手的主人对生的思考，就像对死的思考。数月之后，他在他写的另一封信中说：“梅娅，你可知道，我未曾思考过到被人们称作死亡的那里去，除非我发现思考中有一种非同寻常的乐趣，觉得十分向往死亡！”

她用这样的语句作为文章的结尾：

我们在一座遥远的新坟墓前躬身致敬，长眠在那之中的人说：“我对东方的思念几乎将我融化，何时才能回到我的国家？”我们在那座墓前曲身行礼，长眠在那里的人有一颗属于全人类的灵魂，而他的躯体却居于异乡人之中。我们躬身说句告别的话吗？我们已经越过了粗心大意的阶段，知道人们会相继走入另一个世界……阿哥，你走了，祝你愉快。你已做了许多贡献了，这句话会使你生气。你做出了许多贡献，东方这样对西方说你：“啊，我在这儿！”正如兴起的东方说你：“这就是我！”

你走了，你做得好！如果你还有别的话，你最好将之锤炼、矫正、锻冶一下，到一个各方面都比我们这个世界优越的世界去发表……阿哥，你走了，你做得好！上帝保佑，上帝怜悯我们所有的生灵。

梅娅[1]

如此看来，梅娅对纪伯伦的逝世是羡慕的。失去好友的悲痛

---

[1] 叙利亚阿勒颇《谈话》杂志 1931 年 3 月第 5 期，第 363 ~ 366 页。——李唯中译

使得她肯于吐露与好友的亲密关系，即往日守口如瓶的爱情故事。自然她希望追赶他到那个“各方面都比我们这个世界优越的世界”去。然而命运却安排她在纪伯伦逝世后又活了十年，使她饱尝各种更加痛苦的折磨……她的神经崩溃了，她的健康恶化了，尤其是在纪伯伦死后不到一年的时间，她的母亲也去世了。她试图用去欧洲旅行来抑制自己的痛苦心情，然而回来之后，她的心情比行前更加悲伤、惆怅。

对于纪伯伦的死，能够给梅娅以安慰的唯一朋友是作家费里克斯·法里斯。这位作家在纽约认识了纪伯伦，他喜欢并推崇纪伯伦。他写给梅娅一封长信，信中提到他于1922年在美国与纪伯伦相识。他写道：

……在那里，我认识了纪伯伦。梅娅，纪伯伦很了解你。梅娅，正如我对你了解的那样，纪伯伦同样具有你所具有的无名光辉。

阿妹，请相信我，这话语中绝无任何奉承与偏爱成分。思想家的隐形力量通常通过他们的一种外表显示出来。

梅娅，纪伯伦像你一样热爱黎巴嫩。因为敏感的灵魂揭开了黎巴嫩绝美圣殿前的幕帘，知道人类都是兄弟，均可目睹上帝的面容。[1]

纪伯伦去世后，梅娅在《金字塔报》发表了关于纪伯伦的另一篇

[1] [黎巴嫩]费里克斯·法里斯著《寄往阿拉伯东方的信》第126～127页，贝鲁特：努法勒出版公司，1974年。——李唯中选译

文章，其中引用了数段纪伯伦给她的信。费里克斯·法里斯在给梅娅的信中提到了那篇文章，文中的“解开了以前难以解开密码的那些语句”使他停顿片刻，然后又说：“纪伯伦去世了，世界多么想听他的歌唱和呻吟！”费里克斯·法里斯可晓得梅娅对纪伯伦歌唱和呻吟的思念盖过对整个世界的思念吗？费里克斯·法里斯对梅娅失去纪伯伦的痛苦、孤独、寂寞与不幸感到由衷同情，这是不奇怪的。但是，对梅娅因为爱纪伯伦而遭遇的不幸描述得最贴切、最到位的要数评论大师马龙·阿布德先生。他写道：

梅娅在恋人们中间就像大卫在忏悔者们中间。大卫的忏悔是炽烈的、严厉的；梅娅的爱情是令人痛苦的、剧烈的。其二者里有我们九月黎明时分在帐篷里所感受到的那种寒战滋味。如果说心理学者关于爱情诞生的说法是正确的，那么，造成梅娅遭难的罪犯就是她那强烈的幻想。[1]

马龙·阿布德难以解开梅娅与纪伯伦爱情命运的疙瘩。关于梅娅吐露自己爱情一事，他评论道：

从梅娅的信看，是她首先公开自己的爱情的，而纪伯伦则照习惯围着这个题目绕行，并不坚持之。梅娅书信的字里行间存在着痛苦和惆怅，其中包含着梅娅的爱及其所有情况，也有对爱情前途的

---

❶ 马龙·阿布德著《革新者与守旧派》第 144 ~ 145 页。

忧虑；其中详情只有尚未发现的二人之间的通信才能向我们揭示。已经发现的二人之间的通信，包括手稿，尚无法帮助我们分析这种爱情的命运。[1]

马龙·阿布德教授说得对，因为他的《革新者与守旧派》一书发行时，纪伯伦写给梅娅的书信集《蓝色火焰》尚未出版。那时他谈梅娅因爱上纪伯伦而遭不幸也是不错的，因为梅娅本人也承认这一点，其最好证据便是梅娅在一本出版于纽约的思想家小传中的第 89 页纪伯伦像下亲笔写过这样一行字："这是我多年以来的灾难。"

梅娅是位天才，而她的一生却是悲剧。温和而残酷的天命将这位女文学先驱推上了光辉的顶峰，而后又将之抛入无底深渊。她是一位杰出的阿拉伯女文学家，把自己的整个一生献给了阿拉伯文学和阿拉伯复兴事业，但是，除了阿拉伯文学史上的最高地位，她什么也没有得到。"天才"与"悲剧"两个词正是梅娅一生的写照。

梅娅的天才构成了她的婚姻的障碍，使得许多优秀青年因相信她的学问和文学才能远远超过自己而不敢向她求婚。

梅娅晚年曾患疯癫症，黎巴嫩诗人赛里姆·海德尔评道："梅娅因其天才而疯，因其疯而天才。她将作为永恒的微笑留在东方的唇间。"

梅娅曾在她的一篇题为《与命运相约》的文章中描述过自己的不

---

[1] 马龙·阿布德著《革新者与守旧派》第 159 页。

幸。必须承认，梅娅与纪伯伦本来在许多思想和观念上都是互相对立的，暴风摧毁了他俩之间的那种独特关系，给纪伯伦的心灵上造成的痛苦显示在他写给她的部分信中，同时也使梅娅忐忑不安、犹豫彷徨、不知所措。但是，阿拉伯现代文学却从他俩的奇特爱情中获得了用“天启爱情之露”写成的篇章。正如陶菲格·哈基姆[1]看过《蓝色火焰》一书后，1980 年在开罗的《十月》杂志上发表的一封信中说：

……就这样，我决定把我这封信放在纪伯伦那用天启爱情之露写成的书信旁。我这封信使我想起我生命中度过的最美好的岁月，我不知道真正爱情的存在，也不晓得有像纪伯伦和梅娅那样的心。纪伯伦去世了，而他那无声的心中怀着对梅娅的爱；梅娅十年之后告别了人间，而她的心中只有纪伯伦。把心化为天光火炬奉献给人类的两颗英灵，愿你俩在永恒天国中幸福快乐！[2]

---

[1] 陶菲格·哈基姆（1898—1988），埃及剧作家、小说家。1919 年发表处女作剧本《不速之客》，而后出版了六十余部著作。他的剧本《转瞬之间》、小说《灵魂归来》《乡村检察官手记》已有中文译本。

[2] 埃及开罗《十月》杂志 1980 年 11 月 30 日第 214 期。——李唯中选译

纪伯伦与玛丽

译者小序

东方出了个纪伯伦，真是东方人的骄傲。

纪伯伦是阿拉伯现代文学的巨擘，被尊为“旅美派文学的头号领袖”，是阿拉伯旅美文学的旗手和灵魂。纪伯伦在文学和绘画上都取得了极高的成就。他的散文情思浓烈深邃，文采洒脱超绝，读来朗朗上口，具有铿锵音乐节奏感，被方家誉为“纪伯伦风格”。他用英文写的《先知》是他的散文代表作。《先知》问世不仅轰动了美国文学界和阿拉伯文学界，而且波及了全世界。据统计，《先知》已被译成五十六种文字，发行量逾七百万册。美国前总统西奥多·罗斯福对纪伯伦说：“你是最早从东方吹来的风暴，横扫了西方，但它带给我们海岸的全是香花。”联合国教科文组织的《信使》杂志 1983 年 12 月号发表社论，列举出“具有世界意义”的七位杰出人物，纪伯伦名在其中，其余六位是马克思、斯汤达、瓦格纳、卡夫卡、欧勒和马丁·路德，说“他们的一生及作品丰富了人类的文化遗产”。

近十几年来，在中国，纪伯伦的作品成了仅次于《一千零一夜》的第二大阿拉伯文学畅销书。

纪伯伦十二岁随母亲到美国谋生，过着极其贫困的生活。十四岁便显示出绘画天赋，被称为“小画家”。二十一岁时，在波士顿举行首次个人画展，引起时任女子学校校长的玛丽·哈斯凯勒（1873—1964）小姐的注意。玛丽天生丽质又慧眼识才，于 1908 年资助（月供七十五美元）纪伯伦去巴黎学画，就读于巴黎美术学院，受教于著名美术大师罗丹门下。从此，纪伯伦与玛丽情书不断。二人也曾“怀着两颗愉快的心灵相互亲吻……相互自由、勇敢、迷恋地抚摩。他贴近了我的心，我贴近了他的心”。1911 年，纪伯伦向玛丽求婚。经过一番剧烈的思想斗争，玛丽在她的1911年3月24日的日记中写道："我爱他。我俩的心是相通的，没有任何间隔。我决计沿着既定的道路走下去。我想到了结婚，不禁泪水簌簌下落，那本是欢喜与希望之泪……令人苦恼的障碍是我的年龄。想到这里，我感到困惑与为难。他的婚姻应该是他的辉煌事业的开始……哈利勒缺少的是梦想中的爱情。""这种爱情的女主角不是我，而是另一个女人——这是必然之事——无论我的损失有多大，我都不会背弃那位尚不知名者，因为我深深怜惜纪伯伦的天赋之才和未来荣光。"她对纪伯伦说："我爱你，但我的纯真之爱不允许我毁坏你的前程。"

纪伯伦深深感激玛丽·哈斯凯勒的经济资助，总想归还，对她说："只有我偿还清了我从你那里得到济助的债务，我才能心安理得、心情舒畅。"但玛丽·哈斯凯勒爱"才"如命，立即"生气地打断他的话"："哈利勒，这些都是废话。一个负有使命的人，决不能让其濒于穷困潦倒境地，以免埋没了他的才能，葬送了他的天资！"

这对有情人虽然没能结成眷属，但纯洁、高尚的友情却始终将二人的心紧紧连在一起。二人情书未曾中断，探访、寄赠、切磋技艺、思想交流等活动常有，表现出超乎寻常的理智，深厚无比的真挚情谊一直持续了二十六年，直到纪伯伦英年早逝。一位东方青年与一位西方姑娘相识、相亲、相敬、相爱，这并不罕见，但友谊保持终生的事例却不多。也许能与纪伯伦—玛丽·哈斯凯勒相比的，胡适（1891—1962）—韦莲司（1885—1971）可算其中一对。后二者之间的友谊持续了五十年，直到胡适病逝。不过，纪伯伦与胡适相比，虽然身后都成了世界级文化名人与著名学者，但二人生前处境大相径庭：胡适是官费留学生，纪伯伦是背井离乡青年移民；前者获得了博士学位，后者受私人资助到法国学画；前者就任驻美特命全权大使，后者靠他人定期资助、卖文和为人画像为生；前者晚年荣任研究院院长，后者贫病交加……因此，与前者结友终生，在世俗眼里自身亦流光溢彩；而后者就显得分外寒酸，也就格外不易。

1926年5月7日，时年五十三岁的玛丽·哈斯凯勒结婚，成为福鲁伦斯夫人，定居萨凡纳，再未与纪伯伦晤面。

纪伯伦逝世电报一到，“玛丽·哈斯凯勒不顾一切，立即拍电报给玛尔雅娜，告之说她将于星期一早上7时到达波士顿”。

纪伯伦的遗嘱中写着：“画室中的一切，包括画、书和艺术品，全部赠予玛丽·哈斯凯勒·米尼斯。”

玛丽·哈斯凯勒在帮助整理纪伯伦的遗物时，意外发现纪伯伦像自己一样，完整地保留着对方寄给自己的信件。

纪伯伦的爱非同寻常。那究竟是精神恋爱，还是苏菲派的神秘之爱？他写信给女友，信中有弃绝红尘，又有勃勃雄心；有傲骨，也有才智；有成功，也有失败；有希望，也有失望；有诗、哲学、艺术，还有比爱情更高尚的友情。

纪伯伦这位东方千里马的成才之路、爱国情操、思想形成轨迹，尤其是他用英文写就的重要作品的酝酿、写作过程，以及玛丽·哈斯凯勒这位西方女伯乐慧眼识才、慷慨佐助、无私奉献，等等，都一一跃然在这一封封、一篇篇真情洋溢的书信和日记里。

勤于创造、追求人类至美的纪伯伦与玛丽·哈斯凯勒之间的往来信件，在世界上也是不可多得的两性挚爱的文本。那里毫无世俗的卿卿我我之情，其中所隐含的，是深刻的文化寓意。

李唯中

致玛丽

1908年10月2日　巴黎

亲爱的玛丽：

在一个乡村里，我和两位好朋友坐在一起聊天。他俩都来自我的祖国，是夫妻，过着简朴、惬意的生活。丈夫的胸中跳动着一颗雄心，而妻子的容貌和灵魂里闪烁着灿烂的美。夫妻俩都喜爱诗。他俩的家乡芳草萋萋，绿树成片，看见它的人定会以为那是无数花园中的一座大花园。那里的房舍，远远看上去，就像散布在天鹅绒地毯上的珊瑚。

我在画画，不，我是在学画画。有道是业精于勤，天地随苦练而渐宽。这个思想是多么高明、精辟！我有时放下绘画，活像被迫睡觉的孩童。

亲爱的，你还记得吗？我过去认识人和物，都是通过听觉，声音首先进入我的灵魂；如今，亲爱的，我认识人和物则通过视觉，正像显示的那样，我的记忆力正在保存人和物所具有的形状和色彩。

哈利勒

1908年10月10日　巴黎

亲爱的玛丽：

身体觉微寒，头脑却活跃，精神状态处于巅峰。我衷心问候你。我告诉你，存放在你手里的那些画和肖像都属于你。有道是日月如梭，飞闪而过，不知不觉。我还要谦虚地说，我在巴黎这间画室所拥有的全部绘画和肖像也都属于你。你可以按照你的意愿，自主地支配这些画。

我的这些话颇带有老人的沉静语调，但却是我的愿望与情感的率直表达。我很期望自己活得久些，以便为你准备一些成熟的果实。因你给予我的太多太多了。我也期望那一时刻早些到来，那时我会说：

“承蒙玛丽的恩惠，我成了艺术家。

“承蒙玛丽的厚爱，我成了画家。”

正是夜半时分，周围一片寂静。对面作坊里的那位柔声妇人，也已默不作声，我再也听不到她的动静；她那动人的俄罗斯歌声不再取悦我的耳际。

衷心为你祈祷！

哈利勒

1908年11月8日　巴黎

亲爱的女子：

在生命的苍白中，当神魂被失望所笼罩时，我便读你的书信……每当雾霭包围“我的自我”时，我便捧着那些信，贪婪地读起来。你的信使我想起我的真实“自我”……你的信让我注视自己，使我远避丑陋的堕落，远远躲开生命的深渊。亲爱的，每个人都需要一个避风港……我的灵魂的避风港是一片丛林，我带着对你饱含温情的心怀深处的透彻了解生活在其中。

现在，我正在与色彩搏斗；争执是苦涩的。毫无疑问，我们当中的一个将取得胜利……我几乎听到你那甜美的声音在说：

“喂，哈利勒，关于绘画，你要说些什么呢？”

我把自己的灵魂深深沉入色彩里……我祈祷着……请看哪，我正在吞食暮色，吮吸彩虹。学院的权威人士说：“莫在典型美上加美！”

我的灵魂悄悄说道：

“假若我能绘画，我一定画典型美，并赋予与之相称的美。”

我的眼珠啊，我该怎么办呢？我是讨好长官，还是让我的灵魂满意呢？这些亲爱的行家们见识颇丰，而灵魂却是最近者。

夜深人静，睡觉是最值得向往的。我将上床，但却心思满载，浮想联翩。

亲爱的，恭颂晚安！上帝为你祝福。

哈利勒

1908 年 12 月 25 日　巴黎

亲爱的玛丽：

上帝情愿守护着你。亲爱的……那位了不起的无名者赐予耶稣以不朽灵魂，就让你的心尽情欢悦吧！

但愿你在沐浴幸福中度过圣诞！但期年复一年，你总是生活在安详恬静之中。

我想你不像想常人……我想你时，生命总是光芒四射，生活之果也正在成熟。

好玛丽，我亲吻你的手。你的美德芳香四溢……通过吻你的手，我会为自己的疲倦心灵祝福。

哈利勒

1909 年 6 月 23 日　巴黎

亲爱的玛丽：

我失去了父亲。他就死在六十五余年前他第一次看到人间光明的那座旧房子里。他的最后两封信使我眼泪簌簌下落。

他在病榻上为我祝福，在弥留之际还在为我祈祷。我知道他已安息于上帝的怀抱；尽管如此，我的心灵仍痛苦不已。我正在悲伤火上经受灼熬……自感死神的沉重之手正轻拍我的肩膀……我看到昔日景象——那时，他和我的母亲、哥哥和妹妹生活在一起，面向太阳微笑……他们现在何处？在什么地方？

莫非他们在无名之地？难道他们彼此聚集在一起？莫非他们在追忆裹着殓衣走远了的过去？他们究竟在离我们这个世界很近的地方呢，还是在一个很远的地方呢？亲爱的，我知道他们还活着，正在度过庄严美统领的余生……他们比我们离上帝更近。

七道幕帘再也无法遮挡住他们的视线，使他们看不清事物真相……花言巧语、模棱两可已经终结，欺骗灵魂业已消逝，我已感触到了所有这些……尽管如此，心灵仍然悲伤难抑。

哈利勒

1909年6月25日　巴黎

亲爱的：

你呀，你是我的欢乐，你是我的慰藉……你在夏威夷，在太阳岛上……你在这颗星球的对面。你的白天，正是巴黎的夜晚；你属于另一星系，但你仍然离我最近。

我独自一人时，有你伴我散步——我这样看你——你就坐在我的书桌对面。夜下，你侃侃而谈，我留心聆听……在有些时辰里，我发现你来自另一座山，既不属于这个世界，也不属于这个星球。

我在本子上写下对现代艺术家们的看法……他们每个人都有话，

而每个人又用不同的风格说话。卡里[1]的画令我心灵震撼……他手下的人物或坐或站，皆被雾霭笼罩，而那些人物说的话只有列奥纳多·达·芬奇笔下的人物才能讲出。

卡里深谙面与手之秘密……曾对深、高与宽进行过深刻探讨……他的生命之美并不亚于他的艺术之美，曾饱经磨难、痛苦不堪……然而他诠释了隐藏在内心的痛苦秘密……他晓得泪水里有光闪烁……任何东西都会在泪珠中闪闪发光。

我思念夏威夷的高山和峡谷。

亲吻你的手，我闭上眼睛……便看见你，亲爱的。

哈利勒

1910年10月31日　巴黎

亲爱的：

最亲爱的人，我现在纽约……我很想看到你……我的心中充满对你的想念之情。

我很高兴，无忧无虑。

明日傍晚，我即到波士顿。

---

[1] 卡里（1849—1906），法国画家，专画母性及家庭生活场景。有数幅人物画作品，以深色与淡色的相互协调为突出特点。

请写信给我。我心思你的容貌。我想见到你，甚为想念。啊……你现在离我近在咫尺。

哈利勒

纪伯伦日记

1910 年 × 月 × 日

从她的日记里，我们了解了她。1910 年 11 月 1 日，我写了具有相反意思的一句话，与她先前说过的话均相矛盾。

但是他，正如她所说的，他孤独、痛苦、寂寞……同样，他全身心地追求着她。他向耐心求助，他向力量觅寻灵感。他借助她的忠诚探索宇宙奥秘……

她说："他像个奋力挣扎的人，要从她那里得到满足。"

她在 1910 年 11 月 1 日说：

"哈利勒从巴黎回来后与我一道共进晚餐。他孤独寂寞，多么不幸——他远离人们，没有一个朋友，没有一个同伴。"

她在 1910 年 12 月 7 日说：

"一别两年零四个月之后，他回来了。他去进行艺术深造……我因见到他而欣喜不已。"

一周之内，我们相见两次，也许会更多。

玛丽日记

1910年×月×日

他掩饰是为了忘记……或佯装忘记，以便产生青春时代的光辉思想……他给她讲了一个故事，那是完全虚构的一个故事——他对于父亲的过去守口如瓶；那是痛苦的过去，充满缺憾。

家庭备遭贫困之苦……穷得厉害，父亲格外贪杯……他生活在这样一位放荡任性的父亲庇护下。他只能在他母亲那里得到安慰……母亲是一位仁慈的女性，为生存辛勤奔波……纪伯伦无疑想起了父亲的事，想到父亲曾在监牢中度过一段时光。

但是，他对此加以掩饰，以便忘记那些黑暗的日子。他向我讲了他喜欢虚构的那个故事。

他讲狮子的搏斗，讲丛林和田园，讲天空和大地。

他强烈要求对那段黑暗痛苦日子进行补偿……他选择了光明，弃绝了黑暗……以便“她”不难过悲伤。

致玛丽

1911 年 1 月 × 日

是的，肯于奉献的玛丽。星期六晚上，我想与交响乐结合，就像水酒交融。我将听赏卓越演奏家伊勒曼的演奏。我自感对音乐有一种特别的贪婪。假若我能在晚会后与你并肩而坐，我的心灵将醉入酩酊。

玛丽……亲爱的玛丽，在静夜之中，你总是孤独一人。你向我吹一口气；那口气发自你的内心，芳香四溢。那时，我会做好自己的工作，精神抖擞。我衷心喜欢工作。

哈利勒

玛丽日记

1911年1月10日

——当我想画画时，画画是多么困难！

“亲爱的，因为你占据了我的心，你居于我的心中。”

为了使此事对他来说轻而易举——他完全乐意——我的心今夜甘愿为他奉献，以此让他如愿以偿……我在小凳上打盹儿，他开始画画。他在半小时内结束了工作。他给我画了一张头像，他很满意……他非常高兴，喜形于色，满面春风……容貌画得极为精神，内在价值显而易见。我的脸上透露出我的目光。

“他重新侃谈起自己的少年时代……谈他的父亲、母亲……和昂贵的烧柴！”

1911年3月24日

玛丽：你记事中的第一件事是什么？

纪伯伦：落水得救……那是庭院中的一个喷水池。当时，我玩一个大球，球滚进了水中，我追赶而去，随之落入水池。

人们告诉我：“你落水挨淹时，尚不满两岁半。”

我父亲喜欢我母亲带来的我的哥哥布特勒斯，而且十分喜欢。我并不感到不高兴…… 父亲爱我的母亲，那纯粹是爱情，而母亲也很尊敬父亲，虽然二人之间几乎谈不上什么互相了解。父亲性情暴躁、庄重威严，而母亲则温柔善良、宽厚仁慈。

父亲常用辛辣词语训斥我，随意认定我的意见是愚蠢、糊涂的。

有一天，父亲在家请客，当时我还是中学生，喜欢作诗，并不时自我欣赏。父亲讨厌我，也讨厌我的诗。

一女士说：“我看过你的诗。”

客人们都像那位女士一样，纷纷说读过我的诗，交口称赞我。

这时，父亲用火辣辣的目光鄙视着我。

当一位先生再三要求我读自己的诗作时，父亲抢口说：“你这么沾沾自喜，我不认为宾客们会欣赏你那些废话。”

在客人们的强烈要求下，我朗读了我的诗。父亲紧接着说：“别空谈饶舌了！”

父亲希望我成为一名律师，母亲则希望我随自己的意愿发展。

纪伯伦沉默片刻，抬眼望着远方。之后，他读了托尔斯泰的一段话，使我的心灵受到震撼；我追求真理，但很少听人读过那样的语句。

我爱他。我俩的心是相通的，没有任何间隔。我决计沿着既定的道路走下去。我想到了结婚，不禁泪水簌簌下落，那本是欢喜与希望之泪……令人苦恼的障碍是我的年龄。想到这里，我感到困惑与为难。他的婚姻应该是他的辉煌事业的开始……哈利勒缺少的是梦想中的爱情。毫无疑问，不久之后，他定会吉星高照。

这种爱情的女主角不是我，而是另外一个女人——这是必然之事——无论我的损失有多大，我都不会背弃那位尚不知名者，因为我深深怜惜纪伯伦的天赋之才和未来荣光。

1911年4月15日

他今天刚一到我这里，我开口便说："我有话要说。"

我沉默犹豫片刻，然后说："我的心背叛了我的口，我的心责备我的头脑。不过，真理最终会获胜。"

我说："你多俊，我多丑呀！假若我淌出热泪，你可不要在意……昨夜我哭了一场。"

他焦急地提高声调说："你哭啦……你哭啦……你哭啦……"随之，把我的手贴在他的胸脯上。

我说："我决不考虑结婚之事，哪怕是我如饥似渴的心灵想结婚。"

他目瞪口呆，我亦瞠目结舌……我不知道该怎么办……但我紧接着说：

“我不属于你……我爱你，但我的纯真之爱不允许我毁坏你的前程。”

是的，我的年龄比他大，他还有很长岁月，天命向他伸出了双臂。

纪伯伦哽咽了，继之痛哭失声。我把手帕递给他，他擦着自己的眼泪，喃喃地说：

“一句话……我爱你！”

他扑到我的怀里。

我一阵微醉之后吻了他的手掌，接着捧起他的手掌亲吻，我的泪水打湿了他的手掌——他的手是一颗跳动的心脏。

他在门上喊道：“玛丽，玛丽，你给了我一颗心！”

我感到平安，光明照亮了我的天际。我立即热情地回答他：

“谢谢你，我的主人！”

我多么幸福……我做出了牺牲，然而这牺牲使我们更亲近了！

致纪伯伦

1911年4月28日

我已坐下几分钟。我不住地重述那发自我内心的祈祷词——我虔诚地祈祷上帝支持你，给你源自灿烂艳阳的力量、耐心和信仰及来自上帝的活力。

每一时刻的沉默都会从你那里带给我某种东西……让你接近我，亲近我，就像条条银丝系住我的感官，将我拉向你……于是，看到你正向我身边走来！

1911年4月29日

一切东西都是那样美……我翻看了你的宝贝，将其中一部分挂在了墙上。

《痛苦的喷泉》，我将它挂在了“玛丽”之地，它像一朵花一样波浪起伏。

《夜下的幽灵》，我将它放在了《公告》旁。

《痛苦的心》，我将之挂在了门口附近，因为它色彩斑斓多变。

请把一切都说出来，千万不要留下一句话。

把你心灵中的一切全部喷吐出来，因为你口里的甜滋唾滴都是香醇美酒。

致玛丽

1911年5月×日

我漫无目的地走着。我徘徊在大都市的马路上，影子紧跟着我。我用千只眼睛观看，用千只耳朵聆听，从白天一直到黑夜。当我原路折返回到我的房间时，我发现了更多我要注视的东西和更多我要细听的声响。

人在纽约是无休闲可言的。难道我来到大都市是为了寻找休闲！

午后我是在博物馆度过的。那里雄伟壮观，神奇足智，给人阵痛之感。

虽然这座博物馆新近落成，却是最大的博物馆。

知道你正潜心读《查拉图斯特拉如是说》[1]，我非常高兴。我想和你一道通过英文读这本书……尼采是迪奥尼斯的现身。那位巡游于丛林间的超人本是一个万能的实体，他喜欢音乐、舞蹈和享受。

难道我要被迫使用头油吗？有些时候，头发常常碍事，我只得用头油将之拢合！

---

[1]《查拉图斯特拉如是说》（又译作《扎拉图斯脱拉如是说》《札拉图斯特拉如是说》），系德国哲学家、诗人尼采所著，既是哲学著作，又是散文诗，全书充满了寓意和隐喻，有《圣经》风格。查拉图斯特拉，即琐罗亚斯德（见《简明大不列颠百科全书》第7卷585页），波斯古代先知，拜火教创始人，约生于公元前628年，卒于公元前551年。

我将像那些每日清晨往自己头上浇圣油的迦勒底祭司们那样，每天往自己的头发上抹油。

你为何还要寄钱给我？我的钱足够用了，你已给了我许多。

愿上帝为你的慷慨之手祝福！亲爱的，祝你夜晚愉快！

如果你也在这里，我该是多么快乐。

哈利勒

1911 年 5 月 3 日

我七次诅咒天命，因为它将叙利亚变成了土耳其的一个行省。君王们的权势在七大洋中还在驱赶叙利亚人——这些人及其阴影在这里可以看到。土耳其大使里达帕夏在纽约；在城市，他是一个头脑有病、心灵疲惫的呆板、凝滞之人。但是，他很老到……诱使叙利亚人反对叙利亚人，从中挑拨离间，激起他们相互厌恶与仇视。

今天晚上，我与他在《叙利亚报》总编麦克尔齐勒先生家共进晚餐。我并不知道为什么我被邀去与他交谈。

聪慧的女友，我期盼上帝改善我的状况。

1911 年 5 月 × 日

致亲爱的女友：

亲爱的，我的心中有诗歌与情感；我的头脑里有忧思与悲伤。

我的心为你歌唱；我的脑海把你想念。

我不希望人们忧愁悲痛……虽然我的心灵痛苦不堪，直到大限降临。

一个瞬息即逝的社会，人太拥挤了，毫无益处。

在麦克尔齐勒家举行的晚会很有情趣，气氛和谐，话语温柔，情调高雅。客人中有美国人，也有叙利亚人。那位大使强作笑颜。我们谈到艺术，大使邀请我到华盛顿去他府上做客……这是土耳其人扫除障碍的手段。

应主人再三要求，我讲了话；但那些话像投入干草枯枝中的火。

叙利亚真可怜，虽则她的儿女是诗人。虽然我们像天使一样对着她的耳朵唱歌，而她却充耳不闻！

可怜的叙利亚！

爱你的

哈利勒

1911年5月5日

亲爱的：

我今天外出，遇到一位来自叙利亚的作家。下午两点钟，我去弗维勒先生邸宅，为他画了一帧肖像；这是我的画笔画得最好的一帧肖像……帕夏说，那肖像是内心世界的忠实表达。我们颇有兴味地交谈了一会儿，便一同去看画展，他把我介绍给了专家和画商。

几个小时之后，我便急匆匆赶回，以免背弃与雷哈尼及其朋友们相会的约言。

已是夜半时分，我疲惫不堪……真想把头靠在你的肩上！我真希望你抚摩我这灼热的脸面……亲爱的，你抚摩我的脸吧，即使你在遥远的地方，我也忘不了你。

哈利勒

1911年5月7日

我回来不大一会儿。我刚才还在博物馆……我的心对精美艺术品充满炽烈渴望，多么期望与你一道共赏。

我全神贯注地观赏那幅画，只因为你不在我身旁……我感到孤单、寂寞。

纵然在天空，一个人也须有个亲密伙伴，以其存在充实自己的生活，以其近在身旁使自己的心中充满幸福。

上帝以其喜悦庇护你，以其爱为你加冕。你是幸福人，福星永远高照……我亲吻你的双眼。

哈利勒

1911年5月10日

亲爱的：

在纽约大街上行走的每两个人中，就有一个犹太人。中午时分，人们争相外出，三三五五，你所看到的都是犹太人。

今天，我在“弗弗斯·艾菲纽”看到两千名犹太人。那场面真是诱发人的想象力，使人沉思深省。那场面又使我们想到犹太人戴着手铐行走在巴比伦和西班牙的奴隶时代。那场面给诗人创造了机会，使他们回忆起在埃及的犹太人的过去和在美国的犹太人的未来……也许那样的一天会到来：犹太人走向“弗弗斯·艾菲纽”，就像巴黎人拥向凡尔赛。

犹太人在纽约是国王，“弗弗斯·艾菲纽”是王府。也许历史在自我重复，围绕着流浪的犹太人，有许多说不清道不明的东西：世界以他们开始，世界本属于他们；他们正在失去它，也正在破坏它。正在失去它，正在破坏它。是的，玛丽，确有一种含糊东西，令人颇费心思。

你那美妙的书芬芳四溢，香气馥郁……对于我这饥饿的灵魂来说，每本书都是一桌丰盛筵席。

美人啊，我将带给你一件好东西，想让你看一幅新画，就像有一次那样，或许你还记得吧？你全神贯注凝视，我顿感心境豁然开朗，目中的愁消散一光……你不记得了吗？

我要上床了，也好借之逃遁，沉睡一番。不过，入睡之前，我要和你一道读《查拉图斯特拉如是说》；远在天边，近在眼前的美人，亲爱的，要你和哈利勒一起读……

哈利勒

1911年5月12日

“亚斯，你应让你母亲看看这张画像。”

这是一位女士对亚斯·弗维勒说的话……“她将从这幅画像中看到她儿子的真情实况，她将看到那个创造了辉煌业绩的儿子！”

亲爱的玛丽，这话使我感到自豪！

“她将从这幅画像中看到她儿子的真情实况”……这是令我开怀的称赞……我带着豪迈的心情想到你！

我在布鲁克林与我的一位生病的朋友共度了一小时的时光。我给他读诗，对着他那憔悴黄瘦的面孔读诗。临别时，他拉着我的手，低声说：

“纪伯伦，回叙利亚吧……回你那已达成熟年龄的母亲那里去吧！她爱你！纪伯伦哪，回你的祖国去吧！”

我难过地离开了他，抹着眼泪急匆匆走去。

他的心中有对叙利亚的思念……他的心中有对死亡的恐惧！

哈利勒

1911年5月16日

亲爱的玛丽：

我在雷哈尼住的那座旧房子里租了一个小房间。不瞒你说，情况变化之后，我感到处境困难与经济拮据，于是从单元住宅迁入了一个窝穴似的小房间。

不过，情况正在好转，我自感心满意足。我常在雷哈尼的宽敞房间里作画，快乐地享受时光……生活在一个大城市的异乡人应该在各式各样的房间里睡觉，也应该在各不相同的地方吃饭；同样，亦宜于探索自己未曾见过的陌生道路。观察人们匆忙奔波活动的情景，真是惬意快乐……这使我颇感困惑，百思不得其解。

我是个乐师旅行家……我是个离群索居者……这也是我所喜欢的。

你笑吧……

明天，我将开会工作……你不来坐坐吗？

来吧……每天午后都行……

来吧……帮我一把……

有你在足矣!

哈利勒

1911年5月19日

知心人儿:

感谢叙利亚兄弟们的劝告。我劝他们要靠自己，告诫他们不要依赖土耳其制度……

理应让那些生活中的可怜人知道，美丽的谎言的危害性并不亚于丑陋的谎言……君王的宝库都是建在沙滩基础之上的，那么，为什么还要在满是污垢的塑像面前顶礼膜拜呢?

世界宽广，宇宙无垠，希望大有，那么，为什么要把我们的目光限制在狭窄范围之中呢?

我要帮助那些值得帮助的人们。上帝将为我指引道路。苍天会亲吻我，大地会为我祝福，定让亲爱的人儿赏心悦目。

哈利勒

1911年5月25日

亲爱的美人儿：

你多么值得赞美……值得称颂！

假若说我还没有报答你的恩情，无论如何报答，那是因为我还不能给你应有的报答，更不必说我欠你的太多了。

我对你的爱令我精神振作。因为世间丑陋无比，缺少这种刺激，需要这种情感。

我们吃饭，因为我们饿了，于是饱餐一顿。

我们喝水，因为我们渴了，于是饱饮一场。

但我们是在爱中，没有任何东西能解除这种饥饿，也没有任何东西能制止这种干渴……存在的全部都是秘密。

我不会隐藏一件事，也不会表露别的事。

我不会喝滚沸中的肉汤。

我要大声说："我爱你！"

我敬重附着在你身上的那个人。

或更贴切地说，我敬重像水酒一样与你交融在一起的那颗高尚灵魂。

哈利勒

1911年5月30日

亲爱的熬夜人：

声望源于本领，好名来自决断能力，真理产生自头脑清醒……你知道吗？

你喜作预言吗？今天，我为一位身材高大的男子画了一张像，真是惟妙惟肖。

亲爱的，我给查尔斯·拉赛勒画了一幅肖像，自感是一种享受……我花几个小时工夫，仔细观察他的容貌和他额头上的皱纹，细腻、精确、巧妙地将之移到纸上，将此人的内心蕴涵给予它——给之以真实。

我边构图边画，我跟他说话，他也跟我说话。那是一场十分有趣的唱和，这位博学的精明的男子谈及艺术的各个领域。他见地高明、思维敏捷、才智不凡。

亲爱的，你为什么这样没完没了地给我钱呢？上帝为你那慷慨之手祈福。

夜晚快活！请留住它！

哈利勒

1911年6月28日

亲爱的：

我躲藏在自己的房间里。我招待了流行性感冒一番。夏日受寒像冬季着凉一样叫人难受倒霉……我是非常了解受寒和着凉的，并且与二位达成了谅解，二者对我颇感满意放心……流感中，我最厌恶的是那种苦涩味，使我觉得仿佛一口吞下了一个土耳其人。

六月，是多么黑暗、寒冷、寂寞！就连空气也是死沉沉的。我自感好像身陷囹圄，口中的苦味令我倍加想念清凉的微风和灿烂的阳光。

玛丽呀，玛丽，现在我要上床入睡了，我应该合上双眼，把脸转向墙壁，以便想呀，想呀，想你！你是攀登高山的健将，你是生活的女猎手。

祝你度过美好夜晚，夜夜如此。

哈利勒

1911年9月14日

亲爱的玛丽：

我来吧？玛丽，我来欣赏你的俊美容颜？我行动困难迟缓，明天夕阳西下之后再来如何？几周过去了，漫长而缓慢，我一直没能见到你……难道我不是人？一定要到夕阳西下时才来？

夏日里，尽管是夏天，我仍然是活跃的。我要重写《被折断的翅膀》；我要给它在火中洗礼，让它穿上一件新衣。假若出版商照我原希望的那样拿去出版发行，那该是多么糟糕！

我又画画，又写作。让我兴奋激动、急于寻觅突破口的事情多么多！我真想向你展示一下，简直有一千零一件事要做。我也真想让你知道一下那一千零一项计划。

玛丽，生活如旭日东升，黎明曙光已现。你相信吗？我开始热爱生活，因为生活中充满了该做的事情……问题接着问题，梦想连着梦想……我想见到你。你累吗？我心急火燎地期盼着通过电话听到你的声音。

哈利勒

1911年9月19日

我亲爱的：

我在船上度过了苏菲派信徒式的一夜。我没订到单人舱，床上散发着酒腥气，我只得与星辰和月亮相伴度夜……太阳终于升起来了……一轮红日发出万道光芒。

这样的一夜将会永远留在我的记忆里……被寂静笼罩着的大海哼吟的乐曲……普天之下被照亮的万物，从容不迫地遨游在宇宙，使我盘旋在宽阔无边的思想太空中。

哈利勒

1911年9月22日

我亲爱的：

我租赁了一个简陋的小房间，使之变成了相馆；它有一个阳台，那里光线充足，空气流通；其美不亚于我在巴黎住的那个房间。租金二十美元。你想呀……多便宜。

无疑，你希望我租一个宽敞的大房间。不过，我现在已知足，对一切顺利感到满意。一颗宽容的伟大灵魂将引导我走向真理，为我照亮道路，然后慷慨济助我，让我搬入你所喜欢的房间里去。

我两个星期内开始工作。

这是一座大都市。我将与这里工作的人们一道工作。这里的各种因素都在运动着，正像上帝的想象力一样在不停地动着。

我开始重访三个月之前我们一起走过的地方。当我用两只眼睛看那些东西时，仿佛那些东西已与原来不同。你什么时候来这里，让我们用四只眼睛观看吧！

亲爱的，上帝与你同在。

哈利勒

1911年10月20日

我亲爱的玛丽：

艺术家认为，严厉、刻薄、粗俗的批评家误入了歧途，凯梓小姐并没有错。坦率地说，凯梓小姐紧紧把握着惯例，恪守着原则。她是过去的奴隶，是过去的那种表现形式的奴隶；而奴性本身却是一种灾难。她与我分属两代人，之间隔着鸿沟；我们是从两个相互矛盾的观察面去看待艺术和生活的。

艺术的精美只能通过风格表现。我的风格接近新月，我将不遗余力地关照它，磨炼它……我会像慈母照管自己的婴儿那样关照它，使之成为一种工具或者一种语言，通过我用绘画生成的阵阵微风，令之进入人们的心灵、头脑和想象力之中。也许人们会说："艺术精美何在？"当他们厌恶风格时，他们会这样说的。

不过，称赞和厌恶只是一种倾向或感觉罢了。

哈利勒

1911年10月24日

玛丽：

我知道自己的缺点，我在毫不留情地改正这些缺点。凯梓小姐以为这无关紧要，仍然认为设计太差……即使我的设计完美无缺，她也不会给我的工作以应有的评价。因为她肉体上软弱无力，而精神上却是机敏无比的；这互相矛盾的二者绝不可能融合在一起去观察新的形式与看待新的见解，更谈不上去传达了。

至于她对现代彩色的看法，那更是童子般的愚蠢见解。

她不画画。假若现代彩色像她说的那样拙劣，那么，使用那种彩色的艺术家们又该被放在什么位置上呢？那些想发表反驳见解的人又在何方呢？如若不然，那么，在现代法国、现代意大利、现代英国和现代美国，也就没有真正意义上的艺术家。

这位小姐说我的用光很好，而画中阴影则很差……这是第二个错误说法，不合逻辑，荒谬得很……一个人怎能在画中用光适当，而阴影却不适当呢？好光正是来自好影的一种视觉想象。

也许她想说，这些人头位置不当，画得很不好，形式欠佳。心中的意向只有上帝知晓。

我想你。

哈利勒

1911年10月28日

致我的心神：

工作不断，活动不止。我正在看《被折断的翅膀》的最后校样。我将小画室整理了一番，让其变得美些，适合客人来访，充满欢快气氛。

这期间，我接待了一些叙利亚人，以便说服他们，让他们相信，意大利与土耳其之间的战争[1]既不是宗教之战，也不是十字军战争。

在即将来临的冬天里，我将少写东西，多画画，以便画出足够

[1] 指1911年10月5日意大利向土耳其宣战，意大利军队在北非的黎波里登陆，迅速占领沿海各地。11月5日，意大利国王命令，将该地区正式兼并。

数量。

夜幕浓重，我看不清自己所写的东西。

我的爱似大洋宽阔无比，波澜起伏。我的心平静不下来。

我心潮起伏，神觉倦怠。

哈利勒

1911年10月30日

玛丽，我亲爱的玛丽，我见到了同胞们，白天是在他们中间度过的。我工作，思考，现在正写作。

时间已晚，一更天过去了，我仍在埋头写作。尽管如此，不向你道过晚安，我是不会上床的。你离我是多么近啊！你今天距我的心思和情感很近。你的最近一封来信是红火炭……是一个生着翅膀的圆球，又是从发出乐声的岛屿涌来的波浪。

这是充满幻想、声音和影像的日子。我的心中有一团火，我的手里有一团火。我在每一处看到的东西，都是那样模糊不清，朦朦胧胧。

你知道用火焚烧的意思吗？你明白你在火中意味着什么吗？你晓得你燃烧之时，就是从桎梏中获得解放的意思吗？

啊！莫非还有超过火的欢乐吗？

让我用发自我灵魂深处的所有声音呼喊：我爱你！

哈利勒

1911年11月10日

阿拉伯歌曲里有句美妙歌词：

“安拉晓知我的心……和我。”

今天，我读了你的信之后，高声喊道：

“上帝知晓我的心……及玛丽和我。”

或许我要取出我的心，将之捧在手里，以便让人们晓知。在我的心中，有一种要揭示的愿望。我们都希望我们的心从秘密中解脱出来。当第一位诗人的疯狂语句被洞中人讥笑时，他要遭受痛苦，那是毫不奇怪的。假若他要采摘果子，但必须献出他的弓、箭、狮子皮，献出自己手中的一切，以便使他的同伴感受到阳光在他的灵魂中创造的欢乐时，他也会毫不犹豫。

那种痛苦，难道不是苏菲式的痛苦，不是来自别人不了解你的痛苦，不正是造就艺术和艺术家的痛苦吗？值得开口高尚地说：

“为艺术而艺术！”

但是，更加高尚的不是让盲人睁开眼睛，以便与我们共度浸染着无声欢乐色彩的日日夜夜吗？

真正的艺术应该是实在的，它是通过艺术品的动人之美而表现出来的。我之所以说是“实在的”，是因为使我们的视觉和洞察力增加对世界的认识的任何东西都是实实在在的。

画室很美，心满意足，自得其乐，我从未感到如此欣喜。

毫无疑问……我在工作。我完成了一幅小画，画的是十字架。

我们是实质的探索者，我们是将自己的孤独化作花园的自甘寂寞者。我们的生活中不是只有饥饿和干渴吗？难道我们的心神不是因为迷恋真理而对现实主义和种种意识感到厌烦吗？我们情愿去观看死亡之物的惨白容面吗？

我们当中谁有两颗灵魂，将其一寄在山上，把另一颗派往谷地？

想念你的

纪伯伦

1911年11月26日

玛丽，玛丽：

真正感谢的日子就要到来了！那是你来的日子，你赶往我这里的日子，我见你的日子，我见你的日子。

莎鲁特说你要来；我没敢问你，恐怕你说“不”。

星期四就要到来，我们衷心喜欢的一切将要到来。星期四不是远离未来的一部分，而是这个“现在”的桂冠。

这将使我忙一阵子：我要整理房间——这房间就是我的头脑……我要整理我的思绪……清除掉旧的灵魂、幻象和阴影。

欲得彻悟，我理应远离红尘。

最伟大的力量便是生命。你为了成为一名艺术家，应该正视生命，观看真正生命内闪出的光芒；真正的生命是上帝……上帝就是一切。

每一分一秒，我都爱着你。我现在深深感到每礼拜的星期四、五的甜美。我们相互斟满爱情的杯盏，彼此交流思想情感；那思想跳跃着前进。人，只有远离之时才能看到大的东西。

喂，我有千思万想，想向你诉说。不过，星期四在即，星期四的乐趣已开始挑逗我的感官。

哈利勒

1912 年 1 月 6 日

星期二是个生辰纪念日，而不单单是“今天”。那有数时辰的实质是一座门，一座通往对欢乐有新的认识的门，一座通往对痛苦有新的理解的门，一座通向对生活有新的体验的门。我几次提笔想写信给你，而每次我都发现自己沉浸在奇异的寂静之中——那是深海的寂静，无名之地的寂静，漆黑地域的寂静……那是看不到、听不见的神的寂静！

直至此时此刻，当我写信之时，我感觉到生活中的至恶因素便是寂静无声。暴风到来之前的那些时辰和大喜或大悲过后的那些日子，本来没有什么不同，都是那样寂静、无声、深沉，张开的翅膀不住地拍击，凝固的火焰不停闪动。

哈利勒

1912年1月7日

我们聚餐一顿，我和雷哈尼都参加了……雷哈尼和莎鲁特被命运摆弄来摆弄去，终于分开，中断了联系。二人观察世界的目光意义、基点各不相同，各自独立，而且借助的光也各不相同。

雷哈尼说，他将拒绝看她……不过，他将去看她……

莎鲁特说，她的门永远对他敞开着，他什么时候想去都行，什么时候想逗留都可以。她说这话时是认真的！

来自无名处的一种声音说：

这两个人是自我的织物，
二人之间的联系必增强。

我同意这个说法——二人天生一对，地造一双。

我向你致以入睡的问候——我亲吻你，然后说："闭上眼睛，安心入睡吧！"之后，我开启门，带着一颗满盈的心和一颗饥饿的灵魂上路。但是，我还会回来亲吻你，并且道一声："晚安！"

我继之打开门，带着一颗满盈的心和一颗饥饿的灵魂上路。

哈利勒

致纪伯伦

1912 年 × 月 × 日

我的亲爱的手，亲爱的眼，亲爱的思想，亲爱的火焰……

感谢二十九年来你的母亲给予你的神灵般的关怀。正是那种关怀使我们彼此接近、相爱，并为我们放下了平安的帷幕。

一滴泪水带着最高尚的灵魂洒散在无声的墙壁上……我没去摸它，以防它触到手指。哈利勒，我们在泪水中共度过的时光是值得尊崇、赞美和奉为神圣的。

你和你那力量非凡、文如泉涌的才思以及引发它的那种激情，令整个世界一解干渴！想你是多么容易，给你写信是多么困难啊……我是被迫开口说话的。心灵不允许我沉默不语！我要大声说：

“哈利勒，使心平静的人！”

当我留心聆听过去的回音，回顾已经过去的年月时，我发现那恰是表现这种感受的一幅图画，而其中起变化的和被替代的，只有本身的不断深化和升华！

爱你的

玛丽

致玛丽

1912年1月21日

沉静、无声的时刻仍然在占上风。我在这小小画室里，殷勤接待穿行在地狱与天堂之间的阴影和幻象。我现在并不像以前那样生活着。白日充满烈火般的见解，黑夜沉浸在梦海之中。日末与夜初之间的那一时辰，被七层幔帐包裹着!

穿着痛苦外衣的欢乐何其多啊! 甜蜜的痛苦何其多呀!

你亲爱的哈利勒无可选择，只能沉入欢乐与痛苦的深渊，以便发掘人生意义，并将之注入自己的绘画和文章里!

哈利勒

1912年1月26日

我所爱的玛丽:

《被折断的翅膀》一书终于出版了。送给你一本阿拉伯文版本，你现在读它还是不容易的。谁能知道? 有那么一天，你也许会读它，也许会喜欢它，因为它是吉庆的1911年的忠实表达。

玛丽，你问究竟是什么占去了我的时间？

我在孤独中工作……工作，工作，还是工作。宁静为我戴上枷锁，沉默包裹着我的工作。

玛丽，你问我心中激荡着什么？

你要问什么使我为之震颤？

也许不是……我要说：

“那是钟爱！”

上帝使我得到了所求。

我很少去见人——与他人在一起，我感到烦恼，即使他们都是忠实挚友。当一颗心转向一个小天地时，便要求孤独，仿佛上帝只把孤独赐予了它，而没有给别人。

哈利勒

1912年2月1日

我用炽燃的手，埋头工作了数小时，画得一幅肖像，很美，我很满意，很高兴。

为我当模特儿的姑娘，就像金子一样，但她不会再来。她要求在办公室做一份工作，作为当模特儿的补偿。

我思想活跃，浮想联翩……有许多关于死后生命的见解。我不会谈这些的，但我现在感觉着并将感觉着，“我”是不会消亡的，也不会沉入被我们称为“上帝”的大海里。

玛丽，有那么一天，你会饥饿难耐，急于去找食物，但找不到可食之物吗？这正是“你的哈利勒”现在的处境。我找食物，但找不到……一口东西没吃……蜷曲着熬过了一天！不过，我喜欢坚强的人！难道你不喜欢像农夫辛苦劳作之后那样，饿得挣扎不止，几将瘫倒？

我和你说话，如同与我的心交谈。你和我的命运形影不离，密不可分……合而为一，总分不开。

关于命运，人有什么好隐瞒的呢？

哈利勒

致纪伯伦

1912 年 2 月 × 日

与时间和死亡搏斗的人：

莎鲁特从华盛顿寄给我一明信片，告诉我说，你因病卧床。因此，我的心急切地要去看你。你离不开我的心，就像镯子不离我的手腕。我一周后来纽约。

如果希望能实现，我给你带些画框或能够携带的什么东西？

《秋》那幅画有了框子，《三位女子》有框子了吗？

担心的

玛丽

1912 年 2 月 × 日

哈利勒，你照直说，告诉我你喜欢让我带些什么去。

当你说，我生命脉搏的每一搏动，对你来说都是珍贵之时，我的心回应道："傻瓜！你要说我对你来说是珍贵的，你的话包含着距离和疏远，你应该说：'脉搏和心跳相伴共生。'"

写罢给你的信，留在我心上的是一片阴影。我悄悄轻步往里走，发现你正像耀眼的火一样燃烧着，因而我伸出双手取暖！

玛丽

1912年2月6日

假若我在这个世界上发现了一件什么东西，我不急于找它，不管它，但它不可避免地会到来。就连我给你写信之前给别人写信也一样，其结果是我很少想到你。

为了你，我不会忽视任何一件事，更不会放下，而应该对你特加款待。我为整顿思想花费了多大力气呀！是啊，那是引诱逃脱的思想……亲爱的，玛丽应该迅速行动，把分散的牲畜在晨光初照时分赶到纪伯伦的牧场去。

《被折断的翅膀》中给我的“献词”，我将之作为宝贝珍藏在我的无声世界里。还有，你送的另一件礼物——我以前从未向你提过——即《秋》那幅画上那个含有我的名字字母的小环，也在珍藏之列。

我爱那两件礼物，胜过我珍惜爱情！那两件礼物就像看天的瞳孔。那两件礼物在我的血液里，在我的心底里……那两件礼物就像一句新的话语，没有人知道，虽然如此，但我明白……那两件礼物是两本无言的书，我正在读着；虽然如此，但我说不出我读了什么。那两件礼物是珍贵的，你也是珍贵的。

再见。上帝将心借给了我，让我爱你……当我发现我的微小的心容不下什么时，我百般祈求上帝赐予我心。

我的双目期待着看到新的画作。

玛丽

致玛丽

1912年2月7日

玛丽女士：

今天，在我的心灵深处浮现出一片奇异、宁静、晴朗的阴影……

今天，耶稣出现在我的面前：容光灿烂，乌亮的双目闪现着安详的光，两脚蒙着征尘，粗糙的斗篷，曲柄长手杖，旧灵魂——那个按照自己的品性，把目光投向生活中无名深渊者的灵魂。

玛丽呀，究竟是什么东西阻碍我在每夜梦中看到耶稣呢？为什么我在这个世界上找不到像他那样善良、友好、慈悲和高贵的人呢？

哈利勒

1912年2月8日

亲爱的：

米开朗琪罗的诗，其力量取自美酒佳酿……那是遨游在云天的诗歌。

亲爱的，他的诗震撼着我的情感，同时情感又不为之颤动。把一个人同他的作品分开，这是多么困难哪！他身上最伟大的成分是无声的、静止的。

他带着心中的无声力量走入了坟墓，而他本人并不理会这种力量，也许他对此的不解增加了他的剧烈痛苦。

他是痛苦的。他的诗证明了这一点，他的画表露了这一点。

他绘画，作诗，创造。

他用百腿站立，用百足行路。

无与伦比的天才、艺术与光荣。

画笔及其主人多么娴熟！

假若他描绘你，进行夸张，

假若他赋诗赞美你，语入疯狂，

定会使你永恒，也使他自己垂世，

定会使你变成半个神仙，

因为他就是神仙。

思绪纷繁，如同因困倦而不住地打盹儿，但我睡不着觉。

哈利勒

1912年2月9日

玛丽：

这个国家里的阿拉伯文报刊正提及《被折断的翅膀》，并对之进行评论。《群众报》用整版篇幅，将其内容与许多大家的作品进行比较；要知道，每当提到那些作家的名字，我的双唇都会感到发烫。

这本书尚未传到阿拉伯世界。假如用一个月或更长、更短一些时间传到那里，你则将看到有人对之进行解剖和攻击。他们将用铁舌痛骂我，特别是某些人，将不会对我付出的辛苦说一句赞扬的话。

我所珍视的只是冠于扉页的那三个字母——即你的名字的缩写字母。

我正全神贯注绘制一幅肖像，力求色彩亮丽，色度适当，意味突出。

我要外出……去吃第一顿饭……来呀，玛丽，快来吧！

陪着我共饮一杯吧！

哈利勒

致纪伯伦

1912年2月10日

哈利勒·纪伯伦：

这突然袭击来得多么猛烈，可我没有说它多么可怕。

拿着帽子的女人向我报告了消息，只见她蹲在那里一动不动。

我进去时便留心看，走过之后感到惊慌失措，之后四下张望，重新观看，近看复远看……突然发现，原来是你！

凭上帝起誓，这星期一之前由天而降的访问，我是完全没有料到的。

“喜在内心”……外人对我说。

“我父亲精神健旺”……天在至高处，海在至深处……我就在那里。

我衷心支持你！

我收到了自打今年初不曾看见过的照片……美极了！

火人哪，我们见面之前，火是烧不着你的！

假若你一定要燃烧，火烟直上云天，那就让你的烟伴随着大风向我这里飘吧。

崇拜者！

玛丽

1912年2月15日

忐忑不安不是我的习性——既非我的缺点，也不是我的长处。

我不知为何忐忑不安，但今天我忐忑不安起来——生病的可能性给了我以残酷可怕的打击！

因此，我想说明事实：

一、假若我生病了，你要知道：你就是我的宝库；你的宿身之处，也便是你的心所在之地。

二、假若你的病有什么结果，最好我能知道，给我寄一张明信片来，这里的人谁也看不见，我能直接收到……其余的，也是最重要的，则是我相信守护你的人对你的爱绝不能与我对你的爱等量齐观！

灾难降临时，你要有理智，忍受灾难。你的朋友很多，他们应该关心你。他们的忠实、可靠和友情是不会消失的。

就让上帝从他们之间或从自己那里给你派去天使吧！

为你祈祷的

玛丽

1912年2月16日

哈利勒：

每当我患病卧床时，就像我母亲到我这里来那样，我盼望我去你那里。也正像你母亲将要做的那样，带着甘甜纯净水似的温情而来。

我母亲对我怜悯备至。每当她到来时，我的心上便鸣起平安钟声，一切疑心退去，一切恐惧消失。

母亲和我一道度过的时间，如同一级阶梯，我坐上它，便可到达痛饮幸福甘露的地方。在母亲的身边，我便可畅饮安心甘醇。

我愿意把这种平安带给你，上帝给你派去了一只手和一颗心，我甚至亲眼看到了上帝给你的温情。

祈祷是危难之时的理想意志，也是发自内心的意愿，坚信上帝不会弃离而去。

愿你经常呼吸新鲜空气！

不要烦恼，不要惊慌！我之所以这样说，是因为我总把你放在我的心上！

玛丽

致玛丽

1912年2月17日

不时到我这里小住的那位女客人，不论伤风或患流行性感冒，我和她都是共通的。在每件事上，我们都有一致看法……冬天里，我给她温暖，她给我慰藉，活像两位亲密的朋友。分别时，我们咯咯大笑着相互拥抱之后，各自上路。

患病对于我来说，几乎是一种享受……我患病时，自感像个孩子，只想要一张柔软的床，躺在上面，眼望着灿烂的光。

假若你在这里，你就是那灿烂的光！

哈利勒

1912年2月18日

我真感到高兴，因为你意志坚强。你不必恐惧，不要失望；恐惧比患流行性感冒还要痛苦……女友的恐惧会刺痛我的心。

不！不！在我完成我的生命使命之前，我是不会离开这美好世界的；在一个长时间之前，我是完不成我的使命的。

尽管各种因素在干扰我，我昨天还在奋力工作。今天，我已感情况好转。我的力气恢复了，至少是部分恢复了。

我双手和额头上的火熄灭了，高烧退了。假若我今夜安睡一夜，我定以健壮、活跃之人为明天带来惊喜，我会工作、歌唱。

你来纽约之时，也再认不出哈利勒了，他将成为体魄健全之人！你来时，是不会认出我来的，因为相见会令我力气倍增，增进我的健康和我的活力。

哈利勒

1912 年 2 月 20 日

真是抱歉！请原谅！我未能回答你最近一封信里的所有问题。

是的，我希望上帝让《三位女子》与我同在。也许有那么一天，灵魂催促我完成那幅画。米士琳的头像与这幅画的画面不相称，在我决意画出的其他头像中没有她的位置。那些旧作构思均嫌微小，表现手法有缺憾。让我们就像对待过去的影子一样，将它们全丢开吧！当我们考虑办画展时，就不要再去考虑那些画作了。

但期今天就是星期四，但望你今天早到来。当星期四到来时，我们再要求时钟慢点儿走……缓缓地走。

哈利勒

1912年2月27日

亲爱的玛丽：

我生自己的气，我担心我的这种愤怒变成仇恨。因为我不知如何是好，像是迷了路，找不到正道。我只能借助于你刚刚吹入我体内的新灵魂进行思考。我不知道怎样思考，也不知道想从中得到什么！也许我不适于思考，只好把我的事情托付给为我们所有人着想的最伟大的“理智”。

还有，我心神无力，嫌恶他人。

但期我们看不到的那位神灵帮助我们。

哈利勒

1912年2月29日

星期一，我把我的灵魂和自我全给了这幅画。星期一，我消亡在画中。今天是星期四。半天已经过去，还有半天，我很高兴。

住在这里的两位艺术家认为那是我画得最好的一幅画，是我铸造得最成功的人物。不，我不大相信艺术家的看法……玛丽呀，流行性感冒仍然困扰着我的床榻，侵蚀着我的体能，消耗着我的腕力。我拖着自己的病体，跌跌撞撞，要到什么时候呢？

我的心伴着一位女神。我羡慕静享安逸的人。我这漆黑之夜没有一丝白色混杂其中。

我这如泉涌的文思不住淌溢，总有要求提出，常用含混不清的声音喧哗……

我被创造出来之时，箭就插在我的心上；假如我将之拔出来，疼痛必定剧烈；将箭留在心里，疼痛也是剧烈的！

一个自私的人总是写自己，我就经常写自己。玛丽呀，请你告诉我，难道你没有厌烦过“我”这“我”那和“我”又这又那吗？

我像蚌一样蜷曲着，我是那种想使自己心中生出珍珠的珠母贝。但是，他们说珍珠是蚌的疾病。

哈利勒

致纪伯伦

1912年春

你在写什么？你怎样看你所写的？

你在思考什么？你思考的走向是什么？

你想对我预言点儿什么？你想对我说点儿什么？或者沉默无言？

你开口说话是一种表白；你闭口无言也是一种表白。你说话时沉默，沉默时便说话。

你就是话语。

你的健康……你强壮吗？

你为什么不用六小时的时间来波士顿一趟？

你正在创作什么画？

你何时梦中访问我，以便让夜晚都是白天，晚上更加甜美？

玛丽

致玛丽

1912年3月10日

玛丽：

奉上帝之名，你怎能借上帝之权威问我，我对你的看法给我带来的烦恼多于欢乐呢？天上或地上的什么东西使你有这种想法呢？

什么是痛苦，什么是幸福？

你能将二者分离开来吗？

推动你和我的那种力量是由二者合成的，你是不能将二者分开的。美带给人的确实是甜蜜的痛苦。

玛丽，你给我的欢乐中确有痛苦，而唯有你给我的痛苦使我加倍爱你。

任何别的话都被视为言过其实！

哈利勒

1912年4月19日

黎明前，我睡眼蒙蒙眬眬。空气中夹带着悲剧的气味。泰坦尼克号不幸沉没，多少乘客遇难……这场灾难令我痛苦不堪。这些人都是无辜的。

我泪如雨注。

我六点钟起床，灾难梦魇缠着我，总也不肯离去……我无奈，只有用冷水洗浴，然后喝了一杯咖啡，以期挣脱窒息境界。

七点钟，我与波斯巴哈教派[1]首领阿布杜·巴哈在一起。

八点钟，我们开始工作。人们陆续到来，大部分是妇女。她们毕恭毕敬地坐在那里，目不斜视。

九点钟，绘画完成，阿布杜·巴哈露出了微微笑容。仅仅一眨眼工夫，人们蜂拥而至。这个向我表示祝贺，那个紧握我的手，仿佛我为每个人都效过力。

这个说："奇迹啊，奇迹！启示降给了你！"

那个说："你把导师的灵魂显示出来了！"

每个人说一句……阿布杜·巴哈用阿拉伯语说道：

"和圣灵在一起工作的人是不会失败的！你的身上有一种来自安拉的力量！"

他又立即修正道："先知、诗人都沐浴着安拉之光！"

他再次微微一笑——他的微笑中包含着一个故事——那是暴风的

---

[1] 巴哈教派为米尔扎·侯赛因·阿里（1817—1892）所创，因其自称为巴哈·安拉（意为真主的光辉）而得名。巴哈·安拉任命长子阿布杜·巴哈为教主。在阿布杜·巴哈主持教务期间，巴哈教派的社团在北非、远东地区、澳大利亚和美国纷纷建立。巴哈教派的圣书包括巴哈·安拉的全部著作及阿布杜·巴哈和沙吉·埃芬迪对上述著作的注释和发挥。

故事，是叙利亚、阿拉伯和波斯的故事。

他的弟子们都喜欢那张肖像画，因为肖像酷似他本人；我也喜欢那张肖像，因为它表现了比我更优秀的一面。

我的眼皮沉重，简直困得睁不开眼。

三个小时够吗？我睡上三个小时，能够恢复耗去的精力吗？

哈利勒

1912年5月6日

幸福的玛丽：

邮件带着对《被折断的翅膀》少许赞扬或指责送到了。我读过批评文字，便发现了奇怪的一面，人们毫不例外地用一般方法评说这本小书。这使我感到惊讶。他们多数人一致认为它是一件纯新艺术作品，也许是出版发行的阿拉伯当代文学最佳作品。

但是，他们对该书的精神及哲学持有不同看法。他们从两个相反的角度看待赛勒玛·凯拉麦这个角色：有的站在温柔的同情立场上，有的站在极为严酷的立场上；保守者和严肃者则属于后者。

在第九节，我试图将耶稣与阿施塔特聚在一起，这一笔使他们感到新奇，他们对此大加赞扬……另一些人则用憎恶的眼光看之，将之视作叛教、伪信和败坏道德。

写信人当中有一位热情洋溢的青年人。他说，歌德和巴尔扎克是两座高峰,《被折断的翅膀》是一个新的开拓，是阿拉伯诗歌新时代的开拓!

吻你的两只手。

吻你的双眼。

哈利勒

致纪伯伦

1912年5月6日

亲爱的纪伯伦：

啊，纪伯伦哪！怯生生的低语……我开始选定沉默，留心聆听你谈话，发表意见！实际上，我真为这个原则感到高兴——心灵的爱——完美的爱——沉默便是二者的保证。

六周之后，我将在西部。我像个神魂颠倒的人，为自己感到难过，因为我要离开你。离开我仅看过一次的你那些画，离开我的天地……你所在的地方，就是我的今世；你的画所在之处，就是我的来世。

使我心中感到难过的，那就是我不懂你的语言……我用自己的心凝视着我的无知，它就像一只动物，跟着你走去……悲伤沉入我的胸中之后，我要不失时机地说服自己：即使我学会了阿拉伯语，仍然不了解你的话的内涵，那么，毫无疑问，我仍将是一个受了损失的人。

我喜欢纯粹的思考，因为它是一种安慰，继之而来的是满足。满足是一种快乐，又是心与神的平静安宁！

我的心充满这样一种感觉：自信得到幸福的是自己，而不是他人。

天地以你为我祝福！

让上帝使你的指尖闪光，使你的心中充满力量。

玛丽

致玛丽

1912年5月7日

你昨天读我的信时，你那标志的小嘴没有咧开吧？你是否说过：

“哈利勒是个受骗的孩子，总是说圣诞老人放在他的皮包里的东西！”

玛丽，你没有说这句话吗？请对我说实话，你的双唇未曾开启吗？

玛丽！你要让我迷失方向？你要让我悲观失望？你要让我陷入愚昧迷惘？

还是要增强我的智慧，让我和你一起在辽阔的西部共度一些日子？

玛丽，让蓝天的翅膀拥抱你吧！

1912年5月16日

阿布杜·巴哈几天前回到了纽约。妇女和平委员会在艾斯图饭店为他举行了盛大欢迎会，许多演说家在那里发表了讲话，和平是时下人们大谈的题目。

和平……和平……

国际和平……世界和平。

惹人生厌的东西，令人疲惫的重复。

无滋无味。

和平……和平！

反反复复……钟声毫无变化。

和平是世世代代的愿望。对世界来说，这个目标难以实现。

我要说：让那里发生战争吧！让战火燃烧吧！让地球上的人们厮杀吧，直到流尽最后一滴污血！

在一个应该灭亡的制度统治下的人们心灵上的平静已被剥夺，为什么还奢谈和平呢？

哈利勒

1912年5月18日

玛丽：

返回起点——再谈和平！

和平瘟疫不是正在侵入东方各民族，使他们由高峰坠入低谷吗？

因为我们不懂得生活，所以怕死。怕死使我们被圣战、斗争和厮杀吓得发抖。

那些活着的人，那些工作着的人，是“我们在”的意思……那些懂得生与死的人们，他们既不会因和平而欢欣，也不会劝告人们对和平充满渴望，而是为生命而欢乐，劝告人们渴望生命升华。

玛丽，我的唯一愿望是“我在”，而不是何地、何时……在“生存”艺术中没有和平！

玛丽，我多么渴望亲吻你的双手，亲吻你的双目……我多么想“我在”和你一起，在你心中，在你周围！

哈利勒

1912年5月26日

灵魂洋溢着愿望，肉体却濒于倾倒危险。

亲爱的，我生病了。我的天性正在寻觅着一块生机勃勃的绿色土地，在那里，我能够热爱上帝，热爱生活，热爱完美。

白日里，我虔诚祈祷；
夜色下，我顶礼膜拜。

当春姑娘翩跹起舞在丘山之间时，人们便不再蜷缩在阴暗的巢穴里。

好晴朗的一天，我却四肢酸软，周身无力，心神凝结成块，既无起站之力，更不能迈步外出。

你也很累。不！你永远不会累的！你不会生病！你的身体像你的精神，时刻准备着，准备着……充满希望，充满理想！

你是黎巴嫩雪杉，把你那浓郁芳香的力量送入人们的心房！

我希望我们单独在一起，在林间……我们漫步、交谈、静默，我们吃桑葚。

哈利勒

1912年6月5日

他高声喊道：

“希望光辉灿烂，却是无云之雨。希望是懒惰懈怠！我是说希望取得成功……我们与希望或信念本来没有什么关系。希望是工作的替代物！”

他说：

“中国人的精神是微小的，艺术是原始的。埃及艺术简单拙朴，却不是原始的，因为它是精神的表达，实质的表达；而中国艺术却是用平易的方式表达事物。将阿拉伯人与中国艺术相比，阿拉伯人像一棵果树，树龄仅有七年，但满挂硕果；而中国艺术却是一棵八年之后才结果的果树！中国人对答语谜缓慢，成熟也慢，而阿拉伯人对答语谜、成熟都很快。假若中国人现在应当被欧洲人一口吃掉，那么，欧洲人将把中国人吃掉……假若欧洲人的希望化为泡影，中国人也绝不会被人一口吃掉，而会停在那个人的喉咙里，将那个人噎死。中国已经没有活的灵魂，不可能成为供吞咽的食物，只能成为在自身里波动的生命。中国人像是城堡，在他们看来，生活只是一根宝物链子！”

玛丽日记

× 年 × 月 × 日

哈利勒回来了，头痛得难受。我准备好晚饭，我们正吃时，他突然说他将于 6 月 16 日星期日回纽约，以便到叙利亚妇女俱乐部作报告，顶替所请求的援助。

我们读了几页《查拉图斯特拉如是说》——“最伟大的思念”。

他自幼非常喜欢尼采，十分赞美尼采的文采和思想，但对他的哲学不大满意，将之说成是“可怕的”“错误的”。他喜欢话语美——谐调、柔和之美，富有音乐之美……至于那使人生病、疲惫的毁灭哲学，则是流亡哲学！但是，随着他坚持读尼采，他的心理渐渐发生了变化，他开始发现尼采是容易被他吸收的，并开始为尼采辩护，然后开始接受尼采的见解。

他最后说：

“不论是哪一件好的作品，都是发现了生命乐曲中的一支甜美曲子……是生命的一部分……一小块……一薄片儿！”

致玛丽

1912年8月14日

我所等待的暴风，现在狂烈地刮起来了。天色漆黑，大海泛白，被泡沫覆盖，众神之灵遨游在苍天与大海之间。我边写边凝视着远方——真是令人惊异，就像我们在纽约看到的那样，你还记得吗？

玛丽，暴风中究竟有一种什么东西在把我推向运动呢？暴风像箭一样喧嚣而过时，我为什么有一种青春之感呢？我为什么如此自信？我为什么信心十足？我不知道……尽管我不自然，但我偏爱暴风胜过喜欢别的任何东西。

你呀，你最接近上帝……你的所在之地，自由以清新冰冷之面显露，美用玛瑙宝石装饰着！

暴风狂烈至极……咆哮、喧嚣不息！

哈利勒

致纪伯伦

1912年8月16日

今天，我离开了加利福尼亚。你来年的令人兴奋的愿望使我整个夏天都感到有疑虑。加利福尼亚，它的意思是“夏天”。如果时间对你来说合适，我希望9月8日、9日见到你。其次，如若可能，我劝你到宽广的西部地区住上一年时间，以替代在纽约的生活。因为激烈的战斗不利于你的身体和健康，将延误你的事业、挫损你的锐气。毫无疑问，在那里生活一年将会产生良好的影响。

我强烈希望你慨然接受我的意见。

我说过类似的许多话，不想再写了。尽管如此，我讨厌你对此感到意外。

维持现状意味着空耗你的努力和生命。

请快快回信。

请接受我的爱和祈福。

玛丽

致玛丽

1912年9月16日

玛丽，我亲爱的：

我不在背后说任何人的坏话，我最讨厌人在背后说我的坏话！多少人在背后说我的坏话呀！但我用容忍宽恕！

话语将对你掩盖着真相。因为世间充满欺诈和阴谋，所以我要把使我的心忧烦不堪的苦闷告诉你！

玛丽，这就是困惑……

活人们是我的邻居，他们激起了我的困惑。假若没有我从艺术之口吮吸的唾液，我的痛苦是不会平息下来的。世界常常变得黑暗无光……世界常常向我哭诉。假如我能够宽谅，那该多好……倘若我能够憎恶，那该多好……

我在这与那之间狼狈不堪，左右为难！

我最亲爱的人啊，我必须用我对你说的那句话熄灭火焰。

哈利勒

致纪伯伦

1912年9月22日

请对我说实话，医生做了些什么？进行过医疗，做过康复治疗？使你恢复了健康？医生带来了什么变化？你从太阳光中取得了那线光芒！你得到了吗？还是坚持得到整个太阳，仿佛太阳是个发怒的山谷？

上帝为你祝福，上帝保佑你！

强壮些……再强壮些！

在你的灵魂深处，生命的本身便产生自永恒。让我接近你那漫游在无边沙漠的灵魂吧！我要仿效你，或者以你为向导，在你的织机上劳作。我痛切地感到，我心灵中的任何东西，只有饱吸从你的想象力和感触中散发出来的甜津，才能成长壮大。

你感觉到秋天的瑟瑟抖动了吗？你喜欢就像我那样被爱情的寒冷蒙盖着的那种蒙盖吗？

1912年10月1日

我用了几个小时读诗，朗读了《失去的天堂》。当我站在钢琴旁，抬头望我妹妹的肖像时，我仿佛看到了一种新的东西。她在说话，是的，哈利勒！在我看来，好像你的手指给肖像注入了生命。我赞美你的手指。

她的面容俊秀，光呈深色，一个栩栩如生的人——你的形象也出现在画中，那究竟是我妹妹，还是你呢？

你用双翅飞翔；尽管如此，你却行走在地上。

我呢，我的心已被强烈爱情占据。

想起你，那是多么甜美！我多么希望我的爱属于你。

玛丽

致玛丽

1912年10月6日

灵魂至爱呀，我感到头晕目眩，牙医用尽全部力量，专注地为我挖掘、凿洞、修理、破坏！

我的健康状况很好。蒙你恩惠，有一股新的力量热乎乎地进入我的血管。

玛丽，玛丽，吾心之母呀，我在这里，你给我说的那个人打开了我的眼界，使我看到了我备受煎熬的虚弱乏力，致使我埋怨起自己来！我虚弱乏力得厉害，致使我心力衰竭。我简直不知道如何述说这种虚弱，我只觉得它就像可怕的沉寂，是我多年来独自造成的！你呢，你来之时，压在我心头的苦闷便一扫而光，忧愁一并云消雾散。

我多么烦闷！我胸中有多少令人作呕的事呀！

是你，在我的私欲怂恿我做坏事的时候，正是你为我打开了希望之门……慷慨的贵人，为你干杯！

我本处于茫然困惑之中，当我饱饮了你那麝香的芳馨之时，我的心神平静怡然，处在了你的保护之下……你就是支柱，你就是众元素，你是水，你是火，你是风，你是甘露……你是我围绕盘飞的巢窝。玛丽呀，我们之间有一位无名神灵，双脚稳稳站立，双臂张开，二目炯炯有神，明察万物。

总有一天，你将听到我的话音。我在另一个世界不住地重复，那个世界比我们这个世界离太阳更近。

哈利勒

1912 年 10 月 10 日

你的信给我的生活记下了新的一页。你使我感到意外，在我的内心里点着了火！我感到我们与世界之间的一场战争爆发了，我们最终是胜利者……是的，我们将取得胜利，不会失败……我们将避免受到损伤！

我用我灵魂中的所有声音说出这话；一个月之前，我还没有能力这样说。

我不是梦幻家，那个阶段已经过去。梦幻世界是美丽的。然而梦幻世界的后面有一个无始无终的永恒的地域，它的主人便是永不泯灭的巨大辉煌，那就是企望。

哈利勒

1912年10月15日

亲爱的玛丽：

作家皮埃尔·洛蒂[1]到我们中间来坐过。星期四，我与他度过了美妙的一小时光阴。其间，我们谈到了他的《诱人的东方》。我们争论不休，他说："我看了《被折断的翅膀》。我发现你在变……变得多了野性，而少了东方性。"

我的家乡，我热爱；我的东方，我热爱；我爱得至深。不过，我的热爱方式和途径不同于乡亲……皮埃尔忽略了这一现象。他的情感过于细腻，他的艺术灵魂包容了东方的疾病，其中包括东方的美妙与艳丽。但是，这绝无益于救治东方，东方永远得不到解放！

"不……不……我是在一位画家面前吗？"

"不是的……不是的……没有这个，事情就复杂了！"

"决不……决不……"

"所有的事情都可以，除了这一点——像我会杀死我！"

洛蒂如是说。

哈利勒

[1] 皮埃尔·洛蒂（1850—1923），法国诗人、小说家。1867年进入海军学校，毕业后在海军中服务，从此开始了四十二年的海上生涯。海外的风土人情成为他文学创作丰富的题材和背景。他创作了四十余部小说，他的《北京的末日》发表于1901年，书中揭露了1900年八国联军在中国的种种暴行。

1912年10月20日

亲爱的玛丽：

洛蒂快满六十二岁——我在上封信里没有提及他的年龄。他体态稍瘦，身材匀称，画着双眉，洒着香水，面色红润，初看上去，要比实际年龄年轻好几岁！

我决心再去看他一次。他的见解能引燃拨动我的火。他是位幻想家，时常漫游在或长或短的幻梦阴影中！

我在一个遥远的地方，拔掉了几颗蛀牙，每天都慢走五英里，胃口很好，饭香且富有营养。我就坐在窗户旁边，减少了工作时间，注重创作水平。

玛丽，你是河渠。让你的水哗啦流淌，解除我的心灵干渴吧！

赞美创造你的主！

赞美让你芳香四溢的主！

哈利勒

1912年10月22日

你就是那不老之人。

在你的整个实体里，在你的全部存在中，在你的本质上，你都不会老的！

人间最美的事，即你是我的欢乐……你与我相伴在一个无与伦比的世界上散步，手拉着手，心连着心。我们每个人都伸出自己那自由的手去迎接生活。

皮埃尔·洛蒂已回东方。他离开了纽约，嫌恶嘈杂的美国和幼稚的美国人。他只有扑进过去的怀抱里时，才会感到开心。

看过话剧《天女》之后，我又看到了他。那是一出中国系列故事戏，但并非精品。

他显出激动而带有怀疑的神情。只有一件事能引起他的兴趣，那是什么事？

他答应在法国站在我面前，让我给他画一幅肖像。他对我说的最后一句话是："纪伯伦哪，现在，我代表叙利亚告诉你，快拯救你的灵魂吧……纯洁、净化、清洗你的灵魂吧！将它从西方的污垢中解放出来吧……快回东方去吧……美国不适于像你这样的人生存！"

哈利勒

1912年10月25日

土耳其与巴尔干国家之间爆发的战争，是两种不同精神——进步与落后——之间的搏斗！

奢华成性、骄傲自大的人们享受着舒适的生活，然后向巴尔干国家提出抗议，因为他们关心和平。

为什么他们不捣毁带有欺骗性的虚假和平呢？

我祈求上帝终结奥斯曼帝国的生命，解除枷锁，消灭压迫！

近东各民族正遭受着痛苦的折磨，就让他们尝尝生活的味道吧！

母亲叙利亚，睁开你那悲哀的眼睛，看看太阳吧！

哈利勒

1912 年 10 月 28 日

“妈妈，我很痛苦。”

姑娘说。忧愁使她窒息。

“我是从天上降落下来的。”

姑娘说。哀伤使她痛苦难耐。

“我小时候在你的怀抱里，

“保护我长大的人逝去了。”

姑娘说，说着……

之后，姑娘倒下，睁开眼睛……又合上眼。

姑娘死了……随着姑娘逝去，乐曲也死了。

痛苦的姑娘……她的心伴着忧愁诞生……随着悲伤而死……

我为她感到难过……她的死撕裂了我的心。

我把一只花圈放在她的坟墓上，

在标牌上写下这字样：

“可怜的姑娘。”

我多么难过……我的身体瘦了，他们也一样。人类呀，你们关注天空，却踩着……

你们用脚狠踏。

她是牺牲品！悲哀的姑娘！

哈利勒

1912年11月2日

玛丽：

亲爱的玛丽，我是绝对权力的鼓吹者；你可以将之称为“专制主义”，如果你愿意的话。但是，我的心在为叙利亚而燃烧。时光虐待了叙利亚……她的神灵被摧毁了，她的民众和子孙弃离了他们的神灵，寻找发面饼去了。她的姑娘们口不说话，眼睛蒙着眼罩。尽管如此，叙利亚还活着，这是最黑暗的坏事。

叙利亚活在贫困之中，活在惊涛骇浪之中，坐卧不宁。

我写的东西会把我置于被告席上……我写的东西会引起阿拉伯人的反对，但我不在乎。我已经考虑过各种情况……此外，我已经习惯了十字架，就让他们随意把我的肉体钉在十字架上吧！

我的模特儿来了……光线充足，我的两手已感技痒。

一吻你的手！

一吻你的眼！

一吻你的唇！

对我来说少了呢？还是对我来说多了呢？

我爱你……但是，除我的主之外，我不崇拜他物！

哈利勒

1912年11月5日

星期五和星期六，我会留在这里。你到纽约时，或许你猜想我会离开这里；如果会这样，那便是不虔诚；如若真那样猜测，那就请将不虔诚除掉！

我与你在画室度过的一个小时，胜过我在黎巴嫩度过的一个星期！我对于安全国度的珍爱，你是知道的。

我心中有多少消息在相互搏斗，并且争相冲上我的口，在我的舌头上舞动。

我殷切地等待着你的到来。当你走近时，我该多么善谈！

再见，亲爱的！

奉上七十吻！

哈利勒

致纪伯伦

1912 年 11 月 14 日

我在写日记——写你，想你——却忘记了时间；我不曾留心，时间便飞闪而过。

在我不知不觉之中，晚霞便染红了天际。我毫不尴尬地重复说着：

“我喜欢和你谈话……我喜欢陪伴着你……我喜欢谈你……”

再就……再就……我希望在你的画作前顶礼膜拜，吟唱着你的诗歌，度过这一生。那炽热源于你的画作。你的一首诗携带着一种热，从中迸发出一种含义！

但是……我所得到的这种知识对我来说必要吗？我需要梦幻，还是需要知识？或者更需要愚昧？

但我猜想真相会大白，却很少认为它会大白。请你从另一个角落向我说明那是误视吧！我在不断地找它，却找不到它。虽则有时看到的只是些碎片。

我不知道这只是我信口开河，还是一个饱受爱情折磨的女子所说的话？！

玛丽

致玛丽

1912年11月16日

亲爱的，你的最近一次来访颇像个梦，眨眼工夫飞逝而过，又像来访的惠风，在两颗灵魂相遇之后，径直吹向未名谷地。

我有多少话想说，但却张口结舌，时间不容表白。时间啊……时间没有给我们以救急之恩，既没让我们开口说话，也未让我们默默无言——玛丽呀，默默无言乃是第二情友！

在过去的一周里，我的工作从容而畅快。本周尚未过完，我已完成了两幅画，其一是你看过起草的那幅《被钉在十字架上的人》，其二便是《寂寞的房舍》！

最近，一位英国姑娘做了我的模特儿，她是专修英国诗歌的学生。

在这个活的典型身上，有一种神秘奥妙之物，隐隐约约，模糊不清，弄不清其本质与底细；在我看来，她好像属于痛苦悲观一类的人。

留存下来的那一点点东西，是生命中的很少部分！如果没有画和诗歌，我便找不到填补空余时间的东西。但我的画和我的诗总能在我的宝瓶中找到出口……我常能竭尽自己的力量，最大限度地发挥自己的能力。

在我的亲戚关系中，我就像等待新朋和异乡客的人，又像燃烧自己灵魂中不可燃烧的那一角落的人！

多么奇怪呀！但我觉得自己就像正在换牙的孩子那样！

然而我们在继续打开锁闩，以便走上正道，尔后为人指路。

我还想多写，但我自感虚弱，寂静在我的心神中占了上风。

如有可能，我定把头靠在你的肩上。

哈利勒

致纪伯伦

1912年11月22日

你的昏暗处境撕裂着我的心，使我的生活更加无味！

你的昏暗情况变得漆黑如夜！而夜下的黑暗较之有所不及！

你是个失望者……绝不是的！那是一片乌云，很快就会散去！你的情况颇似被浓雾笼罩的花园！你高兴吧，因为当紫色阳光穿过之时，浓雾便会消失！

我的心灵深处有一种声音在呐喊：

“舒心享受，无忧无虑地生活吧！哈利勒·纪伯伦，让你的光引导着你，勇敢地前进吧！我不希望你做诗人或画家，假如你借他人之光引路的话！我希望你成为独自编织者。无论你的情况会怎样，我决不会失望灰心，因为我的爱胜过跳跃。我的爱不会跳跃，因此，你会发现它是相互交织着的！”

玛丽

致玛丽

1912年11月×日

庙堂中有一种可怕的寂静，但它在说话。

我曾在这个祭坛里打发过数小时光阴。

不曾有人敲门。许多世代以来，人们已将它遗弃，将它留给了一富翁，在原址上建了一座神庙；此人一再忏悔、反叛、失足，终于以此赎罪。

他之所以建庙，是因为害怕火，也为了奉承讨好，完全忘记了进天堂要比骆驼从针眼穿过困难得多！

在我面前出现了一个美丽的影子，乍一看像位天使，于是我凝目注视，心中虔诚无比。仅仅片刻，天使便生出两只角，我不禁周身战栗。但我还是镇静下来，问道：

“幻影啊，你是何人？”

他摇了摇头，说：

“我所管辖的家园无边际，王国无界限，车船数不清，附属国无数，村庄不计其数，城市多不胜数！”

他沉默片刻，然后又说道：

“请看那两个记号！

“那是许多世纪刻画而成的。

"宇宙是我的心中的向往，
"荣耀却在恶德面前败倒。
"神圣悄然退隐，
"他们弃离了神龛，
"然后却留下这一座，
"装饰一新的神庙！
"我是意志坚定的人，
"只有自强才能将我压倒！"
我那荫翳的灵魂问他：
"你是罪恶之师？
"你是被抛弃、被驱逐的人？"

他垂头片刻，然后低声说，那声音就像蛇的咝咝声，而且夹带着大理石的冰冷。他说：

"说不定……也许……"

玛丽，无论在我生前还是死后，你都是值得我想望的！

你是一种象征和标记。你是我的诗歌源泉。我总是为你而画画。

快乐属于你！

哈利勒

纪伯伦日记

1912年11月×日

一大早，我就去了那座奇特的庙宇，仿佛有一种不可抗拒的力量将我推向那里。

我发现他等在那里！他料定我会来？

我寻觅那两只角，但未发现……我只看到了漂亮的头和两只洞穴般的火红的眼睛！

他的唇抹去胜利的微笑，仿佛重新开始说道：

“人类向我的法律投降了，那便是腐败……价值概念对人类来说模糊了，价值的精髓消失了。

“人类远离了爱情。

“你懂得爱情吗？既然我知道你懂得爱情，我就对你坦率而言吧！”

我说：

“正如我所知，你是执掌政权的！你的尊号叫‘国王’……你真是国王？”

他回答：

“在高贵阶层的眼里，我的尊号只是一种荣誉罢了。你要知道，当我说我的王国辽阔无边时，我是说我所统治的是男人们无条件服从的那个地方……从这个观点出发，我说我的王国辽阔无边，我错了吗？这个王国有边界吗？”

我说：

“有些事情是金钱买不到的，譬如尊荣和圣洁。”

他凝视着我的面孔，讥讽地说：

“尊荣是有的，圣洁也是有的；毫无疑问，这两样东西是既不出售，也无处可买的。但是，经验告诉我，我是什么都能买到的：只要肯出钱，尊荣便化为受贿，圣洁则变成荒淫。”

他深深地吸了一口气，仿佛他说了谎话，遂用洞穴般的眼睛瞟了我一眼。他又说：

“但我承认我冲撞了你！”

魔鬼……魔鬼就是他！

他怒气满胸。因为我看重的是你，所以我蔑视世俗的一切虚荣浮华！

致纪伯伦

1912 年 11 月 27 日

你虽是个默默无言的人，你却说话——不论你留心到那一点，还是没有留心——你已经说了很多话。同样，你的书信也说了很多话，你的沉默也说了许许多多话。

我用耳听，或不用耳听，但我日日夜夜都在听你说话！是的，我在听你的声音……我喜欢你的来信……我喜欢提起你……

不论你写不写信，一切都会照常……你总是出现在我的眼前！

我要说就说，因为你是我的逐渐被了解的自由……因为你是生活在我的封闭世界上的唯一存在！

我欢迎你的钟爱！

玛丽

致玛丽

1912年12月12日

啊，门庭若市，请帖如雪片般飞来！仿佛纽约人过去根本不知道有我这么一个人，如今确知我的存在了。多么奇怪呀！

世间是个运动场，

男男女女都是演员。

玛丽，你爱我吗？

我爱你……我爱你。

你爱我吗？

我渴望……我渴望爱情。

我正写着，不期困神来临。于是，我睡下，开始在梦的天空遨游。

我梦见了你。两个小时后，我醒来，发现目光正眷恋地凝视着我！

我渴望……我渴望爱情。

我亲吻你的手和眼。

仿佛你呵斥我说："嘘，别响！忘掉亲吻吧！"

每当你的灵魂出现在我面前时，一切东西变得那样美丽！

欢乐吧……上帝赐你胜利！

哈利勒

致纪伯伦

1912年12月15日

红日西沉，人们匆匆赶回家或奔向娱乐场所。

我沉默无言，说不出话来。突然，钟声响了，声音那样深沉。

钟是不眠的，仿佛在提醒睡觉的人们。

钟的两只眼睛睁着。

钟是不睡觉的。我和钟一样不眠，沉思你和你的艺术。

多么值得赞颂，因为爱情、苍天、大地、理念和愿望都把我和你紧紧联结在一起！

你只管做你想做的人——你就成为傻瓜、瞎子、没有感觉的人吧！但你是我的主人和先生！我从百万人中选定了你……你要知道，我就是我，就在这里；你就是你，睁着双眼，敏感若炽燃之火，你就是我的先生，你就是我的情郎。

致玛丽

1912年12月19日

我本想星期一到波士顿，不期一个佳运迫使我留到星期二。

星期日那天，十二位访客突然而至，令我面容失色……你想啊，十二位客人哪！我只觉得大地都在摇动，很想把墙往后推，以使空间扩大！

对于我的心来说，在这个世界上，没有比你所在地方更可爱的地方了。你那里的空气神奇无双，沁我心灵。你是我的女王。

玛丽，我深信时光不会否认我的权力。我将走自己的路，直至到达目的地。我决不讨好那些崇拜古老神灵、坚持迂腐见解、抱着陈旧愿望生活的人！世上有从桎梏中解放出来的人。这些人明白事理，心满意足。他们人数少，但是一种力量。

你想要两幅画。我将给你带去两幅大画，大画往往比小画好。

朋友啊，艺术品的色彩来自心源，而我的艺术色彩则来自你，因为你就是我的心源。

哈利勒

1912年12月25日

倘若我每年都能轻易地在一个人的心中开辟一个新角落，那么，我既不必呐喊，也不会无目的或没目标地生活了。目的其本身是实质，并不是幸福或不幸。憎与爱是相互平行的，敌人就像朋友！请你为自己生活，供养你的生命吧！你要成为人类的最好朋友。

我每天每日都不是来日或昨天的我。即使我八十岁来临，你也会看到我奋力走向自己的工作，不住地创新，更换着我和你不喜欢的东西。你是我的灵魂的一部分。

我心神快乐。

我爱你……奉上诚挚问候！

我是你的亲密朋友。

哈利勒

1913年1月18日

我的女友：

尽管我很忙，我还是在不停回忆……

数年前的一天，我读到一本书，使我惊异不已，使我不知所措。当初我自以为没弄明白书中内容，或者没搞清作者所写的真实用意。

当我再次翻读其中几页时，立即将之抛开，心中有说不出的憎恨、厌恶之感。那是一本戴着王冠的下流荒淫之作……通篇是淫乱放荡！对每个处于青少年时代的男女来说，都是魔鬼的教唆，引导他们堕落、下滑、犯罪。

你们当中有一位读过此书的受骗姑娘，对之颇感兴趣，在欲望面前闭上了眼睛，想入非非，遨游在舞台是罪恶之见的幻想天空。

难道就没有一个能遏制中伤者的人？

你亲爱的

哈利勒

1913年2月14日

出于偏爱进步与发展的动机，我想在同一座楼里租一个宽大的房子，有我现住的两间房子的三倍大，里面可采到北面、南面和天上来的光。我沉浸在欢乐、愉快之中！那才是我的理想房间。

租金四十五美元。

我一时拿不定主意，不知如何是好。两种意向在向相反方向拉扯我：我是拿下它呢？还是保住这两间房子，也好省些钱呢？

租下大房子不得不付出装修费用，这一点你是知道的。

我拿下它吗？

请给我写几句话作为劝告……有几句劝言，我也便心满意足了……

你的馨香充满我的心间。

顺致敬佩之意！

哈利勒

致纪伯伦

1913 年 2 月 15 日

你不要失去机会，拿下大房间，不要犹豫！

假若财力允许，我定把你的画买下来。你可将你的画分成数等，由你自己挑选。

我有个想法：我们为什么不把你的画全控制在我们手中呢？你能把部分画卖给我，将之作为抵押贷款吗？

如果你这样办了，所有权你我共有；我是权利拥有人，你也是权利拥有人；那样，所有权便不至于从我们手中脱逃。

困难在于为画作价。不过，你要试试为画作价。请你挑选十幅画作抵债，我另外加付一千美元，画将与日增值，这便是画的价值规律。

用这个办法，我们详细研究第一次机会。请保证我买画的权利，要让人欣赏它，不至于让它最终放在走廊里，或挂在门破窗缺的厅堂墙壁上。

玛丽

玛丽日记

1913年2月17日

他是多么高尚！我一定要说这个话……他是多么高尚！

我不希望他成为有名的富翁，也不愿他成为醉于权势的人！我是个没有贪图的知足者，但期上帝让我们在一起。当大限来临之时，我的结局简易纯朴……我不喜欢富人。富人，令人厌恶。因为富人会失去理智、朋友和人格，会失去一切。人格消失了，只有他的钱在，才有人提及他。

我的良知是坦然自在的，没有任何一种力量能将我拉走，迫使我向错误和可恶的东西投降……我的生命是一本打开的书，上面只写着纪伯伦……只要一翻开它，纪伯伦便出现在我的面前，一步步向我走来。

我祈求我的造物主不要让我的年龄增长，因为我害怕自己变成一个无用的女人，痛哭青春年华一去不再复返！

我将爱我的所爱。

爱神常在梦中访问我。

我为自己担心害怕。

致玛丽

1913年2月18日

我挑选了十幅画，有的你还没看见过；就像你说的那样，将之作为我们藏画的一部分……按照法律规定，这些画属于你！

为画定价是最困难的事情之一。但是，如果我们说这幅画值十美金，十年之后，它将升值到五十美金。

梦是多么甜美——我希望能看到七十幅画装饰某个大城市的一座大厅墙壁，目睹人们三五成群到那里去欣赏绘画，并交口称赞。

艺术家将死去。艺术家辞世后，他们画作的价位将提高……人们都这样说，这也是事实。

宽大房间能实现一个愿望——人们会疏远曾生活在困境中的艺术家，也不会敬重一个占据着墓穴的什么人，哪怕原来他是画神。

那些“敬重者”们感到自己也在被敬重之列……以便那个人成为“敬重”的牺牲品；在艺术领域内，这也是人所向往的一件乐事……不过，玛丽，这绝不是我的习性。

我是个偏执人——正像你看到的那样——天性偏执。我常常憎恶社会，我的心总感到惊惶不定。

我真想把头埋在你的怀里，用力让你贴近我的跳动的心脏，并且轻声说：“我将按照你的意愿行事！”

我为自己感到烦闷，手中的笔在抖动，自感肩负重担，正走向一种空蒙、遥远、神秘的新生活。

亲吻你的双手。

哈利勒

1913年3月16日

我像蜜蜂一样忙碌，所得结果是产出精纯蜂蜜。每年像这样的时候，我的灵魂便屈从我的火山爆发——“我”与“我”之间燃起战火！旧我被战胜，继而溃退……接着，便是遭到删节和清除。之后，我便发现了我那更好的自我，远离了陈旧的思想和见解……与此同时，我看到它转化成了新奇的看法！

为什么艺术遇到像我遇到的那种炽燃烈火呢？既然我们同属普遍存在，那么，艺术也不应该落后！

构成哈斯凯勒画集的画如下：

《让我们一道起来》

《种子》

《遥望的人》

《花萼》

《美杜萨》[1]

《沙漠的心》

《头生儿》

最后的三幅画将是你最喜欢的。

在过去的两周里，你常出现在我的梦中。我们仍在进行详尽研究，你总是那样兴高采烈，春风满面。

两夜以来，你总是像大海一样笑。我喜欢你的笑魂。

两吻你的双手，双吻你的两眼！

哈利勒

1913年4月20日

你明白你拥有七个头和一双手的意思吗？无疑你是明白的……现在，我也拥有七个头和一双手。这一双手中正燃烧着熊熊烈火……我的两只手正在燃烧，我正在失去说话能力。

正像你看到的那样，我是个哑巴。但是我正用我心上所有的口吟唱你的最近一封来信。是的，玛丽，我的心有一百张口，都能亲吻你的双手，吟唱你的书信。

春天剥夺了我的舒适生活……春天的日子是一种说不清道不明

---

[1] 美杜萨，希腊神话中的蛇发女怪，被其目光触及者即变成石头。

的饥饿……我真想到田野里去，和农夫一道耕作、唱歌，聆听夜莺歌唱。

哈利勒

1913 年 4 月 30 日

应该对营销的心理学方面进行简化。假若所有的买主都是绘画爱好者，那么，这一点是能够实现的。但是，困难在于买画的人既不是爱好者，也不懂画，而那些顺从上帝意愿转化成了爱好者的人，却没有能力买画。

今天，我收到了电信公司分配的红利清单。在我的生平中，我第一次发现自己成了股东。事情是蹊跷的，只有独自占据我们心的上帝才晓得我在诸如此类事情中的立场。

我将放弃明天，我要去占据……我要换一个房间……我希望孤独宁静……在原来的房间里度过了一段充满回忆、洋溢芳香的日子。我将感到失去了它，我会思念它。旧物里总是有温馨生活的痕迹！

哈利勒

1913年5月6日

从5月1日起，往返的人多了起来——有木匠、铁匠，还有清道夫。这个地方也变得清洁可观了，但却看不出美来。我只是现在不知道自己肩负着期望。我要求允许我工作，我认为这是合法的，这不是什么丢脸的事……我的好朋友，好像我付出了。假若我把这个工作交给别人，他定会花费二十美元！

玛丽呀，玛丽，我当今不在笼子里……你给我的恩惠是巨大的，你为我做的好事太多了。我谨向你表示感谢和爱意……

我在房间里活动，我的翅膀触不到墙壁！我是个绝对自由人……这真是复活……我拥有空气、太阳和天空！

哈利勒

1913年5月16日

我亲爱的：

你善待了我，如同上帝施恩于你。你真有福气！

国际现代艺术展览，是一次真正的革命，也是一个自由宪章。那些画，假如一张一张而论，实在没有什么分量和惊人之处。其实，你会发现其中只有几幅值得注意。但是，就展览整个精神而言，那确乎是了不起的，是精美壮观而宏伟的。学派很是丰富——

遵循政治原则和人道主义的都有！影响是不会消失的，美展的爱的精神将永存！那是一条真理，就像人类渴望自由是真理一样！一百个自由灵魂，其唯一愿望是要成为什么，而不是追求什么，也不是要污染！自由人要的是自由艺术……我们不用伟大尺度衡量自由……一个人也许可以成为缺少伟大的自由人，但不可成为缺少自由的伟人。

像他们的习惯一样，波士顿人表现出一种敌意。昨日的人不会聆听今日的歌，更不会听明天的歌。按照他们的惯例，过去的法律就是未来的法律……他们生活在过去之中，与过去同吃、同喝、共眠……他们做着死人的梦！

我可怜他们！

我请求享受你的一份快乐。我为你承担我向上帝承担的一份义务。

我将毫不撒谎地向你讲述我的感受奇闻！

哈利勒

1913年5月17日

一群显贵迎接一位仙女——伟大的萨莱·布朗哈德。她从剧场出来后，我饱尝了她的容颜。她是多么靓丽——靓丽——这个词用来包装她，她是当之无愧的。

她颇有兴致地谈到她对叙利亚和埃及的访问。她说她母亲通晓阿拉伯语，阿拉伯语的音乐感过去和现在都活在她的心灵里。

但是，当我用眼神示意她站在我的面前，以便让我为她画像时，她微微一笑，说：

“我这么疲劳，怎好站立呢？你责怪我吗？”

仅过片刻，她立即不好意思地说：

“可以的……我将尽力而为。你就下周来吧！”

照这样，希望是有的……也许我要对她进行筛选，将她那至美真实表现出来。

哈利勒

1913年5月22日

我的心肝：

亲爱的，每个人都有两颗灵魂：人服从其一，违抗其二；珍惜其一，忽略其二！

玛丽呀，你就是我当作宝贝珍藏的那颗灵魂！

你就像我乘凉的绿荫！

你就像一颗无瑕的珍珠，属于想望你的人！

是的，每当我悲伤叹息，遭受欺侮之时，你总是属于我。有多少次，当我险些被撕裂时，你赶来救了我！

你常信步在我的血液里……常为我指路……你总是这样……我就这样爱上了你。

玛丽呀，每个人都有两颗灵魂！

哈利勒

1913年5月27日

我终于赢得了萨莱·布朗哈德！

虽然我昨天为她画的那幅肖像歪曲了事实，在她的年龄上作了假，但那幅肖像是成功的，至少可以让我说，那是我的一次胜利！

我使她获得了昔日的青春秀丽……是的，昔日的青春秀丽。但我胜利了，肯定了我是一个真正有能力的艺术家。

不过，假若我和别人合作要有与她共事的那种遭遇，那么，我最好弃离艺术而走上外交之路。

她希望我离她远一点，以便看不见皱纹！但我还是看见了皱纹！

之后，她再三要求我宽容宽容，我便抹去了折叠在她脸上的那道皱纹……我果然宽容了！

之后，她又苦苦哀求我把她的嘴改一下，于是我把她的嘴画小了；其实，我原来就把她的嘴画小了！

萨莱啊，要让她满意是困难的，理解她是困难的，选择她作为朋友更困难！她性情尖刻、神经过敏、心喜奉承……想让人们像侍奉女王那样侍奉她，不服从者自然该死。

昨天，我摸了摸她的底。但是，我借助耐心的保护，与她进行了合作……也许她喜欢我了，因为我向她展示了一个梦。当我与她告别时，她向我伸出了手，我吻了吻她的手。

叙利亚的自治问题，缠绕着我们当中每一个叙利亚人的头脑。我们将最终获得自治，除非土耳其再玩弄它的故技……那时候，我们将无从选择，将被迫与它为敌。

哈利勒

1913年6月3日

玛丽：

人总有个崇拜的对象，而我却有两个——你和上帝！

我就像大海那样说话。我的生活不像许多人的生活那样是一片沼泽地！

我引颈遥望，以期待到与子孙后代比试才能之时。我的灵魂紧握着天绳。

我的崇拜无须乎毕恭毕敬、离群索居和孤身独处。

我的祈祷是发自心中的歌，轻扬直升，飞至上帝的宝座，纵使浸透着悲泣、号丧与失声痛哭……上帝使我的肉体成为我的灵魂的神殿，必定会使这个肉体清纯洁净，以让其与居于其中的女神相匹配。

我虽离人们很近，却又是那么远哪！我虽离人们很远，却又是那么近呢！

哈利勒

1913年6月10日

你要知道呀，玛丽，我几乎去了巴黎。

叙利亚人将在那里举行会议，有三十多位代表参加，讨论政权事宜以及我们期望从独立自治中得到什么。

要求我和迪亚卜代表海外侨胞。这个想法倒是不错，但我相信与叙利亚委员会讨论之后，在任何事情上都达不成协议，而且我与他们所设想、规划的相去甚远。

费用全由他们支付，我只管替他们说话，表达他们的想法，暂时地闭上自己的嘴，关上自己的思想之门！

既然我的思路与他们不合，那么，我也只有拒绝，以免良心承受谄媚重担。

迪亚卜责斥我发疯，别人也说我是痴呆，那么，我的疯癫就是无可争议的了。还是让我独立于他们之外吧！

玛丽，我们何不一道度过几日呢？我渴望着！

哈利勒

致纪伯伦

1913年6月28日

亲爱的哈利勒：

我每年都在“西意拉”采月桂树叶。我真想给你捎去些桑葚，那一串串的果子漂亮极了……

这种月桂树叶粉碎之后，芬芳四溢，就像酒散发出的馨香。

这种树垂下的叶子就像一颗颗心。

我之所以给你寄这种月桂树叶，是因为可以把它做成花环，戴在你的头上；这心一样的树叶，我把它寄给你，因为它可以使你的心平静！

亲爱的哈利勒，我已经摆脱了桎梏，获得了解放，而且也已远离。但是，你不要躲避我，也不要提防、戒备我。我不能与你一道工作在你的沙漠里，也不能伴你旅行，更不能与你一道翱翔在你的天空中。

你那不可抗拒的痛苦，原本是神光的闪烁，那光神的额发借助于生命而抖动。

我遭受过困苦，我喜欢困苦。我的道路是一条光荣之路。因为你是我的视线正向，又是我的目标和愿望所归。

亲爱的人儿，望多保重，你拥有全部权利，星星比虫子可贵。

我有一个希望……希望你了解我……我盼望自己拥有的东西，也盼望你拥有它……我希望你了解我。

我多么想你，然而必不可少的接近是理解的接近。

我希望用意志和愿望接近你，其原因是很多的，但我仅仅说出一个原因就够了……那就是我爱你。

我对自己和你以及上帝都是这样说。这是一种将我们与上帝系在一起的情感……我就是一种像锅炉一样沸腾的情感！

现在，你要听我的声音，不要说话，就像我每天夜里对你说过的那样做。

你就像孪生兄弟那样做。

上帝令你日夜美好，使你幸福！

来自玛丽的挚爱

致玛丽

1913年7月10日

亲爱的玛丽，假若你心情抑郁，假若有一事使我忧愁悲伤，这是因为恶人的口舌无所不伤。那恶人背着你像猛狮一样攻击你；而与你在一起时，却显得像及时雨。

灵魂里有模糊的东西……就像一杯白色的混酒……不过，你要知道，死神就是一杯混酒，我们大家都得品尝。

我们在恐惧中被创造出来，我们藏在洞穴里躲避暴风。

因此，在飞鸟那里有我们在人类中找不到的诚实与光荣。我们生活在我们制作的法律束缚之中，而鸟儿则与大自然的法规生活在一起；那法规是使地球自转又绕着太阳运动的造物主倾泻出来的。

模模糊糊……每一种东西都是模糊不清、奥妙难言的……就连你我的关系也蒙上一层模糊之物，尽管你的心神与灵魂全都开放，但“我”看着“我”，常常觉得模模糊糊。

不过，你忠实而不欺骗，亲近而不疏远，诚爱而不反叛！这也就足够足够了！

哈利勒

致纪伯伦

1913年7月20日

她再三要求我去看她，我说她想了解我的个性及我在想什么。

我曾做梦……

当她来到时，我难过地看了她一眼，悲伤地喊道："我的好朋友啊，你怎么成了这个样子？"

她说："啊，你怎么这样问我？怎么啦？我生来就是个坏女人。天生如此，我将生存下去，我将死亡！"

我还做过一个梦……

她说："你高兴欢快吧……我知道你与他的关系，你佯装你爱他，想用这个办法使你俩之间的友谊关系不中断！"

我一阵哈哈大笑，笑声冷酷可怕，我的周身因之战栗颤抖。

在我的眼前，天地一片漆黑、狭窄，自觉简直容不下我。

我在做梦……

当我醒来之时，我连声赞颂上帝，因为我是做梦！

那个恶魂访问我了吗？我战胜它了吗？

我该为自己的胜利而自豪吗？

玛丽

致玛丽

1913年7月25日

亲爱的人儿：

你的梦使我感到高兴……上帝在你的心中放置了一团借知识和美燃烧的圣火，你不要熄灭它……不要将它埋在灰烬下。

你像从地下喷涌而出的泉水，流淌在蜿蜒曲折的谷地——流淌在我的心的谷地里——然后停下来，在我的心灵深处形成水塘或湖泊，平静闪光的水面可以映出星辰日月之光！

不爱你的人是背叛者……背叛者是不会为你画像的。

我将为你画一幅传世肖像！

我将画出你的心灵和你的情感；每当我静静沉思时，我便会看到你的心灵与情感！

力量是多么美呀！我很健壮，令人嫉妒。我吃得多，睡得少，工作勤奋。

贵人哪，我的口舌为你高歌。

哈利勒

玛丽日记

1913 年 8 月 1 日

他说："你的皮肤是棕色的！你丰满起来了！你变得水灵了！我看你从来没有这样漂亮过！"

近来一段时间，他写了多少东西啊！狂人的话在增多；当他七十岁时，将把那些东西寄给我，让我读之。

他用阿拉伯语和英语向我朗读了《自尽者的内心独白》和《掘墓人日记》……有一祭司夜里起来去献祭，受伤的魔鬼谦恭、柔顺地呼唤他；祭司拒不答声，魔鬼这才说自己是魔鬼，是祭司错误的基础！

紧接着，他微笑着说：

"你知道他们在叙利亚把我称作掘墓人吗？"

中午时分，工人们一大群一大群地涌向餐厅。他说：

"奴性游行……富人之所以是富人，是因其用钱掌握着工人的命脉……还控制着生育权，因为女工不生孩子……资方应该慷慨，工人不是奴隶……人是性欲的奴隶……性欲占了上风，孩子便被创造出来！"

在另一场合，他高声说：

"我希望杀死一大部分人，免得生出来类似品种、素质的后代。"

我说：

“你去杀死他们行吗？”

“我非常高兴而为！”

“你曾经杀过什么吗？”

“是的，我打过猎……杀过鸡，宰过羊。”

但他都见不得血，又如何去杀什么呢？

1913年9月1日

我承认——承认是一种美德，即使他责斥我能减轻负担——金钱和时间是最沉重的负担。

我给他钱时，我说我买了他……买下了他！

我还说，钱是没有什么分量，是瞬间即逝的东西，我把它当作丢弃在角落里的废物……超过我所需要的钱财，我觉得它不属于我！

我把我的馈赠视为不要补偿的礼品。

证明便是我不管金额，忽视数量，直接从我账中划出。

毫无疑问，我想让那些钱作为助学金。人们应该对青年尽这个义务，不能让助学金成为鞍鞯或笼头。假若有可能，而且哈利勒也乐意，我会收藏起他的全部画作，因为对于我的心来说，那些画比金钱更加可爱。

我真的乐意了，我也真的拿到了那些画，以便将之保存、保护起来，也将那些贪心者赶得远远的！

哈利勒爱得慷慨大方，但他谨慎小心，宁愿防守而不去进攻，宁要怒气冲冲的自由，也不要丰腴绵软的奴性。

一段疏远之后，我们又诚心相待了，我对他讲了金钱的故事，我看到他高大雄伟……我看到了他那不肯苟且的心灵和他那了不起的思想……我还看到了他那搏动着的充满高尚与挚爱情感的心。我吻了吻他的面颊，说：

“嗨，哈利勒呀，你多令人敬佩！你是关注人类尊严的一座强有力的大山。如果没有你，我会身遭火烧。如果没有你，我找不到保护我心神的盾牌，也找不到保卫我的手臂，更找不到为我慷慨奉献的心！”

他满怀怜悯与感激之情，亲吻我——我仿佛在梦中——就像上帝亲吻抱在怀里的孩子！

致玛丽

1913年9月12日

玛丽：

我思考还是没思考呢？

一位老友造访了我。一位女访客，你不要生气！这种流行性感冒与我之间已建立起密切关系。相互间已达成完全谅解。我们不能严肃、庄重，因为严肃、庄重为高昂的代价所拒绝！

不要告诉我妹妹，以免她担忧害怕。

我已禁止自己工作。假如我用头脑工作——闭目沉思——我也是思考我的《疯子》。那是我喜欢并敬重的《疯子》；虽然它有请愿书的印记，但却是我获得安慰的根源；每当我生病时，我必去那里避难。在这个用奇特武器武装起来的世界上缺少武器之时，那还是我的唯一一件武器！

流感无论到哪里，都是令人责备的。但对我来说，那倒不算什么让我担心自己面子受损的事！

玛丽，善于忍耐之人乃人中之俊杰。忍耐是一把值得称赞的六弦琴！

哈利勒

1913年9月18日

我亲爱的玛丽：

“女访客”在体验了爱和怜悯之后走了。我的病和疾消退了。我正在复原期中，虽然我还很虚弱……毫无疑问，轻松消灭了酸软，复原战胜了死亡……我的身体将得到休息，但我的头脑根本不可能得到休息。

我总是像鼹鼠一样不停挖掘，不是常在好地里，因为鼹鼠是盲鼠，有时泥多，有时污水多，我感到厌倦乃至恶心，埋怨自己手忙脚乱，无休无止。虽然如此，我的口却难以描述我对上帝的感激之情。因为上帝使我的心变成了那只小鼹鼠的家园。

哈利勒

1913年9月21日

亲爱的：

你不能对我的脆弱视而不见吗？你不能宽谅我的弱智吗？

或许你不愿意让自己大发雷霆？

请不要对我表现出的才智低下而生气。人有时才智少，有时才智多，而我也是人。

玛丽，我厌烦了这个家。我难得离开它，我好像笼中鸟。今天阳光灿烂，我也许到公园去，坐在那里注视人们的活动，观察人们那被疲惫折磨得憔悴不堪、被丑陋征服的面孔。

丑陋世界对于常在的美来说是必不可少的，因为无瑕之美会消除美的意义。

我需要丑，致使美在我的眼里有其特定含义。

我看到了丑陋——我看到愁眉不展、没有灵魂的狰狞面目，既没有漂亮可言，更不见秀丽存在。

欢乐又是多么需要忧愁啊！

哈利勒

1913年10月8日

我亲爱的玛丽：

在过去的三个星期里，我整整活了一生。我渡过了大洋，现已到达一块新的土地。

热爱生活的人，为什么如此贪恋尘世呢？

我将带着颜料箱和墨水瓶，到一个地方当隐士。真正的隐士索居荒野以便发现自己，而不是为了失去自己。一个人可以在任何一个地方找到自己，然而他在大城市里不得不用利剑劈路，才能看到自身的影子。

我每天工作不宜超过几小时。工作之后，需要休息、宽舒和宁静。因有许多事缠心，我厌烦了工作，许多时间飞闪而过。有一种思维方式，或者更贴切地说，为了证实存在，不向人提供任何体力劳动的机会。

《诗集》最近就要出版。我今天修改了校样，修改校样的确是最令人厌恶的工作，可是世上还有比仔细研究考证你那死去的灵魂所留下的作品造成的烦恼更令人厌恶的工作吗？发掘坟墓倒没什么难的，而考证古物却是失魂落魄的难为之事。

我的新书正在装订。他们劝我推迟上市时间，以便为前一本书让出销售空间。

哈利勒

1913年10月26日

昨晚，我害怕得要死。我在两封电报中度过的三个小时，是我一生中最可怕的时光，令我束手无策，无可奈何。

我收到你的第一封电报时，立即带上轻便行李，开始来回走动。当时时针指着十一点。火车是一点钟或一点前几分钟开出的。我想向你谈谈我内心里的忧虑和恐惧。

那电报，我读了一遍又一遍。电文里的“正在好转中”给了我一种预示……于是我绞尽脑汁，苦思冥想——些许平静的思想将我的焦急情绪转化成了怀疑。我是星期五收到你那封电报的，这给了我另一种预示，我的感觉稍有不同，即使我的恐惧心理并未减轻！稍后，我给你发了一封电报。

亲爱的，你看到了吗？我担心的是你病了，却又把实情隐瞒起来……

你微恙不适之时，我正在314疗养院。我在那里，大开了人们的眼界，引起了纷纷议论……进314疗养院必走门口，而从那里出来，人也不能从窗户飞出。

在收到你的第二封电报之前，这些想法一直在我的头脑里相互搏斗。第二封电报减轻了我的思想负担，将我从满是疑团的坑里救了出来……我立即上床，和衣而睡了。

现在，我感赞上帝使你近于痊愈了。我将相信你说的每一句话……我将不允许自己在那字里行间阅读，虽然那是十分必要的。

我在阅读中度过了多少年啊！这是我习惯中的一种动脑习惯——当人们和我说话时，我听到的是他们没说的话语……当我读书时，我看到的是他们未曾看到的东西……

但我答应你，在困难时刻，我不再读你字里行间所包含的那些东西……我只读你写的那些，相信你不会隐瞒事实真相，不管是怎样过去的！

你如不来，我就去波士顿。但我期望上帝让你来，亲爱的！

请莫怠慢！

哈利勒

1913年10月30日

头脑在学习新东西，而心还在顽固地实行过了时的旧法规。我的生活是先人们过的那种生活的一种新模式。

你开始解释对我说的那些事情，这是为什么？我理会话中精神，难道你不相信我的理解？

还有一件事，我想说明一下。我希望……希望……你不要以为我很敏感，我很快就会感到悲伤的。匕首要把我刺伤，而用拳头制成的刀子是伤不着我的……粗暴的话语和锐利的目光会使我保持警惕，但铁手是无害的。

不反映我的真实情况的东西，会自动被抹去。你只管平心静气。因为你的好朋友不是浮在牛奶面上的奶油皮！

你说你将于11月8日来这里，我感到非常高兴。我们将享受美好时光，享受长长的一段美好时光。

变为生活所爱的人儿，再见！

哈利勒

1913年11月2日

我亲爱的：

富裕安乐因土地利用及其产品分配而来得轻易。但是，分配制度的混乱是个巨大的灾难！

我不认为他们会公平行事，相反他们会背道而驰、背弃真理。凡事公正处理，才会赢得人心，如同遇事以怜悯为怀，方得上帝欢欣。

因此，同情若干耗尽生命者，尽力帮助他们，使他们从跌倒中站立起来，这样的人心存怜悯之情，身近造物主。

我之所以说这种怪话，是因为我近两天看到的事情使我心中充满怒气……我看到了贫困，我看到了受凌辱者，我看到了遭贬损的赤贫……我看到一个被杀的人，躺在人行道上，鲜血从他的心脏流淌出来，我看到他的衣衫破破烂烂。我说：

“这就是被贬抑的贫困！”

我的思想常常来自我的视觉，而我所看到的正是希望路上的绊脚石。

哈利勒

致纪伯伦

1913年11月15日

亲爱的哈利勒：

眼睛只能看到部分，因为它是身体高部位的哨兵……你不要抬高目光，也不要压低它，不要仔细打量人类，也不要留心观察……如若不然，你必遭灾难。

你的使命夹带着欢乐而来……之后，令我心烦意乱……你那模模糊糊的形象出现在你的话中……你的话在呼唤着你！

我的一半在这里，我的另一半在那里；我想乘上火车，以便使两个一半合一。

当我到达之时，你不要说话。我在听你说话，你有什么必要开口呢？你不要微笑，因为我已看到你的微微笑容……

我希望的是成为近人！

财富都集中在你那里，然后化为光芒从你的两眼里放射出来。眼睛透露出你心底里的秘密……你的眼睛能言善辩，并讲着一千只伶俐口舌讲不出的话语！

纪伯伦，为了一件你所深深谙熟的事，上帝已经举荐了你。你要好好珍重自己，不要忽视自己……你要珍惜自己的时间，不要白白浪费它！

上帝已把你荐举给光辉大业，你要当仁不让，受之无愧！

我为你祈祷祝福！

玛丽

1913年11月16日

上帝赐予你吉祥如意，将你奉为神圣，使他给予你的荣光久在长存。我已收到了你的信，其中有关于病的苦诉，我没把此事告诉玛尔雅娜，只有我自己暗暗悲伤难过，担心我所散布的恐惧情绪就像你的病引起我的那种惊慌。我自己感受到了所面临的痛苦，仿佛我就是病人。

每当我历数你的负担时——你那令人精疲力竭的工作，你的两种艺术，你的两种语言，躲在黑暗处的不义者的攻击，你的孤独，家中没有贴心人——我的钟爱之情便加倍增长，禁不住泪水潸然而下。念上帝将我从梦魔中拯救出来，我的心神方才得以轻松安静！

当我念及上帝，并且看到他的伟大存在时，我便如释重负。

当我提及上帝，看到那无可挑剔的巨大动力存在时，那美妙的场面呈现在我的面前，我感到欣慰万分。

纪伯伦呀，你是属于上帝的，你是上帝的先驱者之一——你是在过去为未来而创生的。

今天你所写的是一些零星的见解，将来可结为论集，因为未来的人将学习如何看、如何听和如何读。你的工作不仅仅是诗，也不单单是绘画，你的作品就是你……你就是你的作品！那样一天即将到来：你的沉默与你的著作一道读，你的黑暗成为你的光明的一部分。

我爱那个我已开始看到的未来。那是浸透着上帝意识的荣光。那是与上帝永存的乐曲，那深沉的乐曲的回声回荡在万物之间。

玛丽

1913年11月27日

哈利勒·纪伯伦，

一个亲切的名字。

这是致谢的日子。

真的，哈利勒，真是致谢之日。

真的，哈利勒，我明白。

我打内心里明白你的最大愿望……你愿意独处幽居，你愿意单独与你的灵魂在一起。

就是两个人在一起，必然发生的事情难道不会发生吗？心不为相见和离别而激烈跳动吗？

再说，相见和离别，都会引起周身颤抖的！

那是必然要发生的事！离别常常持续很久。但是，对于我和你来说，不论离别的时间多长，新哈利勒与新玛丽之间的相见总会一再发生……两个两个地，三个三个地，四个四个地。

像这样反反复复！

今夜，夜已过去，东方尚未透出黎明曙光，我还在床上躺着，头脑里忽闪出一个念头：

"亲爱的哈利勒为什么不去古巴修养一段时间？"

花上八十美元，在百慕大[1]小住两或三周。哈利勒，你去吧！上帝要你去的！你行动吧！

你好好想一想，动身吧！这次旅行对你，对你的心和头脑都是有益的！

你不要多为我想，不要生我的气！我只不过是为自己的情人着想的钟情者！

玛丽

1913年11月29日

我亲爱的哈利勒：

我是多么忐忑不安！我的心被忧愁缠绕。我为你担惊受怕，心似火烧，肝胆俱裂。

---

[1] 百慕大，大西洋上的群岛，著名疗养和游览胜地。位于大西洋西部，距北美大陆约930公里。首府汉密尔顿。旅游业为群岛上的主要经济来源。附近海域常有船舶或飞机失踪，故被称为神秘的百慕大三角区。

你去百慕大休息一下吧……我希望你去那里静心生活一段时间。你必将身体健康，心情愉快地回返。

你去吧，把你的忧虑和惆怅全丢在你的房间里。上帝想让你那样做，你就照上帝的意愿行事吧！

你已做过，或想做的，或认定的每一件事——证明你对我的爱——均使我内心充满欢乐……就让我在爱的激励下所做的每一件事情也成为你快乐的源泉吧！

我不要他人替代你。我很满意，你充满了我的心。你迷恋上了我的心。岁月啊，你不要过去，不要让我觉得你好像是梦，我宁可啃石头，也不愿意让你走！

玛丽

致玛丽

1913年11月30日

我的灵魂伴侣：

上帝啊，亲爱的，你多么美！玛丽，你的心多细，想得多么周到！那正是你的文雅、聪慧、精明所在。

你为我尽心尽力，支付一切，可是你还是认为自己什么也没有做……

你把我藏在你的心里，同样，我也把你装在我的灵魂里。你反映了我的思想，正像我反映了你的思想！

你是我的灵魂的一半。上帝呀，你是多么美！……

我找不到去百慕大或古巴的理由。我的健康状况良好。如果有必要以空气换空气，那么，休息疗养所还是很多的。

我不需要换空气，也不能把我头脑里的思想换掉……亲爱的，我迫切需要的是你，需要你那浓荫和你那卫士般的灵魂。

玛丽，请相信我，我真怕你有什么事情瞒着我……我怕你使我对你的痛苦一无所知……这种想法使我痛苦不堪，尤其是在漫漫长夜。

玛丽，你会怪我犹豫不决，说："我看他在克制自己，想的是要那么多钱……"不，不，不！你那双天赐之手给予和赐予我的太多太多……慷慨地给予了我以真正的生活！我知道，我所犹豫的是开销造成浪费奢华之时。

亲爱的玛丽，现在我将重读你的来信。反复读之，便会多次为我心中增添力量。

你要知道，你要知道，假如我说话时用另一种称呼呼唤你，那么，我就把你称为：

“喂，喜神！”

哈利勒

1913年12月7日

我所爱的你：

你的心里有怒气在翻滚吗？是不是因为我没去百慕大使你失望？是否因失望而感到不快？我为你祈祷，但期你做个好梦。在冬季，雨云浓重，我周身充满活力，而在夏天却不活跃……再说，我在一个自己不熟悉的地方，我的天性便失常态，一旦远行，仿佛觉得将真实的自我丢在了身后！

我试图了解你正做什么，但徒劳无益。我现在还是不了解。我多么想用安稳和平静的心态战胜自己的情感！

你不想说吗？跟我谈一谈，祛除我心中的忧虑与烦恼，给我的心灵注入没有恐惧的全新感觉吧！

或许我要去波士顿，和我的妹妹一起度过十天光景。在你起身去南方之前，有希望在那里见到你吗？

亲爱的，不要抱怨我的疾病。

哈利勒

1913年12月19日

我所恋的你：

星期日一早，我将到波士顿。你若愿意，我与你共度午后时光……我在星期日中午一定和你联系，我的心的另一半，请等我和你通话……和你共度的时辰多么甜美呀……我喜欢与你对坐说话……我深爱两颗灵魂亲切交谈！

玛丽，我俩之间有一种灵魂的私语……我早就知道这一点；如若不然，怎么会有那样奇妙的相互理解呢？我又怎能知道你的内心所思，你又怎样了解我的内心所想呢？如果没有这种灵魂上的无声相通，这一切又作何解释呢？

你不是说过，你能在遥远的地方和我说话吗？

我不是也说过，我能打遥远的地方和你说话吗？

这不是灵魂与灵魂交谈吗？

是的，我坚信我俩之间的联系是一条环环相扣的锁链。你我两颗灵魂之间日夜都在相互唱和，亲爱的人儿！

星期日相见。

哈利勒

致纪伯伦

1914年1月17日

喂，谢赫[1]！喂，我的朋友！蒙天祝福的哈利勒！我度过的这一周的日子里，我的目光总也不离开你的巨大照片……洋溢在我内心里的欢乐，用我的语言是无法描述的。

我把表丢在桌子上了吧？你若发现了，就把它放回我寄给你的金表的盒子里。这是我常想的一件事——假如我把我的表送给你，那么，那只表就不会和我的衣服一道倾倒出来。因此，十五个月以来，我一直没有带着它。此外，我喜欢大而价格便宜的表。

我自己感到好笑，因为我将建议你去洗土耳其浴，它可以祛除体内的有害污物，促进血液循环。

哈利勒先生，我的心笑得多美……我的灵魂吻你多美……我爱你多么美啊！

把你关于创作的想法一一写给我吧！

不要让你的时间空过或耽搁，因为生命是短暂的，不要浪费分秒！

玛丽

---

[1] 谢赫，原意为老人或长老，在家庭和社会中往往是对老人的尊称。

1914年2月4日

爱的爱者：

我所听到的使我感到高兴……你写的词语会说话。你不妨举行个画展，因为你旅行需用钱……你应该走动走动，那是你和你的思想所渴望的自由。

我希望你在给予和索取上都是自由人。

你说我常常给予，可怎么不晓得你所给予的比我所给予的要多得多呢？

我从你那里得到了一千次脉搏跳动和一千个思想……我从你那里拿到了常人拿不到的东西……你又得到了什么？且慢，你拿到了什么呢？

我舍不得我的地位和我的地方，我不同任何人交换上帝给予我的东西，即使是他拿赤金来换取。

我与你之间存在着天上的秘密。

我与你之间存在着哲人们的金石。

我与你之间存在着光明与黑暗的真理。

我与你之间存在着信仰。

我信仰上帝，你所受的折磨不会给我的真诚信仰带来任何影响！

你的困难使我靠近你，你的痛苦将我和你联系在一起。请相信我，每当我想起你，我周身颤抖，就像发情期的女性。

我的爱在成长，成长着，不断成长着。

我的心希望什么又怕什么呢？我希望，我害怕……我希望你为你而存在，我害怕我失去你……假若我的心灵服从你，我定丢下工作，离开家乡，抛开……丢掉一切……跟随你而去。

顺致诚爱！

玛丽

致玛丽

1914年2月8日

我的高尚爱人：

我想叙说一下你的信中所关注的事情。你的心在我的灵魂中创造了一个灵魂。我读你的信，只觉它就像源自生命核心的书信——就像生命之书——在大多时候，在黑暗的时候，当我被忧愁困扰而感到失望时，它便应时来到我的手里。你的信中总是夹带着那种为我们装点生活的日日夜夜的因素……每当我的心痛苦不堪时，我便感到需要有人对我说：

“快乐点吧……高兴点吧……对于所有的心来说，都是明天，不论是颤抖的心，还是被剥夺的心！”

你确实做着这些事！

顺致至爱！

哈利勒

x年×月×日

玛丽，我几夜未曾入眠。

我工作很认真……心气很高……如愿以偿！毫无疑问，成熟的果子是甜美的……亲爱的，追求是甜美的，成功是甜美的。这就是替我说情者。你是喜欢工作、热爱永恒的。

“瞎说……”你将会说，“纪伯伦在说梦话！他究竟在说什么？怎么这样不留心把词语散落开来？怎好不先选定意思，然后将之置于词句之中呢？”

这是你将要说的话。

我再回头谈生活需要。我不想要比现有的火炉更大的火炉。现用的火炉足够了，过暖会使胸部感到沉重，说不定还会发生呼吸困难。

我给你写最近一封信时，纽约人还被冻得上牙磕打下牙。这使我怨恨起老天来。

我希望……我希望……你往芝加哥写信，对火炉的主人说我们不需要了，并致谢意！

玛丽，你以你的高尚灵魂到达了众星斗以上的一个地方。你像智慧一样久居那里吧！不要下降……我如此爱着你！

哈利勒

1914年3月1日

玛丽：

暴风雪席卷了整个世界，仿佛要将之连根拔起。风暴能把海洋和陆地连根拔起吗？多么奇怪呀！狂风肆虐，而画室却稳居避风处，平安无事！这里温暖洋溢，神魂平静，我甚是快乐。

亲爱的，暴风解救了我的心；

把心从琐碎事中解救，使之痊愈；

使心从那沉疴痼疾中痊愈，并保护之；

保护心免受鬣狗夜袭，使之足饮；

令心足饮透明杯中的美酒。

任何令人生厌之物，均不配与暴风交往。

暴风还在刮着，这正是我所喜欢的。

风暴令一切隐藏的东西兴奋。某种情感沉沦，暴风会将之唤醒。我的感官苏醒了，我的心在激烈跳动。我将投入自己的工作……她——暴风，紧握着我的手！

我发现自己已站在高山顶上，暴风在我的四周呼啸……我不知道，那里有像这样的地方吗？有朝一日，我能躲到那里去，以便把我的心变成画与诗吗？

现在，你和我都在工作。暴风唱着狂放的歌，跳着粗野的舞！

哈利勒

1914年3月8日

玛丽……玛丽：

星期日，生命停滞，一片寂静！我星期五是在福特·奥斯妮女士家进的午餐，菜肴丰盛，饭饱酒足，一顿享受……当我心境明澈、自由奔放之时，我感到十分幸福。当我说出我的思想中孕育的东西，而且所说的既无妨害，也没有罪过时，我亦感到十分幸福。

在我的心底爆发了一场强烈革命，我被它的烈焰带到了埋头工作之中。我夜以继日、夜以继日地绘画、写作和顶礼膜拜上帝。

玛丽，我如何描述令我着迷的东西呢？我常常乘着风翅高飞，以便见到天主……那时，我忘掉了痛苦。我像你一样，在我的心中变得高大，在我的感觉中变成了自由人。

我最近的一篇文章收到了所期望的效果。但东方的朋友们说，我发表了它，就是在死亡证书上签了字。

我不在乎！我的责任像阿拉伯人一样在于告诫，而结果握在上帝手中。

哈利勒

1914年4月5日

玛丽：

每当我沉湎在绘画之中时，我总觉得我的灵魂徘徊在丛林与巨木之间。

亲爱的玛丽，我沉默不言，鸦雀无声。我努力工作，因吝惜自己的精力而入睡。我有时一连睡上十个小时。我觉得工作和睡觉剥夺了我的说话权利……一天天过去，我杜门不出……我不离开房间，只吃些方便食品，安心、自足地睡觉。

随着日子的推移，我心底那个修道士的决心更加强烈了。

生命是一部饱含各种可能性和无边无沿美好成就的长篇小说。然而人们是透明的薄板，他们的灵魂是瘦弱的，他们的话语是苍白无力的。

生命是一种力量，人总是鲁莽从事……然而生命与人之间隔着一条不可逾越的鸿沟，除非人把自己的灵魂捻得像螺丝一样。那么，人值得变成演杂技者吗？

我自己能够在矛盾的两端之间保持平衡。我能够在锁链的两端之间，在原始人与登至文明顶点的人之间保持平衡。原始人是本质的人，而文明人则是敏感人。但是，我在这里，在纽约，我总和普通的、有文化的、有教养的、有道德的人谈话——他们是空虚、脆弱的人！

这种人悬在天地之间——居于空中！简直是居于天堂与地狱之间的白痴！但是，这种人在他们的摇摆荡漾的位子上，尽享清闲安乐；他们觉得这种安乐舒适自在……对之爱不释手！因此，他们不时微笑着。

两夜以来，你一再出现在我的梦境里：我看见你与一个身材修长的男子跳舞，我看见你像鸟一样凫水。

你在咯咯笑着！你何不寄一张你个人的照片给我呢？

哈利勒

致纪伯伦

1914 年 4 月 16 日

哈利勒：

哈利勒·纪伯伦，我不是对你说过，我……我和你一起参加今冬每星期三的传统舞会？这是最后一次晚会，也是最后一个星期三了！

难哉！蹦呀，跳呀，跑呀，跃呀！曲身……鞠躬……温度在升高，多么欢乐，多么高兴！完全忘记了两个小时的漫长，又伴另外四个人跳了一遍。

也许他们忘了我是你的朋友、你的伙伴和你的陪同。

我的所有日子都要陪同你度过……每当我感到远离你的时候，每当你那两只从高空往下看的眼睛远离开我时，我的心情总是闷闷不乐。

当我用两只肉眼观看，当我单独感受微风吹拂，当我听到这颗自转星球上的喧哗时，我是多么地不幸啊！

奇怪呀，多么奇怪！你专横地占有吧！我是一个女俘，我的主人！

玛丽

致玛丽

1914年4月18日

我亲爱的玛丽：

我不会忘记你的大恩大德。亲爱的，我是多么欢快！星期日我们将一起度过。许多天过去，我一直没见到你……我一定要见到你，以便观察或了解生活中的许多事情。

你来访之后的日子，总是那样清新，明媚，充满顺利，充满温柔、快乐和兴奋……那是纯洁、体面的日子……那是向灵魂表示好感的日子，那是值得赞美的日子……我知道：在那些日子里，我做了些什么，我没有做什么；我是什么，我不是什么；什么是那个，什么不是那个！

这都是你走后的事。

啊，我是多么欢乐……你就要来！

哈利勒

1914年5月3日

称心如意的人儿：

星期日从你那里得到的祝福，已令我心满意足。我在短时间里生活了若干次。啊，我多么喜欢你！啊，你的灵魂多么高尚！你的自由和财源多么可贵呀！

你在任何事上都不拖延，仿佛你深知拖延等同吝啬……啊，你是多么值得称赞！

我独处时，总是一遍又一遍地重复着你的那些话，仿佛那是诗，好像你是那位不让私欲诱使自己做坏事，以防自己的尊严遭贬损的女性，似乎你从上天的乳汁中吮吸到了高尚精华。

我们在畅谈中度过的如胶似漆之夜里，你我对坐把盏，同饮共欢。

你常常打开我的眼界，让我饱览一种新事物或多种东西，我又常常张口侃侃而谈……

我看到了真实的自我……我看到了赤裸裸的自我，没有任何掩饰和遮盖……正是你使我的双手指向我的灵魂的闪光处。

我这就外出给你发信，吃午饭。我回来后即投入工作……和你一道！

哈利勒

1914年5月24日

玛丽，你的温柔锁住了我的视线，你的话语将我俘虏……今天，在这天气晴朗、暖中微寒的日子里，我想着你。我很想到一个森林中去，那里没有人，也没有妖，仅仅有无数游魂，那里的惠风中夹带着来自你的吉祥！

还有书……和纸……

我只要轻快地一动，便深入进拥挤的树木之间，仿佛我决心实践我的心灵许下的诺言。

玛丽，我想着，当暴风突然刮起之时，你正在森林的中心，远离繁华地区，在一个荒凉的地方，你只能听见狼嗥，足以替代数十次震动你听觉的污言秽语。

人们及他们的话语多么丑陋！远离他们又是何等好啊！

我想起了暴风，还有比从运动中创造生命的元素更美妙的东西吗？

让我们一起到丛林中去，让我在那里和你交谈吧！我常和你在没有人烟的荒凉之地谈话。我所明白的任何事情，都会讲给你听。

我多次重复这句话。这话中没有任何夸张，而是确凿事实。

当时光肆虐时，我向谁诉苦？我向何人诉说灾难？当我的箭射偏时，我又向谁诉说我的苦闷？

向你……

是的……向你诉说……

哈利勒

1914年7月8日

亲爱的玛丽：

我的心神将你赎回了，亲爱的玛丽。得到你的理解是无比幸福的。你是生命的施主。你像跟从人的伟大灵魂，不仅仅与之共同生活，而且为其生活增添新的内容。

我得到了来自你的幸福。这个世界不曾发现过像你那样慷慨施予我的先例。你——我对你说实话——就像从宇宙自然法则之外的天上降下来的奇迹！

我在《疯子》里说过，我现在还要说那些了解我们的人，他们会奴役我们的一点儿什么，或者奴役我们的某一部分。而你呢，却恰恰相反，你对我的了解，则是一种令人放心的可靠大自由。在你我相处的最近两个小时里，你把我的心抓在你的手里，用力挤出其中的水，发现那里有一黑斑。但是，你刚一发现黑斑，便将之永远抹去了，我变成了一个自由人……一个完全摆脱桎梏的自由人！

你在我的胸中点燃了钟情之火。我洞察到你是一位修女，修行在某座山上的禅房里。我打心底里不喜欢那种居于充满玄妙之美地方的修士。

我恳求你不要鲁莽行事。一次修行，既不能使你的灵魂得到满足，也不可能解除你的干渴。你应该始终坚强，心态平稳，以便再一次成为修士。

月桂树叶和接骨木树叶散发着芳香，沁人心魂！造物主使你远离所有灾难。承蒙祝福，我的健康正在恢复之中。

你要想得到更多的爱，那么，你定会从我这里发现它。

哈利勒

致纪伯伦

1914年7月13日

灵魂的爱人：

你是一座葡萄园。我的神魂为你而高兴，我的心田因你而感到宽舒。每当我想起你，我便看到生活是多么甜美，我感到生活是多么令人快慰。

今天，我正是如此——无忧无虑，充满希望，轻盈信步，看到大自然在微笑。

你就像我的双眼和双手。我到你那里寻找水草，我十分关心你，我也发现你十分关心我！

你像我的双眼和双手——你像我真实的存在，你像树木、岩石、苍天、溪水和高山，我们就站在那山脚下。我们是实际的存在……我们是真实的存在。我们不是松鼠、田鼠、家鼠和猫头鹰！

我有时认为声音由下方传来，因为我在谷底，看山显得很高，又到很少人来的地方……但他们不看我，我也不看他们……山里常常传出人的声音，而那里却没有人。

我生活在巨石堆的夹缝之中——那巨石就像五指和手掌……我们本在岩石中，我们将之认作盗贼的避难处。

我每天只有当太阳西沉时才离开那里一次……我走到河边，下到水中，把我的桶灌满水，然后上岸。没有一个人接近我，因此我身不裹衣！

来的东西是何其多啊……都是我说过的那些东西，仿佛还活着的东西！

我醒来时，月亮挂在天上——但正值白天。丛林中挤满了骑士，他们三五成群地行走着，漂浮着，彼此叠罗着……有一标骑士，他们的国王便是哈利勒！

你是我们的手，你是我们的口。你能说出和画出我不能说出或画出的东西。

上帝祝福你，上帝得为你祝福。

顺致我的爱。

玛丽

1914年7月17日

亲爱的哈利勒：

星期日，我也进入了暴风之中——早晨，我坐在一驾奔马拉的车上，那匹马十分强壮！在呼啸的风中，在濛濛细雨下，我沉思着……我想到了你，且看到了你！你常在暴风中与我在一起，多好的伴侣！

星期一，我给你写了一封信，我把那封信封存起来，因为那时我被悲伤所征服。现在心情舒畅了，我再次给你写信。不过，你是知道书信与说话之间的区别的。

至少你与我同在最黑暗的时刻！我感觉到了这一点，即使你没对我提及，也不曾想我。因为思想是我们的很小一部分。

我们都比我们所了解的多，尽管我们的相互了解还在增长。

如今，每当我想到你，面前的云雾便消散而去。我感觉到了美，也感觉到了温暖。

有时候，思绪万千……请不要认为我是思想的姐妹！

我想写，但我写不出什么。

高尚的灵魂，最可爱的人儿，我要多多给你写信，更多些！

玛丽

1914年7月19日

亲爱的哈利勒：

谷地山后的东方天空布满乌云。我真想到那里去，和你一道迎接暴风、雷鸣和闪电……帷幕垂落之前，有一件大东西将降下，我不会下去的。

属于我的日子所剩不多——那些日子属于我，也属于你。那是内心深处的时间，我看到许多人从你那里接受生活，因为你是痛苦的。我从火焰中看到了黄金——我看到无穷黄金，但不能用话语迎接而只能用心……那是一个遭受生产之苦的女人，你怀着无数的孩子，你，亲爱的，正滋养着这个“颠倒的世界”。

总有一天，你将得到永久的快乐。

你播撒了你的心，由你的种子生长出来的无数心将朝拜你。

几世纪后，你将遇见那些心……他们爱你，紧紧跟着你，呼唤着你的大名。

顺致爱……爱属于你。

玛丽

致玛丽

1914年7月21日

亲爱的玛丽：

我至死不离开此地，因它是永恒避难所，是记忆的故乡，又是你来访时的灵魂寄宿之地。

我不会离开……我将留下……因为即使你身不在，我也能看见你！不管我愿意与否，每当你来到这里，我还是允许你走……不管我愿意不愿意，你走时，我的灵魂总要哭泣！

我不离开……我将留下……因为你留在这里，不会离去！

有一天，我想到受到了虐待，好像你受了虐待。不过，你要知道，你是虐待了人的受虐待者，我是个横行霸道的人。

让我开开心吧！安慰一下因痛苦不知所措的钟情者吧！

哈利勒

1914年7月22日

亲爱的玛丽，邮差一早送来你的信，好像一早给我送来了光荣和功绩。我相信亲爱的不来访了。我感到我的心在用两条健壮的腿行走，欢乐上添欢乐，看不到我有另外的生活之路……你就是生活。

从所有不实在的东西中解放出来，是多么好啊！没有麻烦、难题的生活多么甜美啊！正是你把生活给我描绘得清清楚楚，即使我在梦中也看不到如此清晰的生活之路。正是你激起了我对生活的饥饿感。因此，有那么一天，我将登上一座山，你那引路的灵魂便是我的伴侣。

我天性喜欢沉默、静思。我心里有对我来说也是新奇的东西。我很想把这些东西倾注在各种形状的模子里。不过，我的这双手现在还并不急于行动——我忙于一切事……只有森林除外！

昨天我早晨出发，回来时已是初夜。

玛丽，当我们能把今世抛在身后时，那来世是多么精彩呀！我们要的是真正的世界——永恒生命的世界。

我们满怀青春豪情奔向那幽冥、日夜之后的异城。

就像我了解你那样地了解我，该是多么美妙！

你为我的生命增添了独立性。

你给我的生命注入了动能。

夜夜安好……上帝为你祝福！

顺致爱……爱……

哈利勒

1914年7月23日

玛丽，我做了一次漫长的梦中旅行。我看到了风信子和延命菊。我和你一起站在一个濒临大海的山丘上……

你用奇怪的声音说：

“不把它投入大海，我们是不会走的！”

我知道你指的是那尊巨大的雪花石雕像，即我们从地下挖出来的那尊阿佛洛狄忒[1]雕像。

但我回答道：

“我们怎能做这种事呢？那是上帝的至美造物，紫荆的痕迹仍然浸染着她的双唇，二目呈天蓝色！”

你说：

“哈利勒，她是石与土的抵押物，多该被沉入大海，你不认为她是最幸福的吗？”

我悲伤地说：

“是的……是的！”

我们抬着阿佛洛狄忒……抬着巨大女神，仿佛她很轻，我们从巨石上将之抛入大海。我们兴高采烈，因为我们给她穿上了水做的殓衣！

那时，一群鸟儿飞在我们的前方。当鸟群飞近时，鸟群中突然

[1] 阿佛洛狄忒，古希腊性爱与美貌之女神，相当于罗马的维纳斯。她被崇祀为战争女神，偶尔还主持婚姻。妓女把她认作自己的保护神。

起火，变成了飞的火焰。

你说：

“你不认为我是正确的吗？”

我说：

“是的，你是正确的，不会弄错！”

哈利勒

致纪伯伦

1914年8月1日

亲爱的哈利勒：

我现在离开了大山，但我不是过去几天里的那个样子了。

在山里，我和你一起，经历了在灵魂小道上行走的实践。

我总想给你写信，述说我的所见所悟，但很可惜，我不能够如愿，因为我失去了表达能力，笔僵固了，墨水也干涸了。

我是多么需要你，以便向你谈谈我和你摘去面具之后的情景。

面具……就是我们在人群之中借以遮脸的面罩！它就是没有我的男友和你的女友的那个世界的面具。

在我的内心里，陈旧的东西已经死亡，全面地死亡了。我不认为腹中胎儿生命比那三年的黑暗更黑暗，我把那三年视为现在的阴影、鬼影下的生活。

三年前，我看到了海面……看到了海水泡沫……在过去的几天里，我学会、理会、精通了！

知觉与分辨之间的距离是多么大啊！

我的灵魂紧紧抱住你和你那有关阿佛洛狄忒的美梦。你的灵魂带着使我们两颗心产生疑虑的因素奔腾。

我打心底里知道——你也知道——我们很快乐！

我们不吝啬生命，但有求于生命，热爱生命。

我感觉不到时间，却感觉到死与生。在山里有很多东西，我只学到了一点点!

山与我们在一起……山与我们在一起……

玛丽

致玛丽

1914年8月7日

亲爱的玛丽：

我在这里度过了一周多时间。这里潮得厉害，挫伤人的锐气，削弱人的意志。无论意志自身如何奋发，但总是厌倦工作，懒于思考……就连精神也不听使唤了。

人来人往，熙熙攘攘，大多数都是生面孔。我喜欢和妹妹在一起，手足亲情完善无缺。

但是，人们总是不肯向我们施舍自由和安静。他们一批批来，说个不停，久久不肯离去。

寒冷也趁火打劫，跑来折磨我，令我痛苦不堪。因为天太冷，我难以逃走。

现在，我就把我的情况告诉你。有件事情使我心神不安，我简直变成了疯子。我看见许多人，知道他们满怀友谊，但我与他们坐在一起，与他们交谈，我感到心烦意乱、焦躁不安，很想给他们以思想上的伤害。

每当他们奢谈时，我的头脑便感到惊讶，于是展翅飞去，不久又飞回来，仿佛我是一只鸟，腿被线牢牢拴着似的。

我对叙利亚人是没有戒心的，因为他们胸怀坦荡，罕有诡计，他们不懂得花言巧语。在我看来，那种试图用自己的名声和小聪明把你拉向他的人，才是最丑恶的人！

我们应该一起多度过些日子。我下周去纽约，妹妹将与她的男女朋友们去农村游玩。

我将读你的最近一封来信，其中定有低声细语，还生着翅膀。

为生命微笑吧！

哈利勒

致纪伯伦

1914年8月12日

亲爱的哈利勒：

我真想躺在温暖的阳光下，在追求知识中做梦吟诗。

我真想做一餐美味，叫回那辆车，遇上众芳邻，睡上八小时，缝补衣服，采摘花果。所有这些，我都想做；若能做了，那该多好啊！

然而我那忐忑不安的心回忆起那比这种生活更宽裕的舒适生活。那是最惬意的生活，富足有余，充满欢乐，我在天上飞翔，飞上双子星，不再回来！

这里的生活是真实的。然而对于我和我的感觉以及我的意识来说，它是曲调混杂的音乐，或者也许它的分量被遮藏起来了……那里有天，或者近似于飘着云朵的天！

难道我是在说梦话？

沉思多么好啊！它使我感到欢乐！

它能保护我免受攻击！

思想……思想时而使我站起，时而又令我坐下，但它既不离开我的眼睛，也不离开我的头脑，因为你是力量的象征。

哈利勒，你要知道，我的心是鸟的翅膀，它来去你我之间两次只用一个小时。

宇宙的创造者呀，为哈利勒指出一条正道。就让他以言行成为完人的典范吧！请把一切东西给予他，以便让他通晓一切！

哈利勒，每当我这样向主祈祷之时，我便接着说：

“主啊，求你保佑我们免遭灾难和失望之苦，让哈利勒成为主人吧！”

……

玛丽

1914年8月16日

哈利勒先生：

你的名字含有高雅、伟大的意思，有天赐之意，你就是上帝的忠实朋友。[1]

我感到自信我有两个固定的翅膀，你有两个可以展开的翅膀。我觉得你张开了自己的双翅，我们飞向我不能独自降落的地方，因为我的心里充满了你翅膀上的羽毛，和你的心一起飞向上帝！

在日落与黑夜之间，傍晚到来了。我行走在将生命馈赠给谷地的水渠之上。我的下面是绿草如茵的田园，那里点缀着座座房舍，

---

[1] 哈利勒在阿拉伯文中的意思是“忠实朋友”。

还有像蛇一样弯曲流淌的大河，以及一眼望不到尽头的白色大路。

我的上方是高山和历史留下来的灰尘。

这就是你我在晚霞之美中最喜欢的——沙漠正与苍天挑战！

许许多多事情展示在我的眼前，你知道，太阳不仅仅是个火球，还是光焰和温暖。

你和你的天地就是这样之阔……你们相互作用，相互影响，你们把芳香播撒到我的心底。

同样把芳香播撒到大地上。我们均在太阳下。

现在，我在一切地方都和你在一起，真正在一起，而不是想象中……

你和我在一起。上帝为你祝福，上帝为你祝福。

顺致我对你的爱。

玛丽

致玛丽

1914 年 8 月 20 日

供我借荫避难的女子：

盛夏酷热，令人窒息。夜间比白天还要热。我每天跑到树下，手里拿着本子，靠在树干上。我几乎满足于以干果充饥。

待在自己的房间不舒服，也不能工作。我的脑子在动，而肌体却瘫痪了。欧洲的那场可怕的战争令人目瞪口呆。可怕的战争剥夺了灵魂的清澈、平安和音韵。风中充满了痛苦的呻吟声，人只能呼吸着夹带血腥味的空气。

几年前，我曾对你说过，世界面临着一场万劫不复的残酷战争，你还记得吗？

我不是说过，欧洲已处在无底深渊边上，历史将因恐惧而发出惊叫声吗？

那时，我们正在研究近东事务及其与欧洲、欧洲宗主国、欧洲集团国之间的关系。

玛丽，可怕的战争正像磨一样转着。它将决定历时一百年内的人类和种族的命运。

但是，我相信这场战争将使世界能够探索自己的正确道路，为生活开辟一条新路，供世人行走。

某人对我说……某人对我说……某人对我说……他们无不对我谈起那里熊熊燃烧的战火。个个口齿伶俐，人人侃侃而谈，仿佛每一个人都被愤怒夺去了理智……你知道吗？他们对我说的话都很可怕。

人类是多么可怜！我们所有人都为我们的生命、财产担忧。

你要知道——即使战火炽燃——尽管战争带来摧毁性灾难，我也要信守自己的诺言，绝不掩掩盖盖。因为我讨厌那种害怕眼睛和心控告自己的掩掩盖盖的求爱者。

哈利勒

致纪伯伦

1914年9月11日

亲爱的哈利勒：

我只有到了你那里，才能摆脱疲劳纠缠。我的心酷似病入膏肓的人，一旦与你交谈，痛苦便一扫而光……对于我来说，谈话的辛苦远比死一般沉默容易承受。

虽然如此，沉默终究是隐藏的痛苦；只要我不提醒我的心神注意在我心底深处跳动的那种美好东西，这种沉默是会永存的。因为在我心底深处跳动的那种东西，能把沉默变成夹带着某种东西的沉默，变成与某种沉默和某种东西为邻的子虚乌有。

每当我知道要见你时，我总觉得你以大队人马占领我的精神世界开始。

我感觉你在，你就像蜂巢里的蜜蜂，我的心灵深处充满了一千个哈利勒，你在我的心底里唱个不停，点亮了我心上的无数盏灯。

只有你在时，我才能忘掉烦恼；只有想到你，我心中的忧烦才会消退。当我的双眼看见你时，我的生活才得焕然一新，换上它的艳丽服装。

你像光芒万丈的朝阳。我像一条河，河水正流进大海……也许你正是那大海！

凭上帝起誓，你已吸引住了我的心。我谨向你的朋友表示问候。我正飞向你的心中。

你坚持你的生活原则吧，不必过分悲观。你想要什么，只管说“来”，那东西就会应声而至！你说“来我这里”，无论发生什么情况，我定会立即出现在你面前……虽然好事鲜有，但其中定有好事到来。

我是手颤动着与你告别的。

玛丽

致玛丽

1914 年 10 月 14 日

玛丽：

你和我，我们都伴着这次世界大战生活。所有过着集体世间生活的人们，都像我和你以及欧洲各族一样，相互争斗着。死亡毁灭生灵，但它是一场并非不义的高尚斗争，其结果是奴隶主义锁链被斩断，由此他们停止吃自己的肉而变成人！

人是大自然的一部分。自然界的各种成分每年都要宣战，相斗交战厮杀，有死有生。

每个冬天转化为春天的斗争，比人类的任何战争都更猛烈、残酷、痛苦。冬季一天中被摧毁的生命，远远超过人类所有战争中被毁灭的生命……

人类是由多种成分构成的，它应该厮杀，应该为所领悟的东西而死……那就是斗争和死亡，即大地里的一粒种子。

那些寻找永久和平的人们，无异于那些渴望永久春天的小诗人们。

人类正为一种思想或一个梦想而厮杀战斗。谁说思想和梦想只不过是一下积聚在一起，用自身制造这个星球的元素的一部分呢？

玛丽，欧洲的这场战争，就像冬天刮起的任何一场暴风一样，是自然现象，而不是摧毁生命的一场游戏。

古代民族曾为阿多尼斯[1]的死而哭泣，又曾为其死而复生而欢呼。

如你所知，阿多尼斯是大自然和田地之神。

今天，冬天到来之时，我们不哭泣；当冬天结束之时，我们也不跳舞。

我们当中的一部分人，他们喜欢冬天胜过喜欢春夏。假若我对任何一个在暴风骤雨的日子里感到幸福的人说："你呀，没有心，你看到美丽的夏天奄奄一息却不在乎。"你觉得这话怎样呢？

假若说上帝是力量，上帝是智慧，上帝属于生命的潜在意识，他存在于这个星球上发生的每一次争执之中，那么，毫无疑问，他也存在于各个民族和各国的战争之中！他就是这场战争，他就是所有战争……他就是一位巨人，在为更加强大、更加纯洁、更加高尚的自我而战。

世界的头脑是一切秘密的贮库。世界的头脑不能独立于自己的躯体之外。躯体总是为延长生命而斗争，头脑也一直为延长生命和增加智慧而斗争。这就是被称为为死亡而战的一部分。

在这个星球上，任何东西的存在都必须为生存而斗争。每一躯体或头脑的运动，每一个海浪，每一个思想或梦想，所有这些及其以外的活动，都是为延长生命而进行的搏斗。

人们的神灵保佑你！

哈利勒

---

[1] 阿多尼斯，希腊神话中的美少年，深受阿佛洛狄忒女神宠爱。传说他是叙利亚国王忒伊亚斯同他的女儿司米尔娜生的儿子。现代学者一般把他看成植物的精灵，他的死亡和再生表示自然的循环。

1914年11月22日

亲爱的玛丽：

今天，我很好，但我厌恶自己；我不知道，这种厌恶感何时才能消失？

我自感到了一个空无一物的地方。像往常一样，我心里有什么事，都是不会瞒你的。我已经立誓在长期奋斗之后减轻自己的负担，以便摆脱工作的桎梏，为我画新模特儿做准备。

蒙特鲁斯先生有意主办画展，但他的这种愿望使事情难办了，令我处于不感兴趣的境地。他到来后，庄重地问过安好，待了一会儿才说："我们在哪儿？我们到了吗？"

他又等片刻，说：

"不要推迟了，我希望坚决办成这件事。你的成功是毫无疑问的，你就等着瞧好吧！"

玛丽，如果没有你，那担子重得定会压碎我的骨头……玛丽，你忠实实践了自己的诺言，有过之而无不及。

你是慷慨的典范……你寄来了这么多可口美味……你寄来了这么多用品……你寄来了……寄来了……

但是，你确乎用这样的鼓励方式激发了我的能量！你提供了方便，令我的忧伤得以愈合，我便以罕见的活力投入了工作。

我沉浸在你的祝福之中，我定能按照你理想的面貌出现在你的面前。

顺致我的爱！

哈利勒

1914年12月6日

指路人：

我走在黑色思考之中——七十五幅准备展出的画已经作完。

因为太累，我简直变成了一个半死不活的人；倘若没有信念支撑着我，我必倒下无疑。我是你的恩施所在。我已对你发过誓，你千万不要说："他对我立过誓。"我祈求上帝让你食生活的美味，饮悟性的甘泉。我要说："假若你已细看过，触摸过，并且已经爱上的话，那么，就让我这个人和你在一起吧！玛丽，日后的事情由你做主了！"

我已在我心中为你雕了一尊偶像，我对之顶礼膜拜，并从那里获取灵感，侧耳聆听从那里发出的乐曲，于是你的奇迹便出现在我的面前。

我不是幻想着……你每日都在更新的恩惠。

你不问我想做什么吗？

你不问我为什么爱吗？

你不问我是否迷失了方向？

或者你没找到话题？

或者没有找到方式？

你是一位才能卓著的女性。我为我的佳运感到幸福，但仍不知足。

玛丽，人分两类，一类是建设型的，另一类则是破坏型的。你属于建设型一类；正是你使得我也成了建设型一类，我也在建设着。那永恒大厦永远伴随着你这样建设型的人！

我爱你！

哈利勒

致纪伯伦

1914年12月8日

我亲爱的哈利勒·纪伯伦：

如果没有你，我会终生烦闷，坐卧不安。纪伯伦，因为漫长的人生是令人厌烦苦闷的。你居于我的心中，我也就不厌恶人生了；你那柔嫩的枝条不会凋谢，我也便不会厌恶人生。你那可爱的人品，每当你远离我时，我看它成了一百个人；每当你走近我时，我看它变成了十万个人。

上帝和你在一起，上帝不会离开你。每当工作使你精疲力竭之时，上帝便用自己的爱呵护你。

你与你的工作是同胞兄弟，你俩一道行走，一道播撒欢乐。我不否认你是串珠，每颗珍珠都放射着光芒，每丝光芒都传播着高尚思想。

凭我的信仰起誓，七十五幅画作同时展出在一个厅堂，壮丽非常。那将是永恒的日子，空前且绝后。你不要听一些蠢人的胡说八道，他们会动摇你的决心。日子临近，我正以激动得颤抖的心和战栗的身，翘首以待那天的到来。是的，我觉得有些担心；但那种心跳，我把它看作对你的推崇和称赞。

我相信你在自己的画中加入了新的东西。我相信你的灵魂赋予画以耀眼光环，足以俘虏众人的心。

我要上床睡觉了。在我入睡之前，当我沉思时，我便看见你走近我的床，用你那细长的手指合上我的眼睛，并且说：

“亲爱的，合上眼睡吧！你只管放心就是了，我将实现我们向往的一切！”

纪伯伦呀，因为你向我的耳里注入了幸福之巅……你的画不就是乐曲吗？你的话不就是乐曲吗？我不就是那个被那些乐声将他与她的心分开的人吗？

你不就是将他人不曾想到的佳句和思想提供给我的那个人吗？

玛丽

致玛丽

1914年12月12日

亲爱的玛丽：

我心里有好多事情，但我已全部抛出，未加阻拦。

明天早晨，我将去参加挂画，午后会有许多人来看。

人们的看法将各不相同……一个说："这很美！"一位女士说："画家所显示出的落后和无能，那是不能原谅的！"

他们竞相打听我，我将不得不去，以便让他们看见我……让他们检验我！也许他们喜欢我这个人胜于喜欢我的画。

我今天去，明天就不去了。那些画，我已画完，我摆脱了它们，它们也离开了我……它们都已属于过去，由过去占有它们。至于我的存在，则全部属于现今和未来——我将重新开始。

这次画展是一个季度的终结。

那是一个高尚目标。

我决意睡觉了……好像我在说：

"我是自由人，自由人！我想睡觉……睡觉！"

我多么需要睡一觉呀！我将要睡觉了。你再来之时，看见我，将不会发现我的脸上有困意……你将看到一个已经卸下肩上的昔日重负，正准备承接未来重担的男子汉。

我们不一起共度礼拜天吗？

我急切等待！

哈利勒

1914年12月16日

我亲爱的：

玛丽，请听我说。我为《至大孤独》一幅画定价两千五百美金。我猜想此间没有一个人肯出这么大价钱购买一个无名艺术家的一幅作品。但是，我今日获悉，威尔逊先生愿意出钱买下这幅画。

我从各个方面考虑过这个问题。我和你都很看重这幅画，想把它保存下来。因此，我求蒙特鲁斯先生宽限我一段时间，让我在答复威尔逊先生之前，好好考虑一下。

为了实现我们将来的目标，你不认为我们应该投些资吗？再者，你不认为我该用画换来的钱建一个馆舍什么的，以便将我的作品适宜、体面地陈列在那里吗？

这些画与我的生命分开了。我从画中学到了许多东西，我将学到很多，我还将学到更多的东西，假若允许它们流传，并且要求世界向我们伸出援助之手，以便建造馆舍。我希望自己归天之前能看见这座陈列馆。

请把你的意见告诉我。收到信后，立即拍封电报来。

我相信你的决断的正确性。你将会深思熟虑这个问题，也必将开诚相示。

如果没有这种信任，我也就无望活下去！

苍天保佑你免遭一切灾祸！

哈利勒

致纪伯伦

1914年12月18日

亲爱的：

自打晨阳东升时收到了你的信后，我一直在沉思。我读过你的信，意见与你完全一致！你不要回头，照你的选择行事吧！上帝助你成功。

那种沉痛的阵痛也正困扰着我。关于《至大孤独》一幅的殷切愿望，使我更加渴望了解成长在你心底，并且逐渐以艳丽色彩显示着的秘密事情——那成长在你胸间的秘密事情毁灭了我对针孔之见的坚持。我经过深思熟虑之后，坚信你就是正确意见的宝库之一。

你那自由的心灵正在变化着，我认为它已骄傲起来了。

就让你的心灵变化吧！我必将与你同行。

就让时代留在一种品性中吧！我们有何可忧虑的？！

玛丽

致玛丽

1915 年 1 月 2 日

亲爱的玛丽：

这双软底靴很漂亮，我很喜欢。我简直不敢设想这样好的东西是专门为我制作的。但不巧的是，这双靴有些夹脚。我的脚的尺码是 7 号，而不是 5 号！

我想花二十五美金将俱乐部画廊的色调更换一下。毕格先生说，无论我投不投资，他们都要更换颜色。也许他并不乐意让我来捐钱。你能确定这一点吗？

他们待我们很好。我想同样善待他们，决不伤害他们的感情。因为像这样的捐款也许会触怒他们，致使他们抱怨我。

是的，玛丽，我们将在波士顿有个漂亮展厅。

顺致我的爱！

哈利勒

1915年1月18日

我是多么遗憾！我回了你的信后，竟然没抄下那首诗——我很喜欢那首诗，想把它保存下来。如果你乐意，就请把那两页寄给我，无论修改过，还是没修改。

那首诗就像纯美的清风一样吹到了我这里，我嗅到了那扑鼻的香气……它来到我这里，也使我想到我自身的最大的和最小的——最粗的和最细的。对一种东西的爱，来自东西的自身。因此，我想求它探索令我神魂颠倒的、爱情和恩情使我欢愉的、美德令我赞叹的女性。

我相信你将把诗寄给我。

现在……我希望了解一切，知道一切，以期心神安宁。

我爱你！

哈利勒

1915年1月28日

可爱的玛丽：

我在睡梦中度过了过去的三周时间。我心里思考着我想做成的千百件事；我真担心被迫放弃之……我怕事未完成分别便会降临……我真担忧无奈放弃。你不问问我的情况如何吗？玛丽，我关心着我的那些梦想，忧虑那些梦想不能化为现实！你何不问问我的情况呢？玛丽，我常能捕捉到那件东西的影子……你不想问一问吗？

任何东西都解不了我的干渴。我过去听到那些赞美言词，心神不免陶醉。但现在，每当我听到赞扬声时，总有一种奇异的悲伤感，因为赞扬使我想起许多我尚未完成，或者还没开始的事情。我喜欢——最喜欢——称赞我还没有做的事情……我知道我的这个话有些刺激性……我知道这是孩童的话语，但这正是我所想的！

夜对我的心神窃窃私语道：

“冬天里的草木不会转向过去，而会转向来年春天。草木的记忆不会回到已逝岁月，而是期盼将来岁月。假若说草木深信的是自己的明天和春天，那么，人类草木为什么不能确信自己的春天和未来岁月，确信能够实现的东西呢？”

也许我们的春天不在此生，而在另一生中。谁知道呢，也许这一生是冬天！也许春天在来生之中？！

哈利勒

致纪伯伦

1915年2月2日

我亲爱的哈利勒：

我该说什么呢？

我久久地想你……思路不断——风停下来，周围一片寂静，我完全不在意发生了什么事，因为世间要发生重大事情了——我等待，等待着……不厌其烦，等待奇迹出现。

哈利勒，我继续和你那回归的灵魂在一起。鉴于你说出的那些话和你想实现而尚未实现的理想，我全身心地说：

“是啊……是的……”

一切事情的未来都像建筑蓝图，一切建成竣工的均属于过去，而目前的只是土坯。我们说我们喜欢建筑物时，我们喜欢土坯吗？

生活是一座未完工的建筑物！

我们所喜欢的是人类的基本难题。假如我们只接受这种解决办法——仅仅喜欢容易解决的问题——我们将发现现实确乎喜欢这种方式，那么，另一种爱也便不会存在，更不会长久和被人理解！

我所喜欢的未来在由你组成的事物之中。

哈利勒，你完全晓知，那未来——那种没有界限的东西——是任意一件东西的图画，随时可以往上加色添美，而不是一件一成不变，人不能再进行处理、创造的东西。

那些画，现在在你的心目中已失去了意义。然而岁月会把它的意义再还给你。

那就像画，也像你，每个人都如此。

我想到大葱：那大葱是何等痛苦可怜！它那白白的茎被埋在土里，终日处于黑暗之中！这就是它的命运，这就是它的结局。

同样，我发现我的心灵和实体里的大部分东西，都在生命的神殿和庙堂中。我相信梦也如此，是神殿、庙堂的一部分。

你的梦多么美妙！你将会把梦想化为现实。

不过，那些梦比你画的任何一幅画都深刻——画和你的作品全在内——它们都属于你，而你不属于它们！

在高山上，夏日的疯狂达到极点。在有限几周内，奇怪的分娩就要发生。

你拥有高山的夏天，你带着冬天来到你的两个夏天之间。间隔时期最为宝贵，就像在工作和活动中度过的时间。我不认为时期一词预示僵止不动，而真正得到的是把活力转移到更深广的领域中去，更伟大的哈利勒将被更多的东西包容起来……那么，时期不是你的悲伤时期……更非整个你的悲伤时期。

你本来渴望赞扬，因为那等于对你那尚未达到目标、还没实现理想心灵的一种肯定。在那些岁月里，我没弄明白，真正的价值是赞扬那位本该用除了自己的两只眼睛，还应借用一千只眼睛看自己的人！关于面对我们的反应所发出的光，我多少都不了解。

我迫切需要你来限制思想，以免其走到尽头。也许我依靠你会壮大你而使我萎缩。但是，无论如何，我也不会拿你的天赋当作赚钱的手段。你在一切利益之上。我只希望我的灵魂仿效你的灵魂，以便提高我的品位。我知道自己不是个聪明人，因为我是个崇拜者！

爱你的

玛丽

致玛丽

1915 年 2 月 9 日

我所爱的玛丽：

你不仅明白我沉默和失去的时光的意义，而且把灵魂化成了其中的一部分。我的沉默之日也正是你的沉默之时。你远离我时，我工作起来是多么困难！我多么需要你呀！分离降临之时，我是多么惆怅！

在已过去的寒冷的那天，我去拜访了莱德尔。他的住所位于一条贫穷鄙陋的街上。他在贫苦穷困中过着第欧根尼[1]式的生活……他的生活是贫苦、污秽的生活……但那是他选择的，并自感满足。他有不少钱，但他全不在意，因为他不是地球人。他超越了自己的梦想。

我读了一首诗，不禁眼泪汪汪。他说：

“好诗……使我激动万分……难以形容……我配不上它……绝对配不上！”

---

[1] 第欧根尼（？—约 320 年），犬儒学派（希腊一哲学派别，它强调禁欲主义的自我满足，放弃舒适环境）的原型人物，力求暴露大多数传统的标准和信条的虚伪性，号召人们回复简朴的、自然的生活。他自己生活贫困，睡在公共场所里，乞讨食物，但并不坚持所有人都如此，而只是想说明，即使环境贫困，人们仍然可以过幸福和独立的生活。他提倡“生活从自足开始”“不顾体面”“坦率”。

久久沉默之后，他又说：

“我还不知道，你不仅仅是画家，还是位诗人。我去参观你的画展时，他们没有说你还写诗、创作。那位女士写信给我，信中谈到了你和你的作品。我想回封信给她。我写了数封信，但我都烧掉了。一个人在写东西之前，应该等待灵魂活动起来！”

他答应让我给他画像。他的头部很像罗丹的头，只是多了一头乱蓬蓬的头发，难得的是十分上画。

哈利勒

致纪伯伦

1915年2月23日

亲爱的哈利勒·纪伯伦：

我一夜未曾合眼，泪流不断。一夜之中，我都在仰望繁星，与你一起过着完美的生活；那生活，我可以轻而易举地将之转化为言词话语和完美意识。

笔在我的手里抖动，每当我想写字时，一种无能感朝我袭来。我给你的信并非轻而易举就能写成，在我生活的某一特殊阶段，我必须征服我的心灵。这也并不是由于个人的原因，而是有许多不明因素，令我束手无策；我想弄个清楚明白，但往往失败，致使我自感卑贱、渺小，在生活中是个微不足道的人……

在写信时，我并不是一个有自主权的人……而是一个随行者。你收到的每一个词，都有一千种动力将之推向你那里。

现在，你不能给我画张画吗？也好让我把它放在写字台上。我非常需要一幅画。通过邮局寄来保险吗？你若应我要求而画，会给你增加许多负担和麻烦吗？

假若我把我心底所熟悉的每一种声音都描绘给你——关于《存在》这幅画在我心目中的价值，包括我要求的那幅画，各种形式展现在我的眼前，我便发现，我的头脑游在汪洋大海之中。但是，当一件真东西出现在我身边时，我便觉得温暖、自由——和我在一起的是我的伙伴……我的情人！

玛丽

致玛丽

1915年3月14日

我亲爱的：

好雨画出田园一片，随后又将之抹去。春天降临，明媚春光照亮了天空，大地遍洒春晖，满目鲜嫩葱绿。灵魂不能再守着如同四壁围绕的小房间似的肉体。

我蹒跚外出，去往花木繁茂的花园。

我每天都独自到那座花园中去，信步在它的丛林之间。

我每天都要到荒凉的地方进行探索——到既没有人踪，也没有兽迹的地方去。我在那里度过几个小时，直到白日的脸绽现出苍茫色，夜幕垂空之时，我才迈着沉重的步子，拖着我的双脚归返。我真想留在那里。旋即，我又拐向野草丛生的岩石地，在那里度过另外几小时，直至太阳光从光秃秃的树枝间消失，我才心满意足地原路转回。

走路是我的一种享乐。我漫无目的地走去，或者手里拿着树叶，脑子里想着事情，口里嘟嘟囔囔着，周身打战抖动。我朝你走去，与你交谈……不论你在何处，在什么时刻，我都要和你说话。这是我已获得的权利。

生活，既不是痴人讲的故事，也不是那种大喊大叫、发泄怒气的、不包含任何意思的故事。生活是一种思想，漫长而连绵不断。但是，我不希望与别人一起思考生活，因为他们把他们的头脑拉向一面，而把我的头脑拉向相反的一面。不过，人不能用很大的力气拉，以免自己的头脑被撕裂！

玛丽，这种相互吸引使我看到一个事实：我们正朝着同一目标前进。正是这一点，使我们彼此相互接近，故而对于生命的孤独，我们从不急躁，从不恐惧。

我为莱德尔画了两幅肖像，其中一幅尚未完成，因此我不得不去访问他……可是，我给他增加了多少生活开销啊！我见到他时，他对我说他正在自己的想象力中作画，因为他的手疲倦乏力了。

现在谈谈在全美诗歌协会的会见情形……

那里挤满了人。我给他们朗读了我的《疯子》里的两首长诗……之后便开始研讨，讨论气氛非常热烈。有的人赞美诗作和诗人，有的人则对诗进行批评，还有人说那是一首不完整的残缺诗。

鲁滨逊夫人（罗斯福总统之胞妹）这样评论《我与我的灵魂走向大海》一诗：

“这是毁灭性的语言，系魔鬼所措之词，我们不该鼓励这种文风。因为它扭曲价值，颠倒道德标准，把人类降到了最低等！”

你是我的世界里的花朵！你是我的世界里的祥和与美丽！我想与我那永不采摘的花朵一道升腾。因此，我现在就要外出走一走，对我的所爱道一声欢迎，以便观赏延命菊；那延命菊正是你在玫瑰科里的同胞兄弟。

是的，我将与你一道同行，好让我沐浴明媚春光。

我将手拿本子，用许多修饰得最美的话语与你谈心……上帝保佑你。

顺致我的爱！

哈利勒

1915年3月16日

亲爱的玛丽：

你寄来的这些钱，是为了按你喜欢的那样以我的名义存起来呢？还是你愿意在债上添债呢？

我的眼睛淌出了泪水——泪是泉水，倾自悲或欢！我已觉心中忐忑不安！

你既然知道我有足够数年花用的钱，为什么还要寄钱给我呢？

你已把我从活命的必需条件和为养家而奔波操劳中解放出来，为什么还要寄钱呢？

上帝慷慨造就了你，我感到放心、安稳。

我感到安稳、放心，正因为上帝慷慨造就了你。

我感到未来——我的未来——将也是自由的，摆脱了种种桎梏……我不会再遭遇贫困；饥馑不再会成为不断向我的躯体注入颤抖战栗的魔影；贫困已远离我，我再也不怕它了。

承蒙你的恩施，钱已富足有余。因此，我将把这笔款子用我的名义存入银行，以备你遇事时使用——仅作建议——也许事出意料，谁能知道呢？

我去模特儿那里了，我将埋头工作。

我想画一幅大画，它是七幅画中的一幅。说不定要花几个月时间才能完成这个系列——若能完成——它将是我的最佳作品。我可能将之命名为《神灵路上》。

顺致爱与爱。

哈利勒

1915 年 4 月 18 日

我亲爱的：

是的，玛丽，星期六和星期日两天里，上帝的吉祥降临到了我们的头上。

我们关于过去的谈话，除去了蒙着当今和未来的面罩。

在过去的一段相当长的时间里，我十分急于揭示过去的隐秘。这种焦急的根源在于既不愿意说明事情真相，更不乐意在隐瞒之后将事情暴露出来。

我多么应该勇敢地谈谈痛苦的感觉啊！

我已痛遭沉默之苦——沉默往往源于深深的受折磨之根——因为沉默本身就是深沉的。所有的人，或者他们当中的大部分，当应该开口说话时，他们却乐于沉默无言。像是一条一般规律，当他们用声音思考时，便把事情歪曲了。但是，对于我们来说，情况则完全不同，当我们从存在中洁净蒙尘的四肢时，话语使我们彼此相互接近了。

我和你都喜欢的那唯一一种沉默，从中诞生了我们的相互理解。它是不会长存的，因为沉默终究是残酷无情的。

亲爱的玛丽，上帝使你长寿永生。

哈利勒

致纪伯伦

1915年4月18日

亲爱的哈利勒：

在这一周里，过去的门闩在我的面前打开了。我回忆起过去所做和所说的——那是心灵的风暴，那是暴烈行动，粗俗作为。

我奇异地感觉到，我不相信你对我说过的那些美而少的东西和你不曾对我说过的那些美而多的东西！我满怀忧愁，但我知道我舍不得将忧愁转嫁到你的身上。我怎能把忧愁转给你呢？你又用什么排除忧愁，阻止它接近你呢？

因为我无知和悟性欠缺，只觉光明世界突然变得一片黑暗。

我所担心的是我玷污了友好关系，削弱了这种高尚友谊的价值……这种导致迷误产生的令人痛苦的感觉，才是最严厉的惩罚。

我问过我俩的心灵……起初，我没听见任何动静，甚至没听到最微弱的声音！稍后，我看到躯体从雾中显现出来，于是我知道自己的罪过并非源于心，晓得自己的罪过有了形状和化身，因为我尚未进入心中。

我们的生命——我的生命和你的生命——是两颗最巨大之心的生命。我常管不住它，我也影响不了它，但它在渐渐地发生着影响。

但是，我为自己给你带来的挫折和使我精疲力竭感到痛心疾首。我感到痛苦，然而这痛苦对于我所做过的错事却无任何补救价值。

亲爱的哈利勒，我不认为我在为你写什么，而是和你一道在写什么！日子飞快闪过，因为这日子与你分不开，而是与你紧紧联系在一起，与你的存在合而为一。

上帝赐予你吉祥如意。

执掌爱情的人啊，我的爱属于你。

玛丽

1915年5月21日

哈利勒，我亲爱的：

只要我在畅想，你总是在我身旁。星期日的夜里，天近黎明之时，夜即将消失，东方将要绽现出一线曙光，你毫无可能地出现了，我感到了你的存在，似乎我要与你畅谈，向你求爱。

如果你因忙于什么事而不便到我这里来，我就去你那里，以便看看你的容颜。我将乘纽约的火车。火车于星期一午后三点钟驶离纽约。

这些天是人头攒动、人声鼎沸的日子。听到人们说心痛，我就感到心痛……我闭上双眼，为了不看那些丑陋的面孔、斜视的眼睛和不安的灵魂。

赞美上帝……上帝为你的名字祝福……上帝保佑你。

玛丽

致玛丽

1915 年 5 月 23 日

亲爱的玛丽：

你信中关于我的作品的那些话，多么能代表我的灵魂啊！你所领悟到的东西使我感到高兴。如果没有你，我将成为一个多么不幸的折断翅膀的人呀！我有多少次想拿起笔和纸，写一写我对你的工作的看法，我想说你的工作是生命的形式，正在创造着生命！但是，我被自我遏制住了，而被遏制的底细与根源，我却一无所知。

你是领头人，你曾向我提出建议。我坚信着手做是伟大的，而完成者则是更伟大的。我们会见时，要详细研究这个问题……我们要对之进行提炼，我们将对之进行反复深思熟虑，找出它的内涵……我们不是要寻找那新的东西，而是要找被证实了的旧东西。

在每一种场合，在每时每地，我总是认为启示仅仅是发现了我们巨大心灵中的某一要素；那巨大心灵能看见我们不能看见的东西，能知道我们不能知道的事情，能感触到我们感触不到的事物……所谓成长不过是发现、洞悉那颗巨大心灵！

多爱的

哈利勒

致纪伯伦

1915年5月30日

我的灵魂的兄弟：

你首先是我的灵魂的兄弟！

我称赞你，颂扬你，敬佩你。你是无人可比的，因为你的爱是天使用天丝织机织就的。

什么是爱情？这是个问题，我常常自问，也常常问你……我很少去问人们。但是，我求书为我说明，并且摘录了一些东西……难道那些解说者错了吗？

——这样的人是幸福的：他的爱情建立在美德的基础上，四壁用充裕的心装饰，涂着灵魂的华彩，用尊严和高贵盖顶。

——你所赞美的爱情，有可能令你心灵痛苦。每一颗灵魂所得到的悲伤，与那颗灵魂的完美相等。

——爱情是感激之情的开始。

——爱者，必遇事帮忙，甘尽义务，响应召唤，救助人心。

——话语是一阵风……其中既没有确定，也没有支持，而爱情则不是一种可以听到的语言。

——人类为爱情而创生，爱情是存在的精华，存在的唯一结局。

——在爱情中，确信（她不会很爱我）比害怕要好（我永不爱她）！

——了解乃爱情之母…… 明智就是爱情自身。

——爱情是一种多方面、多头绪的牺牲。爱情的含义是不注意别人……爱情的含义是重视他人胜过重视自己……爱情的含义就是一切及一切的反面……爱情是冲动和不足为奇，但纯粹的爱情却是受智慧支配的冲动。

——你的爱是虚弱的，为了解救心而逃脱的爱也是虚弱的。

——真正无误的爱情是生命的果实。

——只有女人把她所爱的男人替换成爱情时，她才蔑视她所爱的男人。

我要说："我爱你……我的生命就是你的爱情……假若没有你，生活该是多么无滋味！"

玛丽

1915年7月7日

亲爱、忠诚、幸福的哈利勒：

晨光初显在天空。我抬眼望去，但见你的身影出现在大风暴中。于是我说："这是哈利勒的日子！"

你的日子也显现在漆黑的夜里——黑暗与月亮之间有一张面孔；

虽然如此，我并未将之当作面孔。因为那张面孔说出了上帝的话语：

“我正是如此……我正是如此。”

在几天里，在几个小时里，在几分钟里，在每一个时候，我都能看到天边有数座雪山，延首远望着天空，像河一样在流淌，或者像宇宙的灵魂……我们登上高原，但见苍天与大地就像闪电一样赛跑……我与云彩一起飞跑，像羽箭，或像瓦蓝色夜空里的星斗。当苍天和大地转回时，成了两个闪闪放光的深渊，酷似造物主的眼睛——那苍天是上帝的眼球，那大地就是上帝的瞳孔！

间或，我们可以看到旷野，旁边有云彩，雄鹰在那里盘旋翱翔。有一次，我看见一片高地在天空飘游，广阔无比，清晰透明，如同云雾，上卧着一座紫色的小山丘，活像梦中之花。

空虚和寂静有时就像坟墓——那是被淹没了的过去的坟墓，结局令人生畏——你知道，正是上帝腾空了这些地方，又是上帝让这些地方住满居民。

太阳播撒光芒，光芒就像种子，大地将光芒当作雨水饮下……植物的茎、种子、花和玫瑰，就像光之船上的海市蜃楼。球体表面再次凸起的地方显露出来，土地变得平整光滑。

风与你邂逅，就像清新的宇宙。

凭上帝起誓，在今天早晨，我才确切地了解了他，在苍天和大地脱去自己的衣服之后，我看见了他。哈利勒，衣服是一种装饰品，它会把真实遮掩扭曲！

玛丽

致玛丽

1915年7月17日

亲爱的玛丽：

我和所有生来渴望生活的人，都不想触摸包着其他世界的外表，无论是通过沉思，还是通过洞穿帷幕的感觉。我们的最大愿望是揭示这个世界的秘密，渴望水与酒的那种融合……这个世界的精神，尽管在不停地变化、更替、成长和发展，但只是一种普遍存在。

以往时代的圣徒，那些时代的大贤哲，很少有人能够站在世界之主的面前，原因在于他们没有把自己献给生活，而是仅仅满足于观察和凝视。

他们没有去寻找其中的一点……他们无意晓知其中秘密……他们仅仅满足于已经得到的和将要继承的。他们允许自己的灵魂屈从，允许自己的灵魂按照一种他们根本不了解的意志运动、呼吸。

智者和好人常常奔向一个目标——信仰——他们也能够找到。但是，信仰只是一个目的，而生活才是无极限的。

过去是目标的失却……那位智者希望成为一把笛子，或成为一支羽箭，或成为一只酒杯……当他的希望化为现实时，他便会突然发现自己站在了上帝面前……变成了一个探索世界的人。他探索世界不单单为了自己，还为了那些想侧耳聆听的人。

玛丽，在你的最近一封信中，有一种无与伦比的艺术。那是寻觅到了这个世界并与之拥抱的神圣愿望的一种表达。这个世界，天然赤裸，没有丝毫雕饰。这是诗的灵魂，生活的灵魂。诗人不单单是诗人，他们的心还浸透了生活的灵魂。

这些天很暖和，几乎要热起来了。我每天都要到花木繁茂的花园或树林里去，以便在林荫下乘凉。不过，我的工作减少了，不知原因何在。夏日的梦会削弱人的活力；尽管如此，梦和思想会以惊人的速度生长成参天大树。

愿你安好、幸福。

哈利勒

致纪伯伦

1915 年 7 月 × 日

亲爱的哈利勒：

我第一次听到和领悟到你五年之中反复说的东西。哈利勒，我伤害了你，我的这种伤害是不可饶恕的……你把我放在你的心的中心，而我却在那里用箭射你，摧毁你。

我没让你保持灵魂和心神上的孤独……我还为自己的行为开脱，说我为了让你在与我的交往中成为完全自由的人；但是，每当你获得那种自由时，我便用匕首刺你一下。

我与你一起，就像一个人待在黑洞洞的房间，在那里胡乱挣扎，动辄碰撞东西……然而这个房间本是你，而我碰撞的那些东西则是灵魂中最细微的感觉。

你本可用关门的办法拯救自己，但你没有自救。一个跌跌撞撞的盲人终于跌撞在门上，将门关上了。

我使你受苦了。我给你的健康和工作以及与人们的关系造成了不良影响，而你正处于生命的春天与巅峰时期。

我曾对你说过，在你的身边是多么甜美。但是，当我到你身边时，我却忘记了那种甜与美。当我远离你时，我思恋你如同乳婴恋母；当我走近你身边时，那种思恋感便消失了，仿佛压根儿就不是我的理想和希望。

深层次的秘密隐藏在看不见的勾心夺魂的嘈杂声中。每当我努力寻求认识真理时，我总是发现自己身处在一个遥远的地方。

你每时每刻都在准备再现重生，但我却舍不得让你重现再生。

不容置疑，我这颗愚钝灵魂同你交往是在同一颗崇高伟大灵魂交往。即使把话说满，我这颗灵魂也没有资格站着向你问安，将你赞扬。

哈利勒，无可争辩，正是因为我，使你吃了苦头。过错在我身上，我太冷酷，对你欠缺温情、怜悯。

玛丽

致玛丽

1915年8月2日

亲爱的玛丽：

万事在其中……安心之荫是浓密的……虽然很难将我们的心神从过去中解脱出来，但我们不宜总是沉湎在过去之中……你和我，我们都能回头看看蒙尘的昨天，就像一个人看母亲的痛苦面容那样，眼见母亲吃力地抱着自己，又精疲力竭地将自己放下。

我们饱受痛苦折磨……我们在持续的煎熬中度过了五年时间。但是，毫无疑问，那是富有创造性的岁月。在那期间，我们得救了，带着伤痕走出了那个年代，但我们是带着两颗更坚强、更忠实的灵魂走出来的……是的，带着两颗以忠实为特点的灵魂。在我看来，这是一件大事。因为种种悲剧在人生中相互作用反应，正是这种作用反应能够淳朴、净化人类的灵魂。

我感到上帝是能够证实自己淳朴、圣洁的典型力量。

玛丽，你知道人与人之间的关系划分为思想时期、感情时期和行动时期……过去的五年，那是我们的友谊时期。

我们现在处于一个新时期的开始，一个少含糊、多清晰的时期，也许是作品高产、创造佳美的时期，或者也许是更深刻领悟淳朴、更加热情追求鲜明突出的时期。

谁能说“这是个好时期，那是个歹时期”呢？

所有时期都是生活实质及其内核的一部分……死本身便是生的一部分。尽管我在五年里已经死过若干次，但死神的符号没有画在我的身上，而我的心也未尝到苦涩味道。

这就是我的看法，你明白吗？我想你是心领神会的。

哈利勒

1915 年 8 月 6 日

玛丽，我亲爱的：

我所选择的人啊，你长在永存吧！

我下周要去波士顿，将在那里逗留到你来。

我的日子被寂静笼罩，处于凝滞状态。自打你离去之后，我一个英文字也没写，那几个阿拉伯文词也是费了好大力气，挖空心思之后写出来的。

莱德尔先生病入膏肓，住了院。体力弃他而去，健康和工作也将与他无缘。仿佛他的生命火炬与思想烈焰都已熄灭。我喜欢陪着他，与他形影不离。我与他交谈，自感轻松。

多谢你了。我收到了画册，十分高兴。我和你有许多话要说。

哈利勒

致纪伯伦

1915年8月6日

哈利勒，亲爱的：

你7月17日的来信包含着一种完美的生活，那是我日夜必经之门。

这一年，我一直在我们的谷地里——我现在重新开始堆积我的石头，我周围枯叶里的生物活跃起来了。第三天，当我走到床前时，一条咝咝叫的蛇穿过石头堆爬近我，但又很快扭头转弯而去。但我突然意识到自己身处蛇的天堂，于是立即逃离。

我来迎接黑夜的苍天，到了一座大山丘上，那里酷热难言。这里是我用杉木做的新床。我躺在新床上，自感身处我们的崇山一边，那山巅光秃秃的，满披着金色的阳光。在远处，谷地的上空，星云中的无数天体闪闪放光；下面，留下一片浓荫。那浓荫很快被染成蓝色，继之十分缓慢地上升，只有树林、高山和天边游荡在淡淡的天蓝色中。黄昏过后，便是漫漫长夜，繁星挂满夜空，触摸我的后脑勺……这种情景持续数小时之久。数小时、数天、数夜，每时每刻里都有你的身影。你一直把我领到我独自去不到或进不去的地方。

亲爱的、幸福的哈利勒导师啊，让上帝永远和你在一起！

玛丽

致玛丽

1915 年 8 月 9 日

亲爱的：

亲爱的，我翘首凝目，多么期待闯入你的内心世界。我想击打你的火石，探索你的心底秘密。我希望与你的灵魂联合在一起。因此，你会看到我独自待在高山上，独自待在每一个地方。

生命是你的灵魂中更伟大的灵魂……在你的灵魂和我的灵魂里有一种静止的生命。一个生命面临着多条门路……通过你引导我的生命本身就像一樘门。与你中断联系，对我来说便是中断与生命的联系；与你结为一体，便是与生命结为一体。

清晨，我与你一起坐在一棵松树和一棵杉树下，那松树和杉树生长在林地上和我的床下，那里空气流动，轻柔和熙如同惠风。

午后，当河附近的世界复苏，散落的树木与其树荫相交合时，我在奔腾涌流的生命附近，一直与你相伴。

有时，飞鱼一跃，试图远离洪水，但它转瞬之间又回来，像壁虎、蜥蜴一样离去。或者站立观望、询问。所有事情都是这样。

早上，我在床上时，看见一只雄鹰飞来飞去……在天空飞了一段距离，那是在两山的上空，于是我的心与你一道感到痛苦。

我还看到三对鸟儿，就是我和你在夏季里看到的那几种鸟儿——

鲣鸟、啄木鸟和鹞鹰……老鼠、松鼠比较凶猛，我们仍然憎恶它们的习性。

我要下去吃口饭去了。

也许我会看到你的来信，除非你因为我而患了病。

钟爱的人

哈利勒

1915 年 8 月 20 日

亲爱的玛丽：

向你致意问安，向你诉说我的思念。

这是我珍视、喜欢的一个地方，真是好极了。它处于树林深处与大海深处之间。

我在绿荫下走了很长一段路，空气清新湿润、洁净，且散发着芳馨。寂静无声令我精神振奋，给我的灵魂里注入生机。

我在波士顿待上几天后将来这里。

你是心的天堂和心瓣。

永恒的嘈杂声为你祝福。

哈利勒

玛丽日记

1915年8月25日

有一段时间，他不谈自己的少年时代，现在话题又回到了他的少年时期。他父亲为他考虑了许多计划，而他所敬重的母亲却相反。他说："母亲给我以充分自由，让我计划自己的未来。"

他母亲认为，假若让父母二人指导任何一个人，那么首先希望其成为一名教师。"我们的关系不单单是母与子，更多的则是两颗相互拥抱的灵魂。我父亲却嘲笑我的文学，认为我的画画得太差。他愿意把我送到巴黎的艺术学院去。"

他父亲下世后，亲戚们便开始处理遗产。结果，所有东西都散失了，只留下一座旧房子；他们说哈利勒应该将其保存下来，作为过去的纪念，因为那本是一件抵押物。

哈利勒不能生活在家里，因为他不想增加父亲的负担，再说父亲也不喜欢他。

"在巴黎，领事馆告诉我说，苏尔丹娜死了，于是我来到了波士顿。布特鲁斯也死在那里，之后便是我的母亲过世。我和我的妹妹玛尔雅娜花掉了最后一角钱。我们没有向我们的父亲要任何东西。"

纪伯伦家族本是古老的名门贵族世家，族人以皮肤白皙、身材修长而出众。六百年前，纪伯伦家族中有两位头领被钉在十字架上。

在十三或十四世纪，其中的一位头领曾征战法兰西和意大利。

哈利勒崇敬阿拉伯人，因为阿拉伯半岛原是三大种族的故乡，即迦勒底人、亚述人和犹太人。之后，伊斯兰教出现了，伊斯兰正教至今仍保持着大地与星辰之间的神圣联系。

哈利勒笃信由天命产生的轮回再生。

他对我说："闭起你的双眼，用想象的目光凝视最初就像词语形成一样形成的大云雾。那云雾膨胀、再膨胀，然后凝固、干燥，从中发出热量。继之，发生大爆炸，众天体辗转移动在无机、有机、生命和神性阶段之间。"

他这样说。我闭上眼睛，为我的想象力留下空间……我不时地睁开眼看看，但见哈利勒坐在那里沉思着。

第二天，我仿佛觉得耶稣基督与哈利勒肩并肩坐在那个地方，就像是两位朋友。

"我向你谈谈我的内心世界，我知道你听不到我说的话，而听得到我没说出的话。"

片刻后，我们坐着时，他这样说。

我一直用想象的眼睛打量着无名世界，我钦佩他那漫无边沿的，发自一个敏感、未卜先知、彻悟灵魂的话语！

1915年8月27日

我又给哈利勒造成了一次伤害……那是在我与我的弟弟和妹妹

谈话之后。那时，我谈话中提到了他的外表和相貌。

我对他说，他矮小的身材里涌出某种美国人的气质。

我的话给他的心造成了创伤。

我还在餐桌上批评过他的举止，但我不知道自己究竟说过什么。不过，我知道他的举止和教养都是很高雅的。

我究竟说了些什么话？我怎么忘了呢？

致纪伯伦

1915年9月11日

我心爱的：

你想与我共度一夜，而另一夜又要摆脱掉我。

我猜测你很想在库哈西特停留一周。你信中谈到莱德尔的不幸消息令我大惊。得知叙利亚人邀请你，我的忧虑顿消；但我很难过，因为你不愿意回去。

昨天，在这令人窒息的炎热气温里，因为你在丛林与树木之间，我感到非常高兴。

哈利勒，我们克制自己吗？如果你乐意，我将欢欢喜喜地于星期六赶往纽约，以便共度星期六的剩余时间和整个星期日的白天和夜晚……你说“行吧”，打遥远的地方暗示一下，我看到暗示就来。

玛丽

又及：

夜里，在公园中，我看见一个孩子在平地上跑来跑去，又围着一个圈转来跳去，同时口中振振有词……他的嘴、双臂和双掌张开着，就像一朵花。我听到他的声音由远处传来，我边后退边听到他不住地重复着那些话。我也听到了你的声音。你将会喜欢他——假若你看到了他，你将喜欢那个孩子和他的福气——那是一位天上儿童。

致玛丽

1915年10月6日

我的可爱的：

是啊……用无线电远距离通话是一件伟大的事情，是人的灵魂的扩展。

无线电真是一种绝妙的东西，人们常用它通话，将灵魂和心神低声细语的所有信件从地球的一面传向另一面……人的内心下意识常常与这种电波谈论、交谈。灵魂所知道的东西，而灵魂的主人——人——却不知道。我们比我们猜想的要多。

拉斯金、卡利勒和拜拉汶，都是精神王国里的孩童。他们多嘴多舌过了头。布莱克[1]是神人。他的画迄今为止仍然是英文作品中最深刻的作品。他那独有的显灵方式最接近于上帝的显灵。

---

[1] 布莱克，是诗人，也是水彩画家、版画家。其画作艺术有独创性，具有新颖、简练、表达思想感情率直而有力量的特点。生前不受重视，死后一百多年影响才日渐明显。小时候随母学习，阅读兴趣十分广泛，形象思维能力甚强，所想象的皆为所见过的。十岁入素描学校，立志当画家。生活艰苦，1793年后常常每日不停地工作，靠版画为生，因此较了解人民困苦，在其诗歌和绘画中都有所表现。晚年患胆结石，不再写作，但仍卧床为其书籍着色。七十岁时病逝。为《圣经》绘制两套共一百多幅油画和水彩画，为但丁的《神曲》绘制一百二十幅水彩画。罗丹曾盛赞纪伯伦，将之誉为“20世纪的布莱克”。

给你寄去一幅画；如有可能，将之保存在玻璃框中。这幅画的纸不是强力纸。

我试图竭尽全力画出那个得到你称赞的头部，但徒劳无益。因此，我放弃了努力。你是我的心所珍视的，你简直就是我的心。你已发出殷切期望，我应该响应。

玛丽，上帝在显灵。上帝向我显示的东西是何其多啊！因此，任何东西都吓不倒我……我总是高高兴兴。我将向你致意、问安。只要我胸中的心还在跳动，我总是爱着你。

爱你的

哈利勒

1915年10月31日

我亲爱的玛丽：

对我来说，许多工作尚未就绪。在我心中起作用，并与我的思想发生争执的东西，远比给予我的空余时间要多。因为它绑住了双手，而且使之瘫痪，不能动弹。

生活内涵丰富，底深无限。我专心痛饮生命之泉，舍弃了其他泉源……但是，当我饱饮之时，时间飞快闪过，日子变得寒冷，使我难以进行。当我的活动受到制约时，我便投入工作，在工作中竭尽我的全力！

顺致我的钟爱！

哈利勒

致纪伯伦

1915年11月4日

哈利勒：

上帝把一件事情托付给我，叮嘱我要忠诚、友好和有良心。哈利勒，你是个好人，我为什么不响应？难道我发现了比你更强的人，致使我把誓约隐藏起来，背弃诺言？

你善待他人，而他人却亏待你……因为你有超越存在之处……你的存在是有理由的，如同水与云……你超越了你的朋伴，你领先于他们，战胜了他们……你慷慨赠予，恩施他人。我十分钦佩你所说所为，我多么愿意成为你的邻居！

我爱你。

忠诚的

玛丽

1915年11月6日

哈利勒：

赞美造物主！

我看到了她；假如你看到了她，是会赞不绝口！

时在八点钟，或许稍过一点。她在一个绝美的模子里铸就。我从未看见过更漂亮的童女。

她生着一对杏核眼，一只鹰钩鼻，一头金发。

她正是生命开出的一朵鲜花。

赞美造物主！

造物主用模子进行铸就，依她的相貌铸造人。

我和童女说过话，她回答的声调轻柔，饱含沉思，聪慧机敏。

我问她："你是谁的女儿？"

她回答："我是天的女儿。"

童女自知来自苍天，就让苍天保佑她吧！用天赋之才开启我的心扉和智慧之门的人啊，也让苍天保佑你吧！

玛丽

致玛丽

1915年11月21日

亲爱的玛丽：

就像人提取保护自己生命的东西一样，我从你那里提取了许多东西。

你创造和建树了许多。你的言谈话语包含着种种格言、智慧。你从无中创造了有。

我们之间的关系难以形容，那是生命中最完美的，不断变化，不断更新，不断成长。

玛丽，你我彼此相知互解。我在探索着你那伟大心灵的深奥；在我看来，这是我的生活秘密。

顺致我的爱！

哈利勒

1915年12月9日

亲爱的玛丽：

千谢万谢归于你！你寄来的信正是我所期盼的，令我高兴、欣慰，占据了我的思想。

我从未像现在倾心于天文学那样专心于一个题目。天文学是与人有关的无所不包的一门学问。

人，作为存在是有限的。人的有限想象力迫切需要天文知识，以便提高自己，使自己高于其他生灵……当人类的集体智慧领悟到周围的存在、世界和天际时，那么，它的目光便不再短浅，种种困难也便化为乌有。

今年冬天，我的头脑里出现许多东西，我真想按照我的希望打开我的心扉。

我们的心比我们描绘的事实要好，我们与我们的手之间隔着一千道幔帐。如果从里到外都在工作，那么，它将像儿童一样不老……那是对心灵的日常修复，就像你说的那样，昨天远似千年。

哈利勒

致纪伯伦

1915年12月12日

亲爱的哈利勒：

先生，我的这封信是要告诉你，我给你寄去的那条围巾和我为自己买的那条围巾一模一样。不过，长度稍有欠缺，因为我没找到类似的一种围巾，那是我喜欢的唯一一种。它将保护你的脖子，使之免于受寒。

我边写信，边久久注视着围巾。我吸收你的营养赶走了饥饿。我全神贯注聆听你的声音。

天快亮了，学校就要开门了。

祝你夜里安好，更贴切地说，祝你夜里剩余的时间安好。

请你做我今世和来世的储藏吧！

顺致纯洁的爱！

玛丽

玛丽日记

1915年12月14日

我在周刊杂志上读到一则令我肝碎心裂的消息。

我不认识遭遇灾难的人，但我知道那是个受到伤害的人。他是个好人，心中有信仰，一意做好事，无论如何也不应该遭虐待。

是的，人们施虐于他，伤害他，残酷地杀死了他的灵魂和他的人道主义。

究竟是什么使仇恨像锅炉一样在人的心底里沸腾翻滚？

仇恨！难道仇恨就是立体化了的嫉妒？莫非仇恨就是具体化了的猜忌？或者是一种卑鄙的心灵，怨恨使之丧失了美好的人性？

人啊，有时是很卑劣下贱的！

我读到了什么呢？

那是一个正值青春的勤奋男子，自许必有美好前程，还积累下了大批钱财。他的合法钱财成倍增加，大大超过了他的需要。他决定救助他人，于是兴建企业，雇用工人，从而使许许多多家庭受益。

突然之间，一帮人乘他不备之时，将他毒打一顿！

他们是什么人？

他被暴力包围。那些人秘密合谋，见时机到来，立即狠狠打他。

大厦坍塌了。

王国陷落了。

工人散去了。

家庭饿起来。

他成了穷人……他的目光偏斜了。

他所损失的并不像贫困给他带来的痛苦。

他看了看自己的妻子。

他们何罪之有？

他们有何过错，致使他们尝别人酿成的苦酒？

他被他的心点燃起的烈火烤着。

灾难的几天过后，他的鬓角中了一颗子弹，他的脑袋崩裂，化为碎片。

他们发现他的脑袋碎片挂在了墙上和天花板上。

我听到那些碎片发出声响。

我听到火热的肝发出的呻吟声。

我听到烦恼的低声细语。

我万分害怕。

我睁开了眼，确信自己是在梦中。

但是……哎……那低声细语呢！

那低声细语……那低声细语呢！

“喂，玛丽·哈斯凯勒！我不认识你，但我了解你的灵魂！我是旧病复发的人，我的痛苦完全是因为自己。”

我痛苦不堪，热泪潸然。

致玛丽

1916年1月6日

我亲爱的玛丽：

在这里，披风和围巾是两位御寒之友。你为什么要给我披风呢？我的衣服很多，而你的衣服是很少的。

在写作时，我想在占据我内心的唯一思想上加入一些图形——上帝、大地和人的精神。我等待词语时，一种声音正在我的心底形成。我的唯一愿望就是选择完美无缺的样式——与耳朵相连的无疵衣服。

世界是饥饿的。如果这就是面包，那么，它将在世界的心脏找到自己的位置。如果这不是面包，那么，它至少能够使世界的饥饿加倍，使之变得底更深，含义更丰富。

关于上帝和人的话是美的。我们不完全明白上帝的天质，因为我们不是上帝……但是，我们能够训练我们的悟性，以便使之不断地理会和成长。

玛丽，现在我为了和你说句话而来……你不想写封信吗？写一封信，描述一下你对这种感觉的真正感悟——这是控制我的猛烈燃烧的一种东西。

顺致我的钟爱！

哈利勒

致纪伯伦

1916年1月10日

亲爱的哈利勒：

我试图清楚、简明地回答，而我却失败了，心中感到不胜忧伤。

每当我与你谈起上帝时，我总相信你说的话，即使你的话蒙上神秘的色彩。因为你是上帝所喜欢的，我也没有为你那新的知觉排顺序。我想把这种知觉埋藏在我的胸中，我想永远伴之生活。但是，当你要求我忠实、明白地表明我对此的看法、立场时，我自问道：

“我相信吗？”

我相信。对于我来说，除了相信，无可替代。它是深入我心底里的更高层次的意识。

是你揭示了上升的真理——通过创造性的意识，由星云直升至上帝。

达尔文探索了有机生命的发展和进化……进化论中有进化一说。这一学说如今完善了如你所理会的真理，即物质转化。

地球及地面上的一切都是物质。

每一种物质要寻找一种形态。

灵魂不过是物质的一种高层次的形态。

我们知道，意识是存在于每一种知觉中里的物质。今天的真理未必是过去的真理，也许今天它也正是上帝的真理。

但是，你的这种知觉却是能量转化的真理，它使我们意识到，我们正处于星云抚养阶段，纵然我们有力量升至上帝。

玛丽

致玛丽

1916年1月30日

亲爱的玛丽：

亲爱的玛丽，这种意识是对上帝的新的认识；这种认识与我昼夜不分离，我的思想与之寸步不离，随之而动。当我睡觉时，一种东西留在我的身边，提醒我跟着这种认识走，以便得到更多认识。

我的双眼明显保留着上帝诞生的温和、从容发展的形象……我看见上帝如同雾霭自大海、高山和干河升起……在半生意识中上升。

他自身并非完全了解、认识自己。

在尚未按自己的意志行动，并以自己的力量、权力和愿望向自己提出更多要求之前，几百万年飞闪而过。

人出现了。就像人和人的灵魂寻求他那样，他也寻求人。人起初是下意识地投奔上帝……那时，人对上帝既无认识，也不了解……之后便是有意识地投奔上帝，但对上帝仍不了解，没有认识。

如今，人是既有意识，又对上帝有了解和认识地奔向上帝了。

哈利勒

1916年2月10日

我亲爱的玛丽：

上帝所选择的人儿，你可知道，我在银行里的存款已足够我过上一年的宽裕生活了？你慷慨给予，从不计算！

我生活在陶醉与欢欣之中。我的日子充满着巨大欢乐。我心中所向往的唯一一件事，那便是你现在就与我在一起。

我热爱生活，热爱生活中的一切；你知道，玛丽，我以前曾厌恶过生活。二十年来，我所感觉到的只有对未知事物的强烈饥渴。

现在的情况变了……我无论走到哪里，也无论做什么，都能看到能力自身，都能看到法规的本身，即那个使各种元素向着灵魂运动，使所有灵魂都朝上帝运行的法规本身。

灵魂是大自然元素中的一种新元素，它包含以下特性：意识、领悟、自身求得增多的愿望、对超过自身能力的渴求……这些和其他的灵魂的特性，正是物质的最高形式。

灵魂追求上帝，有如热气渴求上升，或像水向往大海！力量和愿望是灵魂诸属性中两个形影不分的特性。

灵魂不会迷路，如同水不会向高处流。

所有灵魂都会出现在上帝那里。

所有灵魂一旦与上帝联系在一起，便不会失去自己的特性。

盐不会在海里失去自己的咸味，它的特性与它永不分离。

灵魂保存着自己的意识。

灵魂保持着自己的特性，就像大自然的其他元素一样，保留着自己的本质。

本质总是在寻求着至完美和至纯洁。

忠诚的钟爱者

哈利勒

1916年3月1日

亲爱的玛丽：

有关充满我内心与灵魂的东西，我不能说得太多。我的心神酷似仲冬时节播下了种子的土地，我知道春天是一定会到来的，我的河渠将要流淌，沉睡的生命必将破土而出。

沉默是令人痛苦的，但是，万物可在沉默中选取自己的形态。等待和期盼是不可避免的。

在我们心灵那隐秘的深处，能够看见和听到我们看不见和听不到的知识元素，等于我们的所有感官，等于我们所做的一切，等于我们今天的全部……所有那一切，总有一天会稳稳地居于那深深的沉默之中，即存在于灵魂中的那座万宝屋。我们超过我们对自己的想象和猜测……那超出我们猜测的部分在不断地寻求知识，给自己增加新的东西；与此同时，我们什么也不干，或者我们自认为无所作为。

我们所感悟到的，并使我们的内心深处因之胎动的东西，等于向我们的内心为那种胎动提供了帮助……当下意识变成有意识时，埋在我们避寒的心灵里的种子就会变成花朵，我们心中那无声的生命之歌也便飞扬而出。

这生命正在揭示着许多我们还不知道的东西，而死而复生最宜于揭去罩在每一件事情上的幔帐。

约·曼斯菲尔德将来访问我，以便为他画像。他是一位用高级泥土制成的人。

玛丽，上帝为你祝福。

哈利勒

1916年4月9日

亲爱的玛丽：

当人的灵魂静止在活动的思想区域时，人也便失去了说话能力……然而我却不断地与你说话。我知道你晓得我们在边走边交谈。一个人总希望有那么一位能与他在寂静的夜色下和漫步在花园中时交谈的朋友；亲爱的玛丽，你正是那样的一位朋友。

我埋头于工作，我与人们之间的那个大海湾一扩大再扩大。有时候，我自言自语说：

"海湾是由某种错误造成的；当错误得到纠正时，我便会接近他们，感到想念他们，重新爱起他们。"

错误是虚妄的，根本不正当，不论怎样描绘；而正确是切实的，原本正当无虚，经得起评说。

哈利勒

玛丽日记

1916年4月21日

今晚，哈利勒和他的妹妹玛尔雅娜一起来过复活节。他对我说：

“我有些时候没见到莱德尔了。他正处于一个女人的魔爪之中，那女人担心每一个来访者将他从她的手中夺走。听说她拿他的画去卖……他已管不了自己的家，已由那个女人照管他的家和他。我悄悄看过他一趟。”

一枚宝石戒指，那是诗人的戒指。

他让我看了看他戴在手上的那枚戒指。那是我所见到的最美的东西……我仔细观看那枚戒指时，他说：

“有许多人送给我这种东西，在纽约和别的地方。两个月以来，我收到了七枚。他们什么也没有说，也没有写，或者要求写什么。因为他们知道，一旦事情传开……”

他默不作声了，犹豫了……没有再说下去……我也没有催他说下去。

他写了大量作品，除了《巨人》和《疯子》，他还为《掘墓人》诗集写了两首诗。他谈到第一首诗，说掘墓人并不埋葬生活。他在第二首诗“焚香人哪”中说，他走向大海，遇到三个伟人：第一位颇具智慧；另两位唱着歌。他们用一种声调唱道：

“你知道吗？我是掘墓人！他们认为我心怀仇恨，只擅破坏……可是，你若不破坏，如何建设呢？我们就像核桃，应被砸碎，因为宁静的大海是不能将人们从沉睡中唤醒的。”

致玛丽

1916年5月10日

亲爱的玛丽：

昨天，我写了两则寓言故事。我将之寄给你，供你研究、修改……同时也请你谈谈看法……这些天里，我一直把写作局限在阿拉伯语中。

我应该尽力在《疯子》里增加一些内容，但期能在今夏将之交给出版商。

录上两则故事：

一

家父的花园里有两只笼子：一只笼子里原来有头雄狮，是父亲的家仆从尼尼微沙漠带回来的；另一只笼子里有一只默不作声的家雀。

每天早晨，家雀总是与雄狮打招呼说：

“被囚的兄弟，早晨好！”

二

在圣殿的阴影下，我和我的朋友看见一个盲人独自坐在那里。

我的朋友对我说：“请看那位世间哲人。”

我离开我的朋友，走近那位哲人，问过安好，然后我们交谈起来。

片刻后，我说：

“恕我冒昧一问：你何时失明的呢？”

他说：

“我天生盲目。”

他双手交叉胸前，接着说：

“我是星相家……擅观日月星辰！”

你看这两则故事中有毛病吗？或许这两则训诫微不足道，不值一谈？

玛丽，请你对我说实话。

哈利勒

致纪伯伦

1916年5月14日

亲爱的纪伯伦：

两则寓言故事极妙……

家雀是一颗活种子，而瞎星相家补全了那颗活种子……二者我都喜欢。

我仅为每段作简单修改：

“家父的花园里……其一关着一头雄狮，是父亲的家仆从尼尼微沙漠带回来的。”

原文中的“原来”和“笼子”两词多余了。

第二个故事中“我的朋友对我说”，我建议删去“对我”二字。

还是在第二个故事里“然后我们交谈起来”，我建议删去“然后”一词。

仅此而已，选择权始终在你手里。你征求我的意见，我发表了意见。也许我的意见是错误的。

近一段时间里，我读了《致寻死者之父的信》。

那本是一次打击。他自己死亡之前，他就是自己。死神没能改变他；如果确实是那样，那么，死神确乎为我们创造了奇迹。

“我自己”永远是“我自己”。这就是我读了那本书之后的感想。

如今，任何人都可以将自己看作造就自己的小造物主……我们只能造就自己；除此之外，我们还能做什么呢？

我们的内心表达能向我们揭示我们心灵中某些时刻的情形，那些全是真实而生动的，都有可以感觉、触摸到的形式，也全都是记忆的具体体现。

记忆不就是我们理会作为和时间的源泉吗？

存在，运动，时间……这都是一般的联系……我要问：假若生命的全部不用故事的尺子来丈量，假若对于我们来说生命的周期和对地球来说的周期，只不过是我们的周期罢了，那么，生命也就只是细胞对于细胞的周期而已。

记忆力随着感性而增长，只要感性是我们成长形式的一种。

正像你说过的，我们生活的所有阶段将像一本书那样在我们面前展开。

体躯受囚禁的兄弟，愿你日子幸福！

玛丽

致玛丽

1916年5月16日

亲爱的玛丽：

你喜欢那两则故事，使我感到高兴。谢谢你的那两项建议。说老实话，那几个词是应该删去的。

我的脑海里确实有训诫和寓言，但不知道如何编撰。英文不是训诫语言，或许我这样认为。因人在做事发现自己弱而无力时，会找到种种理由，会发现种种借口。

我感到能力不足，我将学习，以便写作。

自打天上思想降临，自打上帝进入我的心和头脑，我几乎失却了仅仅掌握的那点英语。我现在正在猎取语汇，即使我曾经会用那些词语。

我需要与莎士比亚一起作智力休息。

不的，玛丽，死神不能改变我们。死神解放真正的人和真理，能解放我们的感觉。

坐在飞机上的人所看到的大地景象各种各样，但是是用自己的眼睛看，而不是用各种眼睛看的。

人的意识是无限过去的果实，而无限的未来则催人走向成熟，既改变不了人的品性，也改变不了人的特征。

上帝为你延年。

上帝为你祝福。

哈利勒

1916年6月11日

亲爱的玛丽：

他们在这里成立了叙利亚振兴委员会，我作为该委员会的秘书长，在新的夏天里的个人生活被剥夺了。

这是一个很大的责任，我应该全力担当起来，做到既让自己满意，也让他人满意。

悲剧使人们的心胸变得宽广……在过去，我没有机会做这方面的工作为国民效力；如今，我能够尽自己的义务了，故成了幸福的人，感到上帝将扶持我，助我一臂之力。

我必将把自己的事情托付给上帝，把自己交给生活……我自己从此便自由了。

基钦纳[1]死了。他活够了，这也是报应。但是，英格兰人是一

[1] 基钦纳（1850—1916），英国陆军元帅。1886年任英国红海领地总督，驻苏丹的萨瓦金。1911年任埃及总督，1914年被封伯爵。第一次世界大战爆发后任陆军大臣，并晋升为陆军元帅。他迅速征召大批志愿兵作为职业军人进行训练，使之成为崭新的“基钦纳军”，当他乘“汉普郡”号巡洋舰前往俄国时，被德国水雷击沉溺亡。

个不能很快理会事情的精神和本质的民族。我担心他们不会把基钦纳的死视为其成就的结局。

英国人的自负、说大话的习惯，在他们以其独特作用赢得这场战争之前，就应该灭亡了。

他们当中真正明白事理的少数人是诗人，然而他们没有机会像其他国家的诗人一样为自己的国家效力。

英吉利在其生活在外壳之前就该死去。

顺致诚真的爱。

哈利勒

致纪伯伦

1916年6月12日

哈利勒，亲爱的：

自打收到你的信，一种想法总是不离开我的头脑：我能为你提供帮助吗？你能从我的效力中获益吗？

如你能从我的效力中获益，我将从速赶来，而且兴高采烈，欣喜不已……和你一道工作是一种享受，因为远离你令我感到难受。

我对我的姑妈说过，我只能陪她一起度过八月。因此，我乐意去纽约。

我是一个美国女性，办事更方便，能按你的要求把事办成；你如有事愿让美国女性办，千万不要担心。

你若有意，我就能办。

不过，你不要忘记，我可不通阿拉伯语。

向亲爱者致以纯香问候。

玛丽

致玛丽

1916年6月14日

亲爱的玛丽：

多谢了，千谢万谢全归你。不过，工作是我的，不是别人的，我不能让你精疲力竭。

叙利亚振兴委员会的工作进行得很顺利，我们这里人手很多，有男有女，相互帮助，互相协作，不遗余力地克服种种困难。

当前第一项任务是说服全体叙利亚人与黎巴嫩山居民合作，然后说服土耳其政府，以准许进口粮食和营养品。我们能够通过美国政府安排此事。

我真希望我能多做些事。毫无疑问，你知道我把生命献给了谁，我把自己的生活献给了：

我的祖国！

哈利勒

1916年6月29日

我亲爱的：

说服工作需要耐心和坚韧——说服侨居在北美的叙利亚人共同合作，以便达到目的。

当前的最大难题是把食品寄发到黎巴嫩山上。

毫无疑问，奥斯曼政府想让我们的国民忍饥受饿。因为部分领袖在见解和精神上支持协约国。

我们除了美国别无他友，只有美国能向我们伸出援助之手。

华盛顿的国务院向我强调说，美国政府努力改善叙利亚的恶劣形势。但是，你知道华盛顿的事情会怎样进行——政治难题，战争难题——要解决这些问题是难以实现的。

我已以你的名义向振兴委员会捐赠了一百五十美元，这是美国人的最大一笔赠款。

阿拉伯革命是一件大好事。在西方，没有任何一个人知道这场革命的成果份额有几何，也不晓得它会走多远。但是，只要是真正的革命，也就够了。十年来，我一直致力于这场革命，努力为之工作。假若协约国能助阿拉伯人一臂之力，那么，阿拉伯人不仅能建立一个王国，而且还将为世界做出巨大贡献。

我知道阿拉伯人灵魂中的隐秘……我也知道阿拉伯人的弱点。假如欧洲不帮助他们，他们则难以将他们自己组织起来。

亲爱的，你知道，阿拉伯人的人生观是另外一个民族所不了解的。

哈利勒

1916年8月22日

亲爱的玛丽：

我们正在盛夏，天热得厉害。我不能说服自己离去；虽然如此，但必须离去，而且要快。因为我迫切需要变一变环境。

当你与救助解忧委员会一起工作时，你有一种甜蜜感，令你高兴，让你开心。你为他人效力时，你会有一种强烈的满足感和快乐感。

每一美元都带着受伤者的生命气息。你所集起来的每块美金都使你感到欣喜、欢乐。慈悲情感深入你的内心和灵魂以及你的信念……毫无疑问，你是知道的。

是的，玛丽，土耳其拒绝救助工作，不让任何人向叙利亚伸出援助之手。但是，我们能够寄钱去，将之分发给饥馑者。由于上帝赐恩，今年的收成尚好，但急需要钱。那里有数以百计的美国公民，他们可以分发我们寄去的钱财。如果美国政府愿意做点什么事，它是能做许多事情的。然而选择艰险之路（艰险之路往往是正确之路）则要求人在本地利益、本地意愿、本地道德动机盛行的时代成为超人——超越这一切的人。

这是一种占上风的倾向。

这是一个标准变更了的时代。

哈利勒

致纪伯伦

1916 年 9 月 20 日

亲爱的哈利勒：

每一个白天都是那么美，每一个夜晚都是那么美，每一件东西都是那么美，为我欢乐上添欢乐，欣喜上添欣喜。因为你现在在库哈西特。我为你的幸福感到幸福，我为你的欢乐感到欢乐。我求我的造物主使你的欢悦长存，不断增强你的信心和意志。天与地在心中相互对话。在巨大的空间里，我们常隔着遥远的距离。生活不会阐释自己，也没有一个人向我们阐释生活。善于掩盖者既不阐明任何东西，也不向我们揭示任何东西……但是，我们注定要接受这种生活。

我把一次绝妙圆梦讲给你听吗？它可以引导人多思多想……虽然如此，我过去和现在都认为心理分析家就像在地道里创大业的强有力的鼓动者和教唆犯。

我就是这样看待心理分析家的。

也许有人认为宇宙就在地道里，整个世界自然在地道里。

这是心理分析家的界限。

亲爱的哈利勒，吻你的手。上帝为你祝福，每时每刻都为你祝福。

顺致我的爱。

玛丽

1916年11月2日

亲爱的哈利勒：

我是多么想念你！

我的思想多么强烈！

我很想见到你，和你交谈。我喜欢谈话胜过书信……我求玫瑰选择我做姐妹，我求我的心带来令孩童和父母俱欢欣的消息。

但期这所小学校开花，结出成熟的果实，摘果人及时到来。

我不解地问：

“莫非他是国家总统，我应该向他求援，以便实现我和这所学校的渴望？”

战争啊，战争！

多么丑恶、残酷的战争！

战争深深刺痛了我的心灵！

难道他的心不感到痛苦！

战争……我看战争就像生活在我内心里的一种特殊生命，仿佛一种独立的存在！

在生活的空白处？

人在空白处？

我们都在空白处。

玛丽

致玛丽

1916 年 11 月 5 日

亲爱的玛丽：

我求上帝欢悦，上帝满足了我的要求，并且有加无减。成功使我感到高兴，事情好办了。政府救助我们，舰队拨给叙利亚振兴委员会一条船，你相信吗？我们和美国红十字协会合作，用它装运粮食，货载的总价值将不少于七十五万美元。

所有这些，都将使心灵承担我们无力承担的工作。工作使人精疲力竭在所难免，工作持续不断，令人疲惫不堪，但却使人感到欣慰、快乐。这是我最喜欢的工作，而且是我从未从事过的，我必将竭尽全力。我是个急性人，常常自我催促……我感到分分秒秒都有极大价值，现在尤其如此。我从未像现在这样珍惜时间，恐怕时间空过。

在救助工作中失去的每一分钟，都是一次丧失的机会。在饥民呼喊声充满天空、一个瘦弱无力的女人走向我们时，我们万万不可丧失救助机会。我们应当履行我们的诺言和誓约……我们理应忠实践约，不让这些受折磨者的太阳隐没。

顺致强烈的爱！

哈利勒

致纪伯伦

1916年12月17日

亲爱的哈利勒：

一支感人的乐曲响在我的耳际，我烂醉如泥。

我非常喜欢今天这个日子。因为西扎尔号轮船起航了，因为我能给你写信了。

我每日每夜都在等待着这个日子。你那可爱的幻影一时也不离开我的想象力，你总是站在我的面前，须臾不曾离去。

几周时间，多么漫长……我说这几周时间显得多么漫长，说不定你会开口仰天长笑。因为我得到了一块比小拇指还要小的真陨石，我已决计把它寄给你。

我将向你讲述发生的一切。

在艾里祖那有一个类似火山口的大坑……印第安人说有颗星星自天而降，落在了那里。许多人断定正是天上落下来的陨石砸成了那个大坑，而且那些人还参加过挖掘工作。

在不远的地方有一个小谷地，名为“魔鬼谷”。那谷中落了许多小陨石，当时就像天下大雨。陨石的天质明显表现在它含有的金属元素上。

我不住地借你的目光看上帝，我找到了上帝。尽管如此，我还是虔诚地向上帝祈祷，顶礼膜拜，恳求央告……求上帝保佑你，支持你，让你痛饮天堂甘泉。

我为你的灵魂、肉体、智慧、力量和忠诚而祈祷。

之后，我终止历数我的愿望，仅仅满足于你的名字。我呼唤着你的名字，唱着你的名字乐曲。我认为上帝在对着我的耳朵歌唱你的存在，对我诵读着你的存在，让我观看你的存在。

我多么想把我为你向上帝说的话对你讲一讲啊！

我说的话很多，我希望多说。

我怀着希望向往生活着。

我自感我活在你的心中。

我对我的心灵私语。我这样私语道：

“假若你早晨起来，不想让哈利勒听到你说的话，那么，他也将听到！”

我对我的心灵私语：

“心灵啊，心灵啊！”

我默不作声。

哈利勒呀，我知道得一清二楚。

我还知道，每当我更加留心听你说话，每当我更加感觉到你的存在时，我便更加领悟到你的存在、你的声音、你的意识和你的每一个细胞。

你就是存在的全部。

钟爱者玛丽

致玛丽

1916年12月19日

亲爱的：

祝你长命百岁！上帝为你祝福！

上帝为你的惠书祝福。

上帝为你祝福，为你的手书祝福，为信中的每个字祝福，为字里行间奔腾的天启精神祝福。

上帝啊，让我配得到那一切吧！

生活之手沉重之时……夜下的乐曲沉默之时，爱的时辰到来了，弄明事理的时候到来了。当一个人深爱和坚信的时候，你们的重负会减轻，你们的生活便会生辉，夜色便会为你们奏起乐曲，唱起欢歌。

我像你一样，该经历的都经历了，该品尝的都品尝了。

我像你一样，经历过孩童诞生的诸阶段——痛苦，创造，询问。

曾几何时，生活之手像大山一样重压在我的胸脯上。然而现在我明白了，每一种东西都有翅膀，而饥饿却能使翅膀瘫痪，活动不起来。

我正全力准备画展——一再更新，坚持不懈，备画，重绘。我重新绘制了部分画，结束了工作，完成了多项工作，力求完美无缺憾。

我们把开幕式推迟到来年1月29日。毫无疑问，这一调整有其好处。

“29”这个日子避开了节日的战场。如俗语所云，正是“吉日良辰”。假若我能在本月10日前结束工作，我可望去波士顿作短暂访问，其时我正在复原期当中。

假若我愿意工作，精神饱满，我将留在原地，以便弥补空度的日子，即我与我的艺术中断联系的数日，原因不言自明。因为我不曾中断过活动。

我见到了泰戈尔，能一睹他的神采，那是多么美妙的事啊！不过，他的声音很单薄，劫取了他的诗的精髓。

泰戈尔……大名鼎鼎，全球皆知。

那颗陨石，玛丽，我翘首以待，企望必一得，我希望那陨石给予我……

我想要陨石……它已经到了我的手中，我紧紧将之握在手里。要知道，我握住了距离我们几百万英里的一件东西；是的，距离我们几百万英里。

谢谢你，玛丽！

哈利勒

1917年1月3日

亲爱的玛丽：

价值极高的罕见陨石，是我这里的至宝藏品，它是想象力的食粮，带着我的思想遨游无边太空，使无限接近我的灵魂，从而减少无限空间的稀罕、神秘之感。

我每天都握着它……每当我握起它，便用热衷于赞美的口舌和充满爱的心为你祝福。

泰戈尔在谈话中表示反对民族主义，而在同一次谈话中却丝毫未谈世界主义。

泰戈尔是印度人，印度将自己的神奇秀丽慷慨地给予了他。虽然他意识到生活给予他的大量恩惠，但他看不到生活在发育成长着。

上帝在泰戈尔的头脑中是完美的存在。所有苏菲主义者都诚信上帝完美无缺。

在我看来，完美是一道分界线。我不能理会完美，如同不能领略瞬间。

完美是让人远离丑事。

完美是残次的反义词。

瞬间是漫长的时光。

瞬间也许将成为最普遍。

我的心灵处在愚昧之中……无论光芒怎样闪烁，世间只有愚昧久在。

忠诚的

哈利勒

1917年1月12日

亲爱的玛丽：

寄给你一则寓言故事。若有时间，请就语言审阅、修改、润色一下。

你看到了吧！我成了你的学校的一名小学生，没有你的鼓励，我用英文是写不出一个字来的。

有关上帝的诗歌，乃是开启我的情感和思想大门的钥匙；如有必要，我会改写之，使之简明易懂。但是，我要暂缓动笔，听到你的意见，再作决定。

这则故事——训诫——的完成与去年我所遇到的事情关系密切。但是，这瞬息即逝的闪光是不够的，因为伟大思想应该表现在伟大文风中，而我的英文水平是有限的，不过我有能力使之不断提高。

我的工作很多。蒙你佐助和上帝支持，我必将实现目标，点亮火炬。

哈利勒

致纪伯伦

1917年1月15日

亲爱的哈利勒：

谢谢你，谢谢你……我非常喜欢《三角艺术》。你从它那泪水中露出甜蜜的笑容。妙啊，妙极了，我很喜欢。你这个月里不要发表它。我将把它留一段时间，以便修改其中某些字句。

你的语言颇富有创造性。你在读英国天才作家的著作中磨炼了你自己的语言。

我想触摸一些我从未称量过的事情。我要求有新的耳朵和读关于上帝的诗歌的新口舌。

亲爱的，写这种诗对我说来并非易事。

我那不要口舌的心灵在谈你那不要耳朵的心灵。我们之间那种富有建设性和创造性的话语，正是那些有时在沉默中说出的话。

上帝为你祝福，使你延年。

玛丽

1917年1月29日

亲爱的哈利勒：

今天，你那美丽的手触摸到了我，第一次在早晨，第二次是现在，正值夜间。一只绝美的手，整个手都在抖动，半热半冷。

就是这种感觉，感觉到了手的存在。

感觉到了那四十幅画，气韵生动，栩栩如生；你看它也看，你听它也听；人们与它们共同生活在一起，仿佛它是每个人的一部分。

无疑，你已精疲力竭，但求上帝保佑你，护卫你！

在一个月的时间里，我一直希望你在波士顿展出这些画……凭真理起誓，这便是心神的愿望和灵魂希冀……一种纯洁、诚实的爱情的企盼。

假若星期三我还收不到你的来信，我将于星期五去你那里——星期五和星期六。因为我很想在连续两天中看看那两批画。一天是不够用的，我应该伴着画度过两天时间。

我需要你来完成一项任务，而且非你不能胜任。你千万不要让我失望。

祝你夜晚幸福，得到奖赏。

你应该得到祝福！

还有什么祈求呢？

你应该得到一切善言佳话！

还有什么呢？

我赞美你，赞美你的宏图大志。

上帝为你的名字和画祝福，我最亲的人。

我的爱是永恒的
玛丽

致玛丽

1917年1月31日

亲爱的玛丽：

我希望你来看看我的画。如果没有你，没有我从你那里得到的启示和灵感，没有你的祝福和你的思想，没有你远近都和我在一起，我是不可能完成这些画作的。

星期五我将应邀出席晚宴。因此，你与我能在星期六相聚，像往常那样一起共度星期日。

画展的要求多种多样，填满了我的日常生活。我在积极工作，锐气不减，炭火不熄。

工作一旦结束，那是多么美好！

果子又是何其甘甜！

真的……工作多么美好！甚至连我没有工作，精神疲惫不堪之时，工作都是那么美好！

生活丰富多彩！

生活无限甜蜜。

即使生活让你感到痛苦之时，也是甜蜜的。

星期五或星期六，你想和我联系时，就请拨我的电话。公司已经给我装好电话。以后你再找我时，我就再也用不着被迫上上下下了。

我的电话号码是“舍吉亚 9549”。

顺致诚爱。

哈利勒

玛丽日记

1917年7月20日

发电站后侧，浓荫下，水上，我们坐在一个巨大的水泥槽里，畅饮着思想美酒，亲切友好地交谈着意见。

我们坐在那里，眷恋凝视着一切，但什么也看不见。我们坐着，忘记了一切，觉得世间除了我们一无所有……我们……

我在那寂静中说：

“我总觉得，当一个‘男人’或一个‘女人’对异性的存在感到失望，或认识了异性时，想法都是表面性的。”

他打断我的话，说道：

“在我已通过并且不会撕毁的协定中，我不大容易与女子讲和。女子比男子好。这是毫无疑问的，因为女子比男子温柔、敏感、稳重，她们懂得生活，了解生活的内涵。但是，我发现她们用自己的经验和话语固定自己的心灵。”

我说：“因为你的温文尔雅、随和大方和你的声音、艺术，都不能显示你是个制造混乱的人，因为你的那些外在表现都脱离不了你的个性……你不关心你的个性，你用单纯的目光看待事情，对事情仅做一般性处理，不会抓住某种东西，也不会放弃某种东西。”

他说：“你说得完全正确，一点儿不差……我和一个人坐在晚餐桌旁，有一种孤独、拘束感，感到十分需要把心灵中的感觉吐露出来。女人是有问必答，很快就会把面纱揭开，将心底里的话说出来，仿佛自言自语，说：‘我终于找到了知音……’”

他沉默片刻，沉思了一会儿，然后接着说：

“假若她满足于命运安排，她高兴，也让别人高兴。然而她寻觅醉意、享受和轻松，于是请我去赴晚宴。我拒绝了。过了一段时间，她又请我，我再次拒绝。她一请再请，我一再拒绝……当她再三再四请我时，我只得赴约，以免表现得太粗俗无礼。她想把我纳入她的生活中去，让我和她一起度日。她想见我，对我谈谈她的心事、生活以及所遇到的麻烦和难题……当她结了婚的时候，我便看到她的脸上挂着痛苦的表情，是她丈夫给她带来的痛苦；她的面纹道出了这一切。”

他的唇间绽出惊愕的微微一笑，其中蕴含着一种说不清道不明的轻蔑。他迟疑片刻，然后又说：

“她对我说：‘我的丈夫人好、性格好，但就是不理解我。我糊里糊涂地与一个陌生人生活在一起……而且已经过了许多年！’无论她的处境如何，她只谈她自己。当她被迫说到另一个人时，她便显出厌恶情感，随即把话题引开，好像逃避恶魔似的。

“我思考着人，留意着人的生活，但我更想从正面看人。

“人们喜欢我，但我希望他们把我当作一般东西喜欢，而不是从个性上喜欢，也不把我当作杰出人物。我希望人们喜欢我，而不要占据我。

“我听到了关于我的各种言论……他们说我在提高你，让你看你从未想到的、用你想象力眼睛看不到的、你没猜想到的和你从未思考过的东西……很快，他们把你说得一无所知、一无是处。

“你我之间交往的本质，他们是领略不到的。那是真理的精髓！其次，还有一种语言，你我之间有真理的语言，一种无话之语，一种不动舌之语言。

“有时你不说话，我却明白你要说的全部，这并不能解释为久久的陪伴，而是一种奇妙的默契，起自我认识你的第一天；从第一天起，我便了解了你，听到了别人听不到的你那声音。

“你明白一切。

“你通晓一切。”

1917年7月28日

我的心里奔涌着和平之水，我静听着由互访之弦发出的无声甜蜜乐曲。

没有任何东西就像哈利勒的心灵对他的灵魂中不断产生高尚爱情的回应一样说出哈利勒的温和、善良与心灵的高尚。

我谈及了我们一直避而不接近的性关系问题，说道：

“我完全无能力估计精神对性关系的依赖程度！”

我又说：

“哈利勒，你是最接近我的人。我不认为你更接近别的女人。”

他一声大喊，仿佛他的话像闪电：

“我不曾接近过任何一个男人。我接近的女人也仅仅相当于你所接近的百分之一。”

我们吃罢晚饭，他抬起双脚，头深深低向胸前，说：

“现在……我们打个盹儿……让我们考虑一下故事、小说、谈话，考虑点儿有意义、有意思、有创见的东西吧！”

他低头沉思。不大一会儿，他说：“吉祥之城！”

我们开始工作。哈利勒递给一份稿子，口授给我许多话。

那是一个成功的作品，优秀作品……我们放下纸和笔之后，我说：

“想想热爱你的作品的人们吧！假若他们能进入一个地方，难道你看不到他们会羡慕我吗？请你想想我所占有的这个世界的财富，想想我这充满意义和价值的生活，想想上帝赋予我的一切……你的思想，你的光芒，一切一切——那些会说话的画！《玫瑰花萼》！或许你会猜想，在这个世界上会有钱财引诱我，让我抛掉《玫瑰花萼》？

“是的，我富裕到了任何人都想不到的地步！”

我把《玫瑰花萼》放在我的桌子上；放在这个地方，它显得多么美！

我把《慰藉》放在书柜上；放在那里，它显得多么绝妙！

致纪伯伦

1917年10月12日

亲爱的哈利勒：

学校已于9月26日开学。

复过这封信之后，我将转入：

神经系统

古希腊史

诗歌中的金库

威廉·华兹华斯[1]的诗

大地的亚特拉斯[2]

马萨苏斯教堂群

……

这些题目和课堂的教程都由我来拟定。

---

[1] 威廉·华兹华斯（一译：渥兹渥斯）（1770—1850），英国诗人。八岁时母亲去世，被送往寄宿学校，直至1787年。他童年时能成段背诵诗人斯宾塞、莎士比亚和弥尔顿的作品。英国文学史上浪漫主义时代的先驱，对后来的诗人影响很大。1843年被誉为英国"桂冠诗人"。其代表作有《序曲》《丁登寺》《不朽的征兆》等。他为英国诗增添了新内容，引进了新语言，开创了新风格，不愧为一代大家。

[2] 亚特拉斯，荷马史诗中管理撑天柱的神。古希腊人和古罗马人认为，亚特拉斯神用双肩扛着大地。

任务重叠、头绪繁杂、神经紧张的第一阶段已经过去，生活已恢复正常。

不过，巨大的压力不是没有好处的，它恰是协力创造美好东西诸元素的不可分割的一部分。今年，我触摸到了这种压力，并且第一次相信它是一种透明的苗条实体，颇似一位由光组成的青年，在学校的上空翱翔盘旋。

我看得见他！他的存在便是我们的成功。

学校被一片欢乐气氛笼罩。姑娘们兴高采烈地高声呼喊着：

“好宽敞，好宽敞！”

虽然学校里什么东西也没换，只是将外表粉刷、修葺了一下。

它颇似一个囚徒，一旦被释放做了主人，在他眼里，一切都是美好的。

使我高兴的是抓到了机会，即使在一个阶段，我能给你写信了。不过，我要对你说实话，我正坐在一巨车上，飞向天空，飞向星辰。

当我回头再说话时，实质将消失……根本将磨灭……意义将化为乌有。

钟爱者

玛丽

致玛丽

1917年10月14日

亲爱的玛丽：

上帝嘉纳你，你的信使我感到幸福——你那里来的一切和你的一切，都使我沉浸在幸福之中。

你说的关于学校的那些话美妙极了！精神，那神秘的存在，部分可以看见，包含在无声的话语之中，不论在学校还是在家里，也不论在一个民族还是在整个世界上，都是一个伟大的事实……在那种超级存在水平上的生活，恰恰是适合于那些居家者的生活。闪闪放光的学校，是你的伟大精神及女教师们、姑娘们的伟大精神的真正辉煌。

上帝将自己的爱和慈悲赐赠予青年时代，从而使之艳丽、鲜嫩。

寄给你两则寓言故事，是我临时写成的。你何不把你不满意的地方修改一下呢？何不把不得体的语言校正一下呢？

顺致我的爱！

哈利勒

致纪伯伦

1917 年 10 月 20 日

亲爱的哈利勒：

我把两则寓言故事稍稍自由化地修改了一下。我对两则故事的完美性尚不放心，包括英文语言在内。我说出了一句惯用俗语，只当我什么也没说。我相信，对你的词句作些许修改，总要胜过我对后果不放心的大修改。毫无疑问，在我见到你之前，在我们就最后形式达成共识之前，你是不会发表这两则寓言故事的。

我很喜欢《梦游者》，第二篇的思想也很吸引我。但是，使年迈者表达我所表达过的意思，我有些犹豫。因为在我们这个时代里，不论受过教育的，还是没受过教育的，都不例外在相信上帝，而叛教尚且不是普遍思想现实。

但我仍然怀疑自己对这种寓意理解的正确性。

钟爱者

玛丽

致玛丽

1917 年 10 月 31 日

亲爱的玛丽：

是的，玛丽，我们从不知到知，终于得知。

我们不知不觉地跟随着一种东西生活着；那种东西在我们的内心里模模糊糊，而我们的外表也对之完全不理解。

其精华由我们掌握的真实东西，真相总是表露在外，直到我们不再怀疑，直到我们对生活说“不”，我们的某种东西大声喊“是”；那声“不”，只有人能听到，而那声“是”，则上帝能听到。

我给予那两则寓言故事的唯一的二者需要的东西是朴实无华。但期我能够解释我在《两位哲人》中的旨意。这之后，我们就便于为之加上另一种形式了。

格言和寓言纷纷涌来，任何东西都不能阻止我们将之铸入适当的模子里。

为钟情者祝福平安吧！

哈利勒

1917年11月15日

亲爱的玛丽：

我谢谢你，我感激你……我收到了糖和书……我将贪婪地吃糖，我将迷恋地读书。

奇怪得很，我从未从读关于性的任何一本书中获得充分享受。也许我缺少那种多余精力的冲动，或者因为我智力萎靡，也可能处于心被移位的屈辱之中。

不过，我现在想探索日月星辰下的一切存在之物，因为美是每一种东西的自在品性，每当人去探其底时，那美便成倍增加。

知识是生着双翼的生命！

顺致诚挚的爱！

哈利勒

1917年11月25日

亲爱的玛丽：

你何不慷慨行事？

何不读上一读，把你不满意的地方说出来呢？

这是写给罗丹的一首诗，请你仔细深入一读。

如有可能，我想最近——星期二早上——就要它，以便将之与这位伟大人物的肖像一起发表。

这首诗是我今天写的，以免大事闪过，我却没有说出一句令人称道的话语。

为钟情者祝福平安吧！

哈利勒

玛丽日记

1918年1月6日

哈利勒中午来了。他很乐观，容光焕发，颇似晴空朗日。

和他一起来的还有一位朋友。朋友离开之前，向他讲了关于两个飞行员的故事。两个飞行员在天空飞行盘旋，不断爬高上升，最终坠机身亡。在二人绝命之前，指着上方，喃喃地说：

“妖怪……妖怪……”

数天之后，二飞行员的一位朋友也高高飞上天空，不仅飞到同样高度，还超过了那个高度……他真的看到了妖怪。

那是一群巨大的黑色造物。那男子驾机在其中一个妖怪的眼前飞过。

哈利勒说：

“我不知道故事的真实性如何，但我认为就像大地上一样，天空中有某种存在不是不可能的。”

我听后想了想，试图做出一个结论，但没得出结论。哈利勒打断我的思路，接着说道：

“圣母马利亚知道关于儿子耶稣的什么呢？也许她知道儿子是痛苦的根源，是一个使人愉快的人，也许那是在耶稣死后，因为耶稣死了，他的门徒和追随者的忠诚方才显示出来，对圣母马利亚表现出更多的人道主义。

“耶稣在世时，耶稣的事迹和众人的言论就对马利亚的心灵产生了巨大影响。耶稣出生的那个国家是众民族杂居之地，那里居住着迦勒底人、希腊人，还有别的民族。毫无疑问，这众多民族会对耶稣的生活环境产生巨大影响，但却影响不到他的内心世界。

“耶稣之死，就像他的生一样，对他的门徒和追随者有着重大影响。那样的一天将会到来：我们的思想只满足于火焰，只满足于火焰盛燃的完美生活。

“耶稣的门徒和追随者对耶稣的感受远远胜过对耶稣的任何一种思想的感受。请你看他为他们做过什么，又用他们做什么。

“比如约翰——即那位明天的诗人。

“伟大的宣传家保罗，他原本竭力反对耶稣，后来成为耶稣的忠实使徒。那是一颗赫然而诞生的高尚灵魂。他认为显示在他面前的一切与显示在别人面前的东西没有什么两样。数年之后，他才得知自己殊出众人。这些灵魂中的另一颗卓越灵魂在孤独中成为高尚灵魂。他的内心变得勇敢无畏。他学习其他民族的语言，用他们的语言说话……但是，只有少数人能从他的言行中获得他的精髓。不过，也许有百分之五的人厌恶他们所生活的环境。

“耶稣改变了人的思维，为人类找到了一条新路。

“米开朗琪罗独辟蹊径，走的不是前辈画家们所走的路。

“米开朗琪罗所走的路是设定好的。”

致玛丽

1918 年 1 月 21 日

亲爱的玛丽：

我从未经历过像那样负荷的一周……充满人间难事，却又美不胜收。

我回来时，发现信件成堆，如同一座小山，还有另外一座小山，那便是要尽的义务。

诗歌晚会是至美盛会之一，气氛严肃而活泼，那是才智的挑战，那是活力的竞赛。思想的交流在轻快中进行，活跃了我们的思维和身心，将我们推向更高处，点燃了烈火。

战争影响、改变了人们的精神，使之翻天覆地，发展进步。

战争使人们的疏忽变成了饥饿。

战争使人们要求不曾要求过的东西。

有多少人要我在某协会或某俱乐部朗诵诗啊！我已收到请帖，邀请我去芝加哥，向诗歌协会朗诵我的诗。

他们说："我们向你提供五十美元……我们向你提供所有费用！"

我在鲁滨逊夫人家吃的晚饭，还向在座宾客朗读了我的诗。

鲁滨逊夫人是罗斯福的胞妹；正是她表示愿意让她哥哥与我在她家见面。她喜欢那样，希望得以实现。她是一位庄重的夫人。

玛丽，天冷得很，我真怕我们遭受冰霜时期的磨难。不过，我已做好准备，采取了足以保证安全和室内保温的措施，能够保护我的身体。

上帝是慈悲的，我不配得到天赐厚爱。

我给你寄去两幅水彩画。你那里的墙壁缺少色彩。

这两幅水彩画都不是那种有伤波士顿观者眼神的裸体画。

这两幅画也不在墙壁的裸体处。

我想念你。

哈利勒

致纪伯伦

1918年1月24日

亲爱的哈利勒：

我收到了你那令我想望的信。收到信之后，又收到了那两幅画。谢谢你！

你多么出色！

我写过信……而且寄了出去……那两幅水彩画令我心神快乐。我现在用富有想象力的眼睛望着挂在墙上的两幅画，虽然我还没有将之放在画框里。

我望着，留心凝视着。只觉得幸福之感盖过了我的一切感情。

我将把两幅画放在我周围日益增多的绘画当中。

多少稀奇古怪的因素，令世界在不断扩大；这正是我生活的世界，由画构成的世界。

这也是你所成就的世界，亲爱的。

玛丽

1918年1月25日

亲爱的：

布莱克是位强人。

你会发现上帝的声音和手指在创造，而上帝离自己所创造的东西又是多么遥远啊！

看他写的东西，仿佛他在用另一种语言写作；在我看来，好像他觉得用另一种语言，完全出于被迫。他就像那样一个戴着手套画画或玩耍的人，或者像被严寒冻僵了手指的人。

其实他对于你较对别人更接近。他自感远远脱离了众生，活动在广阔的意识领域之中。

莱特先生为那两幅水彩画制作了两个镜框，将在明天寄出去。

你问我对那两幅画的看法，问我是否喜欢别的画。这个问题使我转向了阳光明媚的大海之滨。海岸上有石子，石子散落在那里，海岸——石子，太阳——石子，正是你的画，还有容纳其他东西的地方吗？

我将精细欣赏你倾心绘出的那幅《上帝与人》，它在你的画作中，处于两幅水彩画之间的光魂地位。

这幅画隔着远离上帝的约三层帷幕，降到我的知觉感官中——即我的心、我的精神和我的灵魂。它很像充满吉祥如意的框子；每当我想到它，便明白了那五分钟之前还不明白的东西。

与我的生命一起生活的光魂，使我的生命变成了两个生命还要多。那光魂具有重大意义：白日里，它带着我高飞一千次；夜下，当我与世界坐在这里时，它同样带着我高飞一千次。

我常常觅寻大地，走向旷野……我打心底里希望远远避开人。

现在，我用两只崭新的眼睛看人，发现人是奇迹中之奇迹。我成了一个新生儿。

来自你的一切东西，我都喜欢。

我喜欢你寄来的东西。

我喜欢你没寄来的东西。

你寄来的一切东西都是可爱的。

这，你是知道的。

如果那东西只有邮票大，我就把它挂在项链上；如果感到那东西比邮票稍大，我就将之放在显眼的地方。

一切东西都会找到自己的位置。

因为那东西将使我想起你，让我接近你！

我向你表示爱！

玛丽

致玛丽

1918年2月5日

亲爱的玛丽：

我真高兴！你喜欢那两幅水彩画，实在令我欣悦。

随信再寄去两幅画。那张大画的题目是《上帝与人》，等我完成它，它将属于你。

赢得你的中意与喜爱的画，除了你，任何人不得占有它。

寄给你一则尚未写毕的新寓言故事，仍是草稿，需要润色，也许需要修剪。

你何不重新将之创造一番呢？

你不能把它铸造在英文模子里吗？

请于本周末将之寄还给我。

也许我能从你的语言构想中获益，也许我会部分采纳。

无论我采纳你的说法和建议与否，我都会对你感激不尽，赞美你的功德。

现在，我正在收集近一段时间里写的故事，寓言和散文。也许我能与某出版商达成出版协议。

诗歌协会为我举行了热烈的欢迎会。我从未遇到过这样的盛情和款待。雨季过去之前，我将再次朗诵诗歌。他们将专为我举行一次晚会。

我星期日曾朗诵过诗歌，那是在鲁滨逊夫人家中，在座的都是精英。

鲁滨逊夫人想让我在茶话会上与西奥多·罗斯福见面，而且她已为此做好准备。但是意外的病恙使她痛苦不堪，躺在了床上……我呢？严寒令我惊惧，我只有躲在自己的角落里，以避免寒冷带来的恶果。

对于我来说，谈论和朗诵诗歌是极大享乐。在过去的不多几年里，人已变得渴望美，渴望真，渴望跟在美与真之后的伟大事物。

我的爱属于你。

哈利勒

致纪伯伦

1918年2月10日

亲爱的：

寓言故事有一种神奇的韵律，像新天际吹来的晨风，清凉醒神，美妙难言；它的语言迸发出一种活力，将其从桎梏中解放出来，为之加入了精美。

哈利勒，关于那两幅水彩画，我能够说什么呢？我立即拿到莱特先生那里，让他做画框。我取回了已做好画框的两幅画。

我浮想联翩，不明白心中发生了什么事，想得很多很多。我常常自言自语。

在令人痛苦的黑夜和白天，你总是我思与想的中心。

各种旋律和声彼拥此挤，竞相传入我的耳际……当你同人们说话和向人们朗诵诗歌时，我总感觉到有一种几年来不曾有过的振动，就像回声一样轮番响在我的心中。

玛丽

致玛丽

1918年2月26日

玛丽：

这是令人疲倦不堪的日子。带着静怡和安乐的日子到来之时，我们从遭难中学到的东西将具有巨大价值。

玛丽呀，生活是仁慈的。毫无疑问，岁月喜欢我。我要顶礼膜拜祈祷……祈求岁月善待他人，怜悯他人，关怀所有人。

我有时感到悲伤，因为岁月的慈悲使我感到为难。这并不是因为我背信弃义，而是因为千千万万的人在受苦受难。

星期四，我将赴诗歌协会诗厅发表谈话。

我将要谈论诗歌。谈诗之前，我该说些什么呢？

朗诵诗歌之前，我该说些什么，心里一点儿底都没有。

在类似场合里，我总是这样：去时，心里心慌意乱，不知道该说什么，只觉恐惧不安；当面对众人时，恐惧心理立刻消退，心中的疙瘩顿时开结。

玛丽，你要知道，计划是没用的。每当我做好准备，却总是失败；想好了要说什么，到时不免张口结舌。

每当我把事情托付给精神时，我便能成功。因为精神是洋溢的大海，从不吝啬。

是的……精神是大海。

忠实的

哈利勒

1918 年 3 月 10 日

亲爱的：

我念着主的美名，所以我成功了。

我在诗歌协会，轻松、出色、满怀信心地朗诵了诗歌。那里聚集了许多人。人们蜂拥而至，却为了一睹我的风貌，为了赞美、批评我。但是，过分的评价会使人看到自己的弱点；我已感觉到了自己的弱点。

人们颇喜欢《上帝》一诗；他们说我用之劈开了黑暗……他们说，那首诗最好，最成功。

我买了件冬天穿的上衣，也是咖啡色的。我还买了副手套。

哈利勒

玛丽日记

1918年5月6日

今晚，哈利勒从伽尔兰德夫人的庄园而来。他活泼、健壮，皮肤被太阳晒得红红的。他双目闪烁着光芒，气质清高，谈吐文雅，虽然语调强烈。他说：

“我度过了一个光辉的时刻，令我的心神大为活跃，我贪婪地投入了工作，大量生产起来。伽尔兰德夫人天性温柔，话语甜润，活力旺盛，目光里洋溢着聪颖与智慧。她什么都会，从家务到农耕，还善写作，已著有两本书。我见到了她的孩子们，并与他们进行了交谈。三个男孩子由学校回家探望母亲。他们所表现出来的聪慧盖过他们所透露出来的鲁莽，虽然他们的年龄正处于莽撞时期。我喜欢他们，钦佩他们的能力。

“她的女儿胡朴才十四岁，是个有天赋的姑娘，喜欢画画。

“母亲精明干练。她给儿女们以充分自由，从不限制他们。她向儿女们学习，而不是教育他们。她就是那个环境里的一切。有两千人把她视为一切。她使他们懂得钱来之不易，不应该挥霍浪费。不管事情多么微小，都应该全身心投入去做。

“我们每天早晨八点钟以前会面。她写作，我也写作。一或两个小时之后，我上楼回自己的房间，而她什么也不对我说，让我自由选择。

“是的，我打算用英文写的那本大书，已经开笔，且已完成了其中的十六章。”

开始写作前，哈利勒对我谈过那本书。

在平原与大海之间的一座城市里，在轮船停泊，羊群吃草的地方，有一个男子在众人之间游移徘徊。

那是一位诗人，一个预言家。他热爱人们，人们也热爱他。但是，孤独成了他的至大品性，仿佛上帝对他特加关照，从未把他托付给别人。

人们全神贯注侧耳聆听他的谈话。他们感到他的心中有精美、甘甜话语。不过，他们对他的热爱并未能接近他的个人，因为那里还有一种神秘的屏障。就连女性们在内，她们惊叹他的温柔与清高，而感觉不到她们对他的爱会导致低级风流事情发生。

人们把他看作本城的个别人。他在田园里同他们和他们的孩子谈话，但他们的内心感觉昭示他们，他不会长期待下去，不久便要离开。

有一天，忽见一条船从远方天际驶向本城。他们得知那条船是来接隐居诗人回去的，无不感到惊惧，认为那是一场灾难……他们将失去他，他要走了……他们相信他就是他们生活中的一切，于是纷纷跑向海岸，聚集在那里。

他站在那里开始讲话。

他们当中一个人说："请给我们谈谈友谊吧！"

另一个人说……

又有一个人说……

他谈到了每一件事……就每一件事发表了意见。

话毕，他登上了船，离去了。船渐渐隐没在雾霭中。

他们当中一个人说：

"请给我们谈谈上帝吧！"

他回答道：

"关于上帝……我在每一件事中都谈到了。"

致纪伯伦

1918 年 5 月 8 日

亲爱的哈利勒：

我希望你来学校作一次讲演，安排在星期五。

我全心希望你做这件事，为了我，也为了女教师们。

你不要匆忙决定，慢慢下决心。事前通知我一声。若有什么不便，我们可以另安排我们的事。我们可在各种工作中度过特定的时刻，如唱歌、朗读、写作。我将知道上帝想让你做别的事情。

无论怎样，你会和我在一起，和我的心神在一起，不管来与不来。

当我们相聚在学校时，你与我在一起……我常看见你和我在一起，我能感觉到你的存在。

奉上我的爱、敬佩和心愿。

玛丽

玛丽日记

1918年5月11日

哈利勒穿着一身崭新的夏装，是他穿过的最漂亮的衣服之一。当我表示喜欢那套衣服时，他说：

“正因为这，我才穿上了它。”

他错过了一个罕见的机会。他说：

“我未能出席在罗斯福先生和他妹妹家举行的午宴。”

当他发现我为鲁滨逊夫人给他的信感到忧伤时，他接着说：

“我当然见过罗斯福，不过不是单独见面，也不能自由畅谈。鲁滨逊夫人是位很出众的女士，关心每一件事情，活力充沛。她邀二十位宾客赴宴，她也是从容不迫，面面俱到，从不失礼。所有的人都认为她同时在照顾每一个人。鲁滨逊先生就像一头大象，他可是个大忙人。”

我们在妙趣横生的谈话中度过了一个时辰。我们无所不谈，边谈边研究。

之后，我们就他的作品发表意见，谈得十分详细，话语滔滔不绝。

我们谈到了一切，仿佛我们有说不完的话。

致玛丽

1918年5月29日

亲爱的玛丽：

我在道格拉斯·鲁滨逊夫人家与政治家兼作家亨利·卡普特·鲁德、美国陆军总参谋长罗纳德·伍德和外科医生兰伯特博士共进晚餐。我们谈到战争，还谈及厮杀诸事。

伍德将军的话语中有一种打动我内心的东西，引起了我的注意。

那是一种自立的力量，但却又是谁也不能获利、国家也不能从中获益的无用力量。我谈到一份材料，文中说他在法国是个不受欢迎的人。我所谈到的消息使我内心不安，我几乎要发一封私人信给他。

兰伯特博士在法国看到一些令人心慌意乱的事情……他所看到的事几乎使人不敢相信……他所叙说的亲眼见闻多么精彩！毫无疑问，他的经验很有价值。

亨利·卡普特正专心致志地写关于莎士比亚的研究论文。我发现他把困难小看了，认为可以轻而易举地实现目标，达到目的。

出版商追着要求我发表自己写的书、零星文章、小说和我用散文或诗歌写成的寓言故事。我们还未商谈细节。假若出版商是认真的，我定把情况和就此事的协议告诉你。

愿你属于我的心。

哈利勒

致纪伯伦

1918年5月31日

亲爱的哈利勒：

你对众人是有恩惠的。你曾阻止多少人放弃不可能办到的事情！你曾使多少人远离丑行和邪门歪道！

你对众人是有恩惠的。

我向你的心致敬。

你把《旺井》一文寄给了我。

是的，我收到了。我很喜欢这篇东西，它深深吸引了我。

我有几点意见。我将让你把目光转向你曾忽视的几件事。

计划精细严密，而灵活性肯定是有的。轨迹所指正是生命的轨迹，其每一步、每一趟，都有着惊骇与美妙。

那里面都是提神剂。

仅从你的作品里汲取你的思想和见解，我是不能感到满足的。我也绝不满足于你的水泉。

在我看来，你的旗帜高高飘扬在云间。

我不满足，不会满足！

玛丽

致玛丽

1918年6月1日

亲爱的玛丽：

你耕耘了我的心田，让你的知识之种在那里生根发芽。你何不看看我寄给你的东西呢？有空儿的时候，请你看一看吧！

我之所以给你寄去那些东西，是因为我深信你能言善辩，智慧超群。我很想听听你的意见。

请不要禁绝善事。

思恋的钟情者
哈利勒

1918年6月4日

亲爱的玛丽：

毫无疑问，稿子上的那些内容赢得了你的好感。我所写的只言片语，不论我自己对之满意与否，你总是表现了极大的兴趣。

在我看来，词语堆砌了，句子也嫌繁杂。也许我写的东西难以理解，不易体会……说不定还有些神秘与隐微。

我完全相信你将潜心读之，且能化难为易。你没做吗？

你的意见是花木的及时雨。我为你感到自豪，敬佩你的美德。

你是举世无双的。

你殊出众人。

那些都将成为过去，隐没在无名之地。

有的将消亡，有的将长存。

我给你的评价，你当之无愧。

哈利勒

致纪伯伦

1918年6月8日

亲爱的：

照你的要求，我把那件东西退还给你！我喜欢保存每一件东西。我希望你把能赠予我的东西全赠给我，因为那是我容易得到的最宝贵的东西。

我把那首《爱之诗》作为例外，你没有要，也许你想要。我却很喜欢，于是将之保存起来——我保存了你的话语和你的手书。

哈利勒，上帝为你的名字祝福。

从你的口中倾吐出来的，你的心深爱的那些字义是多么美妙！

我衷心希望晓知你写出的每一个字……

我吸收你的言谈话语就像是呼吸空气——另一个世界的空气——一个广阔无边的世界，一个我们的世界不能与之媲美的世界——另一个世界，另一个天际！

一个每天都在更新的天地，每时每刻都在更新的天地！

一个日日夜夜都在更新的天地。

我的爱是巨大的。

玛丽

致玛丽

1918年6月11日

心爱的人儿：

我为你那能从我的书中看到灵魂和肉体的一双慧眼祝福。我为你那一双慷慨施予之手祝福。寄去你要的那本书，我指的是《妖妍丛林》，删去了引起你疑虑的那些地方。因此，它既非“骗人的享乐”，也不是“快乐的骗局”。我想到的是充满心神快乐的丛林。

你喜欢《爱之诗》，令我感到高兴。我的诗人朋友们说，我用英文写诗是最适合的。诗歌协会要我讲“沃尔特·惠特曼[1]及其影响”，我答应了他们的要求，并表示感谢，报告要在冬季举行。

我喜欢对谈话进行筛选。我喜欢在搅奶提油之后，再用舌尖对之进行搅动……不过，你要知道，我要避免谈我的能力；每当我厌恶谈话时，我也就不再回答问题了。

哈利勒

---

[1] 沃尔特·惠特曼（1819—1892），美国诗人。父亲务农，因家贫迁居布鲁克林，以木工为业，承建房屋。1855年，他的诗集《草叶集》第一版问世，共收集了12首，最后第九版总共收诗383首，其中最长的一首题为《自己之歌》，共1336行。这首诗的内容包括了他毕生的主要思想，也是最重要的诗歌之一。

玛丽日记

1918 年 6 月 13 日

哈利勒把他的思想火花寄给了我，
他要求我对之进行润色修改。
我默默地接受了这个动议，
我答应竭尽我的全力，
我深知他心中所想，
我熟悉他的至诚谦虚。
他有意在鼓动我，
他渴望以此使我提高自己。
我当着众人高声宣布，
他的语言精到，
他写作起来没有错误，
我能够把正确的再来修改。
他与我在一起从不求导师，
他与我在一起总是夸奖表彰，
他意使我把自己的头高高抬起，
他希望我的灵魂放出光芒，
哈利勒是个高尚的人。

致玛丽

1918年6月21日

亲爱的：

《疯子》一书使我与外界断了联系。

出版商来访，我们讨论了细节，然后达成了协议，确定了具体操作方案。

该书很可能在10月份出版问世，书中将有三幅插图。

我埋头于很多工作，致使疾病缠身。

在过去的数日里，我一直努力工作，不曾须臾中止。

不过，明天要让我的疲惫心神休息一下了……我将休息几天，去拉伊一趟，在那里停留两天，然后再去长岛。

也许我在那里致力一种新工作。

我可能写些什么，日后会给你看的。

思念的钟情者

哈利勒

1918年7月11日

亲爱的玛丽：

随信寄上《疯子》一书的插图复制品，共计六张。看上去不如原作清晰。另外两张画，在我还未完成时，你已经看见过了；那是我为用阿拉伯文写的长诗所作的十幅插图中的两幅。第一幅是《上帝》一诗的插图；第二幅是为《疯子》作的，其中有这样的诗句："当太阳第一次亲吻我那裸露着的面孔时……"

我将再给你寄去两张复制品。

我在乡下期间一个字也没写出来，因为大海让我忽视了自己，抽走了我的话语。

不过，我画了些水彩画，我认为那是我的手画出的组画当中最佳的作品。

上帝保佑你。

哈利勒

致纪伯伦

1918年7月24日

亲爱的哈利勒：

玛尔雅娜得到了骨科大夫的关照。相信她已解除了痛苦，病情的好转使她的精神好多了。这也增加她的生气，消除她的烦恼。

恐惧使我们不幸，希望能保护我们。

每当我们避开恶，便会得到善的启示。

当我们的心神避开了死的想法，即使我们已死去，我们也不会死的。

病情好转使玛尔雅娜相信医学及医生的力量，她将自己满怀信心地交给了医生。医生说她的心脏有力，两肺也健全。

我现在能够开车。我更喜欢自己驾车。

哈利勒呀，十五幅画已告完成，真使我难以相信。那些画都像我一周前看过的那幅《高卢利亚》那样大小吗？

玛丽

致玛丽

1918年8月26日

亲爱的玛丽：

我明天去纽约。我今天与你联系，以便告诉你，我将在星期五和星期六两日里到你那里。

我在这里的日子，充满欢快、光荣。我的果子成熟了……我写了诗，但诗应该配上插图，我一直画个不停。

就像这样，你会发现，心神内外的东西使我不得休闲。

上帝待我宽厚，一直伴随着我。玛丽呀，这是对我的巨大安慰。

如有可能，请与我联系，直拨“舍吉亚 9549”。

哈利勒

玛丽日记

1918年9月1日

晚饭后，我们走在一条空旷的马路上。夜悄悄逝过，我们却不知不觉。

我们发现门附近有一只猫在沉睡之中，两只前爪紧紧抱着自己的脑袋。

“一只死猫……”

一个过路人说。他还用手杖轻轻地拨弄了一下。

那确实是只死猫。

哈利勒说：

“它的美未能给予它以生命！”

我们谈到死亡情景及死者面目。他谈到他的母亲及死时的面容。他说：

“母亲死于可恶的癌症。癌症侵蚀了她的胃，使其萎缩，失去功能。但她的思路一直是健全畅通的，到死不糊涂。她的灵魂用智慧控制着她的肉体。她的真正生命一直活到最后。她长眠之前还谈到了苏马斯·艾库威努斯的苏菲主义倾向。她的谈话引人入胜，充满激情。

“在巴黎，有一位参加过 1886 年运动的法国军官，与家父有很深的交情，竟住过我们家。他来吊唁家母时说：‘你母亲是无人能及的，在女性中间找不到第二人……’是的，在贝什里，人们都以卡米莱·纪伯伦的墓起誓，他们对我说：‘凭你的母亲起誓！’

“母亲在我幼年时就让我懂得了，我们之间的亲情就是根深蒂固的爱，正是生活的荣与辱将我们聚集在一起。今天，我们能看见她的面容，她的面容还像原来一样，相貌没有任何变化，还是她那张随着日月推移显得更加俊美的消瘦面孔。虽然病魔使她骨瘦如柴，但她的双目依旧炯炯有神。她辞世时，面相饱满，面色红润。

“我不曾看见任何天降之物能与母亲脸上闪烁着光芒的丽质相媲美。”

一位年近六旬的德国老人抱着德文杂志走来，哈利勒买了两本。我看了他一眼，他明白我的意思……他说：

“我总是买他的杂志。他处于极度饥馑状态。”

是的，他买下了两本德文杂志！

他写了一段关于爱情的话。我读过之后，不胜惊喜。那其中的意思多么美妙，结构又是何其严谨。他的笔不像普通的笔。

随后，他掏出一个笔记本，朗诵了关于爱情的第三首诗，与第一首紧密结合，恰相呼应。

我继续读源自哈利勒心和脑中的诗句、散文，那是我在一般书中很少见到的。

他写道：

十二年前，我在一座花园里，看见麻雀为麻雀喂食。我常到那座花园去玩，不时撒些麦粒，供鸟雀啄食。

有一天，群鸟正食麦粒，一只衔着麦粒飞走的麻雀引起了我的注意。我的目光一直好奇地跟着那只麻雀。那只麻雀在约三十英尺远的地方落了下来，穿过草丛，直到接近缩在那里的一只家雀，只见那只家雀昂起头来，闭着眼睛。飞去的麻雀将口中的麦粒喂到那只麻雀的嘴里，然后飞了回来。

我轻手轻脚地走近那只瞎麻雀，发现它又大又肥。我一直站在那里，直至群鸟飞走，但那只喂食的麻雀没有飞走，而是接近那只瞎麻雀，推了推它，仿佛在催促它起飞。过了一会儿，两只麻雀一起飞走了，那只明眼麻雀一直没有离开那只瞎麻雀，双双高飞天空。那明眼麻雀有意与瞎麻雀形影不离，保护着后者。那情景深深打动了我的心，禁不住泪水滚滚下落。

瞎麻雀和明眼麻雀……那之后，哈利勒曾多少次想到和提到它俩呀！

致玛丽

1918年10月2日

亲爱的玛丽：

我决计今晚与你联系。我尝试过，但未成功，因你不在家。我想告诉你，我打算明天午后离开这里。我很想你，想在我返回纽约之前，与你共度一个夜晚。

你希望我明天来吗？如果我到了那里，你会真高高兴兴地迎接我吗？我去行吗？

到了车站，我将马上与你联系。

我在这个地方度过的一个月时间，对我的健康好转和精神焕发作用重大。我实话对你说，现在我成了一个新人。

上帝用爱的目光呵护着你。

哈利勒

致纪伯伦

1918年10月27日

亲爱的哈利勒：

疯人——谢谢，谢谢！你不可须臾忘记我！你要想到我，接近我——谢谢，谢谢！

你是亲爱的活宝贝儿……

你是白日里溪流、源水徜徉，夜下星斗照耀的山谷……

你是时而说话、时而静默的高山……

引领万物的是精神。你是离不开精神的，你以全力和信念紧紧依附着精神。

我们的饥饿向往着我们的精神，在疯人那里，在他的坑穴里，我与我的精神之间的多道帷幕顷刻化为乌有。因此，我爱他，我喜欢封面的画。我衷心为你祝福。

顺致我的爱。

玛丽

致玛丽

1918 年 11 月 3 日

玛丽：

一个崭新的世界自漆黑云雾中诞生。那是神圣的一天，是自打救星出现以来最神圣的日子。

空气中响彻潺潺流水声和翅膀的有力拍击声。

上帝之声响彻空中。

光荣归于上帝之声。

哈利勒

1918 年 11 月 17 日

亲爱的玛丽：

人的情感充满知觉——自感同时过着不止一种生活，无论是在夜里，还是在白天。你会发现，不论在哪里，这些日子里，人们的心都处在活跃之中。

我们的两颗干渴的灵魂正站在一条大河边上。我们贪婪地喝着水，欢乐从我们的心灵中迸发出来。

虽然如此，甜蜜的生活仍然是干渴的。

甜蜜的生活吮吸着我，我们也吮吸着甜蜜的生活。

不久前，我呼唤我的心灵，说道：

“上帝占着一千道光的幕帘。”

现在，我要说：

“世界已通过这一千道光的幕帘，接近了上帝。”

每件事，每种东西，均不相同。

在路上，在商店里，在汽车上，在车厢里……所有面孔，互不相同。

人们的眼里闪烁着异样的光，人们的话音里有新的钟声。

这并不意味着一部分人战胜了实现这种天然变更的另一部分人，而是精神战胜了较精神低级的东西，人的高尚情操战胜了低级趣味。

沉在海底的一滴圣油浮上了水面。那是人类中最强者必获得的胜利；因为最强者有其特有福分。

我为什么要给你写这些呢?

你是全明白的。

你用我现在对你说的这些坚定了我的信念，增长了我的知识。在这方面，你比所有人做的事都多。

哈利勒

玛丽日记

1919年1月7日

哈利勒看过他的妹妹玛尔雅娜之后，面色顿变，憔悴不堪。他满面愁容地走了出来，但是，温暖和休闲消除了他心中的痛苦和惆怅。

他在学校里朗诵了《疯子》一书中的部分段落。

我与他单独会面时，他说：

“我没有像接触你的那些成熟、文雅的友人一样，诚挚、友好地接触众人。她们本是捕捉字眼的耳朵，而且是留心细听的耳朵和机灵警觉的神魂。她们相互问答，知道什么时候该沉默寡言，什么时候该开怀大笑。”

他的言谈话语中散发着诱人的神奇意味。他带着那神奇意味盘旋在天空。即使那些话不被人明白，它也是一清二楚的。

我们进入大厅之前，有四位姑娘疾速向我们走来，将玫瑰花献给了哈利勒。他笑意盈容地和她们握手，满面春风地说：

“你们好……”

他脸上的皱纹舒展开来了，亲切地挥着手。

他即刻开始朗诵诗文。朗诵完毕，明显的存在消失，再也不会出现，而到了另一个地方，一个我所不知道的地方……也许他也不知道。

说话有什么用呢？我没与他说话。

他在他的世界里遨游，

也许他飞了起来，飞得很高。

赞美你，我的主！

他属于另一种性格。

他的气质高贵。

他来自清风，

他来自永恒赠礼。

赞美你，我的上帝！

致纪伯伦

1919年×月×日

亲爱的哈利勒：

我有一个希望……

姑娘们想要枚图章，一枚漂亮图章，不需要标志。她们仅仅想要一枚图章。她们这个月底就要……要的是你的，我是说你设计的。你给我们设计一枚图章行吗？如有可能，就请动手吧！

关于材质，她们还未选定，未定下用银还是用金。只是确定为图章，而且她们许诺永久保存。这个想法令我敬佩。不过，你以外的任何人设计，我都不接受。

几天以来，我什么都没考虑。有三条领带，我却很喜欢，每条六角五分。

我把那三条领带买了下来，虽然我知道你保存有许多领带。你说你有很多条领带，可是能够与你所认识的男子们所拥有的领带数量相比吗？

玛丽

致玛丽

1919年3月25日

亲爱的玛丽：

玛丽，请你告诉我，你是想让我设计一枚学校的图章，还是你构思好了一样什么东西，让我给你画出来呢？

直到现在，我还不曾设计过图章，但我十分乐意做这件事。

你要的很可能是一枚公章，可是你怎么会要那东西呢？适于女子学校用的印章会是什么样子的呢？

如果事情不紧急，最好一个月后在学校里制作。如果你想要，我不会拒绝在那之前动手。

在此情况下，你最好把自己的想法画在纸上，我必毫不迟疑或毫不怠慢地实施之。

哈利勒

1919年5月1日

亲爱的玛丽：

我来了！寄上学校印章设计图样。一只张开的手，托着一朵玫瑰花，或更贴切地说，一朵玫瑰花正在手掌中成长着。

我很欣赏这一想法。如果这一设计能够精确、成功实施，忠实地将之进行移植，你就能得到一枚精美的印章。但期这设计方案能使你和可爱的姑娘称心如意。

玛丽，我认为这一设计方案可作校徽用在项链上，如果你乐意的话。我没有见过类似的图案，你见过吗？

张开的手是美的标志。将玫瑰花植于张开的手掌上，意味着你为美添上美。

为你那长出玫瑰花的手祝福。

哈利勒

玛丽日记

1919年11月8日

开过会之后，尽管十分疲倦，还是与哈利勒共度了一夜。他虽消瘦，但容光焕发，神采奕奕。

他让我看了许多画。

我每天都能看到精美的新作。

最使我钦佩的还是他坚持不懈地砥砺自己的艺术。任何事情都不能挫折他的锐气。我常常发现他身上有一种炽燃的烈火。我常看到他热情奔涌，天才横溢。他的创作为了让作品存留。他的作品必将存在传世，即使他死之后。

他用信心十足的声音对我说：

“在来年，我将发表两部作品：一部诗集，一部寓言集。之后，我将专心写《先知》，我已有用阿拉伯文写的草稿，写作时我不过十六岁……在这部书里，记录下了我内心的暗在神圣……它深居我的心底，但我却不急于将之唤出……就让它存在那里吧！”

哈利勒真是个好人。

1920年4月15日

哈利勒的话令我一惊，使我感到高兴、幸福。他和那些住在那里的艺术家们买下了房子。

他说：

“我带给你一则令人高兴的消息，你将会感到欣喜。来了一群买房子的人，我担心他们的行动会引起房租上涨，致使我们负担不起，我们经过商量，很快把房子买下，从而救了我们自己。

“我们同意本德社（**由吉米·皮尔顿·本德创建的一个讲演公司**）的报价。参与该社事务的有马克·土温、亚西·库南·杜威等人。

“我接受了报价。我将同意作巡回讲演，条件是在我的能力范围之内及适于我的健康情况下。”

晚饭安排在八点钟，我们去了雅典饭庄。

他谈到他的新画作，那组画题目为《先行者》。他谈到他的计划。

我十天内应该完成《先行者》这组画和另外五幅画。

一、先行者。

二、奴隶与女王。

三、死人与要吃他的兀鹰——上帝是另一种抽取灵魂的兀鹰。兀鹰乃上帝之鸟，灵魂中的饥饿促使它展翅飞去，用喙觅食。

四、大地乃天之母。天乃是上帝的微微笑容，就像是由光环和太阳怀抱的孩童组成的星系。

五、在上帝心中祈祷的胎儿，就像是明日星辰的童子，正是居于你心中的生命；当你看见他时，在你怀中生活的就只有他了。那是世界的新生儿。

1920年4月20日

当我突然进入房间时，我看到画架上托着罗丹的头。哈利勒看见我，说道：

“今天，我完成了《天母》这幅画，只缺一只胳膊了。我连续工作了数小时之久……你看哪，仔细瞧一瞧……我画得细微上加细微，精美上加精美。不过，举起的那只手，还不能使我感到满意，我将重画。

“我写到罪与罚、善与恶，还写到自由和国家。”

我说：

“你意志坚定，从不动摇……根基深固，枝繁参天……根深深扎入沃土，狂烈风暴摇不动摧不毁！”

他说：

“不是的，玛丽！我的肩膀令我困顿、虚弱不堪。我没对你说过吗？许多年之前，当时我年龄还小，有一天从高处跌下来，从斜土坡上往下滚了二百余米。另外一个孩子的腿摔断了，我的肩膀则被重重地撞了一下。过了不久，我倒是痊愈了，摔断的骨头也接上了，但断骨是自己愈合的，没能恢复原位。其后，他们又给我重新接骨，进行了校正，将我固定起来，一连五十天不能动。我的堂兄是一位很高明的大夫。

“折磨产生自美好生活。用支柱将我固定，是我对人们的最初感觉。我看到了人们的实质；他们关怀我，同情我，爱护我，只期望我好起来。他们用爱和忠诚鼓励我。我得到的是来自大家的爱。”

1920年4月21日

哈利勒说：

“我有时睡八小时，有时睡十小时。不过，我曾度过许多不眠之夜，眼都不曾一合……那时，我躺在床上读书。天亮了，太阳出来了，我便泡咖啡。之后，我开始投入工作，一直工作到夜幕垂降，事情重新开始……就这样周而复始。”

他说：“国家缺少数百名精神大夫，但他们应该坚持民族主义或国家主义。他们应该成为另一水平的大夫，具有世界意识，让人们随着他们的目光转入一个新的方向。使我苦恼，或者说限制我们、折磨我们的思想，正在像磁力一样吸引着我们，那便是我们现在思想和情感里的固定方法。那么，我们一定需要一种东西，以便转移到事实的另一边去。当我们发现这种东西有我们意想不到的方面时，那就好办了。不过，有时候，另一些东西也有多个方面，是我们不易触摸，不易看到的。”

他说：“在我看来，真理就是运动。但是，最大的幸福，却是静止不动的。”

他说：“爱是有意识的。爱是人类的现实。爱的唯一目的是实现自我，证实自己的存在。”

他说：“我在黎巴嫩骑着马做过快乐旅行之后，迅速地感觉到季节变化，感觉到日夜更替。在丘陵地的草原上过夜，那里芳香沁人肺腑。我们在泉边安营扎寨，在星斗下进入梦乡。那里的夜空，高不可测，繁星闪烁。次日清晨，我们早早起床，站在旷野，只听小溪、百花、鸟儿、巨石和小石子都在欢歌吟唱。”

他说：“我的母亲未曾从事过烹调、洗涤、清扫家务，但对我爱怜甚深。我清楚记得她时刻关怀着我，不时地问我在想什么，关心我的内心世界。”

他说：“人类是地球的最佳设计，比任何动植物和结晶都精美。”

他说：“运动速度慢下来之时，也便是运动者在某一方面慢下来之日。那不是因为缺少什么，也不是因为需要生命，而是因为运动者专注生命，运动者所向往的正是他所急切需要的，而且是应该实现的——也许那种东西是隐蔽着的，他感觉不到，也对之毫不了解。其实，我们感觉不到的许多事情，正代表了我们生活的实质与精髓。”

这真是漫天的想象力！

致纪伯伦

1920年4月25日

亲爱的哈利勒：

那张大幅水彩画已挂在我办公室的墙上。这张画使我顶礼膜拜。为之跪拜者，那便是我的心。那是一个伟大的真理，我听到它的话声响遍楼房厅堂、走廊和柱廊。

我们是星期五夜里将画挂在墙上的，姑娘们还没有看到。

《玫瑰花萼》一幅挂在大厅。《十字架上》一幅到来之时，我的愿望便满足了。

不过，我会将《十字架上》长期保存在纽约，它的效用就在那里。

玛丽

1920年4月29日

亲爱的哈利勒：

《十字架上》一画已在这里。我不希望细看之。画中有一种奇异的东西，从形式、情感到色彩都是我不曾见过的。

我没有发现它的高明之处的原因，在于我的内心世界有缺欠。

他的痛苦是可怕的。谈他近似于谈一颗被碾碎的、痛苦不堪的灵魂。我找不到什么东西能够安慰他。用美来形容时，“美”一词又显得多么无力，却也找不到更有力、更深刻的词来替代。

那是一颗被揭去了外罩的心。

我想把那幅画对我说的话说给你听。那时，话中将有寻找到的丢在言谈话语中的意思。

你是一清二楚的——你了解我胜过我了解自己。

玛丽

玛丽日记

1920年5月20日

哈利勒面纹舒展，喜形于色，说道：

“我在艺术与科学协会度过了一个快乐之夜。我见到了朗读自己著作的威廉·比特斯。我和他谈了很久。他的夫人与他形影不离。那位太太聪颖干练，活力充沛，无所不知，无所不通。她所问的问题充满沉思与见地，而威廉·比特斯则话语不多……甚至说不出什么话来，仿佛他一直在找东西，他也不知道自己在找什么。他想要糖，而他没感觉到自己想要糖。

“夫人对他说：‘你要糖？不是找糖吗？拿着！这就是。’他这才摆脱了不安处境，终于平静下来。”

关于民主，哈利勒说：

“爱是民主的实质与核心。女人有自己追求的目标。女人的目标利用女人，目标又通过女人利用男人。生活开始在女人的心底里形成。女人爱男人，积极努力，一心一意……爱男人的梦想或幻想，或艺术，或文化，或知识——通过所有这些，男人成女人达到目的的桥梁。”

他走的每一条路，都用智慧；他说的每句话，都合乎情理……他把每件东西，都放在适当位置……他在觅寻、探究事情的真相。

仿佛时代把尊贵高位卖给了他。

1920年5月22日

哈利勒趣谈录：

“我们看东西，最初看到的是幻象，之后看到的是想象力眼睛里的记忆形象，接着才能认识它，继之转为我们意识中的真实东西；再往后，就把它忘掉了……不过，当我们忘掉它之后，它却在我们的下意识里生活着，并且一点一点地变化，最后变成我们的一部分。”

哈利勒还谈道：

“人类是这个星球上存在物的最高结晶。我画时，总是努力让其穿上存在之衣，复原其实体。

“人类用某种方式集中了某些种族，有时以群体出现，每一种族都跃跃欲试，讲自己所知道的最重要的事情。

“上帝和宇宙是占据一个天空的两种存在——即一种存在里的两个实体。

“我不能去思考任何东西的结局，那么，又是什么原因导致去思考某种东西的起始呢？”

致玛丽

1920 年 7 月 19 日

亲爱的玛丽：

在乡下，疲劳消失之后，我的精神恢复了。今天，当我下决心回返时，我发现你的亲切来信在欢迎我，我欣幸不已。

当一个人醉于某种想法时，也许他认为语言表达就是美酒佳酿。

你我脸上聚集着四只眼睛。有时候，眼前的事情模模糊糊，难以分辨，不知道两只眼睛看到的东西是否就是另外两只眼睛所见。

我们失败了！我和妹妹没能在库哈西特租到两间房子；我们本想在那里度过夏天的。我不在乎，我将来波士顿。我的创作在城市多于乡村。

学校的消息使我感到开心。任何别的东西都不能与建设相比——建设比破坏好，建设有着美妙含义，会使你感到那是成功奋斗的结果。

外部建设也是内部建设，即在我们的心里。外部是内部的抄本。

玛丽，恭候你的好消息。

哈利勒

玛丽日记

1920年8月20日

人们的言论和意见激怒了哈利勒。人们谈论他的画，一个个口若悬河，喋喋不休。他们说的许多话纯系妄语，毫无意义！他们的许多许多评说全是胡言，均不可信。

哈利勒说："那些人夸夸其谈，说的全是不该说的话……把简单的事情复杂化了，所说全非事实，与理智格格不入。不过，他们有时还能说对几句格言。

"一个英国评论家对我的画发表了意见。他在近处仔细看过我的画，然后沉思。他所分析的画作立意是我作画时从未想到的。他预言说我想到过实际上我并未想过的事情。我作画时，总是漫不经心，只有数小时之后，我才能说明我所画的意思，与我写作时的情况完全不同。画画和说话之间的情况很不相同。我要写什么，在我动手写作之前就知道。

"正确可靠的工作方法是出于诚心的忠诚尽职，信念坚定、热泪盈眶地忘我劳作。我知道诗人们是从不会强挤诗句的，而是向外倾泻文采。诗人们害怕寂寞，怜惜自我，逃避痛苦。

"我……我则喜欢孤寂，喜欢单独，喜欢离群。我爱与自己的心灵对话。我在孤独中去热爱人们。对于我来说，征服我能力中的那些不驯服的因素，却是一种巨大压力，这使我痛苦不堪，仿佛遭了大难。”

哈利勒的话使我感到难过……当他心中充满忧虑时，我又是多么难过啊！

1920年8月21日

起风了。霎时间，狂风大作，大雨滂沱，电闪雷鸣。哈利勒兴高采烈，他喜欢暴风骤雨。每当大自然变脸时，他总是显得那样兴奋。他说：“暴风如此厚待我是其余任何别的事物做不到的。在暴风中，我方可骑着灰色骏马，涉渡汪洋大海。骏马载着我风速一般飞驰。正是风暴激励了骏马，我的心神也因之快活欣喜。

“我记起的第一件事就是暴风。暴风撕裂了我的衣服，以便让我冲出舍门，与暴风紧紧结合在一起。人们奋力追赶我，将我拉回去，但他们的呵斥并没有能够阻止我……每当狂风怒吼、大雨倾盆，那便是大自然令我欣欢鼓舞、心荡神驰之时。

“暴风……暴风啊……我最近出的一本书，书名便是《暴风集》。”

他远离我之时，我总觉得大地病了，整个世界也病了。

他不在之时，我觉得生活失去了意味，楼垮房塌了。

暴风狂啸，摧枯拉朽，而哈利勒就是暴风。但是，他只是将我席卷而去，却不会摧毁、粉碎我。

他近在我的身边，这就是我的生活。

他远离我之时，那就是我的生活。

真是霄壤之别，大相径庭啊！

1920 年 9 月 3 日

哈利勒说：

“画家用美来形容这葡萄果盘，尽全力为葡萄造像，画其成熟的形象，画其鲜嫩、彩色、光润和圆美。但是，每当我看到一串串葡萄时，我便想到葡萄藤，沉思葡萄怎样放花、成长，然后成熟、采摘，想到卖葡萄酒的店铺和饮吮葡萄酒的众口，想到在中国产的酒器。我想到中国人及你所知道的中国人的生活。我还想到你用这种沉思的方式观察事物的目光；这种目光必给予你以全新的想象力。”

他说：

“我们应该给小孩子指出正确的思想方法：书桌……放置角落……其木料……供此木料的树木……如何在森林中被砍伐……砍伐树木的工人……工人们的生活状况……工人们在各自家中的生活情况等。像这样扩展他们的知识，开发他们的智力。”

多么美呀！儿童不厌详细，需要听取用现实线条编织的故事。

这个意见很正确。我赞美哈利勒。他曾给过我多少引导啊！

1921年1月8日

人们常说生活和现实中存在着尖锐的矛盾与斗争。

这是不符合事实的。事情的中心有一种巨大的运动。信任和爱是至关重要的，最要紧的是你要爱一切事务。

巨大的运动产生在每一事物中，产生在每一件东西内里，永不平息，永不静止。

致玛丽

1921年1月12日

玛丽：

你一定要休息一下。你应该靠休息来重新焕发你的体能与精力。

菲维尔小姐建议你远离喧哗，到农村去度过一周时间。这个意见使我感到高兴。我猜想你渴望到空旷的大地去宁心怡神。

玛丽，我深知你的神魂偏爱所在，我也知道你的所恋。不过，体躯自有意志，也有其需要。我深信你在乡间度过一个星期时间，足以保证使你的体躯要求得到满足。

你不用写什么了。我将与菲维尔小姐联系。我衷心希望听到令人安心的好消息。

顺致忠诚与至爱。

哈利勒

1921年1月21日

我亲爱的：

得知你已康复，我心中的恐惧方才消散，心情终于平静下来。

我想去你那里，一睹你的健康风姿，可能星期日到。我能在星期一或星期二去，同样可以在你选定的任何一个晚上。

等我星期日早上与你联系吧！你要关心自己的健康，好好维护自己的健康。当我到达之时，我就想看到你身着充满青春活力艳丽衣衫，高视阔步，迎面走来。

忠诚的

哈利勒

1921 年 3 月 23 日

亲爱的玛丽：

你快来纽约的消息使我的心中充满欣悦。那是我神与魂中的由衷快乐。我将急切地等待着你的到来。

如果能够的话，请在星期三或星期四与我见面，因为正像你所知道的那样，我心中没有见其他任何人或做别的任何事的愿望。

我想念你，十分想念你。我喜听你说出的任何一句话，喜看你的每一束目光。

我们必将争先恐后地说个不停，相互恳求对方聆听。我们的谈话将会绵长而充满趣味。

我与你缔约结盟。

哈利勒

1921年12月8日

亲爱的玛丽：

为了获得知识，我真希望踏入并穿行一座路上没有一丝灯光的一座现代化城市。

假若人们将纽约主街区的灯光全部撤掉，那么，这个街区将以其昏暗和模糊显得美丽诱人；当人借着星光和月华看这个街区时，将发现它借来了金字塔的壮美、庄严和肃穆。

从上面洒下来的光与从底下散发开的光之间有着多么大的差别啊！

哈利勒

玛丽日记

1922年1月12日

在婚姻中……

在婚姻中，奉献是基础——奉献，奉献，再奉献。

千万不要忘记，人们总是相互分离的。

结婚前的那一段时间是幸福的一段时间，在其间要完成相互亲切约会、相互了解、相互影响等过程，因而谈话多，相互商量多，相互接近多。

当相互之间的关系达到了紧密阶段时，陌生、新奇与突如其来之感便消失了。

至于摧毁婚姻大厦的因素，则是长在久存的一种环节，从早上到中午，至傍晚和夜间，相互接近，千篇一律，单调不变，无处逃脱。

双方都需要远离的时刻，自我解脱的时刻，相互看不见的时刻。

致玛丽

1922 年 2 月 7 日

亲爱的：

上帝给予你以荣光。用最高贵的话语悦我听觉的人哪，上帝照亮你的面容。

你可知道，每当你用自己的谈话吸引住我之时，你总使我的心中感觉到一种甜滋滋的痛苦?

你每讲一句话，总是指着一座山巅说：“你何时能攀到那里？”

每当你谈到现在的“我”时，我似乎听到你的声中之声说道：

“这正是我希望你明天所成就的！”

你使我看到高峰，这真是美妙；其美不亚于知道你的期望我将成就什么。

生活在你的心中歌唱……生活在你心中的大多数角落发出神圣的笑声。

哈利勒

1922年6月17日

亲爱的：

我的主赏赐我……上帝慷慨大方！

上帝通过你赏赐给我许多许多！

正是在你快乐的时日，上帝选择你做了他的一只手。

我认识了这只手，触摸到了这只手，我从那里获取了许多。

祝你快乐！

美哉，你成为大河岸边的一只枕头。

亲爱的，上帝为你祝福！

让天使在海洋中和大地上与你形影不离。

顺致想念之意思。

哈利勒

玛丽日记

1922年10月7日

先知与诗人有差别：
先知依教诲而生活，
诗人却不能靠诗生存，
诗人赋情诗却不去爱。
如果有人来找他，
他不会为自己设置障碍。
假设那个人确实是被抛弃的，
他就应该得到爱。
我为哈利勒感到高兴，
他将变成众人喜欢的人。
那些人喜问“我是什么”，
假若我不成其为“我”，
便没有一个人会喜欢我。

致玛丽

1922年10月7日

玛丽：

你若想于星期五来纽约，那时我们便能一起共度时光，一起进晚餐，星期日耳鬓厮磨，沉浸于欢乐之中，彼此互不分离，在相见的欣幸海洋里畅叙心声，直至你启程去南方的时刻来临。

我已答应与几位相处甚好的朋伴一起过圣诞节。这是已经决定下来的约会，我不能违约。假若我早知道你要来，我便不会答应这个约会。

我爱书如同珍爱生命。我的生活就是一部环环相扣、章章相接的系列丛书，我感谢你为我提供了这样一大套精美图书。

我喜欢每一本书。我没发现书中有什么恶语；如果发现，我会毫不费力地令之住口。除了用书，还有什么能够救助不快活的灵魂呢？

你的书就是最好的节日馈赠。即将到来的圣诞节必将因为有了这些书而过得津津有味、快乐惬意。我不否认，我所度过的日子都是节日。因为来自你心田的馈赠已让我心满意足，使我自感别无所求。

你每时每刻都使我的盘满杯溢。

上帝给你满手光明。

哈利勒

玛丽日记

1922年12月27日

他说的每句话，都牢记在我的心中，铭刻在我的头脑里。

我的灵魂向每一种思想和每一条股鉴开放着。哈利勒对我说：

“在我的整个生平中，我结识了一位女性，她给我以充分的思想自由和精神自由，为我提供了让我成为‘我’的机会。这位女性就是你。

“在你的身上，我发现了我的所求，我发现了一颗高尚灵魂。我的灵魂与之一起飞翔；我发现我的最佳自我；我发现了新光、新门和靠枕。你是世上最可珍贵的造物。上帝就是一切，上帝无处不在。”

我久久地望着那张可爱的面孔，望着那暗示忍耐的、随着语气和眼神不住变化着的口形。

落在桌面上的灯光很暗。我的神志有些不安，心中又激荡着一种奇异的感觉，令我不禁一惊。

此时此刻，人类生活的一切潮流，从传达给那张面孔的智慧中奔涌出来：在这个宽广的世界上，他处于某种孤独之中，从而成就了使他独立于一切潮流之外的一颗心。

致纪伯伦

1923年4月18日

亲爱的：

我想让你看看我这灿烂辉煌的世界；它正在成长着，将成长为一个奇怪的独立天地，内有深渊，深不见底。

我很想你，想听你说话，看看你的容颜。

在寂静的夜里，当我睁开沉重的双眼时，只觉得宇宙的以太正在将我包裹起来，就像包上了一层白皮，然后与诸多事情、众多因素及众人等混合在一起。

上帝为你祝福！上帝钟爱你，伴陪着你，与你形影不离。

上帝为你和我添福！

玛丽

玛丽日记

1923 年 5 月 29 日

我们兴高采烈地度过了一段无忧无虑的时光。

我爱他，他也爱我。

我双手捧住他的头，亲吻他的头顶，并且说：

“你使我想起了神杉鸟。”

接着，我向他描述了神杉鸟的外形、特征等。

他听后，说：

“莫非因为我的头上有个羽环？难道因为我有一个小小的圆头颅？因为我脸上有黄色条纹？我该信赖所有的人？我当唱纯美歌曲？要我培植神杉树？我有许多名字？人们把我称作‘个性油脂’？”

我惊愕地笑了。当我控制住了自己的情绪时，我说：

“我在天堂里见到你时，你会笑话我吗？我希望你笑话我！”

在每时每刻，就连痛苦和忧愁占上风的时刻，他也会笑话我，借助他的聪慧头脑笑话我。

致玛丽

1923年8月7日

亲爱的：

每当我得知你心满意足、欢快欣喜时，我的心中是多么高兴。毫无疑问，你从地母和天父那里得到了别的女性没有得到的纯美。

今日的波士顿与往昔大不相同。它还缺少一样东西，那是什么呢？是啊，我只是感觉到了变化，却不知其奥秘。

我要到旷野去，到寂静的乡间去度过一些时辰，或者待上一天，沉思某些在城市不曾想过的事情，即在梦中出现而在城市中未曾出现过的事情。

我喜欢孤独。当我独处幽居于一角落时，我便能在这孤独中感触到那种互爱与共处。

哈利勒

1924年4月22日

亲爱的：

我衷心祈求你健康、快活和成功。

我一切都好，心中充满快乐、感激之情。我工作少，只是画画和用阿拉伯文写作。但是，我常在工作室或公园里走来走去……边走边想，梦想着遥远的地方。

我梦想着无形的形状，梦想着雾霭式的形状……我常常找不到自己的形状。

我的意识颇像转化成雨或雪之前的云。

亲爱的玛丽，我开始生活在大地上。过去，我本是树根；如今，我该依靠这空气、阳光和天空做什么呢?

我听被囚禁多年之后获释的人们说，他们见到东西便感到心慌意乱，惊惧不堪，一个个如丧魂魄，焦灼不安，不知所措。

于是他们原路返回监狱，要求监禁。

我呢，我不会返回我的监牢，我将在大地开辟自己的路。

我将昂首生活下去。

哈利勒

玛丽日记

1924年6月8日

关于再生——或转世——或投胎，哈利勒说：

“不——我相信耶稣不会像人一样回到这里。即使他回来，我们也不会知道他回来了。我相信我们以前曾活过一生或更多。我总在深思一件事，心里有好多话要说，认为我几千年前就已认识了你。”

关于人际关系，哈利勒说：

“人与人之间的关系，不可能让一个人占有另一个人，因为灵魂不同于灵魂。在友谊中，在爱情里，两个人一抬手便会发现其中一个人所没有能力发现的东西。”

关于婚姻，哈利勒说：

“女人对男人说：‘我把自己全献给了你。’——这是毫无益处的谎言。一个人怎么能把自己献给另一个人呢？女人说：‘这是提醒他记住自己的责任！’男人说：‘我把你包在我的心里。’——他为了让她记住他的义务。真的……一个人怎么能够轻易包容另一个人呢？”

我在他身上找不到，而在他人身上找得到的东西是什么呢？

他的言谈、思想和用意是多么新奇不凡啊！

致玛丽

1925 年 7 月 8 日

亲爱的：

我为你的高兴而高兴，以你的乐观而乐观，以你的欣喜而欣喜。正如你所说的你的日与夜充满了欢乐；但是，像我想像你那样，我却像一个从生活那里借贷的远远多于生活所给予的人，因为你给予的太多了。

我们这些在纽约的人正与酷热作斗争。乡村里的热是绿色的，而城市中的热却是灰色的。

玛丽，我恳求上帝让你不断发现令你心胸快乐、宽慰之事，常常生活在幸福乐园之中。

我与你必相待以诚，推心置腹。

慕爱者

哈利勒

1926年1月14日

亲爱的玛丽：

我手持玫瑰花和香草向你致以问候。你的信在我的心中播撒了欢乐。我每时每刻都想听你说话，每时每刻都希望对你的状况放心。

我现在波士顿，工作不多，但在牙医那里尝了不少苦头。

我的齿龈遭病菌侵袭，但我很勇敢，能够忍耐，并不讨厌折磨我的人。

哈利勒

致纪伯伦

1927年4月14日

哈利勒：

也许我写给你的信让你勉强承担了某种忧虑！每一封信里都有那么多问题，我不住地问这问那。毫无疑问，这些均出于强烈的愿望——即使这种愿望是贪婪的——这种贪婪与满足相反。我渴望你的画和诗，以便足饮灵魂的回声。

我的第一问：

什么使你烦恼？你到何时才不写作？我求你保护。我求你一有机会便把一切事情告诉我。

玛丽

1927年4月24日

哈利勒：

我希望你来这里看看春天。我希望你在这里过冬。世界像绿色海洋，翻滚着万道波浪；咆哮的大海上，漂浮着花和玫瑰。这里阳光灿烂，煞是耀眼。

阵雨停了下来。鸟儿一反冬日迁徙习惯，没有飞离。两周以来，我们一直在到处游玩，过些天才回家安安稳稳休息。

在这里，在我们排队停留驻足之地，虫蚁聚集在温暖的地方；若是没有这些虫蚁，人们会从四面八方赶来，尽情赏心怡神。

这里是虫子繁殖之地，偶尔看见毒蛇令我们大惊，毒蛇则急忙遁入自己的安全躲避处。这里的人很少，但今天我却来了，遭遇了大失败。

从亚拉巴马州来了一位陌生女士，我以前没见过她。她吃喝毕，四下望了望，看见我的画，惊异地说：

"这幅画使我想起一位画家……哦，他叫哈利勒·纪伯伦，你认识他吗？"

我心神不禁陶醉！种种回忆纷纷涌上心头——我看到了你的面容，我看到了你的庄严，我看到了你的完美，我看到了你的灵魂。于是，我陪着她进了我的房间；在那里，她看到了奇迹。

请转告我对你妹妹玛尔雅娜的爱与思念之情，如果你与她在一起的话。

顺致我的忠诚！

玛丽

致玛丽

1928年11月7日

我亲爱的：

两个星期以前，《人之子耶稣》一书出版了，受到了许多读者的欢迎。

我给你寄去了一本，也许书到之前你已出发了。我衷心希望你读到它时能使你喜欢。

出版商很高兴。

朋友们欣喜不已，交口称赞。

我感到多么难为情啊！世间多温厚，人们多可爱！

夏天并不像我预想或期望的那样。病痛没有减轻，但我未管那些，还是写了诗和歌。

此外，我对黎巴嫩同胞说，我不会回去从政。因我厌恶政治，不相信政治，不喜欢政治。

他们要求我回去，我也很思念故乡。正如你所知，我很想念他们，而且我的思念之火不会熄灭，除非身在那里。是的，除非身在那里。

我思念着故乡的丘山和峡谷。虽然如此，我却已决定做出牺牲，选择了留在这里，在我的画室工作，在我的画室里，能生产出在别的地方生产不出的作品。

是的……这是冬天……我需要温暖。

哈利勒

1929年5月16日

我亲爱的：

我现在波士顿，想在妹妹的简陋家中得到安闲宁静。

我病了，只觉周身不适，自感可能因神经疲惫所致。不过，我的精神尚好，因此不能让时间空空流逝。

秋天是残酷的，冬天亦如此。我们看到的只有严寒，看不到太阳。

那本书[1]名播美国内外；人们看后，都很喜欢。

他们说那是绝美的诗。

我内心觉得，过一些时候，他们会将之作为比诗更高明的一种东西而喜欢它。

我的关于莎士比亚的一本书——即我们一起商讨过的那本书——仍在酝酿之中。我自感有可能在一个月之中将之完成。但是，我现在很疲劳，不知从何下手，或怎样开始，也不知道我能否

❶ 当指1928年11月7日信中的《人之子耶稣》。

动笔。

请接受我对你的特别问候。我妹妹向你遥致问候，要我转达给你。

我近日将离开妹妹家去纽约。那里有许多事情等待我做。

我完成这些工作后，我希望我们一起去度假，以期修身养神。

哈利勒

1929年11月8日

我亲爱的：

是的……我今冬在波士顿病倒了。我患的是综合征，终以腿痛而告终。不过，我用意志和力量度过了危险阶段。

牙齿为我带来不少痛苦……令我生活艰难……愿上帝宽恕为我治病的牙医。

我在东方的义务完结了。我完成了委托给我的工作。

今后我不会再去接受这种任务，除非我对自己的明天放心。

我想提供帮助，因为我曾得到帮助……但是……

哈利勒

1930年11月21日

我亲爱的：

我将在纽约待到圣诞节之后，然后再去妹妹那里，与她一起待上几天。

玛丽，请你提个什么要求吧……要什么……有什么要办……我希望你尽管说，我必将全心全力并带着感激的心情去办！

上帝为你祝福，为你添寿。

哈利勒

1931年3月16日

我亲爱的：

我现在纽约。我几周内不会离开这里。

两天前，《大地之神》[1]出版了。

我给你寄去一册。

但愿你喜欢书中的插图。

风从东方吹来，

燃烧着的肉体，气味熏人。

---

[1]《大地之神》系纪伯伦的一部诗剧作品。

神依靠牺牲而生活，

神在灰烬上建造宝座。

心神呀，心神，

我如何使你享受荣光？

我正在写另一本书，出版商决定在10月出版发行。我现在正埋头写作，同时为之插图。

上帝爱你！

哈利勒

火焰熄灭[1]

1931年4月12日

哈利勒命终，沿着自己的路走了。星期一，我们将他的遗体移往波士顿。

玛尔雅娜·纪伯伦

[1] 纪伯伦的妹妹写给玛丽的信。

附录二

玛丽结婚（1926年）

三年来，玛丽一直住在萨凡纳城[1]的福鲁伦斯·米尼斯家里。玛丽熟悉那座城市，心也留恋那座城市，感到那里的居民们可敬可亲，因为他们的心地纯洁、宽容。

萨凡纳城的生活与波士顿的生活完全不同……很像一位温文尔雅的男子汉。

玛丽生活在这种文雅、美好的气氛中，常与人们交往，看动画，与关系密切的朋友互访。

但她的心中不无惆怅……她的思想与哈利勒的思想联系在一起，她的灵魂思恋着哈利勒的灵魂……她的本质拒绝中断联系。

她和福鲁伦斯一起到美国各地旅行。毫无疑问，旅行对她是有益的，能够减轻她的疲惫。

福鲁伦斯再三向她求婚，玛丽终于答应了他的要求，于1926年5月7日结婚。

从以前的谈话中，哈利勒知道福鲁伦斯向玛丽求婚，而且知道拒绝没得到回应，那位福鲁伦斯坚持施加压力。哈利勒嘱咐她控制自己的理智，按照自己的内心本意行事；假若自己的心乐意迈出那

---

[1] 萨凡纳城，位于美国佐治亚州东海岸的一个海港城市。

一步，那就照办。但是，没有一个人知道纪伯伦怎样得到了玛丽结婚的消息；得到这个消息后，他有什么感觉，又想了些什么；他又怎样面对疏远那颗灵魂的可能性，而那又是一颗多年与他形影不离的灵魂！

玛丽是一位忠实的朋友，深信哈利勒的崇高与大气。她对哈利勒的信赖从未动摇过，相反与日俱增。

纪伯伦知道此事。他相信玛丽十分赏识自己，并且把自己看作她的教师和导师，希望他的精神和艺术不断成长。

纪伯伦还相信自己获取的远远大于给予的……也知道自己有时亏待过她……在某些场合里，自己在她的面前表现得有些固执、呆板……但二人之间的纯真爱情还是经得起偶然事件及相互别离一段时间考验的，即使头脑迷失方向，或者疲惫不堪。

* * *

纪伯伦衷心为玛丽祈求幸福生活，他忠实实践对她许下的誓约。但是，忽然有从幽冥世界打来的电话呼叫他，报告说玛丽在萨凡纳过上了幸福、舒适的生活，不能再分担他的痛苦和忧愁及在波士顿的永不间断的辛苦工作。这对他来说，有着撕裂灵魂的难耐。

这不是吗？玛丽满足了情侣的愿望，与一位高尚的男子喜结姻缘，一条纽带将二人系在一起，除了摧毁生命者，谁也休想将之解开。

玛丽幸福吗？她远离那个曾把宇宙间最崇高存在指点给她的人，

她会愉快吗？那要尽社会责任的夫妻生活能合她的口味吗？是她放弃了精神独处幽居而选择了夫妻生活？是她自愿弃别了高山、谷地、美梦和存在，而选择了要尽社会义务的生活？

二人一直在谈话，而二人的思想则轮流迁移，飞来飞去，盘旋翱翔……那是从两颗紧紧结合在一起的灵魂里迸发出来的狂恋思想，那两颗结合在一起的灵魂是永不会分开的，因为二者比沙土高贵。

* * *

在这期间，拜尔巴拉·扬走进了纪伯伦的生活。她著过一本书，名为《来自黎巴嫩的一男子》。在书中，她述说了她所感触到的关于纪伯伦的独特天赋和卓越才能。纪伯伦向她谈到玛丽及他与玛丽之间的关系。纪伯伦逝世之后，玛丽与纪伯伦之间的友好关系的幕帘方才一点点揭开。

天命

星期四早晨，画室负责人高翰丝小姐登上纽约西 51 号楼的楼梯给纪伯伦送早餐。

高翰丝小姐心中惶恐不安。

纪伯伦的好友们和她一样心神不宁。

高翰丝小姐进了房间，见纪伯伦面色憔悴苍白、行动亦缓，不禁一惊。

纪伯伦的病令人费解。

小姐心慌意乱，问了一句，然后转身飞快走去，与柳努比勒·吉柯本兹夫人进行联系。

在过去的数日里，这位夫人与丈夫一起住在纪伯伦的隔壁。

虽然夫妇二人已迁至远处的一套房子，但与纪伯伦之间的关系仍然很密切。

吉柯本兹夫人急忙去请医生，再三求医生迅速出诊。医生检查后，要他们马上把纪伯伦送往医院，但纪伯伦不同意。不过，最后纪伯伦还是屈服了，同意第二天去医院。

当天午后，拜尔巴拉·扬太太来了，与纪伯伦一起度过了几个时辰。其间，纪伯伦谈到自己已完成的工作和未完成的工作。

“这两只手应该做更好的事情……”

晚八时半，吉柯本兹太太陪着医生离去。他们第二次研究去医院的问题。但是，纪伯伦坚决拒绝去医院，坚持在自己的画室里过夜。

情况就是这样。

拜尔巴拉·扬太太陪着纪伯伦到很晚的时候。其间，纪伯伦对她谈到黎巴嫩，话语滔滔不绝……他还谈及逝去的母亲，谈话中对母亲满怀崇拜之意……并谈到住在波士顿的妹妹玛尔雅娜。

他的谈话没有涉及自己的情况……更是竭力避免谈病。他的思想进行了一次长途漫游，他的精神充满活力，做着生与死的运动。

次日上午十时，他被送到圣·芬逊特医院。医院或医生给他妹妹玛尔雅娜拍去电报，要她即速赶来。

玛尔雅娜与两位亲戚鲁兹·迪亚布和阿萨夫·乔治取得联系，并将令人痛苦的消息告诉了他俩，然后乘第一班火车赶往纽约。

在医院，人们告诉她，说纪伯伦已经进入完全昏迷状态，不认识人了。

医生还说对纪伯伦的病情已感失望，必死无疑，医疗已经无计可施。

哈利勒·纪伯伦就要死了！简直令人难以置信！不过，那却是苦涩的现实。

哈利勒·纪伯伦行将归天。

*　　*　　*

拜尔巴拉·扬太太与《叙利亚天地》杂志进行联系。《叙利亚天地》是在纽约出版发行的一种月刊。

答话的是米沙，即米哈伊勒·努埃曼。努埃曼听后大惊，迅速赶至医院。

拜尔巴拉·扬太太迎接他，把纪伯伦的情况告诉了他。努埃曼听后，竭力控制着自己的情感，答道：

“他表示忏悔的意愿了吗？”

太太说：

“一位修女问他是不是基督教徒，他用深沉、嘶哑的声音回答说：‘不是！’”

当时，纽约马龙派的约瑟夫教堂的弗朗西斯神父在行将咽气的纪伯伦面前高声喊道：

“纪伯伦，纪伯伦！”

纪伯伦没有回答。

神父一再呼喊，拜尔巴拉·扬太太的心都碎了……神父的这种呼叫使她感到害怕……神父的粗野表现也使她内心感到恐惧。太太走到努埃曼跟前，求他把神父轰出医院，因为那神父轻视了死者的价值，丑化了那个不朽的时刻。

努埃曼和拜尔巴拉恭恭敬敬地站在静卧着一具纯洁灵魂已经离开了的纯洁肉体的床前。

隔壁房间一片寂静。那里的人们鸦雀无声……死一般的沉寂。

玛尔雅娜和她的两位堂兄弟就在隔壁。吉柯本兹夫人也在那里，她一直没有离开医院。那里还有威廉·伯拉汶·马龙和伊迪勒·瓦图逊小姐。

1931 年 4 月 10 日，复活节后的第一个星期五，10 时 50 分，纪伯伦停止了呼吸。

努埃曼说纪伯伦死于肝损伤和肺痨。

玛尔雅娜给居住在佐治亚州的福鲁伦斯夫人——玛丽·哈斯凯勒拍去电报。

福鲁伦斯知道纪伯伦与玛丽之间友谊深厚，内心懊恼，但他还是满意地与她结成了夫妻；既已结婚，无疑他是相信纪伯伦与玛丽之间的关系是纯洁无瑕的。不过，接到电报后福鲁伦斯并未鼓励玛丽前往参加纪伯伦的葬礼。

但玛丽·哈斯凯勒不顾一切，立即拍电报给玛尔雅娜，告之她将于星期一早上 7 时到达波士顿。

命运

波涛澎湃的大海平静下来了。

喧哗声消失了，不倦的思想活动停止了……像火红炭一样引人注目的活跃时期过去了……他平静下来了。

他的遗体静静地躺在莱康斯同大街的太平间，四周摆放着晚香玉和百合花。他的遗体在那里停留星期六和星期日两天，庄严、高贵地静卧在那里。

遗体于星期一移至波士顿。阿拉伯文学笔会❶的成员们陪灵前往。那个笔会是他参加创建的，他生前曾是该会的会长。

五点钟，火车停下来。前来迎灵的是神杉娘娘教堂的杜威赫牧师。

随后，将盖着叙利亚国旗的灵柩运往叙利亚妇女协会。

* * *

当晚八时，玛丽·哈斯凯勒到达波士顿，见到玛尔雅娜。

---

❶ 阿拉伯文学笔会，系1920年纪伯伦与一批移居美国的黎巴嫩和叙利亚作家、诗人共同创立的阿拉伯海外文学团体。笔会成员锐意创新，敢于向阿拉伯旧文学传统挑战，所创作作品主题鲜明，既有文采，又富哲理，形成了阿拉伯近代文学史上的一个著名侨民文学流派——旅美派。

纪伯伦的朋友们到齐后，与玛尔雅娜、玛丽·哈斯凯勒一道吃了一顿便餐。他们以他的名义分了面包，喝了咖啡……他们说：

“这是哈利勒的最后一顿晚餐！”

第二天为他祈祷，葬礼在神杉娘娘教堂举行，然后由浩浩荡荡的送葬队伍送往丘山顶埋葬，并一致商定暂时葬于该地。玛尔雅娜·纪伯伦决心已定，不把哥哥永久葬于异乡美国，而要葬于黎巴嫩可爱乡土的杉林之中。

4 月 16 日，玛丽·哈斯凯勒、玛尔雅娜·纪伯伦和鲁兹·迪亚布乘夜车前往纽约。

他们次日清晨到达纽约，在饭店休息了一个时辰，然后去了纪伯伦的画室。那是纪伯伦的圣所。他们在那里忙碌数小时，整理纪伯伦的遗物、画稿、书稿。

死神的箭也射伤了这些慈软的心。他们用眼睛哀悼死者，他们用心哭体现在死者身上的人道主义。

玛丽、玛尔雅娜和拜尔巴拉·扬一起去律师威廉·萨克斯的办公室，就纪伯伦的遗产问题与律师进行了长谈。

大家一致同意让拜尔巴拉住在画室，负责处理有关纪伯伦的后事，还对纪伯伦的遗产进行了初步估计，约合五万美金。

他们适时开启了纪伯伦遗嘱，并进行了宣读。纪伯伦嘱咐将他的所有财产遗赠妹妹玛尔雅娜、玛丽·哈斯凯勒和故乡贝什里：

“画室中的一切，包括画、书和艺术品，全部赠予玛丽·哈斯凯勒·米尼斯。”

玛丽与艺术博物馆取得了联系，请有关专家前来看纪伯伦的画作。

博物馆选中了其中五幅画：

一、《约翰·曼斯菲尔德》

二、《奥尔布赖特·莱德尔》

三、《向着无限》（纪伯伦的母亲逝去）

四、《生于时光》

五、《生活旋涡》

纪伯伦的死就像白日，使钟爱者们的目光更加明亮。

纪伯伦的死先是熟悉，然后就是告别。

纪伯伦的死令许多心神痛苦、烦闷。

纪伯伦的死令无数灵魂不忍心喘粗气。

5月20日，痛苦的玛丽在纪伯伦的画室里度过整整一白天，她不住来回巡视。那里只有她一个人，伴随她的只有她的思想和回忆。

几个小时之后，她和努埃曼取得了联系，努埃曼迅速赶来，和她共度时辰，帮助她完成自己的任务。

玛丽找到了她写给纪伯伦的信——即二人相识之后、纪伯伦旅居黎巴嫩期间及住在波士顿时，她寄给他的信。

那是二十余年间，她写给他的书信。

那几百封信包容了二十年时光，玛丽是在纪伯伦的画室里发现的。她与拜尔巴拉·扬商定要将所有信件拿走，并且隐藏起来。但是，此时此刻，玛丽却同情、怜悯起自己的灵魂、记忆和历史来了。于是，她满怀深爱地将信件收集起来，带回了萨凡纳。之后，她又从萨凡纳写了一封信给拜尔巴拉·扬，信中说道：

“我的心不服从我的意。我相信纪伯伦，深信他的伟大。我写给他的信及我和他的关系已是历史的一笔财产……它是历史的一部分。”

玛丽将纪伯伦的信与她写给纪伯伦的信合在了一起，然后用贵重的纸包成一捆，先放在自己的住处，几年之后，将之交给了北卡罗来纳大学。

* * *

玛尔雅娜写信给玛丽，告诉她说已做好安排，将纪伯伦的遗体运往黎巴嫩。

7 月 23 日，在蒙蒙细雨中，由两百黎巴嫩人护送纪伯伦的遗体上了船。

二百人恭恭敬敬地站在那里，目送纪伯伦的灵柩上船。

四个星期之后，即 8 月 21 日，星期五，船在贝鲁特港靠岸，由高级代表迎接返回祖国的英灵。祈祷之后，纪伯伦的灵柩被送往贝什里村。

纪伯伦的灵柩每经过一个小村庄，那里必有长长的队伍迎送。那长长的队伍是生灵的队伍，生灵的队伍一到，太阳便用晚霞将天际染红。

贝什里的村民们在村头广场上搭起高台，四周鲜花簇拥，彩旗招展。

走在迎灵队伍前面的是骑着骏马的男子汉们。他们陪伴着纪伯伦的灵柩走在凯旋路上……那的确是一条凯旋路，而不是死亡之路。

凯旋的是一个黎巴嫩人，他的名字叫纪伯伦。钟声响了起来……钟声反复演奏着凯旋乐章。

天空和空气中充满着凯旋精神。

纪伯伦荣归故里了。

纪伯伦战胜了邪欲。

纪伯伦在骑士的护卫下回来了……跟在后面的是长长的队伍。

纪伯伦回到了可爱的土地，回到了他咏唱、赞美和祝福的祖国大地。

可爱的玛丽

纪伯伦逝世后，玛丽的生活没有发生任何变化。

她和她的丈夫在萨凡纳过着平静、温馨、充满欢悦的生活。

夫妇二人共同过着平安、祥和的生活，互相理解、互敬互爱，在许多方面十分相似。

夫妻二人住在一座漂亮的旧房子里。二人不断接待男女朋友来访，在友好、和谐的气氛中度日。

夫妻俩生活宽裕、舒心、顺利、轻松、简朴。

他希望她一切安好，他期盼所有美好的东西都属于她。他为她祈祷幸福，他大量地给予她，他再三要她为自己选购最漂亮的衣饰。但是，他失败了。因为她不改自己的积习，坚持她的故旧，信守自己的爱好，固守自己的精神。

也许在她的坚持、信守和固守之中有一种难解之秘密，她本人也未曾探讨、深究过。

玛丽对丈夫关心、照顾、爱护、尊敬备至，竭尽做妻子的职责。她的丈夫是个值得尊敬的人。

她的丈夫逝世于 1936 年 9 月。

玛丽已进入老年，六十三岁了。

丈夫谢世后，玛丽在那座宽敞的房子里住了几年，那里陈设考究，应有尽有。

旧居里的贵重物品渐渐转入朋友、亲戚和爱好者的手中。不久之后，玛丽住进了一套简陋的小房子里。

在她去世的前五年，她患了不治之症之后，被送进了医院。风湿病使她丧失了记忆力和辨别力。

玛丽·哈斯凯勒离开了人间。

她丈夫的亲侄子谈及她时，说："虽然她拥有的很少，但她馈赠的很多。她是靠着自己已故丈夫遗留的一份财产生活的。那份财产仅供她生前享用，而不能出售。尽管如此，她对自己甚为吝啬，而常常将富余的钱财捐出行善。当她行动不便，不能自理之时，我和她及仆人一道商定，将她送入医院。"

他又说："她高兴地住进医院，心甘情愿地在那里等待最后岁月的来临。"

"她寿终正寝了……"

玛丽在她的遗嘱中写道：

我不希望举行葬礼。请把我安静、无声地火化。将我的遗体火化，将骨灰撒掉。将我的名字加在我丈夫的名字之后，刻在墓碑上：

玛丽·伊莉莎白·哈斯凯勒

福鲁伦斯·米尼斯第二任妻子

卒于……

这样就可以了……最后刻上日期：

1964 年 10 月 9 日

附录三

我怎样译《纪伯伦全集》

李唯中

我最初接触纪伯伦的作品，还是20世纪80年代初。1984年，湖南人民出版社约稿译纪伯伦散文，交稿之后，我从广交会返京时应约在长沙下车，编辑到车站见我，对我说："收到一位老师翻译的纪伯伦诗歌，收不收入散文选集？"我回答："收！"仅有三四分钟的见面时间，三个人合作的纪伯伦散文诗集《泪与笑》就决定出版了。自此，我与纪伯伦作品结下了不解之缘。

其后，开始陆续、慢慢地翻译纪伯伦的作品。1988年9月末，有幸赴埃及进修，在开罗大学门口买到纪伯伦的阿拉伯文作品全集，因为当时应一家出版社之约，集中精力翻译泽丹的系列历史小说，无暇顾及纪伯伦的作品，只是得空儿浏览一下，做日后翻译准备。

真正系统翻译纪伯伦的作品，还是从开罗回国之后。先是将纪伯伦的阿拉伯文作品，包括散文诗集《泪与笑》《暴风集》《珍趣篇》《行列之歌》及《被折断的翅膀》等中短篇小说和十四首诗译为汉语。译后，对纪伯伦生平、经历、家庭社会背景及其创作情况有了比较全面的了解，对其文风、思想、品格等也略有体会，恰逢评职称，需要发表文章才有资格，于是用两天时间，写了一篇文章，投稿本校学报。主编看后，决定采用，但嫌篇幅大，要求缩减。于是我将文章的第三部分的6000字撤下，余下18000字就刊登了。我素喜翻译，很少写文章，总感到写作是自己的弱项，不配写什么文章。

不料此后有关纪伯伦作品的稿约纷至沓来，不但要求翻译纪伯伦的阿拉伯文的散文诗，还要求编《纪伯伦散文诗全编》。我自感招架不过来，于是邀请两位同仁合作。未过多少时间，《纪伯伦散文诗全编》稿子收齐，同时特请作家、画家、翻译家高莽先生为纪伯伦画像两幅，一幅用在扉页，一幅用于封面，大为“全编”增色。

2000年，我退休了，自由了，有幸两次应邀到科威特打工，巧遇阿拉伯国家书展在科威特举行。我一申请去书展购书，领导立即批准派车前往，而且去了两次，车送车接，这才叫真给力。科威特的阿拉伯国家书展规模很大，我在阿拉伯国家8年的生活中，还是第一次大开眼界。书展上，我不仅买到三大部《一千零一夜》阿拉伯文版本，更让我兴奋的是，在黎巴嫩展台买到刚刚出版的五大卷《纪伯伦全集》精装版本，不仅包括纪伯伦用阿拉伯文、英文创作的两大卷作品，还有《诗歌集》《情书集》，特别令我惊喜的是那卷《集外集》，其中收入纪伯伦的早期作品，内有书信、散文、民歌、采访录、书评等，均系首次发表，当然国内从未翻译、出版过。就在此时，我萌发了翻译《纪伯伦全集》的想法。

回国之后，开始着手译自己没有译过的纪伯伦作品，因为泽丹历史小说已经成稿的14部出版受阻，暂停译笔，专译纪伯伦作品，夜以继日。俗话说“功夫不负有心人”，机会常常惠顾有准备者，果然不假。一家出版社社长到京出差，打电话约见我，告诉我他们要出

《纪伯伦全集》。我把纪伯伦的全部作品编成四卷，仅仅经过几个月，就见到四卷《纪伯伦全集》中文译本上架在王府井新华书店。

从此，在我名下的各种纪伯伦作品选本频频问世：《纪伯伦散文诗精选》《泪与笑》《沙与沫》《纪伯伦》《先知》《我们的先知》《纪伯伦作品精选》《灵魂私语》《纪伯伦论人生》《叛逆的灵魂》《光的静默》《爱你如诗美丽》《蓝色火焰》《纪伯伦情书全集》《纪伯伦诗精编》《假若忧伤会说话》《纪伯伦经典散文诗》《当我的忧愁诞生时》等。最为畅销的应属译林出版社出版的拙译《纪伯伦散文诗经典》，至今已经印刷 22 次。纪伯伦的作品成了仅次于《一千零一夜》的阿拉伯文学第二大畅销书。为什么读者如此喜欢纪伯伦的作品？有兴趣的读者可以读读研究者、学者、专家们的解读。

纪伯伦作品《集外集》卷首的“序言”转抄如下：

钻入黄纸堆里，一旦从中寻到文学巨匠的那些佚失和被遗忘的能够为思想提供滋养的作品，就像探海采到了光彩耀眼夺目的珍珠。文学家及诗人的作品，无论怎样收集，总有一些像留在葡萄酒窖里的陈酿，因时间久长而味道更加醇香甘美。

某位文学艺术家的一篇鲜为人知的作品一旦被发现，通常引起世界范围内文化界的巨大轰动。因为它的价值不仅仅在于完备其人的全集，而且还在于进一步完善其人的品格。有多少篇在报刊中被忽视的文学或保存在抽屉里的手稿的发现，为作家的脸上增添了新的姿容，或者改变了作家已知的几乎固定了的面貌！

我们习惯于在出版社出版的“全集”中看文学家们的成果，那些

“全集”常常只包括已经出版过的书，而这些作家的另一部分作品，手稿或发表在报纸杂志上的作品，却被忽略、遗忘了。

但是，有些研究者，一旦担任出版“全集”的任务，便要付出实实在在的力量，将部分佚失和被忽视的作品加进去，以求使之近于完全；之所以说“近于完全”，是因为不大可能将作家的所有作品收齐，部分原因如下：

——作家本人对自己的某些作品不满意，尤其是早期作品，因而试图将之抹去。

——作家本人没有留心收集和保存在期刊上发表的作品，因此大部分丢失。

——没有专门的文化机构从事保存、维护文化产品的工作，而为回顾、收集文学家的作品提供方便。

我们看纪伯伦的遗作，发现他的阿拉伯文作品集和译文作品集仅仅收集了他的已经发表过的作品，还有许多作品散落在过去和现在出版的书中以及数种在海外和本地出版的期刊上，或者藏在那些沉睡在“文物”上——人们的抽屉里，使“文物”随他们而逝去。虽然纪伯伦的部分遗作已见光明，但被遗忘和丢失的仍然很多。

因此，我们值得为收集伟大纪伯伦的遗作而竭尽全力，使之见到光明，因其代表着人之价值和思想深度，从而使他排在黎巴嫩和世界文学大师之列。在这方面，我们做了我们应该做的事情。我们从教科书、非教科书和杂志里收集了他的这些文章，这都是未曾收入他的阿拉伯文文集和译文集中的文字。

我们为此文集命名为《集外集》，意在表示这不过是实现这种目标的一次简单尝试，希望得到大家的青睐和鼓励，为那些重视此类工作，并且试图不断完善“全集”目标的人们开启一樘大门。

可见《纪伯伦全集》仍然不全，倘纪伯伦作品有新的发现，我一定译出更新的《纪伯伦全集》，以飨读者。

后记

李唯中

☆

笔者出生在农村一李姓书香中医世家，有“父子爷们三拔贡，子承父业五世医”美誉。父亲乃中医世家第五代传人，居家谱五行之“土”辈，少年赶上辛亥革命，受儒学影响甚深，不适应新学，故土辈二十多位堂兄弟中多数未进新学校，多数成为文盲或半文盲。父亲继承父业，识字习医还算幸运，行医达六十余载，年入耄耋，也未停下把脉、开方。重视教育是李家传统，只因家贫，家兄们高小毕业即辍学。本人有幸出生晚些，少年赶上新中国诞生，一路读完大学。

如今回忆家庭教育，父亲虽然是医生，但对我的影响只限于催促读书、写字，如“写毛笔字不能描”“手有劲儿才能把字写好”等只言片语叮嘱，我虽入耄耋之年亦未曾忘记。小学三年级开始，每天吃过午饭，就带着笔墨纸砚到学校写大楷，王鹏飞老师临场指导批阅，给稍见进步的大字，就画上一红圈；就是一个字的边框或落笔处有进步，也赏一个小红圈；别看这个红圈不算啥，但对爱练字少年，却是巨大鼓励。从那时，我就养成了爱写字的习惯，就是翻译时，草稿也都喜欢手写。

母亲虽然不识字，却给我的影响最大。母亲生于一个大家庭，儿女大排行，母亲行五。少女时代，家有好地三顷，年收小麦仓满欲溢，邻村五天一个大集，每集必拉着满车小麦粜粮，银钱收入很是可观。不过，西方鬼子用大船运来的“白面儿”（大烟、鸦片），坑害死了中国人，外公一家也未幸免。这个大家的钱粮可谓丰厚，可惜没用在文化教育上，一家四杆烟枪，抽呀抽，抽完了小麦，又抽地，全被抽光了；到土地改革时，孤寡的姥姥家只剩下一座两进破院子，真不愧为“土地主”称号。所以，母亲一辈中男性都是文盲，女的更不可能有学上。不过，儒学的影响还在，母亲的祖父谷天祥，字兆瑞，是个知识分子，还是知名书法家，《广宗县志》民国 1937 年版还为他立了传。立在县城北街上的崔恭（官至明朝吏部尚书）纪念牌坊上，有“两京重宰”“宫保尚书”八个斗大巨书，雄浑饱满，黑亮遒劲，气度非凡，就出于时年十九岁的谷兆瑞之手，也算这家唯一遗迹了。

母亲自幼在儒家家庭氛围中成长，听到并记住了许多儒学故事和民谚，不时说给我和弟弟听，诸如“儿不嫌娘丑，狗不嫌家贫”“娘抱怀儿比火热，冻死不烤灯头火”“冷桌子热板凳，苦熬的前程”“走哪山盼哪柴，不要这山望着那山高”“井淘三遍喝甜水，人识教调武艺高”……尤其是母亲常讲的《吕蒙正赶斋》《劈山救母》等故事，至今回想起来，这都是母亲给幼儿家国情怀、奋发读书的初级教育。所有这些教益，显然源自儒家思想，深深铭刻在我的心田，经久不忘，受用一生。母亲是我第一位不错的老师，感谢母亲。

☆☆

我没有继承家学，对医学没有任何感觉，不知怎的对外语很感兴趣，对外语有一种难以名状的好奇心，尽管那时并不知道有“学会一种外国语，就开启了一个世界大门”的名言。考取初中，见没有外语课，感到失望。1957 年是国民经济“马鞍形”的底部，应届初中毕业生的升学率仅为 6.9%。我自感难以有学上，中考后，理了个平头，就回家锄地、割草去了。出乎意料，我弟弟拿到通知书，飞快地跑到小学，当时我正在那里打乒乓球，他大老远就喊：“考上了，考上了！”我被邢台中学（今邢台一中）高中部录取了，兴奋不已，这是我考学最让我激动的一次。当年，本村 7 名初中应届毕业生，只有我一人有学可上。升入高中，才有俄语课，我很努力，还幸运当上俄语课代表。我用最笨办法学俄语，不时地抄写或默写单词、句子、课文，消耗许多纸和墨水，外加把学过的课文全背诵并译为汉语，养成了翻译习惯。当时中国与苏联老大哥关系很好，我还和莫斯科第四十中学的高三同学通过信，收到过苏联同学寄来的一套风景画片。高考报志愿，学什么？长兄主张学医，意在继承家学；四哥主张学工，笃信“学会数理化，走遍天下都不怕”。有道是人最了解的是自己。我最感兴趣的是外语，每个考生可报 30 个志愿，我报了 29 个北京院校的外语系，只报了一个天津的南开俄语系，一心向往北京。班主任希望我报北大，我考虑只学外语太单纯，就在最后确定填写志愿时，把北京对外贸易学院翻译系放在第一志愿，认为不单学外语，还可以学对外贸易，而且那个“翻译系”在全国独一无二，正合我的理想爱好，并立下翻译志。

1960 年的大考轻松。当年高中毕业生全部升入大学，都不能满足大招名额，又招收了相当数量的调干生入学。我以第一志愿被北京对外贸易学院翻译系录取。当初，我内心向往的是俄语，知道有高尔基、托尔斯泰，文学天地广大。但刚入的翻译系里只有英语、西班牙语和阿拉伯语三种专业，第一课是报志愿，我把西班牙语放在第一，阿拉伯语放最后。结果我被分在阿拉伯语专业；其实早已分好，报志愿只是形式。学阿拉伯语，那字母就是一关，难认、难记、难写；时过五十年，老同仁听意大利语课时，看到屏幕上的字母，感慨地说："这字母比学阿语字母好记多啦！"当年初学阿拉伯语的辛苦仍未忘记。于是，有的同学申请转系，当时转系先例绝不可开。我想起母亲的口中格言："走哪山盼哪柴，不要这山望着那山高。"决心下定，先借俄语字母记阿语字母。我开始奋力学习阿拉伯语。有道是"懒惰是学不好外语的""翻译是学习外语的最佳途径""学好了，什么都有用；学不好，什么都没用"。

学习俄文靠多写，有机会就抄写、默写已经学过的词汇、句子、课文，因为俄文的词汇较长，抄写在前，朗读紧跟，便于记忆；相比之下，阿拉伯文词汇较短，朗读在前，抄写紧跟。本人有幸于浩劫前夕修阿文完整五年期满。那时每周仅有周日休息一天。每学一课文，必大声朗读数遍；学完一课，必将之译为汉语，养成了翻译习惯。那时学校作息制度严格，起床、早操、上课、熄灯均等一声铃响；下午课后，篮球场、体育器械旁都有学生在活动锻炼；每日有晚自习，周末离校，周日晚必须回校。我一起床就带着阿文讲义下楼跑到操场；早操后，在操场大声朗读词汇或课文 20 多分钟，后跑回宿舍洗漱，再下楼准时去吃早饭。学校的严格作息制度，使我养成早起习惯，获益匪浅。我至今留恋大学学习期间的作息制度，也许那时没有手机，课堂上也见不到睡觉或玩弄什么东西的现象，一派静心听讲场面。

☆☆☆

我很笨，高小就考了三次；所幸当年高小招生不同时，一处考不中，还有许多机会。第三考，我以正取第三名上榜。考初中很幸运，一次考中。一位堂兄曾是我所读高小领导，向家里告状，说我“光赶集”，话外就是我不好好学习；其实，这一状不免有些夸张，可想当年我身无分文，集上有何寄托。当年，我的一位堂弟与我同班，以第三名毕业，我则降到了第十三名；他和我同时考县中，不期意外名落孙山。邻人问他：“人家五儿（笔者小名，因排行第五）‘光赶集’都考上了，你怎么没考上？”堂弟说：“他会瞎编！”

小学四年、初中三年、高中三年、大学五年，一路十七年整，中途未曾中断，算来幸运。首先，要感谢新中国提供的免学费教育，两位胞兄的少年时代辍学因为身处旧社会。祖国培养了我，衷心感谢祖国。其次，两位胞兄为我提供了读书时期的衣食，这是不可或缺的学习条件。我在县中仅读半年，四哥维鉴（学名李唯建）将我转入他任教的邢台市中（今邢台二中）。唯建四哥毕业于河北师专，分配到邢台市中，教授物理。曾于朝鲜战争期间，发动学生和志愿军通信，后以停战谈判签字日期“七月二十七日”为名，纪念朝鲜战争停战，创建“7·27班”，成为全校模范班，处处起模范带头作用，影响良好。1957年被推选为模范教师，赴省会保定市出席“河北省首届优秀教师代表大会”。当时，四哥工资 64.5 元，我两年半的伙食费全靠四哥供给，不时还带我到教师食堂吃个“甲菜”，改善一下，还算困难不大。唯建四哥特别重视教育，送我升入高中后，六弟、侄子和内侄女考进二中，经济骤然拮据，不但成了“月光族”，而且还要举债。我读高中后，经两位兄长商量，四哥负责在二中读书几个人的生活费，我及家中父母等家人的生活费，就由长兄维镗（学名李云波）负担；说来也真不堪回首，父亲在人民公社诊所挣工分，一家兄在生产队挣工分，一年到头，还要出钱买工分，不然分不到口粮，没有长兄寄钱，家中八口人的生活就没有保障。大哥在部队时，工资稍高，但 1957 年一转业，工资锐减。负担也不轻，每月领到工资，往三处定时分别汇款；这一分寄，所剩也就无几。我从高中到大学毕业，整整八年，大哥每月给我寄 20 块钱，从未延时，亦未间断。一次，教我班体育的李裕生老师，上课前问我：“你上学的伙食费谁提供？”我回答：“我大哥。”他听后若有所思，稍缓说：“兄弟之间有这份情意，不容易，太好了！”我曾撰长文《满怀感恩情撰文祭两兄》，记录下这深厚情意。1961 年暑假，我去东北看望大哥，京剧团的李尚宇问我：“你大哥供你上学，你如何报答这份恩情？”未等我回答，大哥说：“大恩无处报。”也许果如苏东坡先生所言“事皆前定”，不期长兄这一语成谶，当我的稿酬成千上万入账时，大哥、四哥都已离开人间，无缘与我共享他们培育的果实，实在遗憾无补！

长兄自言人生有两个愿望：其一，当兵；其二，唱戏。他的两个愿望都实现了：1937 年投八路军加入抗日洪流，1957 年转业，整整二十年戎马生涯；转业时，有三个职位可选——民航局、县政府、文化局，因爱唱戏，选定文化局，兼任京剧团团长。长兄是一位戏迷，当年每月仅有6元津贴，不作别用，舍得花去买一张名角高盛麟的一场演出戏票看戏。喜欢老旦戏，是位票友，上台可唱《钓金龟》《罢宴》，扮相可人。导演过《八一风暴》《龙潭燕》《苏小妹三难新郎》等多个剧目，曾带剧团到怀仁堂演出《龙潭燕》，并在北京主持本团演员拜梅兰芳、叶盛兰、裘盛戎为师的拜师会，还想过自拜头牌老旦演员李金泉先生为师，专攻老旦行当。说来也是前定，浩劫一来，长兄被《江城日报》整版点名批判，大名飞扬，《龙潭燕》成了大毒草。曾与一位有历史问题的同志一起挨批斗，红卫兵问那位同志："你是哪个军队的少校？"答道："我是国民党军队少校。"那红卫兵上去就给了他一记重重耳光。继之问家兄："你是哪个军队的少校？"回答："我是解放军的少校。"红卫兵还真客气，没有什么动作。浩劫过后，当年那些风云人物连同"四人帮"，都被扫进了历史垃圾堆。1979年，长兄任吉林市政协常委、秘书长。

☆☆☆☆

老师们相继离休、退休，我也离退休没有几年，曾在教研室一起坐着时，闲谈退休话题，我说退休之后是第二青春到来，有的老师听后不以为然，表情近似嘲笑。我想离开教学岗位后，没有牵挂，生活条件好，住处也宽敞，休息时间也多，可以信意做自己喜欢的事，那不就是第二青春吗！我有强烈业余翻译兴趣，总想把看到的阿拉伯文学方面的长短好文译成汉语，分享给大家；遗憾的是懂的外文种类太少，除了阿拉伯语懂一点儿，其余几种喜欢想学的文字，连二五眼都不是，真乃一生遗憾。

2000 年暑假后得知再不要上班，我即像小鸟一样，骑着自行车飞也似的离校回家，感到空前轻松。2001 年初，应聘去科威特打工，巧遇那里举行国际书展，领导很照顾，需要车去书展随时提供方便。在书展上，喜得阿拉伯文最新版《纪伯伦全集》，书中收全了已经发现的所有纪伯伦著作，其中《集外集》《情书集》是第一次面世，这引起了我译纪伯伦全集的兴趣。上课、编选教材时，译过纪伯伦的几篇诗文，用于教学，没有出版意向。1984 年应出版社约稿，正式开始翻译纪伯伦，陆陆续续发表一些篇章，不断修订，到新世纪初，看到《集外集》《情书集》，译完全部已经发现的作品，前后耗近二十年工夫。

我想借此机会，感谢盖双（葛铁鹰）先生。铁鹰与我同毕业于对外经济贸易大学。他本来被分配到外贸部，但人各有志，那么好的单位他待不下去，一时没有什么事情做，于是主动要求回母校教书，领导非常通达，批准他回经贸大，成了我的同事。我俩相处甚好，编《纪伯伦散文诗全集》（花山文艺出版社出版）时，约他翻译纪伯伦最重要、最得意的散文诗《先知》，他即动笔，按时交稿，全集顺利问世；几人合作，“按时合璧”并非易得，故特提及。铁鹰做学问甚为勤奋认真细心缜密，不断发表阿拉伯文学研究方面的文章，后结集成大作《天方书话》出版。他特别爱好考证，要知道谁是第一个翻译《一千零一夜》的，那得问他；要知道《海上述奇》是哪一年问世的，那得问他；要想知道谁是第一个引进纪伯伦的，那得问他……要想了解得更多，那就得看那部巨作《天方书话》。铁鹰正在写“有头无尾”的《天方诗话》兴头上，不期同仁们要出系列阿拉伯文学名著，盛情约他当主编，看来要面临大忙。那系列中的一部《吝人传》（商务印书馆出版）已经问世，出于铁鹰译笔，那是贾希兹所著一部奇书，看过阿拉伯古人笔下的吝啬鬼形象，定会笑个前仰后合。铁鹰是个大孝子，孝敬、体贴、照顾已入耄耋之年的双亲，可谓无微不至，尤其为二老刻石牌祝寿，永久留存，更是世不多见。人常言“天下爷娘向小的”，却少有人说“天下小的向爷娘”；铁鹰乃是后者之范儿，值得一书。“人生得一知己足矣，斯世当以同怀视之。”人世间知音难遇，知己则更难得。铁鹰素知我喜书画，赠我两口画缸、派克金笔一支，诚可谓贴心到位；后者成为我的镇“居”（书房“晏如居”）之宝；他曾背后说：“只有李老师才配用这支笔。”听到这句话，我时时感到周身充满活力，备受鼓舞，用之疾书，不知消耗了多少鸵鸟蓝黑墨水，抄了几本唐诗宋词，写了多少译稿。铁鹰还赠一轴复制任伯年的《双飞燕图》（荣宝斋水印，原作也许就藏在荣宝斋），我将之挂在晏如外居，不时欣赏一番。一次，铁鹰到大连出差，带着分量不菲的手耕手种的红薯、胡萝卜至晏如外居，真可谓暖心到位，令我感动，回赠诗句：“千里送双红，物重情更重。”感谢铁鹰的知遇相赠之恩，铭记心田！

感谢毛立斌、龙若飞二位先生热情约稿，诚意满满，仅用两个上午就把合同敲定。读者手中的这部《纪伯伦全集》，是译者最新修订版本，收入了目前已经发现的纪伯伦全部作品。不过，《集外集》的阿拉伯文原版编者所写《序》中说："我们的工作还不能说是'完整'了。但对于留心者来说，大门已经开启，理应继续搜集纪伯伦的诗歌和散文。因为我们的这项工作不仅是为我们的天才诗人效力，而且也是为我们、为阿拉伯人、为全世界服务。"期待有新的发现，如纪伯伦写给梅娅的情书，据说她委托某位朋友保存起来，到现在还未找到，也许日后会发现，有可能续编全集。我常常修订我的译文，只要时间允许。读者手下这部新修订的"全集"中，增加了新序和纪伯伦的四部重要文集《泪与笑》《先知》《沙与沫》《被折断的翅膀》等四篇"导读"，是译者学习、翻译纪伯伦诗文的肤浅心得、体会，还请读者多多指教。纪伯伦的诗文不但文字美，那深邃的哲学思想更美，值得反复阅读、研究、思考。

2023.1.12 于晏如居